Im Jahre 995 n. Chr. tritt der christlich erzogene König Olaf Tryggvesson seine Herrschaft in Westnorwegen an und verfolgt fortan das Ziel, ganz Norwegen zu christianisieren. Es bricht ein erbitterter Kampf zwischen dem König und den heidnischen Asenanbetern aus. In dieser schweren Zeit reift Erik, der Sohn des Wikingerfürsten Sigurd, zum Mann. Jarl Sigurd und seine Söhne Bjarne und Erik werden in diesen blutigen Konflikt hineingezogen, schwören König Olaf den Gefolgschaftseid und bekennen sich halbherzig zum Christenglauben. Dem Ruf des Königs folgend, vertreiben sie die heidnischen Dänen aus Olafs Erbreich. Erik schlägt seine erste Schlacht, und es soll nicht seine letzte gewesen sein. Er folgt seinem Schicksal, und keiner ahnt, dass Erik nur einige Jahre später als Jarl und überzeugter Christ seiner heidnischen Heimat den Rücken kehren muss.

RAINER W. GRIMM wurde 1964 in Gelsenkirchen / Nordrhein-Westfalen, als zweiter Sohn, in eine Bergmannsfamilie geboren und lebt auch heute noch mit seiner Familie und seinen beiden Katzen im längst wieder ergrünten Ruhrgebiet. Erst mit fünfunddreißig Jahren, bedingt durch eine Rückenerkrankung, entdeckte der gelernte Handwerker seine Liebe zur Schriftstellerei. Als unabhängiger Autor veröffentlicht er seitdem seine historischen Geschichten und Romane, die meist von den Wikingern erzählen.

Rainer W. Grimm

*

Die Saga von Erik Sigurdsson

Das Blut der Wikinger

Historischer Roman

Bibliografische Information Der Deutschen Bibliothek:
*Die Deutsche Bibliothek verzeichnet diese Publikation in der
Deutschen Nationalbibliografie; detaillierte bibliografische Daten
sind im Internet über* http://dnb.ddb.de *abrufbar.*

Alle Rechte liegen beim Autor
© 2017 Rainer W. Grimm (überarbeitete Neuauflage)
Erstausgabe 2005
www.rwgrimm.jimdo.com
Herstellung und Verlag: BoD - Books on Demand,
Norderstedt
Titelgestaltung, Layout: RWG
Bildquelle: www.mittelalter-seelenfaenger.de
(Jochen Kunz, Michaela Kunz)
ISBN: 9-783-7431-3686-1

Inhaltsverzeichnis

Historischer Hintergrund 7

1. Im Sigurdfjord 10

2. Eriks erste Schlacht 27

3. Der Knecht Thorgeir 42

4. Bjarnes Wikingerstreich 71

5. Die Schlacht im Sigurdfjord 80

6. In Brimun und bei den Angelsachsen 90

7. Ein Streit mit Folgen 115

8. Die Geißel Gottes 139

9. Die Saga von Thangbrand dem Priester 144

10. Eine schwerwiegende Entscheidung 149

11. Begegnung in Jumne 158

12. Der Überfall 167

13. Der Tod des Jarls.. 180

14. Erik im Gefolge König Olafs...................... 193

15. Ein glückliches Wiedersehen...................... 217

16. Die schwarze Skaid 232

17. Holmgang auf Island.................................. 243

18. Flucht einer Prinzessin............................... 259

19. Mit dem König ins Polenreich 269

20. Die Schlacht im Oderhaff 283

21. Flucht nach Island...................................... 300

*

Historischer Hintergrund

Aus den eisigen Regionen des Nordens kommend, durchstreiften heidnische Krieger im 8. Jahrhundert[1] die Meere an den Küsten Europas. Mit ihren schnellen, schlanken Schiffen fuhren sie auf den Flüssen in das Landesinnere und überfielen Dörfer und Städte. Selbst vor großen, gut befestigten Städten wie Hamburg, London oder Paris machten die mutigen Nordmänner nicht halt.
Sie glaubten an Odin, den einäugigen Göttervater, der das achtbeinige Pferd Sleipnir ritt. An seinen Sohn Thor, den Donnergott, der mit dem Hammer gegen die Dämonen kämpfte. An Tyr, der den Riesenwolf Fenrir an die Weltesche kettete und der dafür seine Hand verlor. Und an die schöne Freya, die die Göttin der Fruchtbarkeit war, und stets von zwei Katzen begleitet wurde.
Diese Männer nannten sich selbst „Wikinger".
Für einen Krieger war es das höchste Ziel, mit dem Schwert in der Hand zu sterben, um dann von den Töchtern Odins, den Walküren, nach Walhalla gebracht zu werden, und in der Halle der toten Helden neben den Göttern zu tafeln.

*

Kurz vor der Wende des ersten Jahrhunderts nach Christi Geburt sollte ein junger König den Grundstein für die Christianisierung Skandinaviens legen.
Olaf Tryggvesson hatte seine Jugend in den christlichen Königshäusern von Kiew und später im Polenreich verbracht. Sein Ziel war es, die norwegischen Gaue zu

---

[1] 8. Juni 793 - Überfall auf das Kloster Lindisfarne in der Grafschaft Northumberland. Erster in einer Chronik niedergeschriebener Wikingerüberfall.

vereinen und ein christliches Reich zu errichten. Er bekehrte sein Volk zum Glauben an den Herrn Christus, wenn es sein musste, auch mit Waffengewalt.
Doch viele nahmen den neuen Glauben freiwillig an. So auch der Grönländer Leif Eriksson, der im Jahre 1000 n. Chr. die Küste Neufundlands entdeckte.
Der norwegische König hatte aber auch viele Feinde, die sich dem Bekehrungsdrang entgegenstellten.

Im Jahre 995 n. Chr. hatte die Königsherrschaft des Olaf Tryggvesson in Westnorwegen begonnen. Im Tröndelag[2] wurde der alte Herrscher Jarl[3] Hakon durch einen Bauernaufstand vertrieben. Die Bauern des Tröndelag konnten die Bosheit des Jarls und seine unersättliche Gier nach den Frauen des Reiches nicht mehr ertragen.
Als Jarl Hakon einen angesehenen Bauern zwingen wollte, ihm sein Weib zu überlassen, schickten die gedemütigten Untertanen den Kriegspfeil von Hof zu Hof und von Dorf zu Dorf. So sammelten sie ein großes Heer gegen den Jarl.
Doch zuvor hatten sie den Kaufmann Thorir Klakka nach Britannien geschickt, denn dieser sollte dem norwegischen Seekönig Olaf Tryggvesson, der auf der Insel der Iren weilte, die Herrschaft über das Tröndelag anbieten.
Dieser war daraufhin mit fünf Langschiffen aus Dublin aufgebrochen, um in Norwegen die Königsherrschaft anzutreten.
Olaf Tryggvesson war von Geburt ein Königssohn und ein Urenkel des großen Norwegerkönigs Harald Harfagr, der auch Harald Schönhaar genannt wurde.
Hakon, der böse Jarl genannt, ergriff die Flucht, wurde aber von einem seiner Gefolgsmänner ermordet. Der Verräter schlug seinem Herrn den Kopf vom Rumpf und hoffte so

---

[2] Tröndelag - Gau in Westnorwegen
[3] Jarl - Adliger (engl. Earl)

auf die Gnade des neuen Königs. Doch dieser verurteilte den Mann wegen des heimtückischen Mordes an seinem Herrn zum Tode.
König Olaf, der ein gläubiger Christ war, verfolgte fortan das Ziel, ganz Norwegen zu christianisieren und den Glauben an die alten Götter zu verbieten.
Für das Volk am Nordweg begann nun eine schwere Zeit.
Der Kampf zwischen den alten Göttern des Nordens und dem Herrn Christus hatte begonnen. Es galt nun zu wählen zwischen dem Glaubenswechsel und der Flucht vor den Häschern des neuen Königs.

*

1. Im Sigurdfjord

Der kleine Korkschwimmer an der Angel tanzte in seichtem Rhythmus auf den Wellen hin und her. Der Junge saß auf dem hölzernen Landungssteg, an dem sonst die Schiffe des Dorfes festgemacht wurden. Die braune Hose, die er trug, war mit unzähligen Flecken übersät und roch heftig nach altem Fisch.
Um seine Taille hatte er einen Ledergürtel gebunden, in dem ein Messer steckte. Schweißperlen rannen an seinem Rücken hinunter und versickerten im Bund seiner Hose. In der Mittagssonne leuchtete sein Haar rot, so rot wie die Glut in der Feuerstelle des Dorfschmiedes, der sein Vater war.
Der Name des Knaben war Orm!

Es war ein warmer Sommer in Norwegen. Ruhig lag der Fjord in der warmen Augustsonne, und vom Meer wehte eine kühle Brise über den Strand.
Einmal hob Orm seinen Kopf und sah gelangweilt auf das Meer hinaus und da entdeckte er ein Schiff im Fjord.
Schnell kam der Segler näher, und der Knabe erkannte sofort, dass es ein nordisches Langschiff war. Mit der Hand schirmte er seine Augen gegen das grelle Licht der Sonne ab, und nun erkannte er auch den Drachen, der das eckige, rote Segel zierte. Freudig sprang der Knabe auf, warf die Angelrute auf den Steg und rannte den Strand hinauf ins Dorf.
Dieses Dorf bestand aus einfachen hölzernen Hütten. Die Menschen, die dieses Dorf bewohnten, waren Handwerker, Fischer, Jäger und Schiffsbauer. Und alle waren sie gute Seefahrer.

Thorkill, der Schmied in der Siedlung, stand am Blasebalg in seiner Schmiede und schürte die Glut. In der rechten Hand hielt er den glühenden Schwertrohling, während seine Linke den Blasebalg auf und ab bewegte. Die Flammen schlugen hoch, und die Funken sprühten über den Rand der Feuerstelle.

„Sigurd kommt!" Laut verkündete Orm die Neuigkeit im Dorf. Sofort legten die Bewohner ihre Arbeit nieder, um an den Strand zu laufen und die Ankommenden zu begrüßen. Orm war den schmalen Kiesweg zur Schmiede hinauf gelaufen, die ganz am Ende des Dorfes stand.

„Vater! Vater! Jarl Sigurd kommt zurück!", rief der Knabe seinem Vater schon von Weitem zu. Da sah der Schmied von seiner Arbeit auf, hörte die Worte seines Sohnes und warf den rot glühenden Stahl, den er gerade mit heftigen Schlägen bearbeitet hatte, in einen großen, mit Wasser gefüllten Kübel, der neben der Feuerstelle stand.

Zischend und dampfend spritzte das Nass über den Rand des hölzernen Behälters.

Er legte seine speckige Lederschürze ab und trat vor die Schmiede. Die Sonne glänzte auf seinem verschwitzten, mit Russ verschmierten Körper. Seine langen, roten Haare hatte er zu einem Zopf geflochten und um den Hals geschlungen. Thorkill war Witwer, denn sein Weib war vor dreizehn Sommern, als sie Orm das Leben schenkte, im Kindbett gestorben.

„Der Jarl ist heimgekehrt", sagte Orm nach Luft ringend, als er seinem Vater gegenüber stand. „Ich habe sein Schiff im Fjord gesehen!"

„Geh und hole Bjarne", befahl Thorkill grinsend seinem Sohn. „Lauf zum Gehöft und melde Sigurds Ankunft!"

Der Knabe lief los, um das zu tun, was der Vater befohlen hatte.

In einem Wasserbottich wusch sich der Schmied seinen verschmutzten Körper und zog einen sauberen Kirtel[4] über. Dann nahm er sein Schwert und ging den Hang hinunter zum Strand, um seinen Jarl zu begrüßen.

Der Hof des Sigurd bestand aus mehreren Gebäuden und war von einer flachen Steinmauer umgeben. Ein kunstvoll geschnitzter Giebel zierte das Langhaus des Jarls.
Bilder der nordischen Sagas, die Drachen, Schlangen, Götzen und Runen zeigten, schmückten die große, eisenbeschlagene Tür.
Jarl Sigurd Svensson war kein armer Mann!
Die übrigen Gebäude waren Schlafhäuser der Knechte, Häuser für die Mägde, Vorratshäuser und Unterkünfte für die Sklaven.
Hinter dem Hauptgebäude, dem Langhaus des Jarls, stand eine kleine Holzkirche. Einst hatte Sigurd das christliche Gotteshaus für sein zweites Weib bauen lassen, die eine glühende Anhängerin des Glaubens war, der sich - aus dem Süden kommend - im ganzen Norden verbreitete.
Er hatte sie von einer seiner zahlreichen Handelsfahrten, die ihn auch in das Sachsen- und Friesenreich führten, in den Sigurdfjord mitgebracht und zur Gemahlin genommen. Dafür hatte er sich von einem Priester taufen lassen. Aber Sigurd glaubte weiter an die Kraft der alten Götter des Nordens.
Das erste Weib des Jarls namens Gerhild hatte ihm einen Sohn geboren, dem der Jarl nach alter Sitte den Namen Sven gegeben hatte. Doch der Knabe kränkelte sehr und starb im frühesten Kindesalter. Einen Sommer später gebar sie ihm wieder einen Sohn und dieser, Bjarne genannt, war kräftig und gesund.

---

[4] Kirtel - Langärmelige Jacke die bis zu den Knien reichte und von einem Gürtel zusammen gehalten wurde

Doch seine Mutter hatte den Tod ihres erstgeborenen Kindes nie überwunden, und so beging sie eines Tages Ehebruch, woraufhin der Jarl sie aus dem Sigurdfjord verstieß und ihr das Kind nahm.

Nun erzählte sich im Fjord die Geschichte, dass Bjarnes Mutter Gerhild daraufhin dem Wahnsinn verfiel und sich von den Klippen gestürzt hätte.

Auch das zweite Weib Sigurds, das auf den Namen Burga hörte, gebar dem Jarl einen Sohn, der auf den drängenden Wunsch der Mutter die christliche Taufe empfing und Erik genannt wurde.

Doch Eriks Mutter war von weicher, zarter Gestalt und das raue Klima des Nordens hatte ihr immer arg zugesetzt.

Acht Sommer und Winter zählte Erik, da starb seine Mutter an blutigem Husten. Und mit ihr starb auch der Christenglaube im Sigurdfjord, und die kleine Kirche verwaiste.

*

Als Orm endlich den Hof Sigurds erreichte, saß Bjarne mit zwei Knechten vor einem der flachen, mit Grassoden gedeckten Vorratshäuser und war damit beschäftigt, ein altes Segel auszubessern. Bjarne, der ältere der beiden Jarlssöhne, zählte zwanzig Sommer. Er war von kräftiger Statur, hatte blondes, lockiges Haar, und als ältester Sohn des Jarls war ihm die Befehlsgewalt im Fjord übertragen worden. Er befahl über das Land, die Höfe und Dörfer des Gaus, solange sein Vater zur See fuhr, um in fernen Ländern Handel zu treiben und seinen Reichtum zu mehren. Da Bjarne ein mutiger und im Kampf erfahrener Krieger war, wurde er trotz seiner Jugend von allen als Anführer geachtet.

Als er den Jungen sah, der da keuchend den Weg hinauf gelaufen kam, erhob er sich, um diesen zu begrüßen.
„Was führt dich zu uns, Orm? Man sieht dich nicht oft auf dem Hof."
„Unser Jarl, dein Vater, ist heimgekehrt. Sein Knarr[5] ist im Fjord", antwortete Orm und musste sich setzen, da seine Beine inzwischen schwer wie Blei waren.
Ohne Orm weiter zu beachten, lief Bjarne zu einem der Ställe, führte eines der Pferde heraus und schwang sich auf dessen Rücken.
„Sucht Erik und schickt ihn zum Strand! Sigurd ist da!", rief er freudig und ritt davon.

*

Lautlos verbarg sich Erik hinter einem dichten Busch. Die Lichtung lag vor ihm, das Sonnenlicht schien durch die Wipfel der Bäume und tanzte auf dem mit alten Blättern, Moos und Gras bedeckten Waldboden.
Sein langohriges Opfer saß fressend im hohen Gras. Das Tier hatte die drohende Gefahr noch nicht bemerkt, denn der Wind stand günstig für den Jäger. Da hockte die ahnungslose Kreatur und knabberte an seiner letzten Mahlzeit. Erik legte den Pfeil an die Sehne und spannte den Bogen. Mit einem leisen Surren flog das todbringende Geschoss von der Sehne durch die Luft und schlug dem Hasen in die Flanke. Das Tier bäumte sich ein letztes Mal auf und starb. Nur selten verfehlte Erik sein Ziel!
Er verließ sein Versteck und trat auf die Lichtung, setzte seinen Fuß auf die Beute und zog den Pfeil aus dem regungslosen Körper. Dann schnürte er die Läufe mit einem

---

[5] Knarr, Knorr – dickbäuchiges Handelsschiff der Nordleute

Lederriemen zusammen und hängte sich das leblose Bündel über die Schulter.

„Es wird Zeit, auf den Hof zurückzukehren", sagte er zu sich selbst. „Bjarne wird wütend sein, weil ich meine Arbeit vernachlässigt habe."

Die Vorräte hatte er zählen sollen, da die meisten der Knechte des Schreibens und Rechnens nicht mächtig waren. Erik hatte schon früh die Schrift der Runen von seiner Mutter gelernt, die als friesische Kaufmannstochter eine gebildete Frau gewesen war. Aber das schöne Wetter hatte ihn hinausgetrieben. Schließlich war er ja der Sohn des Jarls und nicht irgendein Sklave. So zumindest versuchte er den Ungehorsam vor seinem Gewissen zu entschuldigen.

Er hatte seinen Bogen genommen und war, entgegen der Befehle des Bruders, auf die Jagd gegangen.

Erik Sigurdsson war fünfzehn Sommer und Winter jung. Dunkelblondes Haar, das ihm bis auf die Schultern reichte, umrahmte sein junges Gesicht.

Sein Wunsch war es, ein Krieger, ein Wikinger zu werden und zur See zu fahren, so wie sein Vater und sein Bruder es taten.

Langsam schlug Erik die Richtung ein, in der das Gehöft seines Vaters lag, als ihm einer der Sklaven keuchend entgegengelaufen kam.

„Erik!" rief er schon von Weitem. „Erik, dein Vater ist zurück!", sagte er und rang nach Luft. „Ich suche dich schon überall, du sollst zum Strand kommen. Man erwartet dich!"

Diese Nachricht erfreute den jungen Burschen sehr, denn er hatte schon lange auf die Rückkehr seines Vaters gewartet, und nun war es endlich soweit.

Er übergab dem Sklaven seinen Bogen und die Jagdbeute. „Geh auf den Hof zurück", befahl der Junge und lief dann freudig strahlend in die Richtung, in der er den Strand wusste.

Aus dem Wald hinaus lief er an der flachen Steinmauer entlang, die den großen Hof umgab. Dann rannte er zum Dorf hinunter, an der Schmiede des Thorkill vorbei. Die Siedlung war nun wie ausgestorben. Alle Bewohner waren an den Strand gelaufen, um ihren Jarl zu begrüßen.

Als Erik den Strand erreichte hatte der Wellentrotzer, so nannte Jarl Sigurd sein Knarr, bereits angelegt. Jarl Sigurd Svensson stand auf dem Bootssteg und begrüßte freudig seinen ältesten Sohn.
Obwohl der Jarl erst dreiundvierzig Sommer und Winter zählte, ließen ihn sein graues Haar und seine vom eisigen Seewind zu Leder gewordene Haut weitaus älter erscheinen. Er war ein hoch gewachsener, kräftiger Mann von muskulöser Statur. Bei seinen Freunden stand er in hohem Ansehen, und seine Feinde fürchteten ihn.
So hatte er im letzten Sommer, als die gefürchteten Jomswikinger[6] wieder einmal für den Dänenkönig Sven Gabelbart das Tröndelag erobern wollten, in der großen Schlacht im Trondheimfjord viel Ruhm und Ehre erkämpft. Die Herrschaft Jarl Sigurds wurde von allen Jarlen und Häuptlingen Westnorwegens geachtet.
„Bjarne, mein Sohn! Wir sind, beschützt von großem Heil, das mir Odin schenkt, in den heimischen Fjord zurückgekehrt", lachte Sigurd, als er seinen Sohn umarmte.
„Ich danke dem Weltenlenker, dich gesund und mit allen Gliedern wiederzusehen, mein Vater", freute sich Bjarne.
Sigurd sah sich um. „Wo ist Erik? Ich war fünf volle Monde fort, und er kommt nicht einmal, um mich zu begrüßen",

---

[6] Jomswikinger – meist dänische Seekriegger. Sie bewohnten die, an der Oder gelegene Jomsburg. Eine weit gefürchtete Wikingerfestung.

sprach der Jarl verärgert, während er sich auf eine Holzkiste setzte, die seine Knechte gerade vom Schiff gebracht hatten.
„Ich habe einen Sklaven geschickt, ihn zu suchen", gab Bjarne seinem Vater zur Antwort.
Sigurd begrüßte nun die Männer des Dorfes, allen voran Thorkill Ormsson, der ein guter Freund und seit vielen Jahren ein treuer Waffengefährte des Jarls war.
Thorkill fuhr als Stevenhauptmann auf dem Wogendrachen, einer der zwei Schniggen[7] Jarl Sigurds. Dieser Segler war etwas kleiner als das Sturmross, das Hauptschiff des Jarls, welches eine Besatzung von vierzig Männern hatte. Wo hingegen der Wogendrachen mit nur dreißig Männern besetzt wurde. Das Knarr benutzte der Jarl für seine Handelsfahrten, die Schniggen jedoch wurden meist nur im Kriegsfall zu Wasser gelassen.
„Ich habe in Haithabu[8] Gerüchte gehört, nach denen das Tröndelag einen neuen König hat, und dass eine Schlacht stattgefunden haben soll?", fragte der Jarl mit ernster Miene.
Doch Bjarne kam nicht dazu, seinem Vater zu antworten, denn Erik kam laut rufend den Strand hinunter gelaufen. Sigurd erhob sich und ging seinem Sohn entgegen.
Herzlich umarmten sich der Vater und sein jüngster Sohn, denn die Freude des Wiedersehens war groß. Sigurd sah den Erik abschätzend an und sprach lächelnd: „Du bist auf dem besten Wege, ein Mann zu werden. Nach jeder Heimkehr bist du gewachsen!"
Dann gab Jarl Sigurd seinen Knechten den Befehl die Waren auf den Hof zu schaffen und das Knarr auf die Schiffsrollen zu ziehen. Die Männer des Dorfes rief er am Abend zu einer Versammlung in der großen Jarlshalle seines Hauses zusammen.

---

[7] Schnigge – Langschiff der Wikinger, hatte bis zu vierzig Riemen
[8] Haithabu – auch Hedeby genannt, war eine Handelsstadt an dem Fluss Schlei, gegenüber dem heutigen Schleswig

Nachdem sie ihr Tagwerk beendet hatten, kamen die Männer des Dorfes auf den Hof, wie es ihr Jarl vorher von ihnen verlangt hatte.
Es war schon spät am Abend, und langsam füllte sich das große Gebäude. Die Männer saßen an langen Tischreihen, die zu beiden Seiten vor dem Hochsitz Jarl Sigurds standen, und in der Mitte der großen Halle knisterte ein wärmendes Feuer. Mägde und Sklavinnen liefen durch den Saal, um die Männer zu bewirten. Ein dicker Eintopf mit Fleisch wurde gereicht, und dazu tranken sie viel Met[9] und Bier, denn Sigurd ließ sich als Gastgeber nicht lumpen.
Erst als alle Männer des Dorfes und die Knechte, die zur Besatzung des Sturmrosses gehörten, ihre Plätze eingenommen hatten, befahl Sigurd seinem Sohn Bjarne zu berichten von dem, was während seiner Abwesenheit geschehen war. Bjarne, der mit seinem Bruder Erik neben dem Hochsitz seines Vaters Platz genommen hatte, stand auf und begann zu erzählen. Augenblicklich herrschte Ruhe in der großen Halle.
„Kurz nachdem der Wellentrotzer den Sigurdfjord verlassen hatte, kam ein Bote aus Guldalen auf den Hof. Er brachte den Kriegspfeil! König Hakon hatte sich mit seinem Gefolge auf dem Hof eines Bauern eingenistet und seine Kammern leer gefressen und dann, wie schon so oft, versucht sich das Weib des Hausherrn zu nehmen. Da riefen die Jarle und Odalbauern[10] zum Aufstand gegen den König", berichtete Bjarne mit ernstem Blick.
„Ich ritt mit zwanzig Männern des Dorfes nach Guldalen, um an der Schlacht teilzunehmen. Ein beachtliches Heer zog

---

[9] Met – ein starkes, weinähnliches Getränk aus Honig und Gewürzen, wurde kalt oder warm getrunken
[10] Odalbauern – freie Bauern mit dem Recht den Hof zu vererben

zu dem Ort, an dem sich der Hakon aufhalten sollte. Doch der Hakon war bereits geflohen!"
„Der größte Teil seiner Gefolgschaft war in Melhus zurück geblieben und wurde von dem Heer der Aufständischen in einer großen Schlacht besiegt. Einigen gelang zwar die Flucht, doch die meisten Krieger des Königs wurden erschlagen!" Bjarne griff nach einem Krug und füllte sein Trinkhorn. „Zur gleichen Zeit kam der junge Seekönig Olaf Tryggvesson, der auf der Insel der Vestmannen[11] weilte und von den Jarlen des Tröndelag gerufen worden war, nach Norwegen." Nun nahm Bjarne einen tiefen Schluck Met aus seinem Trinkhorn, bevor er in seiner Erzählung fortfuhr. „In Viggen stellte der Tryggvesson, der ein Enkel des großen Königs Harald Schönhaar sein soll, mit seinen fünf Langschiffen die drei Kriegsschiffe des Hakon. Wieder wurden die meisten Krieger des flüchtenden Königs getötet, denn die Männer des Seekönigs waren ausgezeichnete und erfahrene Kämpfer. Unter den Toten war auch Erlend, des Hakons Sohn! Sven und Erik, die beiden anderen Söhne des bösen Jarls, waren jedoch geflohen."
Sigurd lehnte sich in seinem Hochstuhl zurück und war erstaunt über die Dinge, die während seiner Abwesenheit geschehen waren. „Und Hakon war geflohen?", fragte Sigurd. Bjarne nickte. „Der Tryggvesson setzte eine Belohnung auf den Kopf des Jarl Hakon aus und fuhr dann nach Melhus, wo er von den Bauern als Befreier gefeiert wurde!"
Wieder nahm Bjarne sein Trinkhorn und trank es in einem Zug leer.
„Hör auf zu saufen und rede weiter", forderte sein Vater ungeduldig.
„Einige Tage später", er wischte sich mit dem Ärmel seiner Tunika den Schaum vom Mund, „da kam ein Mann nach

---

[11] Vestmannen, Insel der – Iren, Irland

Melhus, der behauptete, ein Berater Jarl Hakons gewesen zu sein. Er verlangte, vor den Tryggvesson geführt zu werden und als er vor dem Seekönig stand, gab er diesem einen Ledersack." Bjarne stockte, denn er wollte die Spannung seiner Saga noch steigern.
„Nun, was war in dem Sack?" fragte Sigurd neugierig.
„In dem Sack befand sich der Kopf des bösen Königs Hakon!" Ein Raunen ging durch die Halle, obwohl die meisten Männer an der Schlacht teilgenommen hatten.
„Der Berater hatte seinen Herrn getötet und ihm dann den Kopf abgeschlagen, um beim Tryggvesson eine Belohnung zu erhalten. Doch auf einem Thing[12], das der Seekönig einberufen hatte, wurde der Mann wegen des Eidbruches gegenüber seinem Herrn zum Tode verurteilt und auf der Stelle hingerichtet! Da der Seekönig ein Christ war, verlangten die Jarle und Häuptlinge des Tröndelag von ihm das Recht auf Glaubensfreiheit, und erst nachdem er dies den Jarlen und Goden zugesagt hatte, wurde Olaf Tryggvesson zum neuen König des Tröndelag ausgerufen!"
Er nahm noch einmal einen Schluck. „Nach dem großen Thing kehrten wir zurück in unser Dorf."
Bjarne setzte sich wieder auf seinen Platz, griff nach einem frisch gefüllten Horn und trank.
Björn Gelbhaar, der der Steuermann des Sturmrosses war, erhob sich und rief lauthals in die Halle: „Dieser König Olaf ist ein Christ! Er wird uns dazu zwingen, den Glauben der Heuchler[13] anzunehmen! Ich kenne die Bekehrungswut ihrer Pfaffen nur zu gut. Hört auf meine Worte!"
Es wurde unruhig in der Halle. Björn war ein erfahrener Wikinger, ein alter Freund und Weggefährte des Sigurd, und seine Worte fanden bei den Männern offene Ohren.

---

[12] Thing – Ratsversammlung der Nordmänner
[13] Heuchler – Schimpfwort der Asenanbeter für die Christen

Alle sprachen durcheinander und die Empörung war groß. Sollte der neue König wirklich von ihnen verlangen, dass sie sich von ihren Göttern abwenden, so würde es zu einem erneuten Aufstand kommen.
Jarl Sigurd stand von seinem Hochsitz auf, denn ihn ärgerte der Aufruhr, und so schlug er mit dem Griff seines Schwertes Kehlenbeißer auf die schwere Tischplatte, die vor seinem Hochstuhl stand. Und sofort kehrte Ruhe ein.
„Björn, du hast doch gehört, was Bjarne gesagt hat. Der König hat dem Volk Glaubensfreiheit zugesagt, und außerdem bin auch ich getauft. Ein Spritzer Wasser, der nicht weh tut! Mehr ist es nicht! Manchmal erfüllt so eine Taufe auch ihren Zweck, das weißt du doch genau. Ich glaube, dass wir uns auf das Wort des neuen Königs verlassen können, und wenn nicht, dann wird es ihm wie dem Hakon ergehen", sagte der Jarl mit ruhiger Stimme. Gelächter brach aus. Die Männer waren beruhigt.
„Mägde, bringt mehr Met. Wir wollen nun unsere Heimkehr feiern!", rief Sigurd lauthals in die Halle.
Während die Männer und Frauen ausgelassen feierten und sich hemmungslos betranken, rief der Jarl seinen Sohn Erik zu sich.
„Mein Sohn, ich habe da etwas für dich", sagte der Jarl und zog einen herrlich verzierten Dolch mit einer gebogenen, fein gemaserten Klinge unter seinem Hemd hervor.
„Dies ist ein Sarazenendolch. Er kommt von weit her, aus einem Land, in dem die Menschen eine Haut haben, die so dunkel ist wie das Gefieder eines Raben!"
Langsam wiegte er die schöne Waffe in seiner Hand. „Ein sächsischer Kaufmann in Haithabu gab ihn mir. Er soll nun dir gehören!"
Eriks Freude über diese kostbare Waffe war groß. Er wollte sich bei seinem Vater bedanken, doch dieser hatte sich bereits wieder abgewandt, um ein weiteres Horn voll Met

auszutrinken. Der köstliche Trunk lief ihm dabei durch seinen grauen Bart, und Sigurd lachte schallend auf, denn der Alkohol stieg ihm bereits gehörig in den Kopf.
Der junge Jarlssohn besah sich den Dolch von allen Seiten. Er hatte einen silbernen Griff, der mit Runen verziert war, die Erik nicht kannte. Die gebogene Klinge war sehr scharf. Es war wirklich eine schöne Waffe!
Er nannte den Dolch fortan Bärenkralle, weil er gebogen war wie die Kralle dieses mächtigen Tieres. Erik befestigte den Dolch an seinem Gürtel und setzte sich wieder auf seinen Platz.
Es wurde eine sehr lange Nacht, und als der letzte Mann völlig betrunken eingeschlafen war, blickte die Sonne schon über den Rand der Welt.

*

Seit dem Gelage in der Jarlshalle waren fünf Tage vergangen, als eine Schnigge in den Fjord kam und am Steg anlegte. Sie trug das Banner des neuen Königs am Mast. Zwanzig bewaffnete Männer verließen das Schiff, und der Rest der Besatzung blieb als Schiffswache an Bord. Die fremden Männer gingen den Strand hinauf ins Dorf.
Der Wachposten auf der Anhöhe hatte mit dem Signalhorn längst das fremde Schiff angekündigt, und sofort wurde ein Bote auf den Hof geschickt, um Jarl Sigurd die Nachricht von der Ankunft der Fremden zu überbringen.
Thorkill Ormsson und einige Männer des Dorfes standen mit voller Bewaffnung - Helm und Rüstzeug - am Tor, um die ankommenden Fremden in Empfang zu nehmen.
„Ich bin Thorvald Einarsson, Gesandter König Olaf Tryggvessons. Wo ist euer Häuptling?", stellte sich der Anführer der fremden Krieger vor, als sie das Dorf erreichten.

„Man nennt mich Thorkill Ormsson", antwortete der Schmied und nahm seinen Helm vom Kopf. „Folgt mir, wenn ihr in friedlicher Absicht kommt. Ich will euch zu unserem Jarl führen!" Der Anführer der Fremden nickte, sprach aber kein Wort. Die Männer des Dorfes nahmen die Fremden in ihre Mitte und brachten sie hinauf zum Gehöft ihres Jarls.

Als Sigurd von der Ankunft des fremden Langschiffes gehört hatte, ließ auch er seine Knechte zu den Waffen greifen. Dann schickte er Bjarne, die Ankommenden zu begrüßen.

Der junge Wikinger trat vor das Langhaus. Er trug ein ehernes Kettenhemd und darüber einen schwarzen Wollumhang. Das Gesicht war durch den mit Runenbildern verzierten Nasenschutz seines Helmes verdeckt. Lediglich der blonde Bart und seine Locken waren noch zu erkennen. In der linken Hand hielt er einen bemalten Rundschild, in der Rechten eine langstielige Streitaxt. Um ihn herum standen mehrere bewaffnete Knechte.

„Ich bin ein Gesandter eures Königs", sagte Thorvald Einarsson, als er vor Bjarne trat. „Führt mich zu eurem Jarl!"

Der junge Wiking führte Thorvald und zwei Männer aus seinem Gefolge in die Jarlshalle. Sigurd der Jarl, saß auf seinem Hochsitz, als die Männer die Halle betraten. Thorvald trat vor und grüßte den Jarl. „König Olaf Tryggvesson will sein Erbreich Vingulmark von den Dänen befreien und zurückgewinnen", sprach er mit fester Stimme. „Er verlangt, dass seine Jarle sich mit ihrem Gefolge in Kap Lindesnäs sammeln, um endlich die Dänen zu vertreiben!"

Diese Nachricht erfreute den Jarl aus dem Norden keineswegs. Nachdenklich kratzte er sich seinen grauen Bart. „Wir sind erst vor einigen Tagen zurückgekehrt, und

meine Männer sind erschöpft von der langen Reise", sagte er ruhig, aber bestimmt.
„Denkt an den Gefolgschaftseid", drohte da der Thorvald Einarsson offen. „Ein Eidbruch könnte euch den Kopf kosten!"
Höchst erregt über die Drohung des Gesandten König Olafs sagte der Jarl mit scharfer Stimme: „Ich habe deinem König keinen Eid geschworen!"
„Aber dein Sohn hat, wie die anderen Jarle, den Eid der Gefolgschaft geleistet, und du weißt, welche Strafe auf den Schwurbruch steht", mahnte der Gesandte des Königs.
Jarl Sigurd wusste, dass es besser war, sich dem Willen und vor allem der Macht des Königs zu beugen.
„Nun gut! Das Wort meines Gesippen zählt", sagte er, nachdem er sich von seinem Wutanfall beruhigt hatte. „Wir fahren nach Kap Lindesnäs!"
Sigurd wandte sich an Thorkill, der neben der großen Tür stehen geblieben war. „Macht den Wogendrachen seeklar. Wir gehen auf Kriegsfahrt!" Thorkill verließ sofort die Halle und ging mit den Männern in das Dorf, um die Befehle seines Herrn und Freundes auszuführen.
Am Abend klopfte Erik an der Tür der Schlafkammer seines Vaters. „Wer ist da?", hörte er Sigurd fragen.
„Ich bin es, dein Sohn Erik!"
Die Tür wurde geöffnet, und Sigurd trat heraus. „Was willst du, mein Sohn?"
„Nimm mich mit dir", bat Erik seinen Vater eindringlich.
„Wir ziehen in den Krieg! Dies ist keine Handelsfahrt, und es gefällt mir nicht, dass deine erste Fahrt eine Kriegsfahrt sein soll", gab der Jarl zu bedenken.
„Ich bin kein kleiner Knabe mehr. Ich bin ein Mann und ich will kämpfen wie alle Männer des Dorfes", sprach der Junge trotzig.

Der Jarl sah seinem Sohn tief in die Augen und der junge Bursche hielt dem strengen Blick mannhaft stand.
„Ich werde darüber nachdenken. Lege dich nun schlafen", befahl Sigurd und beendete das Bitten seines Sohnes.
Erik wollte noch etwas sagen, denn die Antwort seines Vaters befriedigte ihn nicht und zügelte kaum seine Ungeduld. Doch er wusste, es war besser zu schweigen, wenn er seinen Vater nicht erzürnen wollte.
Sigurd lag noch lange wach in dieser Nacht und dachte über den Wunsch seines Sohnes nach. Wie sollte er sich entscheiden? War Erik wirklich noch zu jung, um sie zu begleiten?
Bjarne hatte er mit sechzehn Sommern zum ersten Mal auf eine Wikingfahrt mitgenommen. Und er hatte sich bewährt, und Sigurd war stolz auf seinen Sohn! Aber Bjarne war aus einem anderen Holz geschnitzt als Erik, den er für weichherziger hielt. Und Sigurd selbst hatte mit fünfzehn Sommern den ersten Feind getötet, doch das waren andere Zeiten! Waren es wirklich andere Zeiten - damals?
Aber er würde Erik wieder viele Monde nicht sehen und das gefiel Sigurd keineswegs. Dass der jüngere der Söhne die Kriegsfahrt nicht überleben könnte, daran wollte der Jarl keinen Gedanken verschwenden. Also beschloss er, seinen jüngeren Sohn mit sich auf See zu nehmen.
Am nächsten Morgen ließ der Jarl den jungen Erik in die Halle rufen. „Mein Sohn, ich habe beschlossen, dass du mit uns auf Wikingfahrt gehen wirst", sprach Sigurd, als sein Sohn vor den Hochsitz trat. „Du wirst rudern müssen, und du wirst kämpfen, genau wie die anderen Männer. Erwarte keine besondere Behandlung!"
Die Worte des Jarls waren streng, doch Eriks Freude war groß. Seine erste Wikingfahrt! Er dankte seinem Vater und

verließ in bester Laune die Halle, um eine Seekiste[14] zu packen.

Eine Weile, nachdem Erik gegangen war, wurde die große eisenbeschlagene Tür geöffnet, und Thorvald Einarsson betrat die Jarlshalle. Er und sein Gefolge hatten die Nacht im Knechtehaus verbracht. Jetzt wollte er sich von Jarl Sigurd verabschieden, denn er sollte noch anderen Jarlen und Häuptlingen den Kriegspfeil bringen.

Bevor er den Hof verließ, erkundigte sich der Gesandte des Königs jedoch noch nach der kleinen Kirche, die hinter dem großen Langhaus stand, und die das Interesse des Christen geweckt hatte.

Thorvald zeigte sich sehr erfreut, als er nun hörte, dass Sigurd Svensson bereits getauft war. Der Jarl hatte das kleine silberne Kreuz längst bemerkt, dieses Zeichen der Christen, das Thorvald Einarssons um den Hals trug. Der Gesandte des christlichen Königs war natürlich ein Anhänger des neuen Glaubens. Zufrieden bestieg der Einarsson mit seinen Männern das Schiff und segelte kurz darauf aus dem Fjord.

*

---

[14] Seekiste – diente zum verstauen der wenigen Habseligkeiten, die ein Wikinger mit auf See nahm. War zugleich auch die Ruderbank.

2. Eriks erste Schlacht

Am Tag darauf wurden die Schniggen zu Wasser gelassen, und bald waren beide Langschiffe seeklar. Die Männer verabschiedeten sich von ihren Familien und gingen an Bord. Erik fuhr mit dem Sturmross, dem Schiff seines Vaters, und sein Bruder Bjarne hatte die Befehlsgewalt über das zweite, weitaus ältere Schiff des Jarls, den Wogendrachen.
Die Schniggen segelten aus dem Fjord, die Küste entlang Richtung Südwesten. Es wehte eine leichte Brise und die Segler kamen nur langsam voran. Doch als sie den Fjord von Trondheim passiert hatten, wurde der Wind endlich stärker. Nach wenigen Tagen erreichten die Langschiffe Kap Lindesnäs im Süden von Norwegen.

Der junge Erik traute seinen Augen kaum, als er die vielen Kriegsschiffe am Strand liegen sah, denn es war eine Flotte von nicht weniger als vierzig Großseglern. Die Jarle folgten dem Befehl des neuen Königs, und an jedem neuen Tag trafen mehr Großsegler ein. Schon bald war die Flotte auf über fünfzig voll bemannte Langschiffe angewachsen.
Die Tage vergingen, bis eines Abends die Jarle und Häuptlinge vom König zu einem Thing gerufen wurden. Auch Jarl Sigurd und sein Sohn Bjarne machten sich auf den Weg zum Versammlungsplatz. Erik aber musste an Bord des Sturmrosses bleiben.
Als Sigurd Svensson und sein ältester Sohn den mit Fackeln hell beleuchteten Platz betraten, saßen die Jarle schon auf den grob gezimmerten Bänken und unterhielten sich angeregt.

Die meisten der Männer kannten sich bereits seit Langem, waren Waffengefährten und hatten schon manche Schlacht zusammen geschlagen. Sigurd begrüßte einige der Jarle und setzte sich ebenfalls auf eine Bank. Bjarne folgte dem Beispiel seines Vaters.
Wo vorher lautes Stimmengewirr herrschte, wurde es plötzlich ruhig. Bewaffnete Männer erschienen und stellten sich neben einem mit Schnitzereien reich verzierten Hochstuhl auf. Dann betrat ein junger Mann den Platz und setzte sich auf den hölzernen Thron. Es war Olaf, der Sohn des Kleinkönigs Tryggve, der neue Herrscher des Tröndelag. Sigurd war dem König vorher nie begegnet, daher erstaunte ihn dessen Jugend. Er war sehr jung!
Für Sigurds Geschmack zu jung, um ein König zu sein. Olaf Tryggvesson zählte sechsundzwanzig Sommer und Winter. Er war von kräftiger Statur, hatte eisblaue Augen, langes, blondes Haar und einen Bart, in den zwei Zöpfe eingeflochten waren. Er trug einen kostbaren Kirtel und einen fein gewebten Umhang, mit einer kostbaren Fibel, und auch seine Waffen waren von bester Machart.
Der junge König hielt eine glühende Rede von einem starken, vereinten Königreich. Davon den verhassten Feind aus dem Land zu jagen, und von der Macht einer großen norwegischen Flotte, die das Reich im Norden zu schützen vermochte.
Die Jarle hörten gebannt seine Worte, und viele hingen an seinen Lippen wie Verdurstende, denen man Wasser versprach. Und auch Jarl Sigurd musste sich eingestehen, dass er von der Erscheinung des jungen Mannes sehr beeindruckt war.
Bevor er seine Ansprache beendete, sagte der König mit fester Stimme: „Ihr habt mich gerufen, und ich kam, um Norwegen zu vereinen, so wie es mein Gesippe, der große König Harald Schönhaar, vor mir tat. Und ich kam, um das

Reich meines Vaters Tryggve für mich zu gewinnen. Mit der Hilfe des Herrn Christus werden wir die Dänen aus Ranrike, Vingulmark und Vestvold[15] vertreiben. Morgen ziehen wir gegen die Stadt Tönsberg!"
Die meisten Jarle jubelten ihm zu.

Nachdem der König den Versammlungsplatz verlassen hatte, gingen auch die Jarle zu ihren Schiffen zurück. Sigurd und Bjarne wollten sich auch gerade zurückziehen, als ein Mann ihnen den Weg versperrte. Um seinen Hals trug der Mann ein silbernes Kreuz. Es war Thorvald Einarsson, der Bote des Königs.
„Der König grüßt dich, Jarl Sigurd und er befiehlt, dass du mit fünf Langschiffen vor Tönsberg landest und die Wälle der Stadt von der Landseite angreifst", sprach der Bote zu Sigurd. „Du wirst die Männer befehligen. So will es der König!"
„Warum gerade ich, ich bin dem Tryggvesson unbekannt?", fragte der Jarl erstaunt, denn er hatte den König und der König ihn vorher noch nie zu Gesicht bekommen.
„Dem König ist zu Ohren gekommen, dass du getauft bist, und es gibt nur wenige Jarle, die eine kleine Kirche ihren Besitz nennen. Er will, dass nur christliche Anführer Befehlsgewalt erhalten, Sigurd Svensson", gab Thorvald grinsend zur Antwort und ließ den Jarl ohne Gruß stehen. Sigurd überkam ein ungutes Gefühl, und ihm fielen die Worte seines alten Freundes und Steuermannes Björn wieder ein. Würde der König es wirklich wagen, das Volk zum Christenglauben zu zwingen? Dies würde wohl einen erneuten Aufstand heraufbeschwören. Schweigend gingen der Jarl und sein Sohn zu ihrem Schiff zurück.

---

[15] Vestfold, Vingulmark, Ranrike – Gaue in Südnorwegen und dem heutigen Schweden

Als der nächste Morgen dämmerte, brach die große Kriegsflotte des Königs von Kap Lindesnäs auf und segelte die Küste entlang nach Osten. Die zwei Langschiffe Jarl Sigurds und drei weitere Schiffe trennten sich von der Flotte, als sie das Gau Vestfold erreichten.
Einige Seemeilen vor der Stadt Tönsberg ließ der Jarl die Küste ansteuern, und sie gingen an Land. Sigurd teilte für jedes Schiff zehn Männer als Wache ein. Dann zog er mit einhundertvierzig Kriegern über Land gegen die große und reiche Handelsstadt. Tönsberg war die Königsstadt von Vestfold. Jetzt, da die dänische Fahne über dem Stadttor wehte, befahl ein Lehnsmann des dänischen Königs Sven in dem Gau.
Als die Norweger die Stadtmauern erreichten, war die Sonne bereits untergegangen. Jarl Sigurd gab den Befehl, die Wachen am Haupttor der Stadt zu überwältigen, und im Schutz der Dunkelheit wurden die ahnungslosen dänischen Soldaten überfallen und getötet. Das Stadttor wurde nach einem kurzen Kampf von den norwegischen Wikingern besetzt.

*

Erik hatte seine erste Schlacht geschlagen. Er war an der Seite seines Bruders in ein Wachhaus gestürmt und hatte einem der Wachmänner seinen Pfeil direkt in den Hals geschossen.
Entlang der Mauer waren die Krieger bis an das große Tor geschlichen. Die Dänen fühlten sich sicher, und nur zwei schlaftrunkene Wachen standen auf ihre Spieße gestützt an dem großen, weit geöffneten Tor. Zwei kurze Schnitte mit dem Messer, und der Lebenssaft der Wachmänner floss in den Sand.

Mit lautem Gebrüll, nicht wenige riefen die Namen ihrer Götter, fielen die Wikinger nun in die Wachstube ein und hieben mit ihren Äxten und Schwertern jeden ohne Gnade nieder, der sich ihnen in den Weg stellte.
Während der Schlacht versuchte der junge Erik, in der Nähe seines erfahrenen Bruders Bjarne zu bleiben, doch wurde er von den Kämpfenden immer weiter zurückgedrängt, bis er über einen der Toten, die nun in der Stube lagen, stolperte und fiel. Als er sich erheben wollte, stand plötzlich einer der dänischen Vasallen mit erhobener Klinge über ihm, um dem jungen Leben Eriks ein jähes Ende zu bereiten. Vor Angst schwanden ihm fast die Sinne. Er spürte keine Kraft mehr in den Armen, war zu keiner Gegenwehr mehr fähig, schloss nur noch seine Augen und wartete auf den Schmerz, der ihm den Tod bringen würde. Doch nichts geschah!
Nach Momenten, die einer Ewigkeit glichen, öffnete Erik die Augen. Der große Däne stand immer noch über ihn gebeugt, seine blauen Augen waren weit aufgerissen, und aus seinem Mund floss ein kleiner Bach tiefroten Blutes. Plötzlich fiel er zur Seite, und aus seinem Rücken ragte Bjarnes Streitaxt.
Erik zitterte am ganzen Körper und musste sich übergeben, sodass sich sein Mageninhalt über den Sterbenden ergoss. Nachdem endlich alle dänischen Wachmänner erschlagen oder geflohen waren, saß Erik erschöpft und mit blutverschmiertem Gesicht in der Wachstube. Er hatte die Schlacht unverletzt überstanden.
„Du solltest deine Feinde töten und nicht vollkotzen", rief Bjarne und schüttelte sich vor Lachen. „Außerdem musst du vorsichtiger sein, mein kleiner Bruder. Um ein Haar wäre es dein Ende gewesen. Sei wachsam und kämpfe ohne Gnade, nur so kannst du in der Schlacht überleben! Oder steht dir der Sinn nach einem Gelage an Odins Tafel?"

Erik schwieg. Ihm steckte der Schreck immer noch tief in den Knochen, und es war ihm speiübel.
Immer wieder griffen die Dänen aus dem Inneren der Stadt an und versuchten, das Tor zurückzuerobern. Doch die norwegischen Wikinger hielten den hartnäckigen Angriffen stand. Sigurd hatte seine Bogenschützen mit großem Geschick auf der Stadtmauer rund um das Tor postiert. Jeder Angriff der Dänen wurde von einem Pfeilhagel eingedeckt und zurückgeschlagen. Die wenigen Angreifer, die bis zum Tor vordrangen, wurden Opfer der norwegischen Äxte. Und dann endlich erstarben die Angriffe.
Die Flotte König Olafs war gelandet und griff Tönsberg nun von der Seeseite an. Doch die Kämpfe waren nur von kurzer Dauer, und schnell wurde die dänische Fahne eingeholt, die auf einem der Wehrtürme wehte. Die Übermacht der Norweger war zu groß für die dänischen Krieger, und schon bald wehte das Banner König Olafs über den Mauern von Tönsberg. König Olaf Tryggvesson versprach den Besiegten freien Abzug. Der dänische Stadtherse[16] musste erkennen, dass er den Kampf und somit die Stadt verloren hatte. Und so willigte er in den ehrenvollen Abzug ein. Eilig bestiegen die Dänen ihre Schiffe und verließen den norwegischen Boden.

Nach einigen Tagen kehrte endlich wieder Ruhe in Tönsberg ein, und das Leben in der großen Stadt ging wieder seinen gewohnten Gang. Der König schickte eine Schar Männer aus, um auch die umliegenden Dörfer und Höfe von den Dänen zu befreien. Aber die Wikinger kamen unverrichteter Dinge in die Stadt zurück. Denn nach dem Fall der schützenden Mauern von Tönsberg waren auch die vielen Dänen, die sich in der Umgebung angesiedelt hatten,

---

[16] Stadtherse – Stadthauptmann, Bürgermeister

voller Angst, getötet oder versklavt zu werden, aus dem Land geflohen.
Olaf Tryggvesson war sehr zufrieden mit dem Verlauf der Schlacht, denn mit Tönsberg war ihm eine reiche Stadt in die Hände gefallen. Der dänische Herse hatte einen beträchtlichen Schatz zusammengerafft, den er nun zurück lassen musste.
Nachdem er sein Gefolge, so wie es üblich war, reich beschenkt hatte, setzte der König einen der christlichen Jarle als Stadthersen ein. Für den Fall eines dänischen Überfalls ließ er vier voll bemannte Langschiffe zur Verteidigung zurück. Dann brach die Flotte nach Vingulmark auf, um das Erbreich König Olafs für den Herrscher zurückzugewinnen.
Einige Tage später lag die Kriegsflotte vor Sotenäset, König Olaf Tryggvessons Geburtsstadt.
Doch diesmal waren die Dänen gewarnt, denn die Nachricht vom Überfall auf Tönsberg war auch nach Sotenäset getragen worden.
Die Wälle der Stadt waren von vielen dänischen Soldaten besetzt, die auf den Angriff der Norweger warteten.
Die Wikinger waren auf dem langen Kiesstrand vor der Stadt gelandet. Nun zogen sie gemeinsam ihre Langschiffe auf festen Grund. Schiffswachen wurden eingeteilt und große Feuer entfacht, so war der Strand bald mit Lagerfeuern übersät. Einige Tage belagerte das Heer des Königs die Stadt, dann zogen die Norweger gegen die Mauern von Sotenäset.
Mutig kämpfte der König an der Seite seiner Krieger und schritt ihnen voran, denn die Stadt sollte - wie zuvor schon Tönsberg - von mehreren Seiten gleichzeitig angegriffen werden.
Als die norwegische Bevölkerung der Stadt nun das riesige Heer des neuen Tröndnerkönigs sah, sammelte sie sich zum Aufstand gegen die Besatzer. Männer, die von den Dänen

wie Sklaven zur Arbeit gezwungen worden waren, griffen nun zum Schwert und erhoben sich gegen ihre Herren. Kleinere Horden dänischer Soldaten, die sich auf den Weg zu den Stadttoren befanden, fielen schnell der aufgebrachten norwegischen Bevölkerung zum Opfer.
So gaben die Besatzer die Verteidigung der Wälle auf, und es gelang den norwegischen Kriegern, an einem der Seitentore durchzubrechen und sich nun, aus dem inneren der Stadt kommend, zum Haupttor durchzukämpfen.
Als die Dänen, die das große Tor bewachten und verteidigten, nun auch von der Stadtseite angegriffen wurden, flohen sie zur Königshalle, um sich dort zu verschanzen.
An anderen Stellen des Stadtwalles waren die Angreifer nun ebenfalls durch die Reihen der Verteidiger gebrochen und hatten die wenigen überlebenden dänischen Soldaten gefangen genommen. Auch von hier versuchten einige Flüchtige die Königshalle inmitten der Stadt zu erreichen. Nachdem sich das norwegische Heer gesammelt hatte, wurde das große Langhaus mit der Königshalle gestürmt. Die dänischen Besatzer konnten sich der Übermacht nicht mehr erwehren und wurden bis auf wenige erschlagen. Unter den Toten von Sotenäset war auch der vom Dänenkönig Sven Gabelbart als Stadtherse eingesetzte Jarl. Wieder wurden die wenigen überlebenden Dänen in ihre Heimat geschickt, damit sie dem Gabelbart berichten konnten. Die Bevölkerung von Sotenäset empfing, wie schon die Bewohner von Tönsberg, den Sohn ihres einstigen Königs Tryggve als Befreier. Für sie war er es, nur er allein, der die Dänen aus dem Land gejagt hatte.
Der König des Tröndelag bezog mit seinem Gefolge das alte Königshaus, das einst seinem Vater gehörte, und obwohl er damals, als seine Mutter nach dem Tode des Tryggve aus

Sotenäset floh, noch nicht geboren war, kam ihm dieses Haus vertraut vor.
Sein Stammheer, das nur aus christlichen Kriegern bestand und das dem König treu ergeben war, wurde in der Nähe des Königshauses einquartiert. Einige Jarle und ihre Schiffsbesatzungen wurden in den Siedlungen und Dörfern oder auf den Höfen in der Umgebung untergebracht. Doch die meisten Wikinger errichteten ihr Lager am Strand, denn sie wollten in der Nähe ihrer Schiffe bleiben.
Schon bald wurde Olaf Tryggvesson, als rechtmäßiger Erbe König Tryggves, zum Herrscher über Vingulmark ausgerufen.

Jarl Sigurd und die Krieger aus dem Sigurdfjord bezogen Quartier auf einem Gehöft außerhalb der Stadtmauern, das einem dänischen Bauern gehört hatte. Dieser Bauer und seine Gesippen waren geflohen. Jetzt lebten nur noch ein alter norwegischer Knecht und seine Enkelin sowie einige Mägde und ein paar Sklaven auf dem Hof.
Sigurd und seine Söhne betraten, ihre Schwerter in Händen, das Langhaus. In der Halle brannte ein kleines Feuer in der Feuerstelle, und es standen einige Tische und Bänke darin. Kleidungsstücke, Waffen und andere persönliche Gegenstände der Dänen lagen verstreut auf dem staubigen Boden und deuteten auf eine eilige Flucht ihrer Besitzer hin. Jarl Sigurd setzte sich auf den Hochstuhl, der, geschmückt wie ein Königsthron, in der Mitte der kleinen Halle stand. Dann ließ er den alten Knecht vor den Hochstuhl rufen. Der Alte fiel vor dem Stuhl des Hausherrn auf die Knie und zitterte am ganzen Leib.
„Du hast nichts zu befürchten, Alterchen", sprach der Jarl in ruhigem Ton. „Wir sind gekommen, um euch von den Dänen zu befreien!"
„Sklave oder Freier?", fragte da Bjarne schroff.

„Ich bin Norweger. Ein freier Norweger! Wie du!",
stammelte der Alte.
„Sage mir, wer war der Herr auf diesem Hof?", fuhr Sigurd
mit seiner Befragung fort.
„Der Name des Bauern war Snorri. Er war ein Gesippe des
dänischen Stadthersen", antwortete der Knecht mit
ängstlicher Stimme. „Als die Krieger des Tryggvesson
kamen, ist er mit seinen Männern hinter die Stadtmauern zu
seinem Gesippen geflohen!"
„Er wird nicht mehr zurückkehren, das steht fest!", lachte
Bjarne.
„Du bist nun wieder ein freier Mann, Alter", sagte Jarl
Sigurd. „Du kannst jetzt tun, was du willst!"
Da erhob sich der Alte und sprach mit fester Stimme: „Bei
Thor, der den Bauern seinen Schutz gewährt! Ich bin
Thorbjörn Gormsson. Dies war mein Hof, bis ihn mir die
Dänen nahmen und all meine Gesippen töteten. Meine
Enkelin und ich, wir sind die einzigen Überlebenden aus
meiner Sippe!"
Sigurd sah den Alten erstaunt an, der nun doch rasch seine
Angst verloren hatte und aufrecht und voller Stolz vor ihm
stand.
„Wenn wir abgezogen sind, wird der Hof wieder dir
gehören. Bis dahin nehmen wir deine Gastfreundschaft in
Anspruch!" Er erhob sich von dem Hochstuhl, packte den
Alten und setzte ihn lachend darauf.
Die Enkelin des Thorbjörn betrat den großen Raum. Sie hieß
Inga Gormsdottir mit Namen, und sie war die Tochter seines
Sohnes Gorm, der von den dänischen Besatzern im Kampf
getötet worden war. Sie war von zierlicher Gestalt und trug
ein einfaches Wollkleid, das ihre weiblichen Rundungen nur
schwer zu verbergen vermochte. Ihre langen, rotblonden
Haare hatte sie zu Zöpfen geflochten. Trotz der harten

Arbeit, die sie bei den Dänen hatte verrichten müssen, war sie zu einer schönen jungen Frau herangewachsen. Siebzehn Sommer zählte Inga und nur dem Hochmut des Bauern Snorri war es zu verdanken, dass sich Inga den Nachstellungen der Snorrisöhne hatte meist entziehen können.
Bjarne Sigurdsson hatte schnell Gefallen an Inga gefunden. Und auch das Mädchen war von Bjarnes Erscheinung nicht unbeeindruckt geblieben. Sooft es dem Jarlssohn möglich war, suchte er ihre Nähe, und selbst Sigurd war nicht entgangen, wie es um die beiden stand. Nach einigen Tagen kam ein Bote des Königs auf den Hof, der die Nachricht brachte, dass alle Jarle zu einem Thing nach Sotenäset gerufen wurden.

Am nächsten Tag ritten Jarl Sigurd und seine Söhne zur Königshalle, um der Ratsversammlung beizuwohnen. Erik sah zum ersten Mal eine große Stadt, denn er war vorher nie aus dem Sigurdfjord heraus gekommen. Als sie die Königshalle erreicht hatten, bat Erik deshalb seinen Vater, ohne ihn an dem Thing teilzunehmen. Er selbst wollte sich viel lieber die Stadt anschauen. Grinsend willigte der Jarl ein und so schlenderte der Junge durch die Gassen, sodass er bald den Marktplatz erreichte. Dort herrschte reges Treiben. Händler hatten ihre Stände aufgebaut und priesen lauthals ihre Waren an. Nahrungsmittel, Vieh, allerlei Tand aus aller Herren Länder, Sklaven zur Arbeit, junge Sklavinnen als Mägde und Gespielinnen. Auch Gaukler und Jongleure zeigten ihre Kunst. Vor dem Verkaufsstand eines alten Waffenhändlers blieb Erik stehen und betrachtete die Schwerter, die sorgsam auf dem Tisch lagen. Die meisten waren von schlechter Machart. Rostig und verscharrtet. Nicht zu vergleichen mit den Wunderwerken, die Thorkill, der Schmied des Dorfes, schuf, so fand Erik.

„Was hast du da für einen schönen Dolch, Junge?", fragte der alte Händler und zeigte auf die gebogene Waffe, die an Eriks Gürtel hing.
Der junge Tröndner wich einen Schritt zurück, als der Alte versuchte, nach dem Dolch zu greifen.
„Verkauf ihn mir!", forderte der Händler und grinste, dass die faulen Stummel, die einmal Zähne waren, in seinem Maul sichtbar wurden.
Erik wandte sich ab und ging wortlos seines Weges. Er wollte keinen Streit mit dem Alten, doch plötzlich wurde er an der Schulter gepackt und herumgerissen. Der Alte stand mit dem Schwert in der Hand vor Erik. „Er hat meinen kostbaren Dolch gestohlen, der Lump!", krächzte er, sodass sie die Aufmerksamkeit der Umstehenden auf sich zogen. Der Händler hob die schwere Waffe, um den Jarlssohn zu erschlagen. Doch der Tröndner war schneller als sein hässliches Gegenüber. Mit einem Ruck zog er seinen Dolch aus der Lederscheide und sprang auf die Seite, sodass ihn der Schwerthieb des Händlers verfehlte. Mit aller Kraft rammte er dem Angreifer die gebogene Klinge in dessen Bauch. Röchelnd fiel der Alte zu Boden und vor den Füßen des jungen Wikingers hauchte er mit seinem stinkenden Atem das Leben aus seinem Körper.
Mit zitternden Händen stand Erik vor dem Leichnam. Kalter Schweiß stand ihm auf der Stirn, und seine Zunge klebte an seinem Gaumen fest. Er hatte zum ersten Mal einen Mann getötet. Auge in Auge!
Schon in der Schlacht hatte er einen Gegner zu Hel in das Totenreich geschickt, aber dies geschah mit dem Pfeil aus der Ferne - und es war Krieg. Nun aber hielt er den blutigen Dolch in seiner Hand, und er hatte in die weit aufgerissenen Augen des Alten gesehen. Hatte seinen fauligen, sterbenden Atem gerochen.

„Er hat den Handelsfrieden gebrochen, tötet ihn!", rief eine Frau, und viele Händler stimmten in den Ruf des Marktweibes ein. Doch bevor sie den Jungen erschlagen konnten, kamen die Wachen des Königs und trieben sie zurück. Die Männer hatten den Tumult bemerkt und schleppten Erik nun in das schützende Wachhaus.

Der junge König saß auf dem Hochstuhl, der wohl einst seinem Vater Tryggve gehört hatte. Überall standen bewaffnete Krieger in dem Raum. Auf Holzbänken saßen einige Jarle und Männer aus ihrem Gefolge. Unter ihnen waren auch der Jarl aus dem Sigurdfjord und sein ältester Sohn. Der König sprach zufrieden über den Sieg, den sie davongetragen hatten. Da kam ein Mann in die Halle, trat an den Hochstuhl des Herrschers und flüsterte dem König etwas in sein Ohr. Olaf Tryggvesson nickte, und der Mann verließ die Halle, um kurz darauf mit zwei Wachen und einem sehr jungen Krieger zurückzukehren. Mit Entsetzen erkannte Sigurd den Jüngling.
„Jarl Sigurd!", rief der König ernst. „Ist dies dein Sohn?"
Sigurd trat vor den Thron und nickte.
„Dein Sohn hat den Handelsfrieden in Sotenäset gebrochen. Er hat einen Händler getötet", sprach der Lehnsherr. „Du weißt, welche Strafe er nun zu erwarten hat!"
Sigurd Svensson war entsetzt über diese Worte, denn er kannte die Strafe genau.
König Olaf gab den Befehl, den Erik vor den Thron zu führen. Der junge Tröndner sank auf die Knie.
„Sprich, Junge", befahl der König streng, und Erik berichtete von dem Vorfall auf dem Marktplatz, dem Vorwurf des Alten und der Herkunft seines Dolches.
„Da hörst du es, er hat sich nur zur Wehr gesetzt. Der Herr Christus soll mein Zeuge sein, mein Sohn spricht die Wahrheit!", sagte da Jarl Sigurd. „Der Dolch gehört meinem

Sohn. Ich selbst bekam ihn von einem Händler in Haithabu!"
Sigurd hatte seine Worte wohl bedacht, denn er kannte ja die christliche Gesinnung seines neuen Lehnsherrn. Und seine Worte verfehlten ihre Wirkung nicht.
Das Gesicht König Olafs erhellte sich. „Auch ich war als Knabe in einer ähnlichen Lage. Und nur das Heil des Herrn Christus gab mir die Kraft, diese schwere Prüfung zu bestehen. Ich will dir glauben", sprach er mit milder Stimme. „Jarl Sigurd, du wirst für die Tat deines Sohnes eine Mannesbuße[17] zahlen, sollten Gesippen des Mannes Anspruch erheben. Außerdem befehle ich, dass du mit deinen Männern sofort aufbrichst, um die Städte und Dörfer in Ranrike von der Herrschaft der Dänen zu befreien und das Heil des Herrn Christus zu verkünden! Gleichzeitig werde ich ein Heer durch das Landesinnere schicken, um die letzten Besatzer aus meinem Reich zu vertreiben!" König Olaf erhob sich von seinem Thron und sprach zu Erik: „Der Herr Christus heißt es eine Sünde, einen Menschen zu töten, doch manchmal hat ein Mann keine andere Wahl. Du bist ein tapferer, junger Krieger, Erik. Geh mit deinem Vater und befreie für mich Ranrike von den Dänen. Du bist frei!"
Kurz darauf verließen der Jarl und seine Söhne die Königshalle und ritten auf den Hof des alten Thorbjörn zurück. Jarl Sigurd hatte seit dem Verlassen des Langhauses geschwiegen. „Du hast recht gehandelt, als du den habgierigen Händler erschlugst, mein Sohn! In deinen Adern fließt wahrlich das Blut eines Wikingers!" Sigurd war stolz auf seinen Sohn, hatte sich dieser doch endlich im Kampf bewährt.
Die Männer des Jarls murrten, als sie von den Befehlen des Königs hörten. Sie hatten gehofft, den Winter in Sotenäset

---

[17] Mannesbuße – Geldstrafe, die an die Hinterbliebenen eines Erschlagenen zu zahlen war

verbringen zu können, wollten feiern und sich an den Brüsten einiger Weiber wärmen. Aber sie packten ihre Sachen und brachen das Lager ab, um an den Strand zu ziehen und die Schiffe seeklar zu machen.
Bjarne Sigurdsson verabschiedete sich schweren Herzens von Inga Gormsdottir und versprach, sie im nächsten Frühjahr nach dem Sigurdfjord zu holen.
Nachdem die Schiffe beladen waren, verabschiedete sich auch Jarl Sigurd von dem alten Thorbjörn und fuhr dann mit seiner kleinen Flotte nach Süden.
Die meisten Städte und Dörfer waren in den Händen der Norweger. Die Dänen waren geflohen oder von der aufständischen Bevölkerung aus Rachedurst erschlagen worden. Jarl Sigurd bestimmte christliche Männer zu Häuptlingen und Hersen, so wie es ihm der König befohlen hatte. Kurz vor Einbruch des Winters hatte der Jarl die Befehle des Königs ausgeführt. Das Erbreich König Olaf Tryggvessons war von den Dänen befreit. Und noch mehr! In allen großen Städten saßen christliche Jarle als Stadthersen, so wie es der Wunsch und Befehl des Königs gewesen war. Olaf selbst war in das Oberland von Ranrike gezogen, da er erfahren hatte, dass seine Mutter, die er seit frühester Jugend nicht mehr gesehen hatte, mit ihren neuen Gesippen dort lebte.
Jarl Sigurd gab den Steuermännern der drei Langschiffe, die mit ihnen gefahren waren, den Befehl, nach Sotenäset zurückzukehren. Das Sturmross und der Wogendrachen aber segelten nach Westen um Kap Lindesnäs herum, dem südlichsten Zipfel Norwegens, der Heimat entgegen.
Dann nahmen sie Kurs nach Nordosten. Es war Spätherbst geworden, und schwere Schneestürme erschwerten die Heimfahrt.

*

3. Der Knecht Thorgeir

Als die Langschiffe Jarl Sigurds in den Fjord einliefen, hatte der lange, nordische Winter bereits begonnen und das Land am Nordweg war fest in eisiger Hand.
Der Strand, die Wälder und die Felder, Berge und Hügel waren in eine dichte, weiße Decke gehüllt. Die Tage waren nur noch kurz, und es wurde kaum mehr richtig hell.
Der Rauch aus den Feuerstellen in den Hütten stieg weithin sichtbar in den klaren, kalten Himmel auf. Jarl Sigurd gab den Befehl, das Signalhorn zu blasen. Sein Sohn Erik stand am Bug des Sturmrosses und sah, wie die Bewohner des Dorfes sich auf dem Strand und dem Anlegesteg versammelten. Der Rotz in dem Flaum, der unter seiner Nase wuchs, war zu langen Eiskristallen gefroren.
Während das Sturmross am Steg anlegte, rutschte der Wogendrachen laut krachend auf den Strand und wurde sogleich von vielen helfenden Händen auf die Schiffsrollen gezogen. Die Wiedersehensfreude war groß. Frauen umarmten ihre Männer und Söhne, Kinder ihre Väter.
Die Schiffsbesatzungen waren vollständig zurückgekehrt. Keiner hatte den Schwerttod oder ein nasses Grab gefunden. Eine glückliche Fügung für den Jarl, denn sein Heil war groß. Die Männer entluden die Schiffe und schafften die Kriegsbeute auf den Hof ihres Fürsten.

Im Winter wurden die Schniggen überholt, die großen Segel wurden geflickt, geborstene Planken ausgewechselt, und der Rumpf wurde neu geteert. Dem Wogendrachen musste ein neuer Mast gesetzt werden, da der alte in einem Sturm angebrochen war und die notdürftige Reparatur nicht mehr hielt.

Dies waren Arbeiten, für die die Männer in den Wintermonaten genug Zeit fanden.
Der Jarl und seine Söhne gingen über den verschneiten Strand, durch den Kiefernwald, der den Hof des Sigurd vom Dorf trennte. Vorbei an den großen Bäumen, deren Äste unter der Last des Schnees zu Boden hingen. Die Luft war kalt und klar, die weiße Pracht knirschte bei jedem Schritt, unter den Füßen der Männer und in der Ferne krächzten die Raben. Sigurd war froh, dass er alle Männer lebend heimgeführt hatte, denn dies geschah leider nicht allzu oft.
So entschied der Jarl, Odin dem Einäugigen, dem obersten Gott seiner Väter, mit einem Opferfest zu danken.
Die Christen, die es in dem Fjord noch gab und die fast alle von Sigurds Weib bekehrte Knechte und Sklaven aus dem Süden waren, nahmen an den Festlichkeiten der Heiden nicht teil. Viele von ihnen gab es ohnehin nicht mehr im Sigurdfjord. Trotzdem lebten die Asenanbeter[18] und die Christusanhänger in dem Fjord friedlich miteinander.
Als sie den Hof erreicht hatten, stellte der Jarl erfreut fest, dass die zurückgebliebenen Knechte und Sklaven seine Befehle zu seiner vollsten Zufriedenheit ausgeführt hatten. Die Vorratshäuser waren prall gefüllt, und man brauchte den langen Winter nicht zu fürchten. Die kalte Jahreszeit war hart, und die ärmeren Kleinbauern mussten oft um ihr Leben bangen. Nicht selten starben die Alten freiwillig den Hungertod oder stürzten sich von den Klippen, damit die Jungen überleben konnten.

Aber Jarl Sigurd war ein reicher Kaufmann und Odalbauer, auf seinem Hof musste niemand Hunger leiden.
Weder Freie noch Sklaven! Und auch die umliegenden Bauern konnten meist auf die Hilfe ihres Gaufürsten hoffen.

---

[18] Asen – Eines der beiden Göttergeschlechter der Nordleute, an deren Spitze der Göttervater Odin stand

Nachdem sich Sigurd auf seinem Hochstuhl in der Halle seines Langhauses niedergelassen hatte, ließ er sich von den Knechten die Ereignisse während seiner Abwesenheit berichten. Einer der Knechte hatte versucht, sich eine Magd gegen ihren Willen zu nehmen. Dies war noch nicht weiter schlimm, doch das junge Weib hatte sich heftig gewehrt, worauf der Knecht sie in blinder Wut mit der Axt erschlug. Die anderen Knechte konnten den Mann aber überwältigen und nun saß dieser angekettet in einem Stall. Dazu kam, dass sie eine Beischläferin des Jarls war und oft mit ihm das Schlaflager geteilt hatte, weshalb Sigurd über die Tat in heftige Wut geriet.

Für den Abend rief der Jarl sein Gefolge zu einem Fest in die große Jarlshalle, dort sollte die glückliche Heimkehr der Seefahrer gefeiert werden. Außerdem wollte Sigurd über den Knecht Gericht halten.

„Bringt mir den Hundsfott her, ich will auf der Stelle über ihn richten", befahl Sigurd streng, kaum dass sich der Raum gefüllt hatte, und seine Laune war wenig festlich.

Bewaffnete Männer brachten den Knecht und warfen ihn vor dem Hochstuhl in den Staub.

„Du hast es also gewagt, eine meiner Mägde zu töten! Du! Der du selbst nur ein Halbfreier bist!" Der Jarl war sichtlich erbost. „Kannst du eine Buße für sie zahlen, Mann?" fragte er streng. Der Knecht schüttelte stumm den Kopf.

„Du bist ein Dieb, denn du hast mir eine gute Magd gestohlen! Sie war ein fleißiges Weib, und auch sonst war sie mir gern zu Willen! Du bist ein Mörder, Thorgeir! Und ich werde auf meinem Hof keinen Mörder dulden! Für diese schändliche Tat soll man dir den Kopf zwischen deine Füße legen, als Lehre für die anderen!", rief Jarl Sigurd höchst erbost.

Einige der freien Männer und Knechte murrten über dieses Urteil, wagten es aber nicht, für den Verurteilten zu sprechen. Nur Bjarne, der ruhig auf einer Bank gesessen hatte, erhob sich und trat vor den Hochstuhl seines Vaters.
„Bei Odin und allen Göttern von Walhalla!", rief er aus.
„Der Knecht Thorgeir ist ein gehorsamer Mann und leistet seit vielen Sommern gute Arbeit. Er war dir immer in Treue ergeben!" Bjarne sah in die Runde, und viele Männer nickten zustimmend mit dem Kopf.
„Außerdem ist er kein Sklave. Wegen eines Weibes soll er sterben? Ist sein Leben nicht mehr wert als das einer Magd?" Bjarne war erregt, da er den Knecht gut kannte, so wie er alle Krieger und Knechte seines Vaters gut kannte. Erik bewunderte seinen Bruder für den Mut, den Vater in höchster Erregung um das Leben des Knechtes zu bitten. Nun erhob auch er sich und stellte sich neben den Bruder, und einige der freien Männer folgten ihrem Beispiel. Sigurd sah seine Söhne und auch die Männer erstaunt an.
Er überlegte kurz, kratzte seinen Bart. „Du hast gute Fürsprecher, Hundsfott! Also werde ich Gnade walten lassen", sprach er zu dem Knecht. Listig grinste der Jarl.
„Jagt ihn von meinem Hof und aus dem Fjord. Sollte er es wagen, noch einmal das Land Sigurd Svenssons zu betreten, so soll er auf der Stelle erschlagen werden!"
Es wurde unruhig in der großen Halle. „Aber Vater", sprach nun Erik erregt. „Es ist Winter! So bedenke doch, er wird dort draußen niemals überleben können!"
„Das ist mein Befehl, und so wird es geschehen!", rief der Jarl außer sich vor Wut. Da sprang Bjarne von seinem Platz auf und verließ wütend die Halle. Nun wusste Erik, dass er nichts mehr für den Knecht tun konnte.
„Ich werde dich töten, Jarl Sigurd! Dich und deine Gesippen! Ich schwöre es, bei Odin und Thor!"

Die Stimme des Thorgeir überschlug sich, als man ihn aus der Halle schleppte. Zwei bewaffnete Krieger brachten den Verdammten an die Grenze des Sigurdgaus und befahlen ihm unter Androhung von Gewalt, das Land zu verlassen und nicht mehr zurückzukehren.
An diesem Abend wollte in der großen Halle keine rechte Stimmung aufkommen. Und als die Männer spät in der Nacht zu ihren Hütten gingen, sprach kaum einer mehr über den Knecht Thorgeir.

*

Um die Männer wieder versöhnlich zu stimmen, gab der Jarl einige Tage später ein weiteres Fest. Diesmal ließ er sogar einen Ochsen schlachten, und es gab viel Met und Bier. Auch Wein, den er auf Wikingfahrten erbeutet hatte, und den die Christen in Sigurds Gefolgschaft besonders gern zu ihren Festlichkeiten tranken, ließ er ausschenken. Abends wurden dann die Geschenke des Königs vom Jarl unter seinem Gefolge aufgeteilt, und nur die besten Stücke behielt er natürlich für sich.
Nun waren alle zufrieden, der Groll legte sich, und sie lobten ihren Häuptling. Als das Fest dann fort geschritten war, fragte Erik seinen Vater: „Was hat König Olaf wohl gemeint, als er sagte, es wäre ihm ähnlich ergangen? Wollte man auch ihn zum Tode verurteilen?"
Sigurd zog die Schultern hoch, sah sich um und rief Björn, seinen Freund und Steuermann zu sich an den Tisch. Der war ein alter Wikinger und hatte viel von der Welt gesehen, daher kannte er auch viele Sagas[19] und wusste sie zu erzählen.

---

[19] Saga – nordische Geschichten und Erzählungen

So befahl der Jarl ihm zu berichten, was er von der Lebensgeschichte des jungen Königs wusste. Und zum Erstaunen aller, wusste Björn viel zu erzählen. In der Halle wurde es ruhig. Man hörte nur noch das leise Knistern des Holzes in dem großen Feuer inmitten der Halle. Die Männer und Frauen machten es sich auf den Bänken bequem und lauschten den Worten des alten Steuermannes.

„Dies ist die Saga von Olaf Tryggvesson", begann Björn zu erzählen.

„*Als König Harald Harfagr, den man Schönhaar nannte, und der der erste Alleinherrscher in Norwegen war, seinen Sohn Erik zu seinem Nachfolger bestimmte, brach zwischen den Haraldssöhnen ein offener Streit aus. Erik tötete zwei seiner Brüder! Rögnvald und Björn! Und auch die beiden anderen Brüder, Sigröd und Olaf mit Namen, wurden von ihrem Bruder Erik in einer großen Schlacht besiegt. Deren Söhne Godröd und Tryggve aber konnten fliehen. Hakon, der jüngste der Haraldssöhne, der im Land der Angelsachsen aufgewachsen war, vertrieb seinen Bruder Erik, der den Beinamen Blutaxt trug, mit Hilfe des angelsächsischen Königs Äthelstan aus seiner Herrschaft. In die Gaue Vingulmark und Ranrike setzte er seinen Neffen Tryggve als Kleinkönig ein. Doch König Hakon, der Gute genannt, wurde von Harald Eriksson, einem Sohn des Erik Blutaxt, in einer Schlacht besiegt und getötet. Da Harald aber ein Vasall des Dänenkönigs war, verweigerte ihm König Tryggve Olafsson den Gefolgschaftseid. Nur mit Hilfe einer List gelang es Harald Eriksson, den Kleinkönig Tryggve in eine Falle zu locken und ihn zu töten. Königin Astrid, die Gemahlin Tryggves, floh mit ihren Töchtern ins Oberland auf den Hof ihrer Eltern. Auf der Flucht gebar sie einen Sohn, dem sie den Namen Olaf gab. Von Haralds Häschern verfolgt, floh*

Königin Astrid mit ihrem Sohn weiter nach Schweden. Ihre Töchter ließ sie bei ihren Eltern zurück. Von Schweden aus wollte Astrid zu ihrem Bruder nach Holmgard fliehen! Dieser Sigurd war ein Gefolgsmann des Großfürsten Wladimir von Kiew und ein großer Heerführer. Bei ihm wäre sie vor den Nachstellungen König Haralds sicher gewesen. Auf der Überfahrt wurde das Schiff jedoch von estländischen Seeräubern überfallen, und Astrid und ihr kleiner Sohn wurden in die Sklaverei verkauft. Olaf war drei Sommer und Winter alt. Sieben Sommer später, wurde Olaf Tryggvesson von seinem Onkel Sigurd entdeckt und aus der Sklaverei befreit.
Auf dem Markt von Nowgorod erkannte Olaf den Händler, der ihn und seine Mutter in die Sklaverei verkauft hatte und tötete diesen. So beging Olaf Tryggvesson mit zehn Sommern seinen ersten Totschlag!
Nur durch die Gutmütigkeit der Großfürstin Rogeneta, der Gemahlin Wladimirs von Kiew, entging Olaf dem Henker. Die Großfürstin nahm Olaf wegen seiner königlichen Herkunft in ihr Gefolge auf und ließ ihm eine gute Erziehung angedeihen.
Mit zwölf Sommern trat Olaf Tryggvesson in das Heer des Großfürsten ein und wurde später ein gefürchteter Heerführer. Doch um der christlichen Taufe zu entgehen, floh er, neunzehn Sommer alt, mit anderen Wikingern aus Russland und erreichte das Reich des Polenkönigs Miezko. Olaf verbrachte den Winter in Posen, der Königsstadt des Reiches. Mit dem Sohn des Königs verband Olaf bald eine tiefe Freundschaft. Und er verliebte sich in Geira, die Tochter des Polenkönigs. Eine aussichtslose Liebe, wie er dachte.
Mit der Hilfe des Prinzen Boleslaw aber und einer List gelang es Olaf dennoch, die Prinzessin zur Gemahlin zu nehmen. Das Schicksal schien es mit dem jungen Jarl gut zu

meinen. Nun trat Olaf sogar zum Christenglauben über und empfing die Taufe. Über einen Sommer lebte er glücklich im Polenreich, bis sein Weib im Kindbett starb.
Verbittert wendete Olaf sich vom Christenglauben ab und fiel bei dem König der Polen in Ungnade. Im Alter von zweiundzwanzig Sommern verließ er das Polenreich, um auf Wiking auszufahren.
Mit dem Dänenkönig Sven Gabelbart heerte er auf der Insel der Angelsachsen und belagerte die große Stadt Londinium[20]. So kam er zu viel Ruhm und Ehre und wurde ein gefürchteter Seekönig.
Drei Sommer später vermählte sich Olaf Tryggvesson auf den Scilly Inseln mit einer Irin und kehrte zum Christentum zurück. Von dort holte ihn Thorir Klakka nach Norwegen. Mehr weiß ich nicht vom neuen König zu berichten!"

Björn setzte seinen Becher an und leerte ihn in einem Zug.

*

Die Zeit verging, und der Winter zeigte nun sein unfreundlichstes Gesicht. Es schneite unaufhörlich, und heftige Schneestürme wirbelten über das Land, sodass die Menschen ihre Hütten nur noch selten verließen.
Man vertrieb sich die Zeit mit Haus- und Flickarbeiten, machte Spiele oder lud seine Nachbarn ein und gab Feste. Doch wenn es das raue Winterwetter zuließ, die Sonne ihr Antlitz zeigte und der Himmel klar und wolkenlos war, dann setzte man seine Arbeit im Freien fort. Segel und Netze wurden geflickt, neue Ruderpinnen wurden geschnitzt und neue Waffen geschmiedet.

---

[20] Londinium - London

Die Männer hatten nun auch das Sturmross auf die Schiffsrollen gezogen und mit den Ausbesserungsarbeiten an dem Großsegler begonnen.
Seinen Sohn Erik schickte der Jarl mit einigen Knechten in den Wald, um einen großen Baum zu fällen. Gerade musste er sein, denn auf dem Wogendrachen sollte nun der längst fällige neue Mast gesetzt werden. Seit der Kriegsfahrt in den Süden, an der Seite König Olafs, sah der Jarl in Erik kein Kind mehr, und er behandelte ihn auch so.

Mit ihren langstieligen Äxten kämpften sie sich durch den tiefen Schnee und suchten nach dem geeigneten Baum. Weit mussten die Männer in den Wald hinein, bis sie einen Stamm fanden, der so gerade gewachsen war, dass er sich als Schiffsmast eignete. Nachdem der mächtige Baum dann gefallen war, wurden die Taue um den Stamm gebunden und mit der Hilfe von zwei Pferden, die sie mit sich führten, wurde er zum Strand geschleppt.
Die frischen Spuren im tiefen Schnee hatte Erik sofort entdeckt. Sie befanden sich auf dem beschwerlichen Rückweg, da sah er sie. Es musste ein großes Rudel sein! Normalerweise wagten die Graupelze sich nicht so nah an eine Siedlung heran. Doch durch den frühen Wintereinbruch gab es nur noch wenig Wild in den Wäldern, und die Raubtiere hofften nun, bei den Menschen etwas Fressbares zu finden. Manchmal waren es auch die Menschen selbst, die ihnen zum Opfer fielen. Doch dies kam nur selten vor. Ein kleiner Hof konnte durch die hungrigen Jäger in arge Bedrängnis geraten. Und es gab einige kleinere Gehöfte in der Umgebung, meist arme Kleinbauern, denen es schwer fiel, den Winter zu überstehen. Erik beschloss seinen Vater zu bitten, einige Krieger auszuschicken, die im Hinterland nach dem Rechten sehen sollten.

Als es Abend wurde, kamen die Bewohner des Hofes in der großen Halle des Langhauses zusammen, um sich die Zeit zu vertreiben. Feuer brannten in den eisernen Körben, die an den Pfosten des Hauses hingen. Die Mägde waren mit der Zubereitung der Speisen beschäftigt, und es hatte auch einige Männer des Dorfes in die Halle des Jarls geführt. Jarl Sigurd saß mit Bjarne, Thorkill Ormsson und Björn dem Steuermann an einem der Tische und vertrieb sich die Zeit mit einem Würfelspiel. Da trat Erik an den Tisch.
„Vater, ich bin in Sorge!" Erstaunt sah der Jarl seinen Sohn an. „Was bedrückt dich, Erik?", fragte er neugierig.
„Ich habe im Wald die Spuren eines Wolfsrudels entdeckt. Nicht weit unseres Hofes!"
„Wegen der paar Wölfe machst du dir Sorgen?", wunderte sich Sigurd. „Sei beruhigt, mein Sohn. Die wagen sich nicht her, aber das solltest du doch wissen!"
„Um unseren Hof sorge ich mich nicht, sondern um die Bauern im Hinterland!" Nun sahen sich die Männer, die an dem Tisch saßen, nachdenklich an, denn sie kannten die Gefahr, die von den hungrigen Graumänteln ausging.
Da der Jarl schon einige Becher Bier und auch heißen Met geleert hatte, sprach er voller wohlwollen: „Du hast Recht, Erik. Ich als ihr Lehnsherr muss die Bauern auf meinem Land schützen, und darum werden wir die Wölfe aus der Gegend vertreiben!"
Erik war am nächsten Morgen zeitig aus seinem Schlafsack gekrochen und hatte den Sklaven die Anweisung gegeben, die Proviantsäcke zu packen. Außerdem holten sie Felle und dicke Wolldecken heran und verstauten alles sorgsam auf den Schlitten. Es dauerte jedoch noch lange, bis der Jarl und die anderen Männer erwachten.
Sigurds Kopf brummte wie ein Bienenstock, und den anderen erging es auch nicht viel besser. Sie hatten ihren Entschluss, die Wölfe zu jagen, längst bereut.

Erst als die Sonne schon hoch am Himmel stand, bestiegen sie ihre Pferde und verließen den Hof. Erik und sein Bruder Bjarne ritten neben ihrem Vater. Die Wege waren tief verschneit, und so kamen sie nur langsam voran. Es wurde bereits dunkel, als es erneut zu schneien begann und die Pferde in dem frisch gefallenen Schnee noch tiefer einsanken, sodass die Reiter absteigen mussten.
Spät in der Nacht erreichten sie den kleinen Hof eines Bauern namens Gandolf Knutsson. Der Bauer trat mit dem Schwert in der Hand aus dem Haus, und hinter ihm stand mit einem Ger[21] bewaffnet, sein Sohn Knut. Dazu kamen noch drei Knechte mit Mistgabeln in ihren Händen.
Als Gandolf seinen Jarl erkannte und begrüßte, hielt sich die Freude in Grenzen, denn für einen armen Bauern war es nicht einfach, einen umherziehenden Jarl und seine zwanzig hungrigen Krieger zu bewirten, was seine Pflicht war.
Aber Jarl Sigurd erkannte die Gedanken des Bauern und beruhigte den Mann. „Sorge dich nicht, Gandolf Knutsson, wir haben genug Proviant bei uns, sodass wir dir nicht zur Last werden!" Die Miene des Bauern erhellte sich, und er bat seinen Lehnsherrn, einzutreten.

Jarl Sigurd und seine Söhne bezogen im Haupthaus Quartier. Die restlichen Männer mussten mit den Ställen vorlieb nehmen.
Der Jarl gab seinen Knechten den Befehl, der Frau des Hauses den nötigen Proviant zu geben, damit sie eine Mahlzeit herrichten konnte. Sofort machte sich Gandolfs Weib mit der Hilfe ihrer drei Töchter an die Arbeit. Es dauerte nicht lange, und der Duft von gebratenem Fleisch und Hirseeintopf durchzog das Haus.

---

[21] Ger – Wurflanze der germanischen Völker

Wie es seinem hohen Stand gebührte, nahm Jarl Sigurd auf dem Stuhl des Bauern an der Kopfseite des Tisches Platz. Links von ihm saßen Bjarne und Erik, rechts von ihm hatten Gandolf und sein Sohn Knut Platz genommen. Dann folgten des Bauern Weib und seine Töchter, die zu den beiden jungen Männer herüber sahen und kicherten und feixten, bis ihr Bruder Knut streng für Ruhe sorgte.

„Herr, erlaube mir die Frage, was dich im Winter zu uns führt?", fragte der Bauer zögerlich.

Sigurd legte den hölzernen Löffel beiseite und gab zur Antwort: „Die Sorge um meine Bauern, Gandolf! Der Winter ist hart in diesem Jahr. Mein Sohn Erik entdeckte die Fährte eines Wolfsrudels, das sich in den Wäldern herumtreibt." Er wischte sich mit dem Ärmel über den Mund. „Wenn die Biester sich so nah an eine Siedlung wagen, müssen sie sehr hungrig sein!"

Erstaunt sah der Bauer seinen Lehnsherrn an. Es kam nicht oft vor, dass sich ein Jarl um sein Volk kümmerte, außer es war an der Zeit, die Steuern einzutreiben. Nicht aber, um sie vor hungrigen Wölfen zu schützen.

Die Frage, ob er die Wölfe oder Spuren der grauen Räuber gesehen hatte, verneinte der Bauer. Es wurde noch viel geredet und gut gegessen in dieser Nacht, bis man sich zur Ruhe legte.

Am nächsten Morgen verabschiedeten sich der Jarl und seine Söhne von Gandolf Knutssons Sippe und zogen weiter in das Landesinnere.

Das nächste Ziel war Gudbrandshöfti. Der Hof von Astrid Lodinsdottir, einer Witwe, die mit ihrem Sohn Thore und ihrer Tochter Asa das kleine Gehöft bewohnte. Nach zwei Tagen erreichte die kleine Kolonne den Hof der Witwe. Seit dem Morgen hatte sich das Wetter stark verschlechtert. Es hatte wieder zu schneien begonnen, der Wind wehte

heftig, und alle waren froh, den Hof noch vor dem Einbruch der Dunkelheit erreicht zu haben.
Astrid begrüßte die Ankommenden freundlich, obwohl auch ihr der Besuch des Jarls und seinem Gefolge missfiel. Sie war eine schöne und stolze Frau und zählte fünfunddreißig Sommer. Langes, blondes Haar umrahmte ihr fein geschnittenes Gesicht. Gudbrand, ihr Mann, war vor drei Sommern mit einem Schweden auf Wiking ausgefahren und nicht mehr zurückgekehrt. Sicher hatte er den Schwerttod gefunden. Seitdem bewirtschafteten Astrid und ihre Kinder den Hof so gut sie konnten mit der Hilfe eines alten Sklaven. Sein Name war Johannes, und er kam aus dem Reich des deutschen Kaisers. Er war einst der Priester eines christlichen Ordens gewesen, und man hatte ihn geschickt, um in Südnorwegen die Heiden zu bekehren. Doch bei der Überfahrt fiel er im Nordmeer einem Wikinger in die Hände. Gudbrand hatte den sächsischen Sklaven auf einem Markt im Süden gekauft, und nun gehörte Johannes schon seit sechzehn Sommern und Wintern zum Hausstand des Norwegers. Sein Verdienst war es, dass die Kinder in christlichem Glauben erzogen worden waren und dass auch Gudbrand und sein Weib Astrid früh den neuen Glauben angenommen hatten.

Inzwischen war Johannes alt geworden, fast sechzig Sommer zählte sein Leben schon. Astrid hatte er lieb gewonnen wie eine Tochter, und Gudbrand hatte er bei dessen Abfahrt schwören müssen, auf sein Weib und die Kinder zu achten. Johannes war der Ziehvater der Kinder geworden.
Der Hof bestand aus einem Haupthaus und einigen Stallungen. Auf freiem Feld war er gebaut, dessen einzige Erhöhung eine kleine Baumgruppe war. So pfiff der eisige Wind ungehindert um das Haus.

Jarl Sigurd grüßte die Astrid und ihre Kinder und trat dann in das Haus. Obwohl der Hof klein war, so war das Gebäude zu Sigurds erstaunen, doch recht groß und geräumig. Gudbrand war, wenn er sich nicht einem Seefahrer anschloss und als Wikinger sein Glück versuchte, ein Jäger und Pelzhändler gewesen. Aber längst waren die letzten Felle verkauft und die Bewirtschaftung des Hofes brachte gerade soviel ein, dass seine Bewohner nicht verhungern mussten. Sigurd befahl die Schlitten abzuladen und allen Proviant in das Langhaus zu schaffen. Er und seine Söhne bewohnten natürlich, wie es üblich war, Kammern in dem Hauptgebäude. Sein Gefolge machte es sich in der Halle des Hauses rings um das große Feuer bequem.
Als der Jarl vom Sigurdfjord der Astrid von dem Grund seiner Reise erzählte, war auch diese, wie vor ihr der Gandolf, darüber sichtlich erfreut. Daraufhin hatte der Jarl beschlossen, die nächsten Tage auf dem Hof der schönen Witwe zu verweilen. Die Nahrung, die sie mit sich führten, würde noch einige Tage ausreichen, zumal sich das Wetter noch weiter verschlechtert hatte. Schneestürme fegten über das Land und die Berge hinweg und machten eine weitere Suche unmöglich.
Astrid Lodinsdottir gefiel dem Jarl recht gut, denn sie war ein schönes Weib und dazu noch von hellem Verstand. Außerdem hatte er schon sehr lange auf die Gesellschaft eines Weibes verzichten müssen. Ab und an eine der Sklavinnen, doch das war etwas anderes.
Er beschloss, einige Männer auszuschicken, die die Wölfe erlegen sollten, denn ihm selbst war die Lust an der Jagd vergangen.
Die Feuerkörbe in dem großen Raum wurden entzündet, und Astrid bereitete aus den mitgebrachten Lebensmitteln ein schmackhaftes Mahl. Ihre Tochter, die der Mutter zur Hand ging, sah der Astrid sehr ähnlich. Mit ihren fünfzehn

Sommern war sie längst im heiratsfähigen Alter, und es war nicht selten, das Mädchen schon mit zwölf Sommern verheiratet wurden. Sie war von zierlicher Statur, doch wirkte sie trotz ihrer Jugend sehr weiblich. Ihr langes, blondes Haar lag zu dicken Zöpfen geflochten auf ihrer Schulter. Sie trug ein braunes Wollkleid, darüber eine helle Schürze, und um die Taille einen geflochtenen Ledergürtel, an dem ein kleines Messer hing.
Eriks Augen suchten immer wieder das schöne Antlitz des jungen Mädchens, das ihm an der Tafel beim Mahl gegenübersaß. Und Asa erwiderte die Blicke des jungen Wikingers.

Untätig verrannen für die Männer die Tage, und der Schneesturm nahm an Heftigkeit noch zu. Bjarne hatte sich bereit erklärt, mit einigen Männern auf die Jagd zu gehen. Trotz des Sturmes. Das Warten gefiel ihm nicht, und seine Laune verschlechterte sich von Tag zu Tag. Er fand keine Ruhe und konnte es nicht erwarten, dass der Winter zu Ende ging. Er wollte endlich Inga in den Sigurdfjord holen. Auch missfiel ihm das Interesse seines Vaters an der schönen Witwe. Noch vor einigen Tagen hätte nichts und niemand Erik davon abgehalten, mit den Männern zu reiten, doch nun zog er es vor, auf dem Hof zu bleiben. Bjarne kannte auch den Grund dafür, und dies gefiel ihm gar nicht.

Er hatte eine Wollhose und dicke Fellstiefel angezogen, sein schweres Kettenhemd hatte Bjarne abgelegt, und stattdessen trug er über dem wärmenden Kirtel einen Fellumhang. Auf dem Kopf trug er anstatt seines Helmes eine Pelzkappe. Pfeilköcher und Bogen hatte er sich über die Schulter gehängt. So war Bjarne mit zehn Männern fortgeritten. Nach drei Tagen hatten sie die Fährte eines Wolfsrudels entdeckt und waren ihr gefolgt. Hatten sich durch den hohen Schnee

gekämpft und eine kleine Bergkette überwunden als sie, in einem kleinen Wald gelegen, die Hütte des alten Jägers Erling erreichten.
Bjarne hatte die Raubtiere als erster bemerkt. Die Wölfe schlichen hungrig und unruhig um das Gebäude. Sie warteten darauf, leichte Beute zu machen. In der Hütte des Jägers jedoch bewegte sich nichts. Der Jarlssohn ließ seine Männer ausschwärmen, und der fallende Schnee und die Richtung des Windes verhinderten wohl, dass die Räuber die Witterung der Jäger aufnahmen. Mit gespannten Bögen schlichen sie sich Schritt für Schritt näher an die ahnungslosen Tiere heran. Als der erste Wolf die Jäger witterte, war es für ihn bereits zu spät. Ein Pfeil durchschlug die Kehle des Tieres, und es fiel sterbend in den Schnee. Die anderen Wölfe suchten nun ihr Heil in der Flucht. Aber die todbringenden Wundwespen flogen durch die Luft und erlegten noch ein ums andere Tier. Mit ihren Äxten und Schwertern vollendeten die Jäger ihr blutiges Werk. Sie erschlugen die noch winselnd und jaulend im Schnee liegenden Tiere. Von dem großen Rudel waren viele zur Strecke gebracht, und nur wenigen Tieren war die Flucht gelungen.
Während die Männer den toten Wölfen die Pelze auszogen, ging Bjarne zu der Hütte. „He, Erling! Du alter Faulpelz! Hilfe naht", rief Bjarne, der den Jäger kannte. Er wollte die Tür öffnen, doch sie war verriegelt. Er nahm seine Axt und schlug gegen das morsche Holz der Pforte. Als er die Hütte betrat, saß Erling auf dem Boden vor der längst erloschenen Feuerstelle. Der alte Jäger war steif gefroren wie ein Eiszapfen, und es war schon lange kein Leben mehr in ihm. „An dem hätten sich die Biester die Zähne ausgebissen", murmelte er, als er sich den Toten besah.
Erfroren? Verhungert? Das wussten nur die Götter, bei denen er nun weilte. Seine Augen waren geöffnet, und man

mochte glauben, ein Lächeln lag auf seinen Lippen, und in der erstarrten Hand hielt er sein Schwert. So starb er wie ein Wikinger, der er einmal gewesen war.
Bjarne gab den Befehl, einen Scheiterhaufen zu errichten, was bei den Temperaturen keineswegs einfach war. Doch die Männer schlugen Holz, und mit etwas Mühe verbrannten sie den Leichnam, so wie es Sitte war. Nun würden die Walküren, die Töchter des Göttervaters, kommen und ihn an die Tafel Odins nach Walhalla holen.
Nachdem sie Erling den Göttern übergeben hatten, richteten sie sich in der Hütte ein. Hier wollten sie den heftigen Schneefall abwarten, einige Tiere jagen und die nächsten Tage verbringen, bevor sie den Rückweg durch die verschneiten Wälder des norwegischen Hinterlandes antraten.

Oft verbrachte Erik seine Zeit mit der Pflege der Pferde, oder er ging, wenn es das Wetter erlaubte, zur Jagd. Doch die Beute war rar. Dem jungen Thore, der gerade einmal zwölf Sommer und Winter zählte, musste er oft von der Schlacht in Tönsberg erzählen. Und der Junge hörte aufmerksam zu, denn von Johannes hatte er immer nur Geschichten vom Herrn Christus gehört, aber nie die Sagas der Wikinger. So vertrieben sie sich die Langeweile.
Es waren sieben Tage vergangen, seit Bjarne und die Männer den Hof der Witwe verlassen hatten. Jarl Sigurd wurde nun immer unruhiger. Zwar genoss er die Gesellschaft der Astrid Lodinsdottir und auch an Johannes, dem väterlichen Sklaven, der ein kluger Mann war, hatte er Gefallen gefunden. Aber er wollte nun endlich auf seinen eigenen Hof zurückkehren. Die Astrid gefiel dem Jarl so gut, dass er sie eines Abends bat, ihm auf seinen Hof zu folgen und seine Gemahlin zu werden.

Nach kurzer Bedenkzeit stimmte sie zu, denn Sigurd
Svensson war ein wohlhabender und angesehener Mann. Da
sie aber eine gläubige Christin war, nahm sie ihm das
Versprechen ab, fortan ehrlich den Glauben an den Herrn
Christus mit ihr zu teilen. Und Jarl Sigurd willigte ein. So
wie er es schon einmal vor vielen Sommern getan hatte.
Er gab Johannes den Befehl, allen Hausrat zusammen zu
packen, damit sie, wenn Bjarne eintraf, den kleinen Hof
verlassen konnten.
Die Kinder der Astrid waren sehr erfreut über die
Heiratsabsicht ihrer Mutter. Auf dem kleinen Hof waren nun
alle damit beschäftigt, das Hab und Gut auf die Schlitten zu
verstauen. Doch viele Sachen mussten zurückbleiben. So
auch das Vieh, das den Weg durch den Schnee nicht
überlebt hätte. Also bestimmte der Jarl zwei Knechte, die
auf dem Hof bleiben sollten, um die Tiere zu versorgen. Er
gab ihnen den Befehl, zu folgen, sobald es die Witterung
zuließe.
In den letzten zwei Tagen war der Jarl nachdenklich
geworden. Er saß des Öfteren vor dem Feuer, das in der
Halle brannte und dachte darüber nach, wie er Bjarne von
seinen Heiratsabsichten erzählen sollte.
Besonders die Bedingung Astrids, an den Herrn Christus zu
glauben, machte ihm Sorgen. Bjarne mochte die Christen
nicht besonders. Er war Asenanbeter, und seine Götter
waren Odin und der hammerschwingende Thor. Der älteste
Sohn Sigurds hatte die kleine Kirche auf dem Hof nie
betreten, und er war es, der sie nach dem Tode von Eriks
Mutter niederreißen wollte, was der Jarl jedoch verbot.
Bjarne war unter den Kriegern, den Wikingern
aufgewachsen, und er glaubte fest an ihre Götter.
Es vergingen weitere vier Tage, bis Bjarne Sigurdsson und
die Männer endlich auf Gudbrandshöfti zurückkehrten.

Bjarne klopfte sich den Schnee von den Schultern und betrat das Haus. Er ging auf seinen Vater zu, der mit Erik vor der Feuerstelle stand, und umarmte ihn kurz.
„Heil, Jarl Sigurd, wir sind zurückgekehrt und haben deine Befehle ausgeführt", grüßte Bjarne seinen Vater, warf seinen Fellumhang und die Pelzmütze auf eine der Bänke und setzte sich an das wärmende Feuer. Auch die Männer, die mit Bjarne geritten waren, betraten das Langhaus, nachdem sie die Pferde versorgt und die Jagdbeute verstaut hatten. Sie klopften den Schnee von der Kleidung und pusteten ihren warmen Atem in die Hände. Die Jäger grüßten ihren Jarl und setzten sich ebenfalls an die wärmende Feuerstelle. Bei heißem Met saßen die Männer zusammen, und Bjarne berichtete seinem Vater von der Jagd auf die Wölfe und dem Tod des alten Jägers Erling.
„Ich habe eine Entscheidung getroffen", sprach der Jarl, als Bjarne geendet hatte. „Astrid Lodinsdottir wird mit uns nach Sigurdfjord kommen, und sie wird mein Weib werden! Auch will ich fortan an den Herrn Christus glauben. Meinem Gefolge bleibt es weiterhin freigestellt, welchem Gott es seine Opfer darbringt!"
Bjarnes Gesicht war wie versteinert, als er die Worte seines Vaters vernommen hatte. Er stand auf und verließ ohne ein Wort zu verlieren die Halle. Erik wollte seinem Bruder folgen, doch Jarl Sigurd befahl ihm zu bleiben.
Früh am Morgen des nächsten Tages traten sie die Rückreise durch das tief verschneite Gebirge Nordnorwegens an. Bjarne ritt mit fünf Männern dem kleinen Zug voraus. Jarl Sigurd und Erik begleiteten den Schlitten, in dem die Astrid mit ihren Kindern und der alte Priester Johannes fuhren. Dahinter folgten die Gepäckschlitten und die anderen Krieger. So erreichten sie nach einigen Tagen den Hof Jarl Sigurds.

Astrid Lodinsdottir und ihre Kinder hatten Kammern im Hauptgebäude bezogen und waren von dem großen Hof des Jarls sehr beeindruckt. Nachdem sie sich von den Strapazen der Reise erholt und bei einem guten Mahl gestärkt hatten, ließ der Jarl sein Gefolge in die große Halle rufen.
Eine seltsame Spannung lag in der Luft, nachdem die Männer das Langhaus betreten hatten, und Erik fiel sofort auf, dass alle Männer bewaffnet waren. Da ließ der Jarl seine Knechte zu den Waffen greifen. Während seiner Abwesenheit musste ohne Zweifel etwas vorgefallen sein.
Langsam füllte sich die Jarlshalle. Sigurd saß auf seinem Hochstuhl, neben ihm saßen seine Söhne und Astrid, die Tochter des Lodin. Ihre Kinder mussten in den Kammern im hinteren Bereich des Hauses bleiben.
Keiner der Männer in dem großen Raum sprach ein Wort. In einer Ecke der Halle standen dicht gedrängt die wenigen Männer, die Anhänger des Herrn Christus waren. Misstrauisch beobachteten sie die anderen, als fürchteten sie einen Angriff.
„Was ist hier geschehen?", fragte der Jarl mit finsterer Miene. Thorkill Ormsson, der ihm am nächsten stand, gab Antwort.
„Über das Meer sind Fremde gekommen, die viel zu berichten hatten, Sigurd!"
„Fremde? Zu dieser Jahreszeit? Wer ist so verrückt und fährt zu dieser Jahreszeit aufs Meer hinaus?" Ungläubig sah sich der Jarl in der Halle um, konnte aber kein unbekanntes Gesicht entdecken. Da gab Thorkill einem der Männer ein Zeichen, woraufhin die große Tür des Gebäudes geöffnet wurde und ein Fremder eintrat. Er ging durch die Halle und blieb neben Thorkill, dem Schmied, stehen.
„Heil dir, Jarl Sigurd!", grüßte der rothaarige Mann den Jarl. „Mein Name ist Odinger! Meine Gesippen und ich sind aus der Stadt Sotenäset geflohen!"

„Geflohen?", fragte der Jarl ungläubig. „Vor wem seid ihr geflohen? Haben euch etwa die Dänen angegriffen?"
„Nein, Herr, nicht vor den Dänen sind wir geflohen, sondern vor dem Heuchlerkönig Olaf", gab Odinger zur Antwort. „Der Tryggvesson hat ein Thing in der Stadt einberufen und befohlen, dass alle Bewohner der Stadt die christliche Taufe empfangen müssen. Er wolle nicht mit Heiden in einer Stadt leben, so hat es ihm sein Bischof eingeredet." Durch Maulen und Schmährufe taten die Anwesenden ihren Unmut kund.
„Wer sich weigere, müsse Sotenäset noch vor dem Weihnachtsfest, an dem die Christen die Geburt ihres Gottes feiern, verlassen, oder er werde getötet", erhob Odinger seine Stimme. Lautes Murren ging durch die Reihen der heidnischen Nordmänner.
„Das waren seine Worte!", rief der rothaarige Nordmann laut in die Halle.
„Ja, er verbot jegliches Opfern zur Wintersonnenwende und drohte gar mit der Todesstrafe! Alle Götzenbilder ließ er zerschlagen!"
Nun begehrten die Asenanbeter auf und riefen ihre Racheschwüre in die Halle. Einige zogen gar ihre Schwerter. Doch der Jarl sorgte schnell für Ruhe, und Odinger konnte weitersprechen. „Viele ließen sich aus Angst taufen. Andere flohen über die Grenze zu den Schweden. Sie wollten sich Erik Hakonsson, dem Sohn des bösen Jarl Hakon anschließen!"
„Wir sind auf dem Wege nach Grönland, bei Erik Thorvaldsson, den man den Roten nennt, da wollen wir bleiben. Doch wir bitten dich, den Winter im Sigurdfjord verweilen zu dürfen!"
Nun wurde es wieder laut in der Halle, denn die heidnischen Krieger waren entsetzt über den Wortbruch des Königs. Sie riefen Schmähworte auf Olaf Tryggvesson und wünschten ihn zu Hel, der Göttin des Totenreiches.

Einige Hitzköpfe versuchten gar, die christlichen Männer anzugreifen. Vergaßen in ihrer Wut sogar, dass diese Männer ihre Freunde und Nachbarn waren. Jarl Sigurds Waffenknechte hatten alle Mühe, einen offenen Kampf zu verhindern.

„Ruhe!", rief Jarl Sigurd wütend in den Saal und befahl seinen Männern, für Ordnung zu sorgen. „Schweigt! Alle! Oder ich lasse euch in Stücke hauen!"

Nachdem einige allzu Stürmische mit Fausthieben niedergerungen waren, beruhigte sich die Menge wieder, denn die Waffenknechte des Jarls waren in der Überzahl. Einige Besonnene, wie Thorkill Ormsson, stellten sich zwischen die Streitenden.

„Ich bin euer Jarl, seit vielen Jahren!" Sigurd hatte sich von seinem Hochstuhl erhoben und stand nun mit der Hand am Schwertgriff, vor seinem Gefolge. „Ihr wisst auch, dass ich die Taufe annahm, als ich mich vermählte. Und ihr wisst, dass viele Nordmänner dies tun, um in den christlichen Ländern Handel zu treiben! Es wird keinen Glaubensstreit geben, nicht in meinem Gau. Dafür werde ich sorgen, wenn es sein muss, auch mit Waffengewalt!" Jarl Sigurd hatte sein Schwert Kehlenbeißer aus dem Wehrgehäng gerissen und hielt seinem Gefolge drohend die scharfe Klinge entgegen. In der Halle wurde es ruhig, keiner wagte es, seinem Jarl zu widersprechen.

In ruhigem Ton fuhr er fort: „Ihr seid Brüder, Waffengefährten seit langer Zeit! Ihr habt gemeinsam gekämpft und gejagt! Doch plötzlich muss ich sehen, dass ihr bereit seid, eure Waffen gegeneinander zu richten!" Seine Stimme wurde wieder laut. „In meinem Gefolge wird es zu keinem Streit wegen des Glaubens kommen, das befehle ich!"

Der Jarl beendete die Versammlung, und die Männer verließen die Halle. Nur wenige enge Vertraute des Jarls waren zurück geblieben. Ihnen verkündete Sigurd seine Heiratsabsichten mit Astrid Lodinsdottir. Auch seine Absicht wieder zum Christenglauben zurückzukehren, verschwieg er ihnen nicht. Daraufhin erneuerte Thorkill Ormsson seinen Treueschwur und versprach, dem Jarl in der Glaubensfrage zu folgen, auf dass es zwischen ihnen wegen der Götter nie zum Streit kommen würde.

Auf dem großen Platz vor der Jarlshalle hatte Bjarne den Odinger aufgehalten und beiseite gezogen. Mit besorgter Miene fragte er den Fremden nach Thorbjörn Gormsson und dessen Enkelin Inga.

„Ja, ich kenne den alten Thorbjörn", antwortete der rothaarige Fremde. „Soviel ich weiß, hat er den Glauben der Heuchler angenommen!"

„Und Inga? Was ist mit Inga?", fragte Bjarne ungeduldig, und seine blauen Augen glänzten. Der Rote grinste, doch dann wurde seine Miene ernst. „Es tut mir leid, mein Freund, aber wie ich hörte, hat der Alte sie, um seinen Hof zu retten, einem reichen Kaufmann aus Sotenäset verkauft."

Bjarnes Gesicht war wie versteinert, und er glaubte, er müsse vor Wut platzen. Unendlicher Hass auf den alten Thorbjörn ließ seinen Magen verkrampfen.

Ohne Odinger eines weiteren Blickes zu würdigen, lief der junge Wikinger zurück in die Jarlshalle.

„Ich muss sofort nach Sotenäset segeln", rief Bjarne in höchster Erregung, als er vor seinem Vater stand. „Der alte Thorbjörn will Inga einem reichen Kaufmann zum Weib geben! Das werde ich niemals zulassen!"

„Hast du den Verstand verloren?" Kopfschüttelnd saß Jarl Sigurd auf seinem Hochsitz. „Es ist Winter! Du wirst ein Schiff und viele Männer auf den Grund des Fjordes schicken, wenn du jetzt auf See gehst!"

„Aber der Alte hat sie verkauft, wie eine Sklavin, wie ein Stück Vieh!" Bjarnes Gesicht glühte rot vor Zorn. „Odinger

hat es schließlich geschafft, dann schaffe ich es auch!
Sigurd! Vater! Im Frühjahr wird es zu spät sein, gib mir den Wogendrachen", forderte Bjarne hartnäckig.
„Wenn dir soviel daran liegt, dich umzubringen", gab der Jarl endlich nach, „finde eine Besatzung, die mit dir segelt, dann gebe ich dir den Wogendrachen!"
Thorkill Ormsson erklärte sich sofort mit einem breiten Grinsen bereit dem verliebten Bjarne zu folgen. Und auch Erik wollte mit seinem Bruder segeln. Doch Sigurd verbot es ihm. Er wollte nicht beide Söhne verlieren, denn sein Vertrauen in die Seereise Bjarnes war nicht sehr groß. Nur widerwillig gehorchte Erik seinem Vater, und nach zwei Tagen hatte sein Bruder Bjarne die achtzehn Männer gefunden, die bereit waren, mit ihm nach Süden zu segeln. Alle waren heidnische Wikinger! Vier Männer christlichen Glaubens hatte der blonde Jarlssohn abgewiesen.
„Mein Sohn, es war unklug von dir, diese Männer abzuweisen", rügte der Jarl den Bjarne, als sie am Abend vor der großen Feuerstelle des Langhauses saßen. Doch der junge Wikinger schaute mit grimmigem Blick in die Glut und schwieg.
„Hast du meine Worte verstanden, Sohn?", fragte der Jarl nun sichtlich verärgert. „Ich wünsche es, dass du diese Männer mit dir nimmst", befahl Sigurd knapp.
Astrid Lodinsdottir, die bei ihrem zukünftigen Gemahl saß, erhob sich, um neben Bjarne auf der Holzbank Platz zu nehmen. „Dein Vater hat recht! Wenn König Olaf nur Christen hinter den Mauern von Sotenäset duldet, wäre es besser, du nimmst die Männer mit auf dein Schiff!"
Sie nahm ihr silbernes Kreuz und legte es dem Wikinger um den Hals. „Dieses Kreuz wird dir die Tore von Sotenäset öffnen!"
Astrid setzte sich wieder neben ihren künftigen Gemahl, und Jarl Sigurd war sichtlich erfreut zu sehen, welch schöne und

kluge Frau er zur Gemahlin bekam. Nur widerwillig und mit Zorn sah Bjarne ein, dass Astrid recht gesprochen hatte. So gab er verärgert nach.
Die Männer ließen am nächsten Morgen mit vereinten Kräften das Langschiff von den Schiffsrollen und machten es am Steg fest. Unter großer Anstrengung richteten sie den Mast auf. Der schwere Bootskörper des Wogendrachen ließ die noch dünne Eisschicht, die das Wasser des Fjordes bedeckte, unter dem Gewicht zerbersten, und Bjarne gab nun den Befehl, das Boot zu beladen.
Es schneite leicht und ein eisiger Wind wehte durch den Fjord. Jeder Wasserspritzer in den Haaren gefror sofort zu Eis. In dicke Pelzumhänge gehüllt, nahmen die Seefahrer Abschied von ihren Familien, um dann den Wogendrachen zu besteigen, und mit dreiundzwanzig Männern an Bord stach der Schnellsegler in die raue, eisige See.

Es war bereits spät am Abend, als der Jarl vor der kleinen Holzkirche hinter dem Haupthaus stand. Er öffnete zögerlich die Tür und leuchtete mit der Fackel in den Raum. Er stieß die Pforte weit auf und trat ein. Die Bänke waren umgestürzt und mit einer dicken Staubschicht überzogen. Ein modriger Geruch lag in der Luft der kleinen Kapelle. Auf dem einfachen Steinaltar stand ein hölzernes Kreuz, und Sigurd griff danach, betrachtete es kurz und entfernte mit der Hand die vielen Spinnweben, die alles umhüllten. Dann besah er sich die biblischen Bilder an den Wänden, die sein Weib einst mit eigener Hand gemalt hatte. Die Farbe war inzwischen verblasst, so wie sein Glaube auch. Jarl Sigurd setzte sich auf eine der Bänke und schwelgte in Erinnerungen, als er plötzlich hinter sich Schritte vernahm. Er sprang auf und wirbelte herum. Die Rechte zog das mit Silber beschlagene Messer aus dem Wehrgehäng.

„Nein, Herr!", schrie Johannes, der Priester, entsetzt auf und mit weit geöffneten Augen, starr vor Schreck, die Klinge im Blick, stand er vor Jarl Sigurd.
„Willst du deinem jämmerlichen Sklavenleben ein jähes Ende bereiten, oder warum schleichst du hier herum, dämlicher Kerl?", herrschte ihn der Jarl erbost an.
„Herr, verzeih mir! Ich sah, dass die Tür des Gotteshauses geöffnet war."
„Und das zog dich natürlich an wie Scheiße die Fliegen", beendete der Jarl mit rüden Worten den Satz des Alten und schob das Messer in die Scheide zurück. Johannes nickte betreten.
„Schon gut, setz dich zu mir", befahl Sigurd nun wesentlich freundlicher, und der alte Priester gehorchte.
„Du bist ein gläubiger Mann, Johannes, und du kennst den Glauben an den Herrn Christus gut. Viel besser als ich das tue. Deshalb wünsche ich, dass du dieses Gotteshaus für deine Herrin wieder aufbaust und in neuem Glanz erstrahlen lässt! So wie es deinem Gott gefällig ist!"
Erfreut vernahm der alte Sklave, der einmal ein Priester war, die Worte des Jarls. Ein Gotteshaus! Zwar klein, aber eine Kirche! Davon hatte er in den vielen Sommern, die er jetzt in diesem Land war, nicht einmal zu träumen gewagt.
„Ja, Herr! Ich werde diese Kirche wieder herrichten!"
„Gut", sprach Jarl Sigurd zufrieden und befahl dem Gottesmann, nun zu gehen. Eine Weile blieb der Jarl noch auf der hölzernen Bank sitzen, lauschte der Stille, schwelgte in Erinnerungen, und erst als ein eisiger Windstoß durch das Gebäude pfiff und es ihn fröstelte, erhob er sich, um das Gotteshaus zu verlassen.

Sehr früh hatte Erik seine Schlafkammer verlassen und einen Lederbeutel mit etwas Proviant gepackt, denn seine Absicht war es, auf die Jagd nach Schneehasen zu gehen.

Erik trug eine dicke Wollhose und ein wollenes Hemd, darüber einen dicken Kirtel, der von einem Ledergürtel gehalten wurde, in dem der gebogene Dolch steckte. Um die Schultern hing ein Umhang, der von einer kunstvoll verschlungenen silbernen Spange gehalten wurde. Seine Füße steckten in dicken Robbenfellstiefeln. Mit Pfeil und Bogen bewaffnet, begab sich Erik in den Stall, um sein Pferd zu holen.
Als er das flache Gebäude betrat, sah er Asa, die ebenfalls warme Kleidung trug und mit zwei gesattelten Pferden auf ihn zu warten schien. Erik erkannte sofort die Absicht des Mädchens!
„Ich begleite dich auf die Jagd, Erik Sigurdsson", sagte Asa bestimmt. „Das wirst du nicht! Deine Mutter wird sich sorgen und ich will keinen Ärger haben", versuchte Erik dem jungen Weib sein Vorhaben auszureden, doch Asa widersprach. „Thore, mein Bruder, wird es ihr sagen. Außerdem muss sie sich nicht sorgen, du bist ja bei mir!" Mit ihren großen, blauen Augen sah das Mädchen den jungen Wikinger eindringlich und bittend an.
Da nickte Erik und war eigentlich froh über ihren Wunsch, ihn zu begleiten. So führten sie die Pferde aus dem Stall, saßen auf und verließen das Gehöft.
Die Sonne stand hoch am klaren, blauen Himmel. Keine Wolke war zu sehen und der orangefarbene Schein, der den Horizont empor kroch, verhieß einen schönen Tag.
Die Pferde bliesen ihren warmen Atem in die eisige Luft und stapften durch den Schnee. Einen halben Tag waren die beiden jungen Jäger nun durch die verschneiten Wälder geritten. Dann endlich hatte Erik die Fährte eines Hirsches entdeckt, der er fortan folgte. Das war natürlich eine bessere Beute als ein Hase, und nun war die Jagdlust in ihm erwacht. Als sie auf eine Lichtung kamen, erblickte Erik das Tier. Doch jemand war ihnen zuvor gekommen.

Der Lebenssaft des gewaltigen Tieres hatte bereits den Schnee rot gefärbt, und doch war kein Jäger zu sehen, der sich über die Beute hermachte. Der junge Krieger wollte gerade näher an den Kadaver heran reiten, als Asa aufschrie. Wie aus dem Nichts war ein Mann aufgetaucht und hatte das Mädchen mit einem Schlag seiner Lanze aus dem Sattel geworfen. Erschrocken sah Erik die junge Asa im Schnee liegen, über ihr ein bärtiger Mann, den Ger in der Hand, bereit Asa, zu töten.

Trotz seiner wilden und heruntergekommenen Erscheinung hatte der Jarlssohn den Angreifer erkannt. Es war Thorgeir, der Knecht! Verbannt aus dem Sigurdfjord!

Erik legte den Pfeil an die Sehne und schoss. Doch die Wundwespe verfehlte ihr Ziel.

„Thorgeir!", rief der junge Jäger wütend den Namen des Knechtes. Und nun erkannte der Gerufene den Sohn des Jarls und ließ endlich von seinem Opfer ab.

„Erik, der Sohn Sigurds", fauchte Thorgeir, und ein böses Grinsen huschte über sein schmutziges Gesicht.

„Welch ein glücklicher Zufall, dich so bald schon wiederzusehen, Erik. Die Götter schenken mir viel Heil! Ich habe schließlich deinem Vater und seinen Gesippen ewige Rache geschworen!", lachte der Knecht überlegen. „Du wirst also der erste sein, den ich töten werde. Und danach wird mir dieses Weibsstück die kalten Nächte erwärmen und ich werde mich an ihrer Möse erfreuen!"

Ohne zu zögern schleuderte Thorgeir dem jungen Erik seinen Ger entgegen. Doch der Jarlssohn ließ sich rücklings vom Pferd fallen, sodass die Wurflanze seinen Körper verfehlte.

Wutentbrannt zog der Knecht sein Schwert und stürmte durch den tiefen Schnee, dem Widersacher entgegen. Er konnte den jungen Krieger, der sich hinter seinem Reittier verbarg, nicht sehen. Mit erhobenem Schwert, bereit, Erik

den Schädel zu teilen, lief Thorgeir suchend um das Pferd herum. Plötzlich zerriss ein gellender Schrei die Stille des Winters!
Aufgeschreckt krächzten einige Raben und flohen in die Weite des kalten, nordischen Himmels. Erik hielt mit beiden Händen den Ger, der sich tief in die Brust des Angreifers gebohrt hatte. Mit all seiner Kraft hatte er zugestoßen. Die Lippen des Knechtes bewegten sich, doch nur ein leises Röcheln war zu vernehmen. Er versuchte den Ger aus seinem Körper zu ziehen, doch die Lanze steckte zu tief in der Brust. Hilfesuchend streckte er seine blutigen Hände nach dem Jarlssohn aus. Und als dieser den Schaft der Waffe freigab, sank der Knecht zur Seite. Aus einer großen Wunde quoll der Lebenssaft des Mannes in den Schnee. Er röchelte leise, bevor er starb.

Das junge Mädchen hatte sich langsam von dem Schlag erholt und stand nun noch etwas benommen und wie versteinert im tiefen Schnee. Als sie Erik sah, lief sie auf den Jarlssohn zu und warf sich neben den Jäger in den Schnee. „Erik, du lebst!"
Glücklich schloss sie den jungen Krieger in ihre Arme, und zärtlich berührten ihre Lippen die seinen.
Nachdem Erik sich erhoben hatte, band er den Hirsch hinter sein Pferd. Dann traten sie den Heimweg durch die tief verschneiten Wälder des Hinterlandes an. Und während sie ritten, erzählte Erik dem jungen Weib die Saga von dem Knecht Thorgeir, der verbannt worden war.

*

4. Bjarnes Wikingerstreich

E inige Tage waren vergangen, seit das Langschiff den Fjord verlassen hatte. Bjarne stand fast immer am Bug des Wogendrachen und starrte auf das zerklüftete Meer hinaus. Der eisige Nordwind blies kräftig, und so kam das Schiff, die Wellen vor sich her peitschend, zügig voran. Sie hielten sich immer in der Nähe der Küste, umfuhren Kap Lindesnäs und erreichten ohne Zwischenfälle den Gau Ranrike.

Vor der großen Stadt Sotenäset refften sie das Segel und zogen den Wogendrachen auf den verschneiten Strand. Hier errichteten sie auch ihr Lager. Bjarne wollte nicht sofort auf den Hof des alten Thorbjörn gehen, denn es schien ihm sicherer, vorher einige Erkundigungen einzuholen. Er war fest entschlossen, Inga Gormsdottir zu holen, sie dem Kaufmann zu entreißen, und wenn es sein musste, würden die Schwerter der Männer aus dem Tröndelag die unumstößlichen Forderungen ihres jungen Anführers durchsetzen.

Mit fünf Kriegern, darunter auch die vier Christen in seinem Gefolge, ging Bjarne in die winterlich verschneite Stadt. Der junge Wikinger mit dem blondgelockten Haar war sichtlich erstaunt, wie sehr sich Sotenäset in der kurzen Zeit seiner Abwesenheit verändert hatte. Ein tiefer, mit Wasser gefüllter Graben umgab die Stadtmauer, auf der nun mehrere Wehrtürme errichtet worden waren. An einer großen Kirche und einer neuen Königshalle wurde eifrig gebaut, die großen hölzernen Gerippe waren bereits errichtet. In der Stadt herrschte wieder Ruhe und Frieden, für den die Soldaten König Olafs mit eiserner Hand sorgten. Als die sechs Wikinger das Stadttor erreicht hatten, versperrten ihnen zwei grimmig dreinschauende

Wachsoldaten den Weg. Doch als die Wächter das silberne Kreuz sahen, das dem Anführer um den Hals hing, ließen sie die Männer unbehelligt passieren. Die Männer aus dem Fjord im Norden gingen geradewegs zum Marktplatz, auf dem großer Trubel herrschte. Marktschreier hatten ihre Stände errichtet und priesen lautstark ihre Erzeugnisse an. Allerlei Gaukler zeigten Kunststücke, und Weiber boten sich selbst, trotz der Kälte aufreizend gekleidet, als Ware an. Bjarne war sich sicher, hier würde er mehr über das Schicksal des Mädchens Inga erfahren. Und so war es auch! Einige Silberstücke lösten einem alten Bauern, der hier Geschäfte machte, schnell die Zunge, und er berichtete dem Tröndner von einem schwedischen Kaufmann namens Kjetil. Diesem Kjetil war die schöne Inga versprochen. Er war sehr angesehen und von vielen gefürchtet, schließlich war er ein reicher Mann. Es gehörten ihm einige Häuser in Sotenäset, und da er kein Norweger war, hatten ihn die dänischen Besatzer geduldet. Viele Dänen hatten sogar bei Kjetil hohe Schulden, was sein Ansehen nur steigerte. So auch der Stadtherse.

Der Schwede war schlau genug gewesen, dies auszunutzen und mehrte so seinen Reichtum, auch wenn er wusste, dass er sein Geld von einigen wichtigen Männern niemals wiedersehen würde. Doch all dies hatte ihm einen sicheren Aufenthalt in Sotenäset ermöglicht. Nun nachdem Olaf Tryggvesson die Stadt befreit hatte, ließ Kjetil sich rasch taufen, um nicht vertrieben zu werden. Außerdem wusste er, dass auch Norweger Geld benötigten, vor allem Könige. Der Kaufmann war schon weit über vierzig Sommer alt und als hintertrieben und sehr jähzornig bekannt. Viele Krieger standen in seinen Diensten, und er hatte schon oft die Mannesbuße zahlen müssen. So war also Vorsicht geboten.

Über Inga erfuhr Bjarne aber nichts. Kaum einer kannte das junge Weib oder wusste etwas über ihren Verbleib.

Die Männer deckten sich mit Proviant ein und machten sich auf den Weg zurück in ihr Lager. Am späten Abend ließen Bjarnes Krieger das Langschiff zu Wasser, um eine schnelle Flucht zu ermöglichen. Er wollte so schnell als möglich diese Christenstadt wieder verlassen, da Bjarne annehmen musste, dass der Schwede bereits von der Anwesenheit der Norweger wusste, die nach dem jungen Weib suchten, das er zur Gemahlin erwählt hatte. Also blieb wenig Zeit zum Handeln. Mit zehn Männern ging der Jarlssohn zum Hof des alten Thorbjörn Gormsson. Auch auf dem Hof hatte sich einiges verändert. Die Gebäude befanden sich nicht mehr in so kläglichem Zustand wie noch vor einiger Zeit, und im Stall standen nun mehrere Kühe und einige Schafe.
Große Wut überkam den jungen Tröndner, denn er ahnte, woher der Geldsegen des alten Thorbjörn gekommen war. Inga hatte sich für ihn als gute Handelsware erwiesen. Der alte Bauer würde sicher nicht sehr erfreut sein, Bjarne Sigurdsson so schnell wiederzusehen.

Leise schlichen dunkle Schatten über den Hof auf das Hauptgebäude zu. Es war später Nachmittag, und die Abenddämmerung hatte sich wie ein dunkles Tuch über das Land gelegt. Zwei seiner Wikinger postierte Bjarne als Wachen vor der Tür, die anderen stürmten ohne zu zögern mit gezogenen Schwertern und Äxten in das Innere des Hauses. Thorbjörn Gormsson saß auf seinem Hochstuhl, dem Möbel, auf das ihn vor nicht allzu langer Zeit Jarl Sigurd gehievt hatte. Vor ihm saßen fünf Knechte an einem Tisch und aßen. Mägde kreischten vor Entsetzen, als die Tür aufgestoßen wurde und die bewaffneten Männer in die Halle stürmten. Ein Knecht versuchte noch, nach seiner Waffe zu greifen, aber der Hieb einer Axt beendete den Versuch der Gegenwehr. Blutüberströmt sank der Knecht zu Boden.

Mit dem Schwert in der Hand trat Bjarne vor den Herrn des Hofes. Der Alte war vor Angst erstarrt. „Wer bist du?", stammelte er. Da nahm Bjarne seinen Helm vom Kopf und Thorbjörn erkannte sein Gegenüber. „Bjarne Sigurdsson", sprach der Alte mit gespielter Freundlichkeit.
„Warum überfällst du mich und schlägst meine Knechte tot? Du bist in meinem Haus doch jederzeit willkommen. Was willst du von mir?" Der Angstschweiß auf seiner Stirn hatte sich zu kleinen Bächen geformt, die ihm nun über das ganze Gesicht rannen.
„Wo ist Inga?", zischte Bjarne gefährlich. Doch Thorbjörn schwieg! Erst als die Klinge des Wikingers aus dem Norden die Kehle des Alten kitzelte, sprudelten die Worte aus ihm heraus. „Beim Herrn Christus!", rief er entsetzt. „Sie ist in der Stadt, bei ihrem Gemahl!"
Bjarne wurde rot vor Zorn. „Du lügst, Alter!", sagte er mit eisiger Stimme, und die schwere Klinge fuhr krachend in die Tischplatte. „Wie Vieh hast du sie verschachert!"
Der Jarlssohn war außer sich vor Wut.
„Durchsucht den Hof! Jede Ecke und jeden Winkel! Und wenn ihr sie nicht findet, brennt alles nieder!"
Das Flehen und Bitten des Alten half nichts, die Männer führten den Befehl ihres Anführers sofort aus. Kurz darauf brachte einer der Wikinger die Inga in die Halle. Wie eine Gefangene hatte er seine Enkelin gehalten und auf den Kaufmann gewartet, der das Weib mit sich nehmen wollte. In einem der hinteren Räume hatte er seine Enkeltochter eingesperrt, denn für ihn war die Tochter seines Sohnes nun pures Gold geworden.
Als das Mädchen mit dem rotblonden Haar den jungen Wikinger erkannte, fiel sie vor ihm auf die Knie. Sie schaute zu ihm auf und sah das silberne Kreuz auf seiner Brust. Da begann sie vor Freude zu weinen. „Der Herr Christus hat mein Flehen erhört", schluchzte sie laut auf.

Da erstarrte Bjarne, denn er sah, dass Inga fest an den von ihm so verhassten Gott der Südländer glaubte.
„Du verkaufst sie wie Vieh und übst auch noch Verrat an den Göttern!" Voller Verachtung spuckte Bjarne dem Alten, dem er die Schuld an dem Unheil gab, in sein faltiges Gesicht. „Der König hat es so befohlen", stammelte Thorbjörn ängstlich. „Alle hier müssen den Worten der Priester folgen, und an den neuen Gott glauben!"
Nun erkannte Inga, dass Bjarne keineswegs ein Anhänger des Herrn Christus war. Nein, ganz und gar nicht. Er war immer noch ein glühender Anhänger der nordischen Götter. Götter, die es nach Blut dürstete. Während Thorbjörn, seine Knechte und Mägde gefesselt wurden, was einige der Wikinger für reine Zeitverschwendung hielten, schließlich hätte es ein Axthieb oder ein Schwertstreich auch getan, packte Inga weinend ihre Habseligkeiten zusammen. Dem einen Unheil war sie entgangen, um nun von dem Heiden Bjarne entführt zu werden. Dann verließen sie rasch den Hof und gingen zum Strand, um kurz darauf mit ihrem Langschiff in See zu stechen.

Vor der Mündung des Trondheimfjordes gerieten sie in einen starken Schneesturm, der sie zwang, die nahe Küste anzusteuern und auf einer kleinen Insel an Land zu gehen. Das Segel war in Fetzen gerissen und musste erst geflickt werden. Nach drei Tagen hatte der Sturm dann endlich nachgelassen, sodass sie ihre Fahrt fortsetzen konnten. Die von Bjarne befürchtete Verfolgung durch den Kaufmann war ausgeblieben. Und als das Langschiff in den Sigurdfjord einlief, hatte die Sonne den Kampf gegen die grauen, schneegefüllten Wolken gewonnen.
Die Luft war kalt und klar. Es war ein herrlicher Tag! Das Eis des Fjordes brach unter dem Kiel des Wogendrachen,

und Bjarne stand neben Thorkill, der die Ruderstange fest in seinen starken Händen hielt, und sah zum Strand hinüber.
„Er wird kommen", brach der Jarlssohn sein Schweigen.
„Wer wird kommen?", fragte der Steuermann, der nicht wusste, wovon sein junger Häuptling sprach.
„Kjetil, der Jähzornige, wird kommen", antwortete Bjarne.
„Lass ihn nur kommen. Er wird sich bei uns einen blutigen Schädel holen", erwiderte Thorkill Ormsson und grinste über das ganze Gesicht.

*

Lachend stand Jarl Sigurd neben einem der eisernen Feuerkörbe, die in der großen Halle standen und mit flackerndem Schein den Raum erhellten. „Ich hätte nicht gedacht, dich so schnell wiederzusehen, mein Sohn!" Freundlich ging er auf seinen Sohn zu und umarmte ihn. Dann betrachtete er die junge Inga, die mit Bjarne die Halle betreten hatte. „Ich sehe, du warst erfolgreich!"
Dann setzten sich alle an einen der langen Tische. Eine Magd brachte heißen Met und etwas zu essen.
„Erzähle von deiner Reise", forderte der Jarl seinen Sohn auf. Und während Bjarne nun berichtete, hatten auch Erik, Asa und einige Männer der Besatzung des Wogendrachen die Halle betreten und Platz genommen.
Bjarne erzählte von den Veränderungen in der Stadt Sotenäset und vom Marktplatz, der in Erik schmerzliche Erinnerungen weckte. Dann berichtete er von dem Überfall auf den Hof des Thorbjörn Gormsson. Darüber, dass König Olaf alle Bewohner von Sotenäset zum Glauben an den Herrn Christus gezwungen hatte, schwieg Bjarne aber.

Einige Tage waren vergangen, seit der Wogendrachen heimgekehrt war, da nahm Jarl Sigurd seinen Sohn Bjarne

zur Seite. „Ich habe gesehen, dass Inga heißblütig an den Herrn Christus glaubt. Wie hältst du es mit dem Glauben?"
„Ich werde sicher niemals an meinen Göttern Verrat begehen!", sagte Bjarne trotzig. Der Jarl begann zu grinsen. „Glaube mir, mein Sohn, es wird der Tag kommen, an dem dein Verlangen nach dem Weib größer ist als die Treue zu Odin!" Der Jarl schüttelte sich vor Lachen und ließ seinen Sohn stehen.
Die christlichen Nordleute feierten den Tag der Geburt ihres Herrn Christus, ohne dass es zu Zwischenfällen mit den Asenanbetern gekommen wäre. Ihre Opferfeiern zur Wintersonnenwende sollten die Anhänger Odins auf Geheiß Jarl Sigurds außerhalb des Dorfes feiern. Aus Rücksicht auf die Astrid durften auch keine Menschenopfer mehr stattfinden. Die Asenanbeter waren sehr erbost, denn es war Sitte, alle drei Jahre an einen heiligen Ort zu ziehen, und von jeder Kreatur neun Stück zu schlachten. Und in diesem Jahr war es wieder soweit.
Meist waren es einfache Sklaven, die den Göttern geopfert wurden, doch oft kam es auch vor, dass Freiwillige zum Opferaltar geführt wurden.
Bjarne hatte es mehrmals versucht, seinen Vater für den Glauben an die alten Götter des Nordens zurückzugewinnen. Aber der Jarl war hart geblieben, denn er wusste, dass er Astrid verlieren würde, wenn er sich zum Glauben an Odin bekennen würde.

Johannes, dem Sklaven und Erzieher der Kinder Astrids, war es gelungen, die kleine Kirche wieder herzurichten. Da er einmal ein geweihter Ordenspriester war, befahl ihm der Jarl, an jedem Sonntag eine Messe abzuhalten. Und nun kamen viele Bewohner des Gaus in die Siedlung im Fjord, um den Messen des Priesters Johannes beizuwohnen. So, dass Sigurd staunte, wie weit fortgeschritten der

Christenglaube bereits war. Einige Männer ließen sich auf Drängen ihrer Weiber sogar von ihm taufen. Denn schließlich waren die Hallen Odins nur den Kriegern vorbehalten, und auf die anderen wartete lediglich das düstere Reich der Hel. Da hörten sich die Versprechungen der Priester, die von einem Paradies predigten, doch sehr verlockend an. So verbreitete sich der neue Glaube weiter, im Gau des Jarl Sigurd, so wie im ganzen Reich.
Auch Thorkill Ormsson und sein Sohn Orm empfingen die heilige Weihe, und Jarl Sigurd selbst war der Pate seines Freundes und Kampfgefährten. Auf Wunsch seines zukünftigen Weibes Astrid gestattete der Jarl sogar einigen Sklaven die Taufe. Diese erhofften sich dadurch eine bessere Behandlung, obwohl es ihnen auf dem Hof des Jarls nicht schlecht erging.
Der Jarl nahm Astrid Lodinsdottir noch in diesem Winter zu seinem Weibe, und Johannes vollzog die christliche Vermählung in der kleinen Holzkirche. Aus dem ganzen Gau waren die Gäste gekommen, um an den Festlichkeiten teilzunehmen. Und ein jeder war dem Jarl willkommen. Für manch armen Bauern aus dem Hinterland war dies eine der wenigen Gelegenheiten, sich einmal wieder richtig satt zu essen.
Erik saß in dem Gotteshaus neben Asa, die ihn glücklich ansah. Sie hegte insgeheim den Wunsch, die Gemahlin Eriks zu werden, doch der Jarlssohn wollte davon nichts hören. Inga hatte es tatsächlich geschafft, Bjarne dazu zu bewegen, der Messe beizuwohnen. Aber er setzte sich nicht auf eine der Bänke, sondern blieb, wie die anderen heidnischen Bewohner des Sigurdfjordes, die aus Neugier in die Kirche gekommen waren, neben dem Eingang stehen. Wie eine Krankheit sahen sie den neuen Glauben und hofften darauf, sich nicht anzustecken. Nach der Zeremonie begannen endlich die Festlichkeiten, und auf dem Hof sowie in der

Siedlung wurde mehrere Tage ausgelassen gefeiert. Der Met floss in Strömen die Kehlen der Gäste hinunter, und es gab reichlich zu essen.

*

5. Die Schlacht im Sigurdfjord

Im Frühjahr des Jahres 996 n. Chr., die Schneeschmelze hatte bereits eingesetzt, verließ Odinger der Rote mit seinen Gesippen den Sigurdfjord.
Immer wieder hatte er hartnäckig versucht, heidnische Männer zu überreden, ihm nach Grönland zu folgen. Doch die Männer Jarl Sigurds waren mit ihrem Leben im Fjord zufrieden. Alle Versprechungen von dem Land, in dem Milch und Honig fließen würden, konnten sie nicht umstimmen. Der Sigurdfjord war ihre Heimat, die sie nicht verlassen wollten, und so musste Odinger mit seinem Gefolge allein die lange Fahrt antreten.
Den Vorschlag des Jarls, sich in dem Dorf anzusiedeln, wies Odinger schroff zurück. Der Rotbärtige war ein überzeugter Asenanbeter, und die Tatsache, dass immer mehr Nordleute dem Glauben an den Herrn Christus zusprachen, missfiel ihm sehr. Nur zu gern hätte er sie mit dem Schwert von der Allmacht seiner Götter überzeugt!
Da die Seewege nun wieder befahrbar waren, wurden auch wieder Nachrichten verbreitet, und so sprach sich der Schwur, den König Olaf im vergangenen Winter seinem Bischof geleistet hatte, schnell im Land herum. Unter der Herrschaft des Tryggvesson sollte Norwegen ein christliches Reich werden, und es sollte keine Ausnahmen geben. Alles Volk müsse jetzt ausnahmslos die Taufe empfangen.
Die Jarle Hardangers und des Tröndelags waren entsetzt. Aufgebracht sprachen sie von Schwurbruch, denn als sie Olaf zu ihrem König ausriefen, hatte er ihnen ja Glaubensfreiheit zugesagt. Es blieb aber ruhig im Land, denn der König machte keine Versuche, die heidnischen Jarle und somit auch ihr Gefolge zum Glaubenswechsel zu zwingen.

Eines Tages kamen fremde Reiter auf den Hof Jarl Sigurds.
Es waren etwa dreißig gut bewaffnete Krieger aus dem
Gefolge eines Jarls im großen Trondheimfjord.
„Sei gegrüßt, Jarl Sigurd", begann der Anführer freundlich.
„Mein Herr, Jarl Lygra, hat mich zu dir gesandt, um deine
Gesinnung im Kampf gegen den König zu erfahren!"
Da horchte der Jarl auf.
„Ihm ist zu Ohren gekommen, dass du den Heuchlerglauben
angenommen hast. Die Jarle des Tröndelags sind sehr
beunruhigt." Er hatte seine Hände in die Hüften gestemmt
und grinste dem Jarl frech in sein Gesicht. „Bist also ein
Heuchler geworden!" Er schüttelte mitleidig seinen Kopf.
Erbost sah der Sigurd den Boten des Lygra an, denn die
frechen Worte und das Auftreten des Kriegers missfielen
ihm sehr.
„Du wagst es, in einem solchen Ton mit mir zu sprechen
und mich zu beleidigen?", schrie er den Boten an. „Ich hätte
große Lust, dir den Kopf von den Schultern zu schlagen, um
deine Frechheit zu bestrafen!"
Sofort zogen die Krieger des Jarls ihre Schwerter, um den
Worten ihres Lehnsherrn Geltung zu verschaffen.
Erschrocken wich der Bote zurück. „Jarl Sigurd, verzeih mir
meine dreisten Worte", bat er entschuldigend, denn er sah,
dass er zu weit gegangen war. Die Zahl seiner Krieger war
zu gering, als dass er dem Jarl hätte mit Waffengewalt
entgegentreten können.
„Ich bin gewillt, dir weiter Gehör zu schenken", sagte
Sigurd mit grimmigem Gesicht. „Doch wenn du geendet
hast, wirst du sofort mein Land verlassen!"
Langsam erhob er sich von seinem Hochstuhl. „Sage mir,
Kerl: Woher weiß dieser Jarl Lygra von meinem
Glaubensbekenntnis?"
Eingeschüchtert von den Schwertern gab der Bote nun
willig Antwort. „Ein Mann mit dem Namen Odinger kam in

den Trondheimfjord und berichtete von deinem Bekenntnis zum Heuchlerglauben", er stockte und verbesserte seine Worte, „zum Christengott. Dann erfuhren die Jarle in Lade von dem Schwur des Königs, den er dem Bischof von Sotenäset geleistet hat. Nun wollen sie wissen, auf wessen Seite du im Kampf stehen wirst!" Jarl Sigurd hatte es befürchtet, dass sich die Jarle des Tröndelag gegen den König erheben würden.
„Odinger, dieser elende Hundsfott, ist er also nicht nach Grönland gesegelt", dachte Jarl Sigurd und ärgerte sich darüber, den Roten im Sigurdfjord aufgenommen zu haben.
„Ich habe den Jarlen des Tröndelag immer guten Willens gegenüber gestanden. Solange man mich nicht angreift, werde ich mich an keinem Kampf gegen meine Brüder beteiligen! Doch vom Glauben lasse ich nicht ab, sage das deinem Herrn! Und nun, Mann, verlasse meinen Hof und komm nicht wieder, es würde deinen Tod bedeuten!"
Die Worte des Jarls erlaubten keinen Widerspruch.
Der Bote Jarl Lygras grüßte knapp, ging aus der Halle und verließ mit seinem Gefolge den Hof. Und er war froh, dass sich sein Kopf noch auf dem Hals befand.

*

Die Schiffe fuhren zielstrebig durch den Fjord, und es würde nicht mehr lange dauern, bis sie das Dorf erreichten. Erik hatte die zwei eckigen Segel, die um die hohen Klippen in die Bucht bogen, längst erspäht.
Er war mit seinem Pferd über die Anhöhe geritten, als er die Langschiffe in der Ferne sah. Der junge Wiking band die Zügel seines Pferdes an einen Strauch und kroch an den Rand der Felsen. Von hier konnte er den Strand gut überblicken, selber aber nicht entdeckt werden.

Laut knirschend rutschten die Schiffe mit dem Kiel auf den Strand, und bewaffnete Krieger sprangen über die Reling an Land. Am Vordersteven des einen Langschiffes stand ein großer, dicker Mann und rief seine Befehle. Die Kleidung des Dicken war aus feinsten, südländischen Stoffen genäht. In seinem runden, faltigen Gesicht trug er einen dunklen Schnauzbart, sein Kinn aber war glatt geschoren.
Es wurde eine Planke auf den Strand geschoben, sodass der dicke Mann sein Schiff trockenen Fußes verlassen konnte. Die fremden Wikinger errichteten ein Lager.
Eine böse Ahnung überkam den jungen Tröndner. Er hatte genug gesehen, kroch auf dem Bauch liegend von der Felskante zurück und lief zu seinem Pferd. Ohne das Tier zu schonen, ritt er zum Hof seines Vaters.
Dort stürzte Erik in die Jarlshalle und berichtete von den Vorgängen am Strand. Jarl Sigurd, der mit einigen Männern an einem der Tische saß und sich beim Würfelspiel vergnügte, er hatte eine Glückssträhne und gewann, sah seinen Sohn durchdringend an. Er dachte kurz nach und gab dann den Befehl, dass sich alle Männer bewaffnen sollten. Zwei seiner Krieger schickte er als Späher an den Strand. Ein Bote lief vom Hof in das Dorf, um die Männer zu warnen. Doch der Wächter mit dem Signalhorn, der auf der Anhöhe stand, hatte die Fremden bereits angekündigt.
Es dauerte nicht lange, da kam einer der Späher an den Hof zurück. Zwei Schiffsbesatzungen von je dreißig Männern meldete er, und alle wären sie gut bewaffnet.
Bjarne, der nun in der Halle weilte, ahnte sofort, mit wem sie es zu tun hatten.
Noch bevor sich der Tag seinem Ende zu neigte, kamen Unterhändler in das Dorf und verlangten den Jarl zu sprechen. Thorkill Ormsson und einige Krieger empfingen die Fremden, ebenfalls im Rüstzeug und mit Waffen in den Händen. „Wer seid ihr? Und was führt euch zu uns?", fragte

der Schmied streng. „Kommt ihr in Frieden, so seid uns willkommen! Wenn nicht, geht solange es euch noch möglich ist!"

Ein Wikinger, der Thorkill um eine Kopfeslänge überragte, und der Waffenbruder des Jarls war von gutem Wuchs, stellte sich herausfordernd vor dem Schmied auf.

„Mein Herr ist Kjetil Gundlaugsson, den man den Jähzornigen nennt", sprach er stolz, wohl in der Hoffnung, dass der Name seines Herrn dem Gegenüber Respekt einflöße. Doch Thorkill kratzte sich nur nachdenklich den Bart und schüttelte seinen Kopf.

„Wir suchen Bjarne Sigurdsson, den Sohn des Jarls dieses Fjordes! Er hat die Braut meines Herrn geraubt!"

Da musste der Ormsson grinsen, war er doch selbst bei diesem Streich zugegen gewesen. „So, so! Seine Braut hat er gestohlen", brummte der rothaarige Schmied.

Erbost zog der Riese sein Schwert ein Stück aus dem Wehrgehäng und rief fordernd: „Gebt das Weib Inga heraus, oder ihr werdet mit Blut bezahlen, wenn unsere Schwerter sie holen!"

„Inga Gormsdottir meinst du!", rief Thorkill, als sei ihm ein Licht aufgegangen. Dann lehnte er sich vor, als würde er ein Geheimnis preisgeben. „Sie wird die Gemahlin Bjarne Sigurdssons, sag das deinem Herrn!"

Erstaunt sah der Riese auf sein Gegenüber herab. Seine hünenhafte Gestalt, seine drohenden Worte und auch der Name seines Herrn hatten bei dem rothaarigen Krieger keinen Eindruck hinterlassen. „Verlasst nun den Fjord in Frieden, oder ihr werdet eure Heimat nicht wiedersehen", drohte Thorkill nun unverhohlen. Eilig und in höchster Erregung verließen die Boten des Kjetil das Dorf. Thorkill nahm sein Pferd und ritt auf den Hof seines Jarls. Dort berichtete er seinem Anführer und Freund von dem hünenhaften Unterhändler und dessen Drohung.

Sofort befahl Sigurd, dass alle Frauen, Kinder und Alte des Dorfes auf den Hof zu bringen seien. Inga sah nun den Zeitpunkt gekommen, Bjarne für den Glauben an den Herrn Christus zu gewinnen und ging in die große Jarlshalle, um den Häuptlingssohn zur Rede zu stellen.
„Wenn du wirklich wünschst, dass ich deine Gemahlin werde", sprach Inga zu dem Krieger, der mit seinem Vater und einigen anderen Männern an einem der großen Feuerkörbe stand, „dann musst du den Glauben an den wahren Gott mit mir teilen. Weigerst du dich, so werde ich mit Kjetil nach Sotenäset zurückkehren!" Mit fester Stimme sprach die junge Frau ihre Forderung aus, und die Erregung ließ ihr hübsches Gesicht erröten.
Bjarne hatte schon länger auf diese Forderung gewartet, und er erkannte, dass Inga ihre Drohung ernst meinte. Sie ließ ihm keine Wahl. Mit grimmigen Worten willigte er ein.
Auf dem Gesicht Jarl Sigurds machte sich ein Grinsen breit. Er konnte seine Schadenfreude kaum verbergen, und wäre die Lage nicht so ernst gewesen, hätte Bjarne dies sicher zu spüren bekommen. So aber hielt sich der Vater zurück.
Entgegen aller Erwartungen hatte der Schwede nicht sofort angegriffen, sondern blieb im Lager am Strand.
So beschloss der Jarl, um Haus und Hof zu schützen, müsse man dem Schweden zuvor kommen. Der Strand war sicher ein gutes Schlachtfeld und ein noch besseres Grab für die Eindringlinge.
Nur wenige Waffenknechte ließ er zum Schutz auf dem Hof zurück. Mit seinen Kriegern zog er an den Ort, den er für das Ende des schwedischen Kaufmannes ausgewählt hatte. Zehn seiner Männer unter Bjarnes Führung hatte Sigurd vorausgesandt. Sie sollten die Wachen der Feinde unschädlich machen.
Im Lager des Schweden herrschte Ruhe. Einige Feuer brannten, an denen die Schatten der fremden Krieger zu

erkennen waren. Im Schutz der Dunkelheit erreichte das Heer des Jarls die Anhöhe, und hier sammelten sie sich hinter dem kleinen Wäldchen, denn bis zur Morgendämmerung wollte Sigurd warten, um dann den schlafenden Feind überraschend anzugreifen. Als jedoch das erste Tageslicht den Strand erhellte, kam schnell Bewegung in das Lager der Feinde. Kjetil der Jähzornige ließ schnell sein Heer sammeln, auch er wollte den Feind überraschen, und so zog er mit seinem Gefolge den Strand hinauf, um seinen Drohungen Nachdruck zu verleihen. Da gab Jarl Sigurd seine Angriffsbefehle.

Die Bogenschützen des Dorfes hatten sich auf der Anhöhe postiert, und als das feindliche Heer sich näherte, schickte Erik seine erste Wundwespe in ihr Ziel.

Die überraschten Krieger aus dem Süden wurden mit einem Pfeilhagel eingedeckt, der vielen Männern Kjetils das Leben kostete. Sie stoben auseinander, hoben ihre Schilde und suchten Deckung. Noch ehe sich das Heer des jähzornigen Schweden erneut sammeln konnte, ertönte das todbringende Angriffssignal, und die Krieger Jarl Sigurds stürmten mit lautem Kriegsgeschrei über die Böschung, hinunter auf den Strand. Ohne Erbarmen schlugen sie auf die Gefolgsmänner des Kjetil ein. Die Niederlage vor Augen, die der Schwede durch sein Zögern selbst herbeigeführt hatte, versuchten die fremden Wikinger, ihre Langschiffe zu erreichen.

Der Schwede schrie und tobte mit hochrotem Kopf, und außer sich vor Wut rief er seine Befehle. Doch seine Krieger gehorchten ihm nicht mehr.

Die Jarlssöhne und einige Krieger waren den fliehenden Angreifern im Blutrausch gefolgt. Schnell hatten sie die Bordwand erklommen und die Feinde niedergekämpft.

Eine Zeltplane nach der anderen riss Bjarne auf der Suche nach seinen Widersachern zur Seite, als er einen heftigen Schlag gegen den Kopf verspürte. Benommen ging der

Jarlssohn zu Boden. Sein Schädel hämmerte, und er verspürte einen stechenden Schmerz in der linken Schulter. Er versuchte den Schild zu heben, um einen Schlag abzuwehren, doch der Schildarm verweigerte ihm den Gehorsam. Dann sah er das Blut über sein Kettenhemd fließen. Die kleinen Eisenringe waren zerschlagen, eine große Wunde klaffte in seiner Schulter, und als er die Augen hob, sah er in das Gesicht des jähzornigen Schweden. Die feinen Kleider des Mannes waren nun mit Blut befleckt, der Schweiß tropfte an der Stirn herab, und von den wohlriechenden Düften der Salben aus südlichen Ländern, mit denen er sich einrieb, war nicht viel geblieben. Er stank wie ein Schwein, und seine Augen glänzten bösartig. Teuflisch grinste er dem blonden Norweger ins Gesicht. Dieser verhasste junge Kerl sollte Inga nicht bekommen. Niemals! Ohne ein Wort zu verlieren, hob er die langstielige Axt.

Keinen Moment zu spät stürmte Erik mit lautem, kehligen Kriegsgebrüll in das Zelt und hieb sein Schwert gegen den Hals des fetten Mannes. Durch die Wucht des Schlages stürzte der Schwede zu Boden. Aus einer breiten, hässlich anzusehenden Wunde spritzte ein Schwall seines roten Lebenssaftes auf die Planken des Schiffes. Das hochmütige Grinsen in seinem Gesicht war nun verschwunden.

Bjarne hatte sich langsam erhoben, und mit dem Schwert in der Hand trat er neben den schwer verwundeten Mann. „Du wirst sie nicht bekommen, Schwede!", rief er, hob die schwere Waffe und schlug Kjetil Gundlaugsson mit letzter Kraft den Kopf vom Rumpf. Dann ergriff er das triefende, abgeschlagene Haupt und verließ damit das Zelt.

Schwer atmend und mit blutverschmiertem Gesicht folgte Erik seinem Bruder. Der blonde Jarlssohn trat an den Vordersteven des Langschiffes und hielt den abgetrennten Kopf des dicken Schweden wie eine Trophäe in die Höhe.

Als die Männer aus den südlichen Gauen die toten Augen ihres Anführers sahen, legten sie die Waffen nieder und ergaben sich in ihr Schicksal.
Blut hatte den Sand dunkel gefärbt, und überall auf dem Strand verstreut lagen abgeschlagene Gliedmaßen, gefallene und verletzte Krieger. Von den zwei Schiffsbesatzungen Kjetils waren gerade einmal so viele Männer übrig geblieben, um ein Langschiff zu bemannen. Jarl Sigurd sicherte den Überlebenden freien Abzug zu, und nachdem sie ihre Toten verbrannt hatten, bestiegen sie eines der Schiffe und segelten aus dem Fjord.
Auch in Jarl Sigurds Gefolge gab es Tote zu beklagen. Die Verletzten wurden auf den Hof und in die Siedlung gebracht, um sie dort zu versorgen. Der Tröndnerjarl war zufrieden. Er hatte die Schlacht, die seine Siedlung bedrohte, gewonnen - und ein gutes Langschiff dazu. Sigurd gab ihm den Namen Wogenbeißer. Die Habseligkeiten und Waffen der toten Feinde wurden als Beute unter den Kriegern des Jarls aufgeteilt, denn sie hatten gut gekämpft. Auf seinen Sohn Erik aber war Jarl Sigurd besonders stolz. Der Junge hatte sich tapfer geschlagen, und der Jarl wusste nun, dass aus dem einstigen Knaben endgültig ein Mann geworden war. Erik erhielt das kostbare Schwert des Kaufmannes Kjetil, das er fortan Wundwolf nannte.

Einige Wochen nach der Schlacht im Sigurdfjord löste Bjarne Sigurdsson auf Drängen Ingas endlich sein gegebenes Versprechen ein und nahm die christliche Taufe an. Die Asenanbeter hatten den letzten großen Verfechter ihres Glaubens in dem Gau hoch im Norden verloren. Worauf einige heidnische Männer der Siedlung mit ihren Familien den Fjord verließen und nach dem großen Trondheimfjord gingen. In Lade und den anderen Städten

und Siedlungen des Tröndelags opferten die heidnischen Priester weiterhin ihrem obersten Gott Odin.
Johannes, der christliche Priester dagegen, hatte viel zu tun in diesen Tagen, denn viele der Heiden folgten nun dem Beispiel Bjarnes.

Kurz darauf wurde in Norwegen eine Nachricht verbreitet, wonach der König ein Gesetz verkündet hatte, dass alles heidnische Volk die Taufe empfangen müsse.
Die Stimmung im Land verschlechterte sich schlagartig, und viele Kleinkönige und Jarle West- und Nordnorwegens sprachen von Schwurbruch und waren nun bereit, dem König mit Waffengewalt entgegenzutreten. Doch die Macht des Olaf Tryggvesson war groß, und in den Gauen Hardanger, Vingulmark, Vestfold und Ranrike war er als Alleinherrscher anerkannt. Das Tröndelag drohte nun zwar von ihm abzufallen, doch seine Heereskraft war trotzdem beachtlich.

*

6. In Brimun und bei den Angelsachsen

Das Heer König Olaf Tryggvessons hatte im Sommer des Jahres 996 n. Chr. ganz Südostnorwegen mit Waffengewalt unter das Zeichen des Kreuzes gezwungen. Die heidnischen Jarle wurden ihrer Lehen enthoben, und statt ihrer setzte der König christliche Männer in den Gauen als Jarle ein.
Viele Norweger, die an ihrem alten Glauben festhalten wollten, flohen nun nach Schweden oder Dänemark. Doch auch hier begann sich der neue Glaube schnell zu verbreiten. Andere, die in Norwegen bleiben wollten, wählten den Weg nach Norden ins Tröndelag, wo die heidnischen Jarle dem Glaubenswechsel noch erbittert Widerstand leisteten.
Einige Männer schlossen sich zusammen und fuhren mit ihren Langschiffen zur Insel der Angelsachsen ins Danelag[22], um sich dem heidnischen Dänenkönig Sven Gabelbart anzuschließen.

In Südnorwegen hatte es schon vor König Olafs Herrschaft viele Christen gegeben, da der frühere König Harald Gormsson bereits getauft war und scharenweise Priester aus dem großen Reich des deutschen Kaisers nach Kap Lindesnäs geholt hatte. Allen getauften Männern verlangte König Olaf nun den Treueeid ab, und sie waren ihm nun zu absolutem Gehorsam verpflichtet. Bis in den Spätsommer hinein hatte der König das Erbreich seines Vaters Tryggve christianisiert und die Städte befestigt.

*

---

[22] Danelag – Gebiete Nord- und Südostenglands, von den Dänen besetzt und besiedelt

Wellen peitschten gegen den Bug des Knarrs, und mit geblähtem Segel fuhr der Wellentrotzer durch das aufgewühlte Nordmeer. Erik stand am Vordersteven, das salzige Wasser spritzte ihm in sein Gesicht, und sein Haar wehte wild im Wind. Vier Tage zuvor waren sie mit Kurs auf Friesenland aufgebrochen. Jarl Sigurd wollte in der großen Friesenstadt Brimun[23] seine Waren zum Kauf anbieten. Neben den Städten Hammaburg, Birka und Haithabu war Brimun eines der größten Seewike[24].
Der Wellentrotzer lag tief im Wasser, denn er war voll beladen mit feinsten Pelzen vom Bär, vom Elch, vom Wolf und mit großen Bündeln von besten Robbenhäuten. Dazu führten sie auch noch Fett und Tran vom Wal mit sich, um es bei den Friesen zu verkaufen oder gegen andere Gegenstände einzutauschen. Aus dem ganzen Friesenland und den Städten des angrenzenden Sachsenlandes, kamen die Menschen an den letzten drei Tagen eines jeden Monats auf den großen Marktplatz von Brimun, um Handel zu treiben.
Gerade einmal zwanzig Männer hatte der Jarl mit auf die Fahrt nach Süden an Bord genommen, denn so konnte er mehr von der kostbaren Fracht laden. Nur die kräftigsten und in der Seefahrt erfahrenen Männer saßen auf den Ruderbänken. Unter ihnen auch Thorkill, der Schmied. Bjarne war im Sigurdfjord geblieben, seine Verwundung brauchte Zeit, um zu heilen. Außerdem war er damit beschäftigt, für sich und Inga ein Haus zu bauen.
Als das Knarr in die Wesermündung einlief, sah Erik die Türme der vorgeschobenen Wachposten. Sie sollten die Stadt vor Angreifern warnen, denn die Nordleute kamen nicht nur, um Handel zu treiben.

---

[23] Brimun - Bremen
[24] Seewik – Handelsplätze an der Nord- und Ostsee

Schon oft waren Wikingerflotten in die Weser gefahren, um die reiche Stadt Brimun anzugreifen und zu plündern. Doch die Friesen waren ein wehrhaftes Volk.
Bald schon konnte Erik die Wälle und Wehrtürme der Friesenstadt Brimun erblicken. Es war eine große und gut befestigte Stadt mit einem starken Ritterheer. Hier hatten sich schon einige nordische Seekönige einen blutigen Schädel geholt. Aber Brimun war ein wichtiger Handelsplatz und eine reiche Christenstadt dazu, die viel Beute versprach. Daher kam es immer wieder zu Überfällen!
Die Männer ruderten den Wellentrotzer in den Hafen und machten ihn an einem der langen Landungsstege fest. Hier lagen etwa dreißig Schiffe verschiedenster Bauart. Knarren und Schniggen aus dem Norden, angelsächsische Schiffe und die Handelskähne der Friesen und Sachsen. Dicke Mauern mit Wehrtürmen und Schleudern darauf trennten das Hafenviertel von der Oberstadt und der Burg Brimun. Durch ein gut bewachtes Tor gelangte man in das Stadtinnere, vorbei an den mit Hellebarden bewaffneten Soldaten in Kettenhemden, die das Wappen von Brimun auf ihrem Wams trugen, und die jeden kontrollierten, der die Stadt betreten wollte. Nur den Christen war es gestattet, den Handelsplatz zu betreten. Und noch vor Sonnenuntergang wurde das Stadttor geschlossen. Fremde mussten dann Brimun verlassen und durften sich nur noch im Hafenviertel aufhalten.
Da Jarl Sigurd die Stadt von früheren Handelsfahrten gut kannte, wusste er auch, wo er schnell Käufer für seine Ladung finden würde. Mit fünf Männern, darunter Erik und Thorkill, ging der Jarl in das Stadtinnere.

„Halt, Nordmann!", befahl einer der Wächter, als sie das große Tor erreichten. „Wer seid ihr?", fragte er barsch und

versperrte den Nordmännern, seinen Spieß in Händen, den Weg. „Wir sind Kaufleute aus dem Norden, und wir glauben, wie du es tust, an den Herrn Christus", antwortete Jarl Sigurd in friesischer Sprache. „Euer Glück, Nordmann", lachte der Soldat. „Heiden sind nicht willkommen. Nur Christen ist der Zugang zur Stadt erlaubt. Befehl des Bischofs!"
Der zweite Wachmann trat hinzu. „Wartet! Das kann ja ein jeder behaupten. Beweise es, Nordmann!" Er zog ein kleines hölzernes Kreuz unter seinem Wams hervor und hielt es dem Jarl entgegen. Einer nach dem anderen beugten sich die Norweger vor und küssten das Christensymbol.
Der Wachmann gab sich zufrieden und ließ die Fremden passieren. „Ich habe kein gutes Gefühl bei diesen nordischen Wölfen!" Der Wachmann sah den fünf Männern nach. „Kaufleute! Paah! Wer soll das glauben?", brummte er verächtlich.
Die Nordmänner gingen durch kleine Gassen, bis sie zu einer Taverne kamen. „Zum durstigen Schweden" war auf einem Schild an der Pforte zu lesen. Thorkill öffnete die große, eisenbeschlagene Tür, und die Männer traten in den Schankraum ein. Der große Raum war nur spärlich beleuchtet, der Boden war staubig und die Luft so dick, das man sie hätte mit dem Schwert schneiden können. Ein abscheulicher Geruch von ranzigem Fett, verbranntem Fleisch und süßlichem Wein schlug ihnen entgegen.
An einer Wand standen vier große Fässer, auf die man ein dickes Brett gelegt hatte. Das war der Tresen der Schänke. Tische und Bänke standen wahllos im Raum verteilt.
An einem der Tische saßen drei friesische Männer und spielten ein Würfelspiel. An einem anderen Tisch saß ein junger Mann mit dunklem Haar. Er trug einen langen Kirtel, der ihm bis unter die Knie reichte, und darüber ein ehernes Kettenhemd. Der Mann starrte auf seinen Becher Wein und

nippte hin und wieder daran. Als die Nordmänner den Schankraum betreten hatten, hob er nur kurz seinen Kopf, musterte jeden einzelnen genau und wandte sich dann wieder seinem Becher zu.

Nachdem sich die Norweger an einem der alten, wackeligen Tische niedergelassen hatten, kam ein kleiner kahlköpfiger Mann herbeigeeilt. Ohne ein Wort zu verlieren, stellte er einen Krug voll Bier, Speck und einen runden Laib Brot auf den Tisch. Als er sich wieder entfernen wollte, hielt der Jarl den Mann am Ärmel seines speckigen Hemdes zurück und fragte in friesischer Sprache: „Sage mir wo ich Rögnvald, den Schweden, finde?"

Der kleine Mann drehte sich geschickt aus dem Griff des Jarls und verschwand wortlos in einem der hinteren Räume. Kurz darauf erschien der Gesuchte in dem Schankraum. Er war ein Hüne. Hoch und gerade gewachsen, wie eine germanische Eiche. Seine blonden Haare waren kurz geschoren, dafür war sein Bart umso länger. Die alte Lederschürze, die er trug, hatte zahlreiche Flecken vom Bier und vom Wein. Der Mann war etwa gleichen Alters wie Jarl Sigurd, und als er den Norweger sah, grollte es mit tiefer Stimme aus ihm heraus. „Sigurd Svensson, der Norweger!", rief er erfreut in nordischer Sprache. „Du warst lange nicht mein Gast!" Jarl Sigurd hatte sich erhoben und umarmte den großen Mann herzlich. Auch Thorkill grüßte der Hüne freudig.

Nachdem man sich ausgiebig begrüßt hatte, nahmen die Männer Platz und der Jarl erzählte von früheren Tagen, als er und der Schwede mit dem Seekönig Olof vor der Insel der Angelsachsen geheert hatten und Rögnvald sein Gefolgsmann wurde. Auch berichtete er, wie der Schwede auf einer Handelsfahrt nach Brimun kam und so, wie Sigurd selbst, die Tochter eines friesischen Kaufmannes freite, er den Christenglauben annahm und Schankwirt wurde.

Seitdem war viel Zeit vergangen. Fast zwanzig Sommer und Winter. Der gefürchtete Seekönig Olof war längst in Walhalla, Sigurd Svensson war ein Jarl geworden, und viele Nordmänner glaubten nicht mehr an das Heil der alten Götter. Dann sprach Rögnvald von einem Überfall dänischer Wikinger, der vor einigen Monden die umliegenden Dörfer traf. Seitdem wurden alle Nordmänner in Brimun mit noch größerem Misstrauen behandelt. Der Herse befürchtete nun, dass die Dänen auch einen Überfall auf die Stadt planen könnten.

Es wurde noch viel geredet und getrunken. Immer wieder ließ der Kahlköpfige den Krug aus dem großen Bierfass füllen, das neben dem Schanktisch stand. Und Rögnvald versprach Sigurd, für einen guten Handel zu sorgen. Als es draußen bereits dunkel wurde, verabschiedeten sich die Norweger von dem Schweden und gingen zurück zum Hafen.

Die Sonne war bereits hinter dem Horizont versunken, als die fünf Nordmänner, benebelt vom starken friesischen Bier, zurück in das Hafenviertel kamen. Es herrschte reges Treiben in den dreckigen Kaschemmen des Hafens, und die betrunkenen Seeleute grölten in den verschiedensten Sprachen ihre Lieder. Diebe versuchten die Seeleute um ihre Habseligkeiten zu erleichtern, und in mancher dunklen Gasse verdiente ein Hurenweib sein Geld.

Erik hatte sich von seinem Vater und den anderen Männern getrennt. Zu groß war seine Neugier auf diese fremde Stadt. Er betrat kurzerhand eines der Schankhäuser, setzte sich an einen Tisch, der etwas abseits in einer Ecke stand, und beobachtete belustigt das Treiben der Männer. Es waren fast nur angelsächsische Seeleute in der Kaschemme, die sich mehr als lautstark unterhielten. Von der Sprache verstand er kein Wort. Ein altes zahnloses Weib kam und stellte Erik ungefragt einen Krug voll Bier so heftig auf den Tisch, dass

der Gerstensaft über den Rand spritzte und an ihren Händen herunterlief. Die Alte lachte schrill und verschwand.
Erik trank das Bier und besah sich die Angelsachsen, die lachten und nur einen Moment später in heftigen Streit gerieten. Plötzlich trat ein Weib, nicht älter als er selbst, an seinen Tisch. Sie hatte langes, dunkles Haar und trug ein altes, zerlumptes Wollkleid. Ihr Gesicht war genauso schmutzig wie ihre Füße. Doch war sie keineswegs hässlich. Sie beugte sich zu Erik hinunter, sodass sein Blick unweigerlich auf ihre gut gewachsenen, prallen Brüste fiel. Das Mädchen ergriff Eriks Krug und trank einen tiefen Schluck des kühlen Bieres. Dann nahm sie seine Hand und legte diese auf ihren Busen, dabei lachte sie und redete in friesischer Sprache auf Erik ein. Der junge Tröndner verstand davon kein Wort. Doch die Gesten des Weibes waren eindeutig. Das junge Weib war zweifelsohne eine Hure, und Erik dachte darüber nach, ob er ihr zu etwas Geld verhelfen sollte. Da wurde die junge Frau plötzlich von dem Tisch fortgerissen. Ein betrunkener Kerl schlug mit seinen Fäusten auf sie ein und beschimpfte das Weib in angelsächsischer Sprache.
Da sprang der junge Nordmann auf, um dem Weib beizustehen, denn er ahnte, dass er der Grund für den Angriff war. Nordmänner und Angelsachsen waren sich nie sonderlich zugetan, und außerdem heerte der König der Dänen seit geraumer Zeit auf der Insel. Oft waren es nur die Gesetze der Handelsstädte, die Schlimmeres verhinderten. Erik wollte sein Schwert aus dem Wehrgehäng ziehen, doch da verspürte er einen heftigen Schlag gegen den Kopf. Der salzige Geschmack seines Blutes breitete sich in Eriks Mund aus, es wurde ihm schwarz vor seinen Augen, und seine Beine wurden ihm weich. Seine Sinne wichen, und der Körper versagte ihm den Gehorsam. Hart fiel er auf den Boden!

Die Angelsachsen grölten vor Vergnügen. Einer stand nun mit erhobenem Schwert über dem bewusstlosen Norweger und ließ die Waffe kreisen. Laut lachend und seines Sieges sicher, schwang er die schwere Klinge und ließ sich von seinen Kameraden bejubeln. Doch plötzlich verstummten die Seeleute! Die Arme des Angelsachsen wurden ihm schwer, und er ließ das Schwert langsam zu Boden sinken. Ein Ger hatte sich tief in die Brust des Mannes gebohrt, er sackte auf die Knie und fiel leblos zur Seite. Im Schankraum stand ein Ritter, ein langes ehernes Kettenhemd schützte seinen Körper und reichte ihm bis hinunter zu den Knien. In der Linken hielt er einen runden, rot bemalten Schild mit silbernen Beschlägen. Auf seinem Kopf trug er einen Helm, an dem ein ebenfalls rot gefärbter Pferdeschweif befestigt war. Über der Stirn verlief ein silberner Reif mit einem reichlich verzierten Nasenschutz.
Hinter dem Ritter standen drei Wikinger mit gezogenen Schwertern und Äxten, bereit, jeden niederzuhauen, der es wagte, seine Waffe gegen den Ritter zu erheben. Langsam ging der Krieger mit dem roten Pferdeschweif am Helm auf den Toten zu, setzte seinen Fuß auf dessen Brust und zog mit einem kräftigen Ruck seinen Ger aus dem leblosen Körper. Einer der Wikinger, ein stämmiger Kerl mit einer großen Narbe quer über dem Gesicht, legte sich den bewusstlosen Erik über die Schulter. Dann verließen sie langsam den Schankraum.
Nun kam Bewegung in die Schar der betrunkenen Angelsachsen. Die Überraschung schlug in Empörung und Rachedurst um. Der Mann, der zuvor auf die junge Hure eingeschlagen hatte, fand seinen Mut als erster zurück. Er zog sein Schwert und wollte den Fremden folgen, doch als er die Tür der Schänke öffnete, traf ihn ein Axthieb

gegen den Schädel. Mit einer klaffenden Wunde fiel der Mann in die Kaschemme zurück.
Ein kleiner, dicker Wikinger grinste die Seeleute frech an und schlug dann die Tür wieder zu. Nun wagte es keiner der Angelsachsen mehr, die Pforte zu öffnen, um den Männern zu folgen.
Eilig liefen die vier Krieger mit dem bewusstlosen Erik durch die mit Fackeln spärlich beleuchteten Gassen des Hafenviertels. Sie bestiegen eine nordische Schnigge und verließen noch in derselben Nacht den Hafen von Brimun.

*

„Erik ist verschwunden!" Thorkill Ormsson stand vor seinem Jarl, der mit schwerem Kopf auf seinem Nachtlager saß. „Was soll das heißen, er ist verschwunden?", fragte Sigurd den Freund wenig bestürzt und kratzte sich den Bart. „Erik ist nicht auf den Wellentrotzer zurückgekehrt. Ich habe bereits Männer ausgesandt, ihn zu suchen."
Der Steuermann des Knarrs war sichtlich beunruhigt.
„Er wird irgendwo seinen Rausch ausschlafen! Vielleicht stößt er sich auch bei einer Hure die Hörner ab", suchte der Jarl eine Erklärung zu finden. „Du weißt doch, wie schnell das in einer Stadt passiert!"
Doch nach einiger Zeit kamen die von Thorkill ausgesandten Männer ohne Erik auf das Knarr zurück und erzählten von dem Vorfall in der Hafenkaschemme, von dem man ihnen berichtet hatte. Daraufhin beschloss Jarl Sigurd, die Stadt Brimun so schnell als möglich zu verlassen, um sich auf die Suche nach seinem Sohn zu begeben.

Nachdem der Tröndnerjarl eilig seine Geschäfte mit einem friesischen Kaufmann erledigt hatte, suchte er noch einmal

Rögnvald, den Schweden, auf. Als dieser von Eriks Verschwinden und dem Vorfall im Hafen hörte, erzählte er dem Jarl von einem jungen sächsischen Ritter, der in Begleitung dreier Wikinger suchend durch die Tavernen der Stadt zog. Der Sachse erkundigte sich nach allen dänischen Nordmännern, die in Brimun weilten.
Schnell brachten die Männer des Jarls in Erfahrung, dass die Schnigge des Sachsen und der Wikinger in der letzten Nacht den Hafen von Brimun verlassen hatten.
Als sich alle Seeleute wieder an Bord des Wellentrotzers eingefunden hatten, bemerkte der Jarl ein großes Bündel, das Thorkill Ormsson mit an Bord gebracht hatte.
„Es ist jetzt kaum der rechte Zeitpunkt, Waren heranzuschleppen", sagte Sigurd ein wenig erbost. Doch sein Freund Thorkill grunzte nur und als er das eine Ende des Bündels öffnete, kam ein zerzauster, dunkelhaariger Kopf zum Vorschein. Es war die junge Hure aus der Hafentaverne in Brimun. Sie schimpfte wie ein Rohrspatz, worauf der Schmied das Bündel wieder sorgsam verschnürte und unsanft in den Lagerraum warf.
„Was soll das?", fragt der Jarl, denn die Entführung junger Mädchen passte nicht zu dem rothaarigen Steuermann.
„Sie hat den Sachsen und sein Gefolge gesehen, und sie wird ihn sicher wiedererkennen!" Thorkill grinste seinen Anführer an. „Außerdem wird sie keiner vermissen, sie ist nur eine Hure!"
Nachdem der Wellentrotzer entladen war, setzten die Norweger ihr Segel und fuhren die Weser hinauf bis in die offene See.

*

Eriks Schädel brummte wie ein Bienenstock. Als er aus seiner tiefen Ohnmacht erwachte, hatte er den salzigen und

pelzigen Geschmack seines geronnenen Blutes im Mund. Er hatte großen Durst und fühlte sich unwohl.
„Ich glaube, er kommt zu sich. Geh und hole Ansgar", befahl eine Stimme. Der junge Norweger öffnete seine Augen und sah auf die Plane eines Zeltes. Nun bemerkte er auch den jungen Nordmann mit dem blonden, ja fast weißen, schulterlangen Haar vor seinem Lager stehen. Der Mann war von schlanker Statur. Seine Hose und sein Hemd waren aus fein gewebter Wolle, darüber trug er eine Weste aus hellem Robbenfell. Er zählte etwa zwanzig Sommer. In seinem Wehrgehäng trug der Krieger ein mit Runen verziertes Schwert und sprach den Dialekt der Isländer. Der schmale Mund des Mannes war von einem weißen Schnauzbart umrahmt, und mit seinen eisblauen Augen musterte er nun den erwachenden Norweger.
„Odin hat noch kein Gastmahl für dich vorgesehen! Du hast aber zwei volle Tage geschlafen", sagte der Blonde, während er Erik eine Holzkelle gefüllt mit kühlem Wasser reichte. Hastig, sodass ihm das Wasser aus dem Mundwinkel lief, trank der Jarlssohn das erfrischende Nass.
„Halt, nicht so schnell!", rief der Blonde. „Es verbrennt dir die ausgetrocknete Kehle." Schnell zog er Erik das hölzerne Trinkgefäß vom Mund. In diesem Moment wurde die Plane zur Seite gerissen, und ein dunkelhaariger Mann, gefolgt von einem kleinen, dicken Wikinger, trat an Eriks Lagerstätte.
„Wer bist du?", fragte der Dunkelhaarige in nordischer Sprache. Erik richtete sich auf. „Ich bin Erik Sigurdsson, der Sohn Jarl Sigurds", antwortete er etwas benommen. „Ich komme aus dem Norden des Tröndelag."
„Ein Norweger also", stellte der Blonde grinsend fest. „Ein Tröndner noch dazu!"
„Du bist der Mann, der in der Schänke des Schweden saß", erinnerte sich Erik, als er die Fremden genauer musterte.

„Was ist geschehen? Wo bin ich?", fragte Erik nun drängend und wurde wieder Herr seiner Sinne.
„Ein Angelsachse wollte dich zu deinen Göttern schicken! Aber ich habe es ihm ausgeredet!" Mit dem Finger deutete er einen Schnitt durch die Kehle an. „Du stehst nun in meiner Schuld, Erik Sigurdsson!" Die Stimme des dunkelhaarigen Ritters klang fest und fordernd.
„Ein Mann aus dem Norden bist du nicht! Wer bist du?", wollte nun Erik seine Neugier stillen.
„Mein Name ist Ansgar, und ich bin ein Krieger aus dem Osten des Sachsenlandes", antwortete der Gefragte bereitwillig.
„Mich nennt man Leif", sprach der weißblonde Nordmann, der neben dem Sachsen stand. „Und ich heiße Olf! Wir kommen von der Eisinsel", schloss sich der rundlich geratene Wikinger an. Jetzt erst bemerkte Erik, dass der Boden unter seinen Füssen wankte. Er sprang auf und lief aus dem Zelt. Die See war ruhig, nur eine leichte Brise wehte durch Eriks dunkelblondes Haar. Suchend sah er auf das Meer hinaus, doch es war kein Land in Sicht. „Bin ich dein Gefangener?" Erik sah den Ritter böse und durchdringend an.
„Wir mussten Brimun eilig verlassen", sprach der Sachse mit ruhiger, freundlicher Stimme. Er war Erik gefolgt und stand nun neben dem jungen Norweger an der Reling. „Ich habe den Handelsfrieden gebrochen, als ich den Angelsachsen tötete, um dein Leben zu retten, mein Freund. Das mögen die friesischen Fürsten gar nicht!"
Erik sah sich um und stellte fest, dass sie auf einer Schnigge nordischer Machart fuhren, die Besatzung aber ausschließlich aus Sachsen bestand. Fragend sah er den Ritter an, und dieser erahnte die Frage des Norwegers und beantwortete sie, bevor Erik sie stellen konnte.

„Die Isländer und ich jagen dieselbe Beute. Sie hatten das Schiff und ich die Besatzung. So haben wir uns zusammen getan!" „Ihr jagt die gleiche Beute?", fragte Erik, denn er verstand nicht, worauf der junge Ritter hinaus wollte. Hasserfüllt starrte Ansgar, der Sachse, auf das ruhige Meer hinaus.
„Halvdan der Schwarze!", sagte er mit vor Zorn zitternder Stimme, und einen kurzen Moment schien Ansgar mit seinen Gedanken in weiter Ferne zu sein.
„Er ist Däne. Einer der Jomswikinger!" Leif und der dicke Olf waren nun auch aus dem Zelt getreten. „Doch seit die Jomswikinger unter dem Oberbefehl des Polenkönigs Boleslaw stehen, hat er die Jomsburg verlassen, um auf Wikingfahrt zu gehen", erklärte Leif. „Wir wollten in Birka, der Stadt am Mälarsee, Handel treiben, dort versuchte Halvdan unsere Waren und mein Langschiff Sturmfalke zu rauben. Wir konnten den Dänen aber in die Flucht schlagen! Doch viele meiner Krieger verloren ihr Leben oder waren so schwer verletzt, dass ich sie zurücklassen musste. Mein Bruder Ivar verlor bei dem Kampf ein Auge!" Er deutete auf einen stämmigen, fast hünenhaften Mann, der das Seitenruder des Schiffes hielt. Das Gesicht des Mannes war von einer großen Narbe entstellt, und das linke Auge fehlte.
„Ivar schwor Rache zu nehmen. Also machten wir uns an die Verfolgung Halvdans des Schwarzen", sagte der dicke Olf. „An der Küste des Sachsenlandes konnten wir den Dänen stellen, aber Odin hatte uns sein Heil verweigert. Viele abtrünnige Norweger, die vor dem neuen Glauben und der Bekehrungswut ihres Königs aus dem Land am Nordweg geflohen waren, hatten sich dem schwarzen Seekönig angeschlossen!"
„Nun waren die Krieger Halvdans in der Übermacht und erschlugen im Kampf die meisten Männer unserer Besatzung!" Leif zeigte auf die Ruderkisten, auf denen zum

größten Teil sächsische Krieger saßen. „Nur wenige unserer Freunde konnten den Äxten des Schwarzen entkommen!" Nun ergriff Ansgar, der Sachse, das Wort. „Mein Vater war ein Lehnsmann des Fürsten zu Mecklenburg. Er nannte ein kleines Rittergut an den Ufern der Oder sein Eigen", berichtete der junge Ritter. „An der Grenze zum Polenreich, hielten wir die Slawen und Pommern fern! Mit einer großen Kriegerschar griff der schwarzbärtige Däne uns an und er ließ dem Vater keine Zeit, sein Heer zusammen zurufen", sprach er mit hasserfüllter Stimme. „Der Mörder vollzog an ihm den Blutaar[25]!" Die Stimme des Sachsen zitterte vor Zorn und Wut, als er fortfuhr.

„Ich habe geschworen, den Mord an meinem Vater zu rächen, und Gott im Himmel wird mir die Kraft und das Heil dazu verleihen!" Der Sachse bekreuzigte sich.
Betroffen hörte Erik die Worte, und er wusste, dass er tief in der Schuld der Männer stand. „Ich verdanke euch mein Leben, daher will ich gerne mit euch gegen Halvdan den Schwarzen ziehen! Euer Kampf soll fortan auch mein Kampf sein!"

*

Leif hatte das Seitenruder übernommen und steuerte die Schnigge Richtung Westen. Es war eine warme, sternenklare Sommernacht, und eine schwülwarme Brise brachte den Sturmfalken nur langsam vorwärts.
Die meisten Männer schliefen, so auch Ansgar der Sachse, der dicke Olf und Leifs Bruder Ivar, der kaum ein Wort sprach und daher von den Männern, der Schweigsame genannt wurde. Erik aber fand keine Ruhe! Er hatte sich von seinem Schlaflager erhoben und ging zum Achtersteven des Schiffes, dort wo Leif am Seitenruder stand.

---

[25] Blutaar – Rituelles Menschenopfer der Asenanbeter

„Warum schläfst du nicht?", fragte der blonde Isländer, als er Erik sah.
„Ich habe zwei volle Tage geschlafen. Das reicht mir erst einmal", gab der Norweger zur Antwort und rieb sich dabei den Kopf. Leif musste grinsen.
Erik setzte sich auf eine große Kiste, die neben dem mit Schnitzereien verzierten Steven stand. „Wohin geht die Reise?"
„Ins Danelag!", antwortete Leif. „Dort werden wir Halvdan den Schwarzen schon finden. Er wird sich dem Dänenkönig Sven Gabelbart anschließen wollen. König Sven heert auf der Insel der Angelsachsen und braucht dazu jeden Mann. Halvdan ist dem Dänenkönig treu ergeben!"
„Das ist aber ein gefährliches Vorhaben für einen Sachsenritter!" Erik schüttelte ungläubig den Kopf.
„Außerdem ist Ansgar ein Christ. Seit mein König Olaf die Dänenbrut aus Norwegen vertrieben hat, soll der Gabelbart den Christen nicht wohl gesonnen sein!"
„Die Christen waren Sven schon immer ein Gräuel! Er hat sogar seinen eigenen, christlich gesinnten Vater Harald aus der Herrschaft vertrieben", belehrte der Isländer den jungen Tröndner. „Bist du etwa auch einer von diesen Kreuzanbetern?", fragte Leif plötzlich mit grimmigem Gesicht. Der Sohn Jarl Sigurds nickte. „Ich war in König Olaf Tryggvessons Kriegsheer vor Tönsberg und Sotenäset", sprach er stolz.
„Da wird sich Ansgar aber freuen, du christlicher Held", spottete der blonde Wikinger und grinste.
Der Wind hatte kräftig aufgefrischt und blies nun stärker. So erreichte der Sturmfalke in schneller Fahrt nach einigen Tagen den südlichen Zipfel der Ostküste Britanniens.
Immer wieder hatte der junge Norweger versucht, den sächsischen Ritter zur Umkehr zu bewegen. Doch der Mut

des Mannes war groß, und der Hass, der ihn trieb, ließ ihn alle Vorsicht vergessen.
Im Danelag, das von Südosten bis in den Norden der Insel reichte, lebten die Angelsachsen unter der Knute der Nordmänner. Viele waren geflohen oder versklavt worden. Wikinger hatten die Höfe der Besiegten übernommen, und neue Siedlungen waren entstanden. Auf den Höfen saßen nun Bauern mit blondem Haar. Die Könige von Ostanglia, Mercia und Northumberland waren vor den Dänen aus dem Land geflohen und suchten Schutz bei König Ethelred.

Der Sturmfalke segelte die Küste hinauf in den Norden, und die Männer hielten Ausschau nach dem schwarzen Segel der Skaid[26] Halvdans des Schwarzen.

*

Jarl Sigurds Segler war zwei volle Tage Richtung Nordwesten gefahren, dann aber sah der Jarl endlich ein, dass es wenig Sinn machte, ohne Ziel durch das Nordmeer zu segeln. Da der Norwegerfürst von den drei isländischen Wikingern im Gefolge dieses sächsischen Ritters gehört hatte, beschloss er, nach dem Heimatfjord zu segeln, um dann mit dem Sturmross und dem Wogendrachen nach Island zu fahren.
Anfangs überkam die junge Hure, die Thorkill aus Brimun gestohlen hatte, immer wieder die Angst, und sie lag still im Lagerraum. Doch später dann, wurde sie mutiger. Sie zeterte und schrie, sodass der Steuermann gewillt war, sie über Bord zu werfen. Hier unter den Wikingern, auf den schwankenden Planken des Knarrs, dachte sie nicht daran, sich den Männern anzubiedern. Keinen Gedanken verschwendete die Hure daran, Geld zu verdienen, denn zu

---

[26] Skaid – Langschiff mit bis zu sechzig Riemen

groß war ihre Angst vor diesen Männern, und außerdem war
es ihr speiübel.

Das Knarr des Jarls kam schnell voran und erreichte bald die
norwegische Küste. Im Sigurdfjord angekommen, rief der
Jarl sein Gefolge zu einem Thing in die große Halle. Er
erzählte den Männern vom Verschwinden Eriks in Brimun
und von seiner Absicht, nun den Sohn in Island zu suchen.
Und sofort erklärten sich die meisten Männer bereit, ihrem
Häuptling auf das Meer zu folgen.
Auch Asa wollte den Jarl begleiten, denn ihre Sorge um
Erik war groß. Doch Sigurd weigerte sich, das Mädchen auf
einer Fahrt mit sich zu nehmen, deren Ausgang derart
ungewiss war. Er befahl ihr, auf dem Hof zu bleiben.
Mit der Entführung der Friesin hatte sich Thorkill den Zorn
der Astrid eingehandelt. Als gläubiger Christin war ihr
Menschenraub zuwider. Doch Jarl Sigurd ließ sein Weib
wissen, dass er die Tat des Schmiedes billigte und dass ihm
jedes Mittel recht sei, seinen Sohn zu finden. Schließlich
versprach er aber, das junge Weib nicht als Sklavin zu
verkaufen, sondern sie bei seiner nächsten Handelsfahrt in
ihre Heimat zurückzubringen.
Einige Tage später, es war kurz bevor die Sonne unterging,
verließen zwei Langschiffe den Fjord und fuhren Richtung
Westen. Als das Sturmross und der Wogendrachen die
Südküste Islands erreichten, waren wegen des guten Wetters
nur sechs Tage vergangen. Ein kräftiger Ostwind hatte die
Schiffe des Jarls ohne Zwischenfälle nach Island getrieben.
„Ich hoffe, dass wir Erik hier finden werden", sagte Sigurd
besorgt zu seinem Steuermann Thorkill. Dieser nickte
seinem Jarl und Waffenbruder zu. „Wir werden ihn finden,
ob hier oder an einem anderen Ort. Wenn es sein muss,
fahren wir bis in das Land der Sarazenen!"

Nach mehreren Tagen auf See begann die Friesin sich auf dem Schiff einzuleben. Sie hatte endlich begriffen, dass sie unter dem Schutz des Jarls stand, und dass es keiner der Männer wagen würde, sie zu bedrängen oder gar zu töten. Niemand würde ihr ein Leid antun, und so war ihre Angst vor den Nordmännern gewichen, und sie bewegte sich nun frei an Bord des Sturmrosses. Ihr Name war Gundis!

*

Der Sturmfalke war zwei Tage lang die Küste Britanniens hinunter nach Süden gesegelt. Als sie an eine große Flussmündung kamen, holten sie das Segel ein und ruderten die Schnigge flussaufwärts. Die Ufer des Flusses waren mit mannshohem Schilf gesäumt, aus dem vereinzelt riesige Weiden empor ragten. Dahinter erstreckten sich weite Flächen hohen Grases, die in der Ferne an ein Waldgebiet grenzten.
Plötzlich entdeckte Leif, der am Vordersteven stand, ein Langschiff. Es war eine dänische Schnigge, die im hohen Schilf lag und an einem Baum vertäut war.
Der blonde Isländer gab seinem Bruder Ivar den Befehl, den Sturmfalken ebenfalls in das Schilf zu steuern. In einiger Entfernung zu dem dänischen Langschiff, verschwand der Segler des Isländers unter einer riesigen Trauerweide, die dicht am Ufer stand. Die tief herunter hängenden Äste und das hohe Schilf boten dem Schiff guten Schutz.
Die Anspannung der Männer war groß, und alle hatten ihre Waffen gezogen für den Fall, dass sie entdeckt würden.
Doch es blieb ruhig um sie herum.
Langsam versank die Abendsonne hinter dem Horizont, und die Dunkelheit brach ein. Die Zeit zum Handeln war gekommen. Erik und die Isländer näherten sich vorsichtig im Schutz des hohen Schilfs dem fremden Langschiff.

Ansgar und die Sachsen waren an Bord des Sturmfalken geblieben. Sollten die Wikinger von den Dänen entdeckt werden, so konnten sie behaupten, Norweger zu sein, die vor dem Bekehrungsdrang ihres Königs geflohen waren und sich Sven Gabelbart im Kampf gegen König Ethelred anschließen wollten.

Auf einer Wiese, nicht weit vom Ufer entfernt, hatten die Dänen ihr Lager aufgeschlagen. Es waren etwa dreißig gut bewaffnete Krieger, eine volle Besatzung für eine Schnigge. Sorglos saßen die Dänen um ein großes Feuer, lachten und unterhielten sich lautstark. Erik kroch langsam, einer Schlange gleich, durch das Gras an die Männer heran. Starr lag er da und lauschte. So erfuhr der junge Norweger, dass die dänischen Krieger ein vorgeschobener Wachposten waren und die Flussmündung gegen ankommende Feinde verteidigen sollten. Erik biss sich auf die Lippen, um nicht loszulachen. Die dänischen Wächter schienen sich ihrer Sache recht sicher zu sein, denn es war nicht schwer gewesen, unbemerkt den Fluss aufwärts zu rudern.

Die Schiffsbesatzung gehörte zu einer Burg im Inneren des Landes. Dort sammelte König Sven die Krieger, die er zur Belagerung der großen Stadt Londinium benötigte. Doch noch zögerte der König der Dänen den Angriff heraus.

Als Erik glaubte, genug gehört zu haben, schlich er zurück zu den Isländern, die in sicherer Entfernung im hohen Gras auf ihn gewartet hatten. Unbemerkt kehrten sie auf ihr Schiff zurück.

„Es wäre töricht von uns, mit nur einer Schiffsbesatzung gegen eine gut befestigte Burg voller Dänen anzurennen", stellte Leif fest.

„Und bei Sonnenaufgang werden uns die Wachposten sicherlich entdecken", fügte Erik besorgt hinzu.

Nachdenklich kratzte sich Ansgar am Kinn. „Ein Angriff wäre gewagt, doch haben wir die Überraschung auf unserer

Seite. Die Dänen werden uns kaum freiwillig verraten, ob Halvdan der Schwarze an der Tafel ihres Königs sitzt!"
„Wenn sie überhaupt etwas über den schwarzhaarigen Seeschäumer wissen." Leif gefiel die Absicht des Sachsenritters nicht. Die Dänen waren ihnen an Männern ebenbürtig, und es bestand die Gefahr, besiegt zu werden. Und warum sollten diese einfachen Krieger etwas über den Verbleib des Seekönigs und Jomswikingers Halvdan wissen. Ansgar sah den weißblonden Isländer böse an. Ihm missfiel Leifs Zögern, doch konnte er dem Wikinger keine Befehle erteilen. Die Isländer waren freie Krieger und konnten für sich selbst entscheiden. „Ein Kampf ist unausweichlich", sprach der Sachse ruhig. „Sie werden uns sowieso entdecken, wenn wir über den Fluss landeinwärts fahren."
„Wir könnten sie von zwei Seiten angreifen!" Erik erinnerte sich der Kriegslist König Olafs vor der Stadt Tönsberg. „Ansgar und seine Männer werden die Dänen von der Landseite angreifen. Wir dagegen führen unseren Angriff vom Fluss aus!"
„Wenn wir nahe genug an die Dänen herankommen", unkte Olf der Dicke, der sonst keinen Kampf scheute. Auch wenn Leif die Lage, in der sie sich befanden, nicht gefiel, so willigte er doch in den Plan ein.

Lautlos kletterten die Wikinger an der Bordwand des Sturmfalken in das kalte Flusswasser hinab. Ansgar und die sächsischen Krieger schlugen einen Bogen und schlichen sich von der Landseite an das Lager der Dänen heran. Sobald sie Kampflärm hörten, sollten sie die dänischen Krieger angreifen. So lautete der Plan!
Langsam schwammen Erik und die Isländer nun an die dänische Schnigge heran. Fast lautlos tauchten die Männer aus dem Wasser und hangelten sich die Bordwand hinauf über die Reling.

Es war Sonnenaufgang, und Nebelschwaden waberten, Flussgeistern gleich, über das Wasser. Die Dänen lagen noch in tiefem Schlaf, als Leif dem Wächter, der mit geschlossenen Augen am Vordersteven der dänischen Schnigge lehnte, seinen Dolch an die Kehle legte. Leise röchelnd sank der Krieger auf die Planken des Schiffes. Plötzlich durchbrach der dunkle Ton eines Signalhornes die morgendliche Stille. Wildenten stiegen erschrocken laut schnatternd aus dem dichten Schilf des Ufers auf und flogen ängstlich davon.
Einer der dänischen Männer war erwacht, als Leifs Dolch sich in den Hals des Wächters bohrte. Es war dem Mann noch gelungen, in sein Horn zu stoßen, bevor ihn die Axt des dicken Olf niederstreckte. Und auch zwei andere Dänen, die das Schiff bewachten, entkamen den scharfen, todbringenden Klingen der isländischen Wikinger nicht. Vom Kampflärm erwacht, waren nun auch die dänischen Krieger, die an den Feuern schliefen, aufgesprungen und hatten schlaftrunken nach ihren Waffen gegriffen. Doch da sprangen die sächsischen Krieger, Geistern gleich, aus den Frühnebelschwaden hervor, die über dem hohen Gras waberten. Mit lautem Kriegsgebrüll und gezogenen Schwertern fielen sie den überraschten Dänen in den Rücken.
Trotz der zahlenmäßigen Überlegenheit wurden die Krieger König Svens einer nach dem anderen verstümmelt oder erschlagen.
Der Anführer der Dänen war einer der ersten, der seinen Arm und dann sein Leben verlor. Ohne Führung wussten sie nicht, gegen welchen Feind sie sich zuerst wenden sollten. Galt es nun, das Schiff zu schützen oder die Sachsen abzuwehren? Doch schnell fand sich einer, der die Befehle gab, und die Gegenwehr der Dänen wurde stärker. Viele

Männer hatten bereits den Schwerttod gefunden. Bei den Verteidigern als auch bei den Angreifern. Doch die Verluste der Dänen waren bei Weitem größer als die der Wikinger und Sachsen.
Eriks Schwert Wundwolf riss böse Wunden in die Körper seiner Gegner, und es zeigte sich, dass sein Vater ein guter Lehrmeister gewesen war. Er kämpfte gerade gegen einen rotbärtigen Hünen, der mit seiner Axt Eriks Schild in kleine Stücke schlug. Aus dem linken Arm floss bereits das Blut, und langsam schwanden die Kräfte des jungen Norwegers. Die Arme wurden ihm immer schwerer, und die Waffen glitten aus seinen kraftlosen Händen.
Erschöpft sank Erik zu Boden. In dem Moment, da der rotbärtige Däne zum todbringenden Schlag ausholen wollte, schlug ihm das Schwert des jungen Norwegers in die Flanke. Mit letzter Kraft hatte Erik seine Waffe ergriffen und zugestoßen.
Der Däne taumelte zur Seite, wollte seine Axt erneut gegen Erik erheben, als ihn ein Hieb des Sachsenritters auf den Kopf traf. Mit tief gespaltenem Haupt fiel der Rotbart in das hohe Gras.
Der Kampf neigte sich dem Ende zu, denn viele Männer waren in das Totenreich der Göttin Hel eingezogen oder lagen verwundet und verstümmelt auf dem Schlachtfeld. Die wenigen überlebenden Dänen suchten ihr Heil in der Flucht. Sie liefen in das hohe Gras, denn ihre Schnigge trieb brennend flussabwärts. Ivar hatte die Taue gekappt.
Ansgar half Erik auf die Beine. „Jetzt schuldest du mir noch ein Leben, junger Krieger!", grinste der Ritter aus dem Reich des deutschen Kaisers. Doch plötzlich erstarrte sein Körper, er riss die Augen weit auf, und aus seinem geöffneten Mund quoll Blut hervor. Er sackte auf die Knie und fiel dann auf sein Gesicht. Regungslos lag der Ritter vor

den Füßen des Norwegers, und aus seinem Rücken ragte eine Lanze.
Ein junger dänischer Krieger, nicht älter als Erik selbst, hatte sich im hohen Gras verborgen gehalten. Nun war er aufgesprungen, rief den Namen Odins und suchte sein Heil in der Flucht.
„Auch Odin kann dir nun nicht mehr helfen", zischte Erik, während er sein Schwert aufhob, um dem Dänen zu folgen. Doch Leif hielt ihn zurück. „Wir müssen diesen Ort verlassen! Die Geflohenen werden Verstärkung holen!"
Der Isländer hatte recht, und obwohl es ihm nicht leicht fiel, fügte sich Erik seinen Worten. Er kniete neben dem toten Sachsen nieder, sprach ein Gebet und bekreuzigte sich.
„Ich werde deinen Tod rächen! Und für die zwei Leben, die ich dir schulde, werde ich dein Gelübde erfüllen, Sachse!"
Die Männer brachten ihre Verwundeten auf den Sturmfalken, und auch den toten Ansgar nahmen sie mit auf das Schiff. Die Sachsen hatten verlangt, dass ihr Anführer in seinem Heimatland nach christlichem Brauch begraben würde, und Leif war bereit, ihren Wunsch zu erfüllen.
Nun erst bemerkte Erik den dicken Wikinger, der mit erhobener Axt im hohen Gras stand und zum Schlag ausholte.
„Olf!", rief Erik. „Was tust du da?"
„Der hier lebt noch", antwortete der Dicke. „Aber das werde ich zu ändern wissen", kicherte er übermütig. Vor dem Isländer lag ein alter dänischer Krieger im Gras. Er war schwer verwundet und versuchte nach seinem Schwert zu greifen, das neben ihm im Boden steckte.
„Nein! Töte ihn nicht!", rief Leif hastig aus. Alle Dänen waren geflohen oder getötet. Die Toten sprachen aber nicht mehr. Leif wusste, dass der Alte die letzte Möglichkeit war, hier etwas über den schwarzbärtigen Jomswikinger zu erfahren, und nur dafür hatten sie gekämpft. Er lief auf den

dicken Isländer und den bereits vom Tode gezeichneten Dänen zu.

„Wo ist Halvdan der Schwarze?", fragte er den Sterbenden mit ruhiger Stimme und setzte voraus, dass der Alte den Schwarzbart kannte.

„Mein Schwert! Gib mir mein Schwert! Ich höre Odin rufen", forderte der Däne, denn er wusste, dass er dem Tode näher war als dem Leben. Um in Walhalla[27] einkehren zu können, dort, wo Odin die Krieger zu einem letzten Mahl an seine Tafel lud, musste er mit dem Schwert in der Hand sterben.

Ohne zu zögern zog der weißblonde Isländer die Klinge des Dänen aus dem Boden und reichte sie dem verwundeten Mann.

„Du suchst nach dem Jomswikinger Halvdan?", sprach der Alte leise. „Ja, ich kenne den Seeschäumer! Er kam ins Danelag und war Gast bei König Sven", stammelte der Däne. „Doch er ist fort! Der Schwarzbart soll die norwegischen Steuern rauben!"

Der Däne wollte noch etwas sagen, doch ihm fehlte die Kraft. Die letzten Tropfen seines Blutes waren im Gras versickert. Ein leises „Odin" brachte er noch heraus, dann war er tot.

Hastig ruderten die Männer den Sturmfalken auf das Meer hinaus. Sie verließen das Danelag in der Hoffnung Halvdan vor der Küste Norwegens zu stellen. Der Schwarze war ihnen nur um wenige Tage entronnen. Ansgar der Sachsenritter war nicht mehr am Leben, und einige gute Männer dazu. Die Laune des hellhaarigen Isländers war daher ausgesprochen schlecht.

Nun, nachdem ihr Anführer gefallen war, beschlossen die sächsischen Krieger zu allem Überfluss, in ihre Heimat

---

[27] Walhalla – die Halle Odins und Sitz der nordischen Götter

zurückzukehren. Der Sturmfalke nahm nun Kurs nach Norden, denn Leif wollte sein Schiff in Island neu bemannen, um dann die Sachsen in ihre Heimat zu bringen.
„Warum schickt der Gabelbart den Wikinger Halvdan aus, die norwegischen Steuern zu rauben?" Erik hatte neben Leif auf einer Seekiste Platz genommen.
„Verstehst du das nicht?" Leif sah Erik erstaunt an. „König Sven braucht für seinen Eroberungsfeldzug gegen die Angelsachsen viel Geld! Solche Seekönige wie Halvdan kämpfen nicht umsonst. Durch deinen König Olaf hat Sven die Abgaben von Südnorwegen verloren, und darum schickt er seine Wikinger aus", erklärte der hellblonde Isländer ruhig. „Aber nun hat Halvdan das Danelag verlassen und somit den Schutz König Sven Gabelbarts!" Leif starrte auf das Meer hinaus.
„Es sind viele Männer an Bord, die Rache nehmen wollen für die vielen gefallenen Freunde und die Schandtaten, die der Jomswikinger beging." Er schlug die Faust auf die Reling. „Nicht eher werde ich ruhen, bis ich den Kopf Halvdans des Schwarzen in meinen Händen halte!"

*

7. Ein Streit mit Folgen

Die zwei Schniggen Sigurd Svenssons fuhren die zerklüftete Ostküste Islands entlang, bis sie die Mündung eines großen Fjordes erreichten. Im Hornafjord gab es eine Siedlung, das war dem Jarl bekannt. Hier sollte ihre Suche nach dem verlorenen Sohn beginnen.
Das Wetter auf der Eisinsel war rau. Es gab an den Küsten kaum Holz, einige dünne Birken und niedriges Buschwerk, aber keine großen Laub- oder Nadelbäume. Keine dichten Wälder, wie an der Küste und in den Bergen Norwegens. Die meisten Güter mussten aus dem Reich König Olafs und aus anderen Ländern herbeigeschafft werden. Und die norwegischen Zölle, die die Könige seit jeher erhoben, waren hoch.
Die Berge und Gletscher Islands waren selbst in den Sommermonaten schneebedeckt. An manchen Stellen der Insel spie die Erde kochendes Wasser in die Höhe. Und nicht selten, brach ein Berg auf, dunkle Wolken stiegen empor und brennende Flüsse flossen zu Tal.
Da die meisten Isländer norwegischer Abstammung waren, erhoben die Könige Norwegens immer wieder Ansprüche auf die Eisinsel. Diese Ansicht teilten die Bewohner Islands aber keineswegs. Doch bisher hatte es kein König gewagt, seine Ansprüche auf die Insel mit Gewalt durchzusetzen.

Die Langschiffe fuhren mit geblähtem Segel zwischen hohen, kahlen Felswänden hindurch in den Fjord hinein. Kleine Wellen umschäumten den Bug der schnellen, schlanken Schniggen, deren Riemen in das Wasser klatschten und die ruhige See durchwühlten. Nach einer Weile gelangten sie in eine Bucht, die von grauen Felsen gesäumt war, und endlich erblickten sie auf einer mit sattem

Grün bewachsenen Anhöhe eine Siedlung. Aus den Schornsteinen der Hütten stieg der Rauch in den blauen, von der Sonne durchfluteten Himmel. Als die Schiffe des Jarls in Sichtweite kamen, ertönte von einem der umliegenden Felsen der dunkle Ton eines Signalhorns.
Sigurd, der am Vordersteven stand, sah dass bewaffnete Männer an den Strand liefen. Die Riemen wurden eingeholt, und die beiden Schniggen glitten nebeneinander laut knarrend in den Kies. Der Jarl hob seine Hand zum Gruß und auch zum Zeichen, dass sie in friedlicher Absicht kamen. Als er das Land betrat, standen ihm etwa vierzig bewaffnete Isländer gegenüber. Aus ihrer Mitte löste sich ein Mann und trat auf die Fremden zu. „Wer seid ihr und was wollt ihr hier im Hornafjord?", fragte der Mann schroff. Er war um einige Sommer und Winter älter als der Jarl. Mit seinen eisblauen Augen musterte der Alte sein Gegenüber genau, und er hielt dabei den Griff seines Schwertes fest umklammert.
„Man nennt mich Sigurd Svensson! Wir sind Norweger aus dem Tröndelag", sprach der Jarl mit ruhiger Stimme. Die Stimme des Alten dagegen war wenig freundlich, und das gefiel dem Jarl keineswegs. Seine zwei Schiffsbesatzungen waren den Isländern im Kampf sicher überlegen, doch wollte der Jarl eine Auseinandersetzung vermeiden. Sie waren gekommen, um etwas über den Verbleib seines Sohnes zu erfahren, und ein toter Mann konnte keine Antworten geben.
„Man ruft mich Guthrum, und dies ist mein Land!", sagte der Alte mit einem Klang in seiner Stimme, der keinen Zweifel daran ließ, das er bereit war, sein Eigentum zu verteidigen.
„Es ist die Suche nach meinem Sohn, die uns nach Island führte", sagte der Jarl, immer noch die Ruhe bewahrend. Da stutzte der alte Isländer mit dem weißen Haar.

„Beim Barte Odins! Warum suchst du deinen verlorenen Sohn ausgerechnet bei uns?" Der alte Guthrum schüttelte den Kopf, und die fremden Krieger schienen ihn keineswegs zu beeindrucken. „Einen einsameren Ort als unseren Fjord konntest du für deine Suche nicht auswählen?" Die Isländer grinsten hämisch über die Worte ihres Häuptlings.
„Warum suchst du nicht gleich im Land der Samen oder bei Erik dem Roten in Grönland?" Lautes Gelächter brach unter den Isländern aus.
Doch dem norwegischen Jarl war es nicht nach Scherzen zumute, und er hasste es auch, verspottet zu werden. „Höre, Guthrum! Wenn du nicht auf der Stelle in Walhalla einziehen willst, bring dein Gefolge zum Schweigen!"
„Du wagst es, mir in meinem Fjord zu drohen?", rief der Alte mit hochrotem Kopf und voller Wut. Doch er sah, dass immer mehr norwegische Krieger über die Reling ihrer Schiffe sprangen und sich hinter ihrem Jarl sammelten. Dies war schon eine beachtliche Schar, und es waren immer noch Männer an Bord. Guthrum musste sich eingestehen, das die Übermacht der Fremden zu groß war, und so zwang er sich zur Ruhe. Mit einer Handbewegung brachte er die Isländer zum Schweigen. „Verzeih die Dreistigkeit meiner Worte, Sigurd Svensson!" Die Stimme des Alten klang nun wesentlich freundlicher.
Der Norweger nickte zustimmend und erzählte dann von den Ereignissen in Brimun und von den drei Isländern im Gefolge des Sachsen, die ihn veranlasst hatten, nach Island zu segeln. Er beschrieb die Männer, soweit es ihm möglich war. „Das ist ja Leif!", entfuhr es da einem der Isländer in Guthrums Gefolge. „Schweig!", herrschte ihn sein Häuptling an, doch es war zu spät.
„Du kennst diese Männer?", fragte Jarl Sigurd forschend. Guthrum kratzte sich seinen weißen Bart und wollte gerade Antwort geben, als sich Bjarne durch die Reihen drängte.

„Meine Geduld ist erschöpft! Man verspottet uns. Du siehst doch, dass er die Männer kennt!", schrie Bjarne seinen Vater wütend an. „Worauf warten wir noch?" Er zog sein Schwert aus dem Wehrgehäng. „Wir werden Erik finden, und wenn wir dazu ganz Island in kleine Stücke hacken müssten!"

Einige der Männer Jarl Sigurds waren dem Beispiel ihres jungen Schiffsführers gefolgt, hatten ihre Waffen erhoben und drangen voller Kampfeslust nach vorn.

Sofort zogen auch die Isländer ihre Schwerter und Äxte, und noch bevor der Jarl seine Befehle geben konnte, hatten die Krieger begonnen, aufeinander einzuschlagen. Nun hatten auch die wenigen Norweger, die noch an Bord geblieben waren, ihre Schiffe verlassen, um sich an dem Kampf zu beteiligen.

Wütend schrie der Jarl seine Befehle, und über alle schallte der Name seines ältesten Sohnes hinweg. „Bjarne!"

Doch dieser hörte seinen Vater nicht. Mit Kampfeswut schlug er einem Isländer sein Schwert in den Schädel, sodass dieser aufplatzte wie eine überreife Frucht.

Schnell waren die an Zahl unterlegenen Verteidiger eingekreist. Einige waren verletzt und kampfunfähig. Ihnen wollte Bjarne den Garaus machen, doch plötzlich ertönte das Signalhorn von dem Felsen und ließ die Isländer aufhorchen. Das eckige Segel einer Schnigge war in der Bucht aufgetaucht. Die Isländer begannen zu jubeln, denn sie kannten das Schiff und erhofften sich nun Verstärkung von dessen Besatzung.

Doch die im Kampf erfahrenen Norweger Sigurds reagierten sofort und begannen sich aufzuteilen. Sie öffneten den Ring um die Isländer, und einige wandten sich den Ankommenden entgegen, um diese gebührend in Empfang zu nehmen.

Rasend schnell näherte sich die Schnigge, sodass Sand und Steine den Kriegern in die Gesichter spritzten, als das Schiff mit lautem Krachen auf den Strand rutschte.
„Legt eure Schwerter nieder!", rief ein junger Wikinger, der am Vordersteven stand und der die beiden Schiffe auf dem Strand längst erkannt hatte. Es war Erik Sigurdsson!

Über die Freude des Wiedersehens hatte sich die Kampfeslust gelegt. Die Verwundeten wurden versorgt, und Jarl Sigurd versprach den Isländern für ihre gefallenen Krieger Mannesbuße zu zahlen, sodass kein Groll zwischen ihnen bleiben sollte. Guthrum, der Häuptling, der über das Wiedersehen mit seinen Söhnen Leif und Ivar hoch erfreut war, zeigte sich einverstanden und bot dem Jarl Gastrecht an.
Erbost befahl Jarl Sigurd seinem Sohn Bjarne, der die Schlacht durch sein eigenmächtiges Handeln verursacht hatte, sofort mit dem Wogendrachen nach Norwegen zurückzukehren. Noch in derselben Stunde ruderte die Schnigge des erbosten Jarlssohnes aus dem Hornafjord und verließ Island.
Der Sturmfalke wurde auf den Strand gezogen, und Leif gab den Schiffsbauern den Befehl seine Schnigge, so schnell es diesen möglich war, wieder seeklar zu machen. Und die Männer machten sich auf der Stelle an die Arbeit. Nachdem sich die Isländer und die Norweger in dem großen Hauptgebäude eingefunden hatten, mussten Leif und Erik berichten. Die sächsischen Krieger dagegen hatten es vorgezogen, ein Lager am Strand zu errichten. Ohne ihren Anführer und Lehnsherrn war ihnen nicht sehr wohl unter den Nordmännern. Schließlich waren diese Männer eigentlich ihre Feinde, gegen die sie nur allzu oft ihre Heimat und ihre Habe verteidigen mussten.

Guthrum saß auf seinem Hochstuhl und neben ihm, hatte
Jarl Sigurd einen Platz gefunden. Leif berichtete vom
Überfall des schwarzbärtigen Jomswikingers in Birka, von
der Verfolgung und dem Kampf im Sachsenland, bei dem so
viele Männer seiner Besatzung den Tod gefunden hatten.
Um sie wurde nun in der Siedlung getrauert. Dann sprach er
von dem Waffenbündnis mit dem sächsischen Ritter Ansgar,
von der Hafenkaschemme in Brimun, in der der Sachse dem
jungen Norweger Erik das Leben rettete, und er sprach von
der Fahrt ins Danelag. Und bevor er seine Saga beendete,
wiederholte er den Schwur, den verhassten Schwarzbart zu
töten. Erik tat es ihm gleich.
„Ich bin stolz auf meinen Sohn!" Jarl Sigurd hatte sich von
seinem Platz erhoben. „Er ist ein Krieger und Seeschäumer
geworden. Darum gebe ich ihm meine Schnigge Sturmross,
sodass er seinen Schwur erfüllen kann!" Die Männer
jubelten. „Einen Sommer gebe ich dich frei, Erik! Ich
entbinde dich deiner Aufgaben!"
Mit großer Freude vernahm Erik die Worte seines Vaters,
und dann floss das Bier in Strömen.

Das Friesenmädchen Gundis hatte sich sichtlich über das
Wiedersehen mit Erik gefreut. Wohl nicht zuletzt, da sie
hoffte, dass der Jarl nun sein Versprechen einlösen würde
und sie in ihre Heimat bringen würde. Ihre Angst vor den
Nordmännern hatte sich gelegt, und in der Nähe des jungen
Wikingers, der ihr schon einmal beigestanden hatte, fühlte
sie sich sicher. So wich sie Erik kaum mehr von der Seite.
Der junge Nordmann hatte viel Met und Bier getrunken in
dieser Nacht, und seine Sinne waren schon arg vernebelt, als
er das Langhaus verließ, um sich zu erleichtern. Er war
gerade damit beschäftigt, seine Beinkleider zu richten, als er
das schwarzhaarige Weib neben sich bemerkte. Hatte sie
schon lange da gestanden? Erik wusste es nicht! „Was willst

du? Kann man nicht mal in Ruhe pissen?", fragte er schroff und mit schwerer Zunge. Doch die flinken Finger der jungen Frau waren schneller als seine Worte. Die Beinkleider rutschten langsam über seine Knie.

„Ich habe mich noch nicht für dein Hilfe bedanken können", sagte sie in friesischer Sprache. Erik verstand kein Wort, doch er ahnte, was passieren würde.

Gundis streifte ihr Kleid ab, und ihre wohlgeformten Brüste kamen zum Vorschein. Sie nahm Eriks Hände und legte sie auf die warmen, weichen Hügel. Mit all ihrer Erfahrung in Liebesdingen umschlangen ihre Beine seinen Leib wie der Körper einer Schlange den seines Opfers. Dann sanken sie zu Boden.

Als Erik und das schwarzhaarige Mädchen nach einer Weile das Gebäude wieder betraten, war ihm, als hätten einige Männer, besonders Leif und der dicke Olf, ein seltsames Grinsen in ihrem Gesicht. An diesem Abend beschlossen die Männer um den weißhaarigen Leif, nun mit zwei Schniggen die Sachsen in ihre Heimat zu bringen. Im Sigurdfjord wollten sie den Winter verbringen, um dann im Frühjahr die Jagd auf Halvdan, den Jomswikinger, fortzusetzen.

Einige sonnige Tage waren vergangen. Die Langschiffe waren ausgebessert worden, und der Fischfang hatte genug Proviant gebracht, um die Rückreise anzutreten. Erik hatte sein Lager mit der jungen Friesin geteilt. Ihrer Erfahrung war es zu verdanken, dass aus dem Knaben nun endgültig ein Mann geworden war. Am Abend, bevor sie in See stachen, ließ Jarl Sigurd die Gundis zu sich in das Langhaus des Guthrum rufen. „Es missfällt mir, wie sehr du meinen Sohn bedrängst. Es war wohl doch ein Fehler, dich aus Brimun zu rauben. Er soll seinen Spaß mit dir haben, aber glaube nicht, das sich der Sohn eines Jarls mit einer Hure vermählt", sagte er in friesischer Sprache und mit strengen Worten.

Mit glühenden Augen starrte Gundis den Jarl an. Solche Worte hatte sie nicht erwartet. „Wikingerjarl Sigurd, ich will an seiner Seite sein!" Mehr wagte sie nicht zu sagen, denn ihre Angst war groß, auf einem Sklavenmarkt zu enden. „Dachte ich es mir doch, du willst Eriks Weib werden. Das er dir die Möse beackert, reicht dir nicht", lachte der Jarl. „Du machst dir falsche Hoffnungen, denn du solltest wissen, dass im Sigurdfjord bereits ein junges Weib auf seine Rückkehr wartet!" Die Worte des Jarls trafen die junge Friesin wie ein Schlag mit dem Hammer Mjöllnir. Kummer und Wut stiegen in ihr auf. Ihr Körper zitterte, und Tränen rannen über ihr schönes Gesicht. Ohne ein weiteres Wort zu verlieren, lief sie aus dem Langhaus. Noch am gleichen Abend verschwand das friesische Mädchen aus dem Hornafjord. Keiner hatte ihre Flucht bemerkt.

Nachdem der Sturmfalke ausgebessert worden war, hatte Leif eine neue Besatzung für sein Schiff angeheuert. Vierundzwanzig Männer waren bereit, mit ihm zu segeln, darunter waren selbstverständlich auch sein Bruder Ivar und der dicke Olf. Guthrum war über die Entscheidung seiner Söhne nicht sehr glücklich, denn er hatte kaum noch wehrfähige Männer auf dem Hof. Außerdem war es Erntezeit, und der Sommer auf der Eisinsel war kurz. Doch die meisten Isländer waren freie Männer und konnten über ihr Tun selbst entscheiden, denn Guthrum war kein Jarl oder König, dem sie Treue geschworen hatten. Nur die verheirateten Männer beugten sich dem Willen ihrer Frauen, die glaubten, Leif habe sein Heil verloren, da seine letzte Mannschaft ein klägliches Ende fand. Also blieben sie daheim. Andere fuhren aber gern mit Leif auf Wiking aus, um Ruhm und Ehre zu erkämpfen.
So segelten die Schniggen nur wenige Tage später aus dem Fjord hinaus in die offene See und nahmen Kurs auf

Norwegen. Erik fuhr auf dem Schiff seines Vaters. In den letzten Tagen hatte ihn das Verschwinden der jungen Friesin sehr beschäftigt, und es blieb ihm ein Rätsel. Gundis war ohne ein Wort zu verlieren aus dem Dorf verschwunden. Von der Zusammenkunft des Jarls mit dem Weib erfuhr er nichts. Ohne Erfolg hatte der junge Tröndner nach dem Weib gesucht, doch sie war wie vom Erdboden verschluckt.

Es wehte ein frischer Wind aus Norden, und die Sonne, die in den letzten Tagen das Land erwärmt hatte, versteckte sich nun hinter dicken Gewitterwolken.
Leif stand am Achtersteven neben dem Steuermann seines Schiffes und sah, wie die Eisinsel in der Ferne verschwand. „Heimweh?", spottete der dicke Olf, der grinsend an der Reling lehnte. Freundlich lächelte Leif seinen langjährigen Freund und Kampfgefährten an und gab ihm dann eine schallende Ohrfeige, sodass es laut klatschte. Die Männer an Bord grölten vor Vergnügen.
Der Wind blies nun immer stärker. Blitze fuhren aus dem Himmel, und es begann zu regnen. Die Männer hüllten sich in ihre wollenen Umhänge, um sich vor der Nässe und dem kalten Wind zu schützen. Die Schniggen kamen nun schnell voran und schossen wie Pfeile durch das aufgewühlte Nordmeer. So sahen sie bald schon die Küste des Helgelandes, denn sie waren vom Wind nach Norden abgetrieben worden. Es glich einem Wunder, dass sie nicht getrennt worden waren. Nun nahmen die Langschiffe Kurs nach Süden, die Küste entlang, und erreichten ohne Zwischenfälle den Fjord, der den Namen des Jarls und dessen Vorfahren trug. Als das Sturmross sich dem Strand näherte, erkannte Jarl Sigurd sofort, dass etwas nicht stimmte. Der Wogendrachen lag nicht an seinem Platz.

Nachdem die Langschiffe am Steg festgemacht hatten und der Jarl seine Gemahlin und deren Kinder begrüßt hatte, ließ er sich umgehend von Thorkill Ormsson Bericht erstatten, der mit Bjarne auf dem Wogendrachen gefahren war. Ein Unglück auf See war ja ausgeschlossen, denn der Steuermann und die meisten Männer der Besatzung des Wogendrachen waren im Dorf oder auf ihren Höfen und erfreuten sich bester Gesundheit. Die beiden Kampfgefährten betraten das Langhaus und gingen in die Jarlshalle. „Vor sechs Tagen sind wir im Fjord angekommen", berichtete der Schmied. „Bjarne war sehr erbost! Er fluchte und suchte die Schuld bei den Christen und ihrem Gott! Einen Feigling habe er aus seinem Vater gemacht, sprach er laut aus!"
„Erzähle weiter", drängte der Jarl, da Thorkill innehielt.
„Dann gab er Inga die Schuld. Es wäre ein Fehler gewesen, wegen eines Weibes seine Götter zu verraten und den Glauben der Heuchler anzunehmen! Zur Strafe hätte Odin ihm nun sein Heil genommen, hat er gesagt!"
Mit Entsetzen vernahm Sigurd die Worte seines Freundes. „In äußerster Erregung verlangte Bjarne von Inga, sie solle dem Glauben an den Herrn Christus abschwören und fortan Odin opfern!" Thorkill stockte, doch der Jarl befahl ihm, erneut zu sprechen.
„Das Weib weigerte sich, ihren Glauben aufzugeben. Daraufhin wurde Bjarne noch wütender. Er versammelte die Männer in der Jarlshalle, um sie davon zu überzeugen, wieder den alten Göttern zu huldigen! Auf dem Altar der Kirche wolle er Odin einen Widder opfern, um zu zeigen, dass der Herr Christus keine Macht besitzt, rief er allen zu! Nur mit Mühe konnten wir den aufgebrachten Bjarne davon abhalten, Johannes, den alten Priester, zu erschlagen. Und auch Astrid und ihre Kinder waren in höchster Gefahr!"
Mit finsterer Miene folgte der Jarl den Worten Thorkills.

„Es gelang ihm schließlich, einige Männer, die den neuen Glauben nicht allzu ernst nahmen, auf seine Seite zu ziehen. Vor der Küste der Christenländer wolle er auf Wikingfahrt gehen, um das Heil der Götter zurückzuerlangen. Die geopferten Christenleiber würden Odin besänftigen und der Göttervater würde ihm seinen Frevel vergeben!"
Thorkill senkte den Kopf, denn er wusste, wie sehr diese Nachricht den Jarl verletzte. Ein Schwerthieb wäre wenig schlimmer gewesen.
„Wo ist Bjarne jetzt?", fragte Sigurd streng. „Sprich!"
„Vor zwei Tagen verließ er auf dem Wogendrachen hastig den Fjord. Mit ihm gingen zweiundzwanzig Männer aus dem Umland!"
Jarl Sigurd saß auf seinem Hochstuhl und starrte auf das Methorn, das vor ihm auf dem schweren Holztisch in einem ehernen Ständer stand. Thorkill erwartete einen Wutausbruch seines Jarls, doch Sigurd blieb regungslos und schwieg. Nach einem Moment der Stille, der dem Schmied wie eine Ewigkeit vorkam, sprang der Jarl auf und schlug mit der Faust auf den Tisch, sodass sein Trinkhorn umfiel und der Met über die Tischkante lief und zu Boden tropfte.
„Gut!" rief er mit versteinertem Gesicht. „Es sind freie Männer, und Bjarne hat sich entschieden!"
Fortan verlor der Jarl kein Wort mehr über seinen Sohn Bjarne. Er wusste, dass er ihn verloren hatte.

*

Nachdem Erik die Gemahlin seines Vaters herzlich begrüßt hatte, schloss er deren Tochter Asa in seine Arme. Er sah tief in ihre schönen, blauen Augen, und das Friesenmädchen Gundis rückte in weite Ferne. Asa weinte Tränen der Freude und küsste den Jarlssohn innig. Grinsend standen die Isländer hinter dem jungen Norweger. „Unser kleiner Erik

scheint auf diesem Gebiet ja ein großer Meister zu sein! Dieses Schwert führt er wohl noch besser als die eherne Klinge", jauchzte der dicke Olf und stieß Leif den Ellenbogen in die Rippen. Auch der Blonde grinste, und es fielen noch einige Bemerkungen, die den Jarlssohn vor Scham erröten ließen.
Die Isländer bezogen Quartier in einem Nebengebäude, genau wie die Sachsenkrieger. Jarl Sigurd hatte Erik von dem Verschwinden Bjarnes unterrichten lassen, und der junge Norweger war über die Entscheidung seines Bruders tief enttäuscht.
Am Abend rief der Jarl sein Gefolge in die große Halle. Erik musste noch einmal von den Geschehnissen der letzten Wochen erzählen. Er sprach auch von der Absicht, die Sachsen in ihre Heimat zu bringen und dann im Frühjahr, so wie er es geschworen hatte, den verhassten Dänen zu jagen. Viele Krieger waren bereit, Erik zu folgen.
Bis tief in die Nacht blieben die Männer Gäste des Jarls, tranken Bier und Met, maßen ihre Kräfte und vergnügten sich mit den Mägden und Sklavinnen.

*

Der Sohn des Jarls hatte sich früh in seine Kammer zurückgezogen. Müde und etwas trunken vom Met war er auf sein Lager gesunken. Gerade begannen seine Sinne sich mit Traumbildern zu vermischen, als es an die Kammertür klopfte. Es dauerte einen Moment, bis Erik begriff, dass das Geräusch kein Trug seines Schlafes war. Er erhob sich, wankte zur Tür, schob den Riegel beiseite und öffnete.
Vor ihm stand Asa.
Erstaunt sah Erik in das lächelnde Gesicht der jungen Norwegerin. Dann tastete sich sein Blick langsam an ihrem Körper herab. Sie trug ein weißes Kleid aus dünnem Stoff,

unter dem ihre weiblichen Rundungen gut zu erkennen waren. Als Erik etwas sagen wollte, legte sie ihm den Zeigefinger auf den Mund und schob ihn sanft in die Kammer zurück. Dann verriegelte sie die Tür.
Der junge Mann setzte sich schweigend auf sein Schlaflager und betrachtete das Mädchen, das nun vor ihm stand. Ihr langes, blondes Haar, die schönen, blauen Augen und ihr zart geschnittenes Gesicht. Die fast noch kindliche und doch sehr weibliche Erscheinung. Sein Mund wurde ihm trocken, als Asa die silberne Fibel[28] öffnete, die das Kleid zusammenhielt. Der dünne Stoff fiel zu Boden und gab den schönen, schlanken Körper des Weibes preis. Wie gebannt starrte Erik auf die kleinen, aber festen Hügel mit den rosigen Knospen. Die Trockenheit in seinem Munde wich nun einem Schwall von Speichel, als er ihren blond gelockten Schoß besah, der ihm soviel Lust und Freude versprach. Die Männlichkeit in seinen Beinkleidern tat nun ihre Gier kund.
Sie trat näher heran, und ihre Arme umschlangen seinen Kopf, sodass sich sein Gesicht tief zwischen ihre weichen Brüste grub. Nach einer Weile des Verharrens sanken sie eng umschlungen auf das Lager. Schnell entledigte sich Erik seiner Kleidung, und die schläfrige Trunkenheit war einer Geilheit gewichen, die darin gipfelte, dass er tief in das Weib eindrang. In immer heftiger werdender Umarmung verschmolzen die jungen Körper zu einem einzigen heißen Leib.
Erst als Asa in seinen Armen eingeschlafen war, kam Erik selbst zur Ruhe. Noch lange lag er wach und betrachtete den schönen, nackten Leib, der sich an seinen verschwitzten Körper schmiegte. Dann endlich schlief auch er erschöpft ein.

---

[28] Fibel – Brosche, die Kleider und Umhänge zusammenhielt

Erik war froh, wieder daheim zu sein. Er genoss es, seine Zeit mit Asa zu verbringen. Und das Mädchen erfreute die Nächte mit ihm, die sie immer mehr zur Frau werden ließen, und sie hoffte auf ein Kind. Oft ging er auch mit den Isländern in die Wälder zur Jagd oder half bei der Arbeit auf dem Hof. Das Versprechen, die Sachsen in die Heimat zu bringen, hatte er längst vergessen. Auch Jarl Sigurd war aufgefallen, dass sein Sohn die Abfahrt in das Sachsenland hinauszögerte. Doch dem Jarl war dies nur recht. So hatte er genügend Männer für die Arbeit auf dem Hof, denn es war Erntezeit.

Seit seiner ersten Nacht aber, die Erik mit Asa verbracht hatte, sprach das junge Weib nun immer öfter von einer Vermählung. Erik liebte Asa sehr, doch ihrer Bitte, sie zur Gemahlin zu nehmen, wich er aus. Er war ein freier Wikinger und Seekrieger. Und nun zog es ihn plötzlich wieder hinaus auf See.

Die Isländer dagegen hatten es nicht eilig. Sie fühlten sich wohl, wurden gut bewirtet und hatten ein trockenes Dach über dem Kopf. Dass der alte Priester immer wieder versuchte, ihnen den neuen Glauben aufzuschwatzen, störte sie wenig. Außerdem hatte Leif ein Mädchen gesehen, das ihm sehr gut gefiel. Sie bewohnte ein Haus, das etwas abseits vom Hof Jarl Sigurds lag. Soviel hatte er bereits erfahren. Sie war jung, hatte rotblondes Haar, und ihr Name war Inga.

Die Sachsen aber wurden immer unruhiger. Sie schickten Johannes, den Priester, um Erik an sein Versprechen zu erinnern und zur Abfahrt zu bewegen.

So gaben der Jarlssohn und der Isländer Leif endlich den Befehl, die Schniggen seeklar zu machen. Zwanzig Männer gab der Jarl seinem Sohn als Besatzung für den Wogenbeißer. Mehr wollte er nicht gehen lassen. Es war

Spätsommer, und es wurde Zeit, in den umliegenden Dörfern und auf den Höfen, die zum Gau Jarl Sigurds gehörten, die Steuern einzutreiben. Im Herbst zogen die Vögte des Königs durch das Land und verlangten die Abgaben, die die Jarle ihrem Lehnsherrn schuldig waren.

An einem regnerischen Morgen im Spätsommer stachen zwei Schniggen aus dem Sigurdfjord in See. Sie fuhren durch das Nordmeer nach Süden um das Kap, dann längs der Küste Dänemarks bis in das Warägische Meer.[29] Bei jedem Schiff, das den Weg der Schniggen kreuzte, hoffte Erik, den Wogendrachen, das Langschiff seines Bruders Bjarne zu erkennen. Doch der blonde Norweger blieb verschwunden.
Nicht weit der Odermündung gingen die Sachsen an Land. „Etwas den Fluss abwärts, an der Grenze zum Polenreich, liegt die Jomsburg", erklärte Leif dem unerfahrenen Jarlssohn. „Dort herrscht ein Jarl namens Sigwaldi! Er untersteht dem Polenkönig Boleslaw, seit dein König Olaf ihn mit einer List zum Treueschwur für den Polen zwang, der ein Schwager Olafs ist! Trotzdem ist Vorsicht geboten, denn wie ich hörte, ist dieser Sigwaldi immer noch dem Dänenkönig Sven wohl gesonnen. Außerdem ist mit den Jomswikingern sowieso nicht gut Kirschen essen. Wir sollten hier verschwinden!"

Es war bereits Herbst, als sie endlich den heimischen Fjord erreichten. Die See war rau, und die ersten großen Stürme hatten die Rückfahrt erschwert. So waren alle an Bord froh darüber, wohlbehalten das Land am Nordweg erreicht zu haben. Es war die Zeit, in der die Vögte des Königs von Norwegen von den Jarlen die Steuern abverlangten. Nun

---

[29] Warägisches Meer - Ostsee

machten sich die ersten nachteiligen Folgen von König Olaf Tryggvessons Bekehrungsdrang bemerkbar.
Die heidnischen Jarle des Tröndelags weigerten sich, die vollen Abgaben zu zahlen. Sie drohten gar dem König mit Waffengewalt, sollte er sich in der Glaubensfrage nicht nachgiebig zeigen.
Immer wieder kam es vor, dass die Steuereintreiber aus den Siedlungen und von den Höfen mit Gewalt verjagt wurden.
In Lade wurde ein Gesandter des Königs sogar erschlagen, weil er einen heidnischen Häuptling allzu heftig zu bekehren versuchte.
Der Vogt, der in den Sigurdfjord kam, erzählte von Häuptlingen und Großbauern, die zum Aufstand gegen den König riefen. Und Jarl Sigurd war sichtlich beunruhigt über diese Neuigkeiten. Sollte sich der Zorn auch gegen seine Herrschaft richten, es gab nur wenige Christen hier im Norden des Tröndelag, so würde er sich wohl kaum gegen die Übermacht erwehren können.
„Der König gewährt euch Schutz und Waffenhilfe", beruhigte der Vogt den Jarl überheblich, doch war er froh, diesen Teil des Landes schnell wieder verlassen zu können.

Nachdem der Steuereintreiber mit seinem Gefolge aus dem Fjord gesegelt war, entschloss sich Sigurd, seinen Hof besser und stärker zu befestigen. Er war ein erfahrener Jarl, und er kannte die Häuptlinge des Tröndelag nur zu gut, denn er war einer von ihnen.
Einige Isländer schienen, je länger sie im Sigurdfjord weilten, dem neuen Glauben nicht mehr abgeneigt zu sein. Besonders Ivar der Schweigsame hörte die Geschichten des Herrn Jesus Christus allzu gerne. Er hatte viele Fragen, und Johannes, der Priester, war ihm ein guter Lehrer. In Ivar schien die Saat aufzugehen, die der alte Ordensmönch säte. Immer öfter traf man den stämmigen Isländer nun in dem

kleinen Gotteshaus, an dessen Wände Bilder aus dem Leben des Herrn Christus gemalt waren.
Auch Leif dachte nicht daran, nach Island zurückzukehren, und der Grund dafür hatte rotblondes Haar. Bisher hatte er es nicht gewagt, das Mädchen anzusprechen, denn meist war sie an der Seite Astrid Lodinsdottirs.
„Wer ist das Weib?", fragte Leif, während er neben Erik, das Tau in den kräftigen Händen, den Wogenbeißer auf die Schiffsrollen zog, um diesen winterfest zu machen.
„Von welchem Weib sprichst du?", fragte Erik zurück.
„Oh, ihr Haar ist golden wie die Strahlen der Sonne", schwärmte der Isländer. „Ich wagte es noch nicht, sie anzusprechen. Sie ist meist in der Begleitung der Asa und ihrer Mutter Astrid", keuchte Leif angestrengt.
Erik ließ das Tau sinken und ging zu dem großen Wasserfass, das man an den Strand geschafft hatte, um sich zu erfrischen. Leif folgte ihm, denn der junge Norweger war ihm eine Antwort schuldig geblieben.
„Die Pein des Herzens ist der größte Feind eines Kriegers, sie kann man nicht mit dem Schwert bezwingen", sprach der blonde Isländer bedrückt.
Erik legte die Schöpfkelle in das Fass zurück und grinste, denn solche Worte hatte er von seinem Waffenbruder noch nicht vernommen. „Ihr Name ist Inga! Mein Bruder Bjarne holte sie aus Sotenäset hierher, um sie zur Gemahlin zu nehmen. Doch sie ist eine überzeugte Christin, und mein Bruder ist vom Glauben an den Herrn Christus abgefallen!"
„Er opfert wie du Odin und Thor", fügte Erik mit bedrückter Stimme hinzu. „Inga wird sich aber sicherlich nur mit einem Christen vermählen!"
Leif ließ sich seine Enttäuschung über die Worte Eriks nicht anmerken und ging schweigend zurück an die Arbeit.

*

Bjarne war mit dem Wogendrachen in dänische Gewässer gefahren. Er hatte beschlossen, sich dem heidnischen König Sven anzuschließen. Doch dieser weilte immer noch auf der Insel der Angelsachsen im Danelag. So gab sich Bjarne damit zufrieden, die Dörfer im christlichen Süden Norwegens und an der Küste des Friesenlandes zu verwüsten. Auch einige christliche Handelsschiffe waren ihm schon zum Opfer gefallen. Aber seine bevorzugte Beute blieben die Schiffe des Norwegerkönigs Olaf Tryggvesson, dem er die Schuld an seinem Unheil gab. So, wie er allen Christen die Schuld gab.
In dem dänischen Seewik Haithabu traf Bjarne dann einen Gefolgsmann König Svens. Er war ein schwarzbärtiger Hüne, der im Auftrag des Dänenkönigs vor der Küste Norwegens auf Wikingfahrt ging. Ihm leistete Bjarne den Gefolgschaftseid.

*

Der Winter kam früh in diesem Jahr, doch die Arbeiten an den Befestigungswällen, die der Jarl befohlen hatte, waren bis zum ersten Schneefall beendet. Eine breite, aber nur hüfthohe Mauer umgab den Hof, auf der nun eine hölzerne Palisadenwehr stand.
In einem kurzen Augenblick war das Land am Nordweg in ein weißes Kleid gehüllt. Und es begann die Zeit des Müßigganges, der Feste und Spiele, denn die meisten Arbeiten waren bei dem Wetter nicht mehr zu verrichten. Mit der Hilfe von Erik und Asa war es gelungen, das Interesse der Inga an dem blonden Wikinger Leif zu wecken. Aber zu einer Vermählung war das Mädchen, so wie es Erik befürchtet hatte, wegen der Glaubensfrage nicht bereit.

„Ich werde keinen Menschenopferer freien!", sagte sie trotzig. „Der Herr Christus würde mich sicherlich dafür strafen, und ich müsste im Reich des Gehörnten auf ewig verbrennen!" Und da sie im Sigurdfjord ohne Gesippen war, beschloss sie, im nächsten Frühjahr nach Sotenäset zurückzukehren.

Bald war die Zeit des Mitwinters, und Jarl Sigurd hatte den Isländern gestattet, ihr Opferfest im nahen Wald zu begehen. Leif hatte angeordnet, dass keine Menschen geopfert werden sollten, da er nicht den Zorn der Astrid auf sich ziehen wollte. Ein überflüssiger Befehl, denn dies kam meist nur bei den großen Opferfesten vor. Doch es war der Gedanke an Inga, der ein Grund für seinen Befehl war. Viele Asenanbeter aus dem Gau schlossen sich den Isländern an. Es war auch die Zeit des christlichen Weihnachtsfestes, und Sigurd hatte auf Wunsch seiner Gemahlin Astrid auch die Männer von der Eisinsel eingeladen. Aber nur wenige, darunter ihre Anführer, waren der Einladung aus Höflichkeit gefolgt. Schließlich wollte Leif den Jarl nicht erzürnen. Die anderen Isländer aber befürchteten, dem Bekehrungsdrang der Christen zu erliegen. Daher beschlossen sie, lieber im Wald Odin und Thor um Kraft zu bitten, dem neuen Glauben trotzen zu können. Ivar aber war von den Feierlichkeiten des Weihnachtsfestes und vor allem von den Gesängen der Gläubigen so angetan, dass er bekanntgab, den Göttern des Nordens zu entsagen, die Taufe zu empfangen und fortan dem Herrn Christus zu dienen. „Odin hat mir sein Heil verweigert, als man mir mein Auge nahm. Vielleicht schenkt mir der Herr Christus mit seiner Güte größeres Heil!", sprach der Hüne, und seine Gefährten waren entsetzt. Alle Versuche Leifs scheiterten, den Bruder von dem Vorhaben abzubringen. Ivar hatte sich entschieden!

Er ließ sich noch in diesem Winter von Johannes, dem Priester, taufen und in der Glaubenslehre unterrichten.

*

Im Frühjahr des Jahres 997 n. Chr. wurde die Stimmung in Norwegen immer gespannter. König Olaf Tryggvesson hatte ein großes Heer aufgeboten, um die Gaue im Westen des Landes endlich zum Christenglauben zu zwingen.
Wenn die Überzeugungskraft der Priester nicht ausreichte, so tat es sicherlich die Gewalt des Königsheeres. Jegliche Gegenwehr wurde von den Kriegern König Olafs mit aller Härte niedergeschlagen.
Selbst als der König in der Stadt Agde die Heidentempel zerstören und die Goden[30] töten ließ, wagte die Bevölkerung von Stavanger[31] keinen Aufstand, denn die Übermacht des Königsheeres war zu groß.
Die Jarle und Häuptlinge, die nicht bereits getauft waren, mussten dem König die Treue schwören und sich von dem Glauben an die alten Götter lossagen. Dem Beispiel ihrer Herren folgend nahm auch das Volk, oft widerwillig, die Taufe an. Die Söhne der Fürsten nahm der König in sein Heer auf, um sie zu guten Kriegern auszubilden. Doch sie waren seine Geiseln.

*

„Die Seewege sind wieder frei! Es ist an der Zeit, dass wir unseren Schwur erfüllen", sagte Erik zu dem blonden Isländer, als sie eines abends von der Jagd nach Hause ritten.

---

[30] Goden – Heidnische Häuptlinge und Priester
[31] Stavanger – Gau im Südwesten Norwegens

„Es ist sicher nicht nötig, mich an den Schwur zu erinnern! Ich habe meinen Hass gegen Halvdan den Schwarzen noch nicht begraben", entgegnete Leif etwas gereizt. „Doch es quälen mich andere Gedanken!"
Erik musste grinsen, denn er kannte die Gedanken des Leif und auch den Grund seines Zögerns nur zu genau. „Ich glaube, es sind deine geilen Gedanken an Inga."
„Verspotte mich nicht, oder ich schere deinen frisch gewachsenen Bart mit der Klinge meines Schwertes", rief Leif erbost und legte seine Hand auf den Griff der Klinge, die in seinem Wehrgehäng hing.
„Ja, heiße Gedanken, die du meist in deiner Schlafkammer hast, und die deine Beinkleider eng werden lassen!" Der dicke Olf, der bisher schweigend neben seinem Freund geritten war, schüttelte sich vor Lachen, sodass er fast hintenüber vom Pferd fiel.
„Beruhige dich, mein Freund", lenkte Erik ein. „Ich bin gerne bereit, dir zu helfen. Doch eines muss dir klar sein: Wenn du dieses Weib besitzen willst, wird dir der Gang zum Priester nicht erspart bleiben."
„Wenn ich zwischen einem Gott und einem Bierfass wählen müsste, glaube mir, Leif, dann würde ich mich für das Bierfass entscheiden", gab der dicke Olf seine überflüssige Meinung kund. Dies sagte zumindest Leif, dem der Sinn nicht nach dummen Scherzen stand.
Mit einem bösen Blick sah er den rundlichen Kameraden an, und Olf wusste, das es nun besser war, den Mund zu halten.
„Olf hat aber recht", stimmte Erik dem dicken Isländer zu. „Auch wenn ich Inga nicht gerade mit einem Bierfass vergleichen würde!" Er sah den Dicken grinsend an.
„Du wählst nicht zwischen Odin, dem Allvater oder diesem Herrn Christus, sondern zwischen einem kalten und einem warmen Schlaflager", sagte Olf und konnte schon wieder lachen. Freundschaftlich schlug er dem blonden Isländer auf

die Schulter, dann trieben sie die Pferde an und ritten im Galopp zurück zum Hof Jarl Sigurds.

*

„Es wird Zeit, die Segler von den Rollen zu lassen. Der Fjord ist eisfrei, und die Kraft der Sonne wird immer stärker!", sagte der Jarl mit schwerer Zunge, denn er hatte schon einige Trinkhörner mit heißem Met genossen.
„Ja, mein Vater", stimmte Erik zu. „Ich werde bald den Fjord verlassen, um meinen Schwur zu erfüllen. Doch gibt es vorher noch etwas zu erledigen!"
„So, was gibt es denn so wichtiges?", fragte Sigurd neugierig. Er lehnte sich gemütlich auf seinem Hochstuhl zurück, denn der heiße Trunk hatte ihm schon ordentlich zugesetzt.
Er rief eine Magd, die ihm erneut ein gefülltes Horn brachte, und schlug dieser lachend auf den Hintern, als sie sich zum Gehen abwandte.
„Es geht um meinen Schwurbruder Leif! Er würde gerne Inga Gormsdottir freien!"
„Ah, Liebesdinge!", unterbrach der Jarl wissend mit bester Laune und lallender Stimme seinen Sohn.
„Nun, Inga würde wohl zustimmen, wenn die Frage des Glaubens nicht wäre", erklärte Erik seinem Vater. Da sprang der Jarl plötzlich von seinem Hochstuhl auf und rief voller Zorn und mit bebender Stimme: „Immer dieser verfluchte Glaubensstreit!" Sigurd wankte und hob drohend die Faust gen Himmel. „Warum lassen uns diese vermaledeiten Götter nicht unsere Ruhe? Sie entzweien Väter und Söhne, trennen Liebende und entfachen Kriege!"
Sigurd nahm einen tiefen Schluck aus seinem frisch gefüllten Trinkhorn, und rot glühte seine Nase.

„Ob Odin oder der Herr Christus, mir hat noch keiner besonderes Heil geschenkt", lallte er. „Mein Gott ist die eherne Klinge meines Schwertes Kehlenbeißer! Er hat mir öfter beigestanden als irgendein Gott!" Fast zärtlich streichelte seine ledrige Hand über den Griff des prachtvollen Schwertes. Langsam beugte er sich zu seinem Sohn vor und flüsterte mit listiger Stimme: „Soll er ihr doch einfach erzählen, er glaube an den Gekreuzigten, dann bekommt er schon was er will! Hat er das Weib erst einmal bestiegen, dann wird sie ihm schon folgen!" Laut lachend fiel der Jarl rücklings auf seinen Hochstuhl und begann sofort leise vor sich hin zu schnarchen. So konnte er zu seinem Glück die bösen Blicke seines Weibes Astrid nicht mehr sehen.

Langsam ging die Lodinstochter auf den Hochstuhl ihres Gemahls zu und sah den schnarchenden Jarl mit traurigem Blick an.

„Gräme dich nicht, er ist trunken vom Met", versuchte Erik die Worte seines Vaters zu entschuldigen.

„Lass nur, Erik! Ich weiß, dass dein Vater nicht sehr fest im Glauben ist. Aber er respektiert den meinen!" Sie lächelte, doch Erik sah die Enttäuschung in ihren Augen. Astrid war eine schöne und stolze Frau. „Wenn du es wünschst, werde ich einmal mit Inga sprechen", versprach sie ihm.

Asa und Inga hatten die Halle betreten. Gemeinsam setzten sie sich an einem der großen Holztische nieder und ließen sich von einer Magd das Abendmahl bringen.

Schon am nächsten Tag sprach Astrid, wie sie es versprochen hatte, mit der Inga. Diese hegte immer noch die Absicht, nach Sotenäset zurückzukehren.

„Er ist ein Wikinger, und er ist im Glauben an Odin, Thor und Freya erzogen worden. Leif wird nie ein wahrer Christ

werden", sagte Inga trotzig, nachdem die Jarlsgattin auf den Isländer zu sprechen kam.
„Du musst ihm etwas Zeit geben. Sein Bruder Ivar hat die Erleuchtung schon gefunden, und auch in dem Herz des Isländers Leif ist der Herr Christus zuhause! Er weiß es nur noch nicht!" Die Worte der Jarlsgattin fanden bei Inga Gehör, und sie versprach, darüber nachzudenken.
Und zwei Tage später, Erik und der Isländer standen vor der Jarlshalle und maßen ihre Geschicklichkeit im Axtwerfen, da trat Inga vor den weißblonden Krieger.
„Höre, Leif! Ich will dir etwas Zeit geben, und da du mir nicht gleichgültig bist, habe ich beschlossen, hier im Sigurdfjord zu verweilen, bis du von deiner nächsten Fahrt zurückkehrst. Dann aber musst du dich zwischen dem einäugigen Dämonen Odin und dem Herrn Christus entscheiden!"

Ohne Leif oder die anderen Männer eines weiteren Blickes zu würdigen, wandte sich Inga ab und verschwand in dem Langhaus.
Regungslos, als wäre ihm ein Geist erschienen, stand Leif auf dem Platz vor der Jarlshalle. Nur langsam schien er die Worte der jungen Frau zu begreifen.
Doch dann endlich grinste er über das ganze Gesicht, sodass sich sein blonder Schnurrbart nach oben kräuselte.
„Nun können wir auf Wikingfahrt gehen, denn ich weiß, dass Inga hier auf mich warten wird!"
Voller Freude klopfte er Erik auf die Schulter und ließ dann seine Axt fliegen. Laut krachend schlug das Eisen in einen Baumstamm.

*

8. Die Geißel Gottes

Im Morgengrauen hatten die Nordmänner ihre Schiffe an der Küste des Sachsenlandes unbemerkt auf den Strand gezogen. Eine schwarze Skaid und eine Schnigge.

Die Krieger scharrten sich um ihre Anführer und zogen dann landeinwärts. Aufsteigende Rauchschwaden in der Ferne, verrieten ihnen die Richtung, in die sie marschieren mussten.
In einem kleinen Wäldchen hielten sie inne. Vor ihnen lag, in morgendlichen Nebel gehüllt, eine große Ebene, hinter der man nur schwer die niedrige Mauer erkennen konnte, die das schlafende Dorf umgab.
An der Spitze der Wikinger stand ein schwarzbärtiger Hüne. Sein langes, dunkles Haar wehte leicht im Wind, denn einen Helm trug er nicht.
Neben dem großen Anführer stand ein Mann. Er trug einen schwarzen Umhang und darunter ein ehernes Kettenhemd. Der Mann war um mehr als einen Kopf kleiner als der Hüne, doch war er nicht weniger stattlich. Ein verzierter Helm, bedeckte sein Haupt mit den langen, blonden Locken und einem eben solchen Bart.
„Nun, mein norwegischer Waffenbruder, kannst du deinen unbändigen Hass und den Hunger nach Christenleibern stillen! So, wie ich es dir versprach", sagte der schwarzhaarige Hüne und lachte grollend.
„Hier hast du ein ganzes Dorf voll von ihnen!"
Er zog sein Schwert aus dem Wehrgehäng und rief den Namen des nordischen Gottes Odin. Nun hob auch der blonde Wikinger seine langstielige Axt und wie ein Wolfsrudel stimmten die Krieger in den Ruf ein.
„Odin!" „Odin!" „Odin!"

Donnerhall gleich dröhnte der Name des Wikingergottes durch die kühle des Morgens. Und dann brach das laute Kriegsgeschrei der Angreifer los und die Nordmänner stürmten auf die friedlich da liegende Siedlung zu.

Vertrauend auf den Schutz des Landesherrn, hatten sich die ahnungslosen Bewohner des Sachsendorfes sicher gefühlt. Krieger, die das Dorf bewachten, gab es keine, und nun aber war das Entsetzen groß, als sie den Angriff der Wikinger bemerkten. Der Lärm der anstürmenden Feinde riss auch den letzten Sachsen aus dem Schlaf. Doch da war es für die meisten, bereits zu spät. Einem Rudel hungriger Wölfe gleich fielen die Nordmänner in das Dorf ein.
Dies war kein gewöhnlicher Überfall, der es zum Ziel hatte, reiche Beute zu machen. In dem ärmlichen Dorf gab es für die Räuber nicht viel zu holen, das wussten die Wikinger. Diesmal trieb sie die Blutgier, die reine Lust am Töten.
Die wenigen wehrfähigen Männer hatten Mühe, sich zur Verteidigung zu sammeln. Sie liefen aus ihren Hütten und erkannten nicht, was um sie herum geschah. Ein Mann, der der Dorfälteste oder Häuptling war, rief ihnen Befehle zu. Doch kaum einer hörte auf ihn. So nahm das Unheil seinen Lauf.
Die Wikinger stürmten über die flachen Mauern der sächsischen Siedlung und begannen ihr blutiges Handwerk zu verrichten. Schon fielen die ersten Männer, die sich mutig den Angreifern entgegenstellten, mit geschundenen Körpern in den Staub. Als sie jedoch erkannten, dass sie ohne Erfolg kämpften, warfen die Verteidiger des Dorfes ihre Waffen von sich, vergaßen den Schutz ihrer Gesippen und liefen davon. So wie auch alle anderen Bewohner in panischer Angst ihr Heil in der Flucht suchten. Die schützenden Mauern der Burg ihres Lehnsherrn aber waren

weit. Viele liefen wie aufgeschreckte Hühner umher und die Nordmänner wüteten zwischen ihnen wie der Fuchs im Hühnerstall.

Krachend berstende Knochen unter den ehernen Klingen der nordischen Schwerter und Äxte. Gellende Schreie geschändeter Weiber, die in Todesangst um ihr Leben flehten. Immer wieder der Ruf, nach dem Erlöser Jesus Christus, der Hilfe bringen sollte. Blutende, zerschlagene Leiber in den Gassen und auf dem Platz des Dorfes. Alte Männer, die, mit Mistforken bewaffnet, verzweifelt versuchten, ihre Familien und ihre Habe zu schützen. Brennende Hütten und Ställe. Dazwischen wild um sich schlagende Wikinger mit ihren vom Blut der Opfer, rot gefärbten Schwertern.
„Sieh, was ich hier habe!" rief der schwarzbärtige Hüne dem blonden Norweger zu. Mit seinen riesigen Pranken hielt er einen wild zappelnden Mann in die Höhe, der ihm gerade einmal bis zur Brust reichte. Eine schwarze Kutte mit einem weißen Kragen, gab ihn als Priester zu erkennen.
„Das ist genau das richtige für dich, Bjarne. Ein echtes Priesterlein!" Ein gewaltiger Fußtritt, beförderte den Gottesmann direkt vor die Füße des Norwegers.
„Sieh da, ein Pfaffe", stellte Bjarne mit hasserfülltem Blick fest. „Jetzt bekommt Odin ein angemessenes Opfer!"
Er stellte dem kleinen Priester einen Fuß auf die Brust, sodass dieser ihm nicht mehr entweichen konnte. Langsam beugte er sich über den vor Angst schlotternden Mann. Das Gesicht des Kriegers war nun zu einer hässlichen, gierigen Fratze geworden. „Nun werde ich dir zeigen, dass die Macht der Götter meiner Ahnen weit größer ist als die eures Heuchlergottes!" Zwei Krieger traten hinzu und drückten den Mann zu Boden.

„Ihr seid die Geißel Gottes! Die Strafe für unsere Sünden! Verflucht sollt ihr sein, elende Satansbrut!" schrie der Priester in lateinischer Sprache. „In der Hölle werdet ihr schmoren und die schlimmsten Qualen erleiden! Gott wird euch strafen!"
Die gurgelnde Stimme des Mannes überschlug sich, als er seine Verwünschungen in höchster Erregung heraus schrie. Der blonde Wikinger aber ließ sich nicht beirren. Er riss dem Mann die Kutte vom Leib und seine Krieger grölten vor Freude. „Gib Odin, wonach ihn dürstet!" rief einer, und die anderen jubelten.
Langsam drang die Klinge seines Messers in das weiße Fleisch des Priesters und öffnete mit flinken Schnitten seine Brust. Mit beiden Händen griff der Norweger nun in die offene Wunde hinein und bog die Rippen aus dem Brustkorb heraus. Die schrillen Schreie des Sachsen waren verstummt und einem ohnmächtigen Wimmern gewichen. Aus seinen weit aufgerissenen Augen starrte der Priester in das Gesicht des Wikingers und ein gurgelndes Geräusch entfuhr seinem Mund. Nun schnitt die scharfe Klinge dem Gottesmann das Herz aus dem Leib und mit einem leisen Röcheln entwich der letzte Rest Leben aus dem geschundenen Körper.
Mit seinen Händen hielt Bjarne das blutige Organ gen Himmel und rief dabei den Namen des nordischen Göttervaters.
„Odin! Odin!"

Großer Jubel brach unter den Nordmännern los, und es klang, als würde Thor, der Donnergott, selbst mit seinem Hammer die Kriegstrommel schlagen, während die Krieger in den Ruf des blonden Norwegers einstimmten.
Nun wurde auch der schwarzbärtige Seeräuber, der gerade einem jungen Weib seinen Willen aufzwang, auf das

Geschehen aufmerksam. Er begann lauthals zu lachen, ließ dem Weib kurzerhand die Klinge seines Messers durch die Kehle gleiten, um dann von dem gepeinigten Körper abzulassen.

Das junge Weib fiel sterbend zu Boden, und der rote Lebenssaft, floss über ihre milchweißen Brüste.

Nachdem er seine Beinkleider gerichtet hatte, ging er auf den blonden Norweger zu. Der Hüne betrachtete das Werk des Kriegers und spuckte auf den Leichnam des Priesters. „Wo ist nun dein Gott?" sagte er verächtlich grinsend.
„Du würdest einen guten Goden abgeben, Bjarne." Er war sichtlich zufrieden mit seinem Stevenhauptmann. „Das Schlachten der Opfer verstehst du gut!" Dabei legte er ihm freundschaftlich seine Pranke auf die Schulter.

Nach kurzer Zeit, gab es außer den Nordmännern in dem Dorf keine lebende Seele mehr. Menschen und Vieh lagen gleichsam abgeschlachtet im dunkel gefärbten Staub. Einigen Sachsen war die Flucht gelungen, doch die meisten hatten, unter den ehernen Klingen der Nordmänner ihr Ende gefunden. Nun begannen die Wikinger die Siedlung zu plündern. Die wenigen Gebäude, die nicht den Flammen zum Opfer gefallen waren, durchsuchten sie nach Wertvollem. Doch die Beute war gering.

Die Seekrieger brachten das wenige, noch lebende Vieh, einige junge Weiber, die sie noch einfingen und die Habseligkeiten, die sie erbeutet hatten, auf ihre Schiffe. Und so schnell und überraschend, wie sie gekommen waren, verschwanden sie wieder auf der rauen See.

*

9. Die Saga von Thangbrand dem Priester

Im Frühsommer des Jahres 997 n. Chr. fuhr ein Knarr von Norwegen entlang der Orkney- und der Shetland- Inseln nach Island.
Auf dem Knarr reiste ein Mann Namens Thangbrand. Er war ein deutscher Gottesmann und von Kaiser Otto III. als Missionar nach Norwegen geschickt worden. Nun hatte König Olaf Tryggvesson den Priester nach Island gesandt, um auch dort den Glauben an den wahren Gott zu verkünden.
Thangbrand fuhr an der Südküste Islands entlang, immer nach Westen, und in der Stadt Reykjavik wurde er von den Bewohnern freundlich empfangen. Die meisten Isländer waren Asenanbeter, fest im Glauben an Odin und die Götter von Asgard, aber es gab auch schon einige christliche Bauern auf der Insel. Jedoch der Glaube an die alten Götter überwog. Da auf Island aber Glaubensfreiheit herrschte, war es den meisten egal, wem ihr Nachbar huldigte, und so blieb die christliche Minderheit unbehelligt.
Thangbrand begann sofort mit seinem Handwerk und verkündete das Wort Gottes, wie es ihm der König von Norwegen befohlen hatte.
Es gelang ihm zwar, einige wenige Wankelmütige, meist niederes Volk oder Sklaven, für den Glauben an den Herrn Christus zu gewinnen, doch die Ohren des größten Teils der Bevölkerung blieben für das Ansinnen des Priesters verschlossen. Und langsam wurde die Stimmung gegenüber dem Missionar immer ablehnender. Wohl darum, weil die Bekehrungsversuche Thangbrands nun immer aufdringlicher und dreister wurden. Der jähzornige Mann behandelte die Bewohner von Reykjavik immer abfälliger und machte auch keinen Hehl mehr daraus, dass er die

Asenanbeter verachtete. Mancher christliche Bauer warnte den stämmigen Priester, doch der Mann Gottes ließ sich in seinem Tun nicht beirren.
Auf einem Thing trieb er seine Frechheit auf die Spitze. Er verlangte von den Jarlen den Bau einer Kirche und die Zerstörung der Heidentempel. Er verfluchte die Goden, lästerte Odin und Thor, schimpfte Freya eine Hure und drohte mit der Heeresmacht des Königs von Norwegen.

Einige Tage nach der Versammlung ritten zwei Männer des Goden von Reykjavik zu der Hütte, die Thangbrand und sein Gefolge bewohnten. Sie sollten den Priester zur Abreise bewegen, denn er war allen zur Last geworden. Doch der Missionar weigerte sich standhaft.
Es kam zum offenen Streit zwischen den Männern. Man beschimpfte sich auf das Heftigste und die Isländer verlangten unter Androhung von Gewalt, dass der Priester nun endlich die Insel verlassen möge. Niemand würde es wagen, ihn von der Insel zu jagen, schrie Thangbrand in äußerster Erregung. Dann ergriff er eine Forke, sie lehnte an der Hauswand, und rammte diese seinem Gegenüber in die Brust.
Sofort zog der zweite Isländer sein Schwert, doch in diesem Moment traf ihn auch schon der Forkenstiel an den Kopf, sodass er zurücktaumelte. Schäumend vor Wut warf der Priester die Heugabel von sich und griff nach der Klinge des Toten, der vor seinen Füßen lag. Mit aller Kraft schlug er dem Isländer auf den Kopf, sodass auch dieser sterbend zusammenbrach. Nun ließ er die Waffe sinken, bekreuzigte sich mehrmals und verschwand im Haus. Noch am selben Abend flüchtete der streitbare Gottesmann Thangbrand aus Reykjavik.

Wieder fuhr er die Küste entlang, diesmal zurück nach Osten, und im Reydarfjord ging er an Land. Doch das Volk war bereits getauft. Es gab für ihn keine Arbeit!
So verließ der Priester den Fjord wieder und segelte nun die Ostküste hinauf nach Norden. Nachdem das Knarr die Insel Grimsey passiert hatte, bog es in den großen Eyjarfjord ein, und bei der Siedlung Rafnsvik ging Thangbrand an Land. Auch hier wurde er freundlich empfangen, denn der Totschlag, den er in Reykjavik begangen hatte, hatte sich noch nicht bis in den Norden der Insel herumgesprochen. So bezog er mit seinem Gefolge ein Langhaus etwas außerhalb der Siedlung.
Auch in Rafnsvik war schon ein Teil der Bevölkerung getauft. Meist waren es Kaufleute und ihre Sippen, die im Reich des deutschen Kaisers Handel trieben und so dem neuen Glauben begegnet waren.
Die Arbeit Thangbrands trug schnell Früchte. Er predigte, und das Volk kam, um sich taufen zu lassen. Sogar den Bau einer Kirche konnte der Priester auf einem Thing durchsetzen. Doch da riefen die Großbauern, die noch Odinsanhänger waren, zu einem geheimen Treffen. Auf diesem Thing wollten sie über das weitere Vorgehen gegen den Priester beraten.
Schnell war der Beschluss gefasst, diesen Thangbrand zu beseitigen. Ein Knecht, dem für die Meucheltat Landbesitz versprochen wurde, war sofort bereit, den Heuchler zu töten.

Eines Abends kam ein Mann zu dem Haus geritten, das Thangbrand bewohnte. Er beschwor den Priester, ihm zu folgen. Ein Bauer, so seine Rede, der am Rande der gelben Wüste leben sollte, liege im sterben. Dieser Bauer aber habe von dem großen Norwegerkönig Olaf Tryggvesson und seinem Heil gehört und wolle nun vor seinem Tode den wahren Glauben annehmen und sich taufen lassen.

Vielleicht war die Geschichte mit dem Paradies ja keine so üble.
Thangbrand glaubte dem Mann, und noch in derselben Nacht brachen sie auf. Schon lange waren sie durch die felsige Einöde in das Landesinnere von Island geritten, und die Geduld Thangbrands schien zu schwinden. Oft kam von ihm die Frage, wie weit es denn noch sei.
Als sie endlich den Rand der gelben Wüste erreicht hatten, zog der Knecht sein Schwert, um die Tat zu vollbringen. Doch dem äußerst streitbaren Thangbrand, rauflustig und im Kampf erfahren, war so leicht nicht beizukommen. Es gelang ihm, dem Angriff auszuweichen und er trug nur eine leichte Fleischwunde von dem Hieb davon.
Immer wieder schlug der Knecht nach dem Priester, und jedes Mal gelang es diesem, die Schläge mit dem langen Stecken, an dessen Spitze ein Kreuz prangte, abzuwehren. Bald schon ermüdete der Meuchelmörder, und als der Priester dessen Schwerthand zu fassen bekam, war es um ihn geschehen. Voller Jähzorn und mit der Kraft eines Bären würgten die großen Hände den Hals des Knechtes. Der Mann wurde erst blass, dann lief sein Gesicht blau an, und seine Augen quollen aus den Höhlen hervor.
Erst als Thangbrand vor Erschöpfung zu Boden sank, ließ er von dem Knecht ab. Doch da war schon lange kein Leben mehr in dessen Körper.
Als Thangbrand am nächsten Tag das Langhaus erreichte, legte er sich krank auf sein Schlaflager und stand zwei volle Tage nicht mehr auf. Allen Fragen seines Gefolges wich er aus.

Nachdem die odinstreuen Bauern den toten Knecht gefunden hatten, riefen sie in Rafnsvik zu einem Thing. Öffentlich klagten sie den Missionar des Totschlags an. Aber die christlichen Bauern stellten sich schützend vor

Thangbrand, und es gelang ihnen, das Volk von der Unschuld des Priesters zu überzeugen.
Nach einigen Wochen aber begab es sich, dass ein Kaufmann aus Reykjavik in den Eyjarfjord kam und den Missionar des norwegischen Königs erkannte. Sofort verbreitete sich nun die Nachricht von den Totschlägen, die der jähzornige Mann an der Südküste begangen hatte.

Diesmal waren die Bauern nicht bereit, sich für den Priester einzusetzen. Einige fielen sogar vom christlichen Glauben wieder ab.
Die Wut der Isländer steigerte sich rasch, und Thangbrand musste damit rechnen, dass man ihm einen Stein um den Hals legte, um ihn dann im Fjord zu ersäufen. So blieb dem streitbaren Priester, wie schon in Reykjavik, nur die Flucht. Bei Nacht und Nebel ließ er sein Knarr beladen und verließ die Eisinsel.
Thangbrand, der Priester König Olafs, wurde nie wieder auf Island gesehen.

*

10. Eine schwerwiegende Entscheidung

Die Langschiffe Eriks und des Isländers fuhren durch das aufgewühlte Nordmeer nach Süden. Es war Frühsommer.

Hoch schlugen die Wellen der vom Wind gepeitschten See über die Bordwände der Schniggen, sodass kein Fetzen Stoff am Leib der Männer trocken blieb. Leif stand auf dem Vorderdeck seiner Schnigge Sturmfalke, und seine Stimme kämpfte gegen das Rauschen des Windes an. Doch Erik konnte nur wenige Bruchstücke von dem verstehen, was ihm der Isländer herüber rief. Doch plötzlich sah der Jarlssohn, was ihm sein Kampfgefährte zu verstehen geben wollte. Am Horizont tauchten die Segel einer großen Kriegsflotte auf, und Erik zählte über vierzig Langschiffe. Schnell kam die Flotte näher, und der junge Schiffsführer erkannte das Banner des Königs von Norwegen. Es waren also König Olafs Schiffe.

Da die Isländer Asenanbeter waren, wollte Erik ein Zusammentreffen mit dem überzeugten Christen Olaf vermeiden, und so ließ er den Kurs ändern. Als Leif nun sah, dass Erik den Kurs änderte, gab er den Befehl, der Schnigge des Waffenbruders zu folgen.

Mit aller Kraft stemmte sich Ivar in das Seitenruder des Sturmfalken, und es gelang ihnen, unentdeckt von den Spähschiffen des Olaf die Küste zu erreichen. Sie steuerten ihre Schniggen in einen kleinen Fjord und gingen dort an Land.

„Ich hielt es für besser, der Flotte des Königs aus dem Wege zu gehen", sagte Erik, nachdem sie gelandet waren und ihr Lager aufgeschlagen hatten. „Mein Vater ist, wie du weißt, ein Lehnsmann des Königs, und daher bin ich als einer

seiner Gesippen dem Olaf Tryggvesson zur Treue verpflichtet. Ich möchte aber in keine kriegerischen Handlungen des Königs verwickelt werden!" Dass er den Isländern die zudringlichen Bekehrungsversuche des Christenkönigs ersparen wollte, verschwieg Erik.
„Warum fährt dein König mit einer so großen Flotte nach Norden?", fragte Leif, während er mit seinem Feuerstein die Glut entfachte. „Das wüsste ich auch gerne. Aber wir haben ein anderes Ziel als der König. Ich schlage daher vor, wir verbringen die Nacht hier und setzen morgen unsere Reise fort!"
Erik erhob sich und ging zu seinem Schiff, das mit dem Kiel bis zur Hälfte auf dem Strand lag. Und da auch Leif liebend gern auf eine Begegnung mit dem Norwegerkönig verzichten konnte, war er natürlich mit Eriks Vorschlag einverstanden.
Der Fjord, in dem sie gelandet waren, war von dichtem Kiefernwald umgeben, und grüne Wiesen reichten bis nah an das Ufer heran. Dieser Ort gefiel dem Isländer sehr gut. Es war anders als in seiner kargen Heimat. Hier gab es alles im Überfluss. Die grünen, fetten Wiesen. Das Wild in den Wäldern, und vor allem das Holz, das so wichtig war für den Haus- und Schiffsbau oder im Winter als Brennmaterial. Die Isländer errichteten ihre Häuser aus getrockneten Grassoden, und ihre Schiffe ließen sie für viel Geld in Norwegen bauen.
Früh am Morgen hatten sie die Feuer gelöscht und waren wieder in See gestochen. Von der Kriegsflotte König Olafs war nichts mehr zu sehen.
Sie hatten den Trondheimfjord schon lange hinter sich gelassen und segelten nun an der Küste Hardangers entlang. Tagsüber segelten sie, zur Nacht aber steuerten sie das Ufer an, dort errichteten die Männer ihr Lager, und einige gingen auf die Jagd.

So konnten sie am Abend endlich wieder einmal frisches Fleisch essen. Auf See mussten sie mit Dörrfleisch, gepökeltem Fleisch und einer Suppe aus Sauermilch vorlieb nehmen. Leif teilte die Wachen für die Nacht ein, dann rollten sich die Männer in ihre Schlafsäcke ein, und es wurde still im Lager.

Die Luft war kühl, doch der Regen der vergangenen Tage hatte endlich nachgelassen. Im Laufe des Tages riss die graue Wolkendecke auf, und bald zeigte die Sonne ihr leuchtendes Antlitz.
Sie fuhren die Küste entlang nach Wiken[32]. In der Stadt Agde war die Stimmung sehr schlecht. Alle Asentempel waren niedergebrannt worden, und die Glut war noch nicht lange erloschen. Von einem Mann, den Erik kurzerhand am Ärmel hielt, um ihn zu befragen, erfuhren sie, dass der König Olaf Tryggvesson mit seiner Heeresmacht die Jarle und die Odalbauern von Wiken zum Christenglauben gezwungen hatte. Alle Tempel und Götzenbilder hatte er verbrennen lassen. Die Söhne der Fürsten behielt der König, wie er es immer tat, als Faustpfand. Würden die Adligen von Wiken vom Glauben abfallen, besiegelten sie den Tod ihrer Nachkommenschaft. Die Allmacht des Herrn Christus hatte starke Verbündete, und dies waren die scharf geschliffenen Klingen königstreuer Wikinger.

Nun erkannte Erik die Bedeutung der Kriegsflotte des Königs, die ihnen begegnet war. Olaf Tryggvesson hatte dem Bischof von Sotenäset ein christliches Norwegen versprochen, und jetzt löste er sein Versprechen ein. Diese Erkenntnis beunruhigte den Jarlssohn sehr, denn er wusste, die heidnischen Jarle und Gaufürsten des Tröndelag würden einem Glaubenswechsel niemals freiwillig

---

[32] Wiken – Bezeichnung für Südostnorwegen

zustimmen. Auseinandersetzungen zwischen den Tröndnern und dem Heer des Königs waren nur eine Frage der Zeit, und Erik wusste das. Die Gefahr eines Krieges lag wie ein dunkler Schatten über dem Land. Leif hatte nun alle Mühe, den Freund zur Weiterfahrt zu bewegen.
„Dein Vater ist ein Christ! Er ist vor dem Heer des Königs sicher", versuchte der Isländer Erik zu beruhigen.
„Es ist nicht die Heeresmacht des Königs, die mich so beunruhigt", sprach Erik. „Die Jarle werden von meinem Vater verlangen, dass er sich dem Aufstand anschließt. Wird er dies nicht tun, werden sie ihn als Feind betrachten!"
„Ach was! Die Heeresmacht des Königs ist groß, sie wird deine Gesippen schützen", sagte Leif beruhigend.
Die Macht des Königs war in der Tat sehr groß, das wusste Erik, und so stimmte er zu, die Reise fortzusetzen.
Sie beschlossen sich mit Proviant einzudecken und nach Sotenäset zu segeln.

Auf ihrem Weg zurück zum Hafen fielen ihre Blicke auf ein großes, vom Feuer zerstörtes Gebäude. Es waren die Überreste des Tempels Odins und es war kaum etwas von dem einst so prunkvollen Bau geblieben. Ein paar große Steine und einige verkohlte Balken. Weiter nichts!
In der kalten Asche hockte ein alter Mann, und mit leeren Augen starrte er zum Himmel empor.
„Odin! Oh, Odin", murmelte er in seinen grauen Bart.
„Was ist dir geschehen, alter Mann?", fragte Leif den Alten, doch es dauerte eine Weile, bis dieser erkannte, dass man ihn ansprach. Ein kurzer Blick streifte den Isländer, dann sah der Alte wieder gen Himmel.
„Ich bin der Gode von Agde", stammelte er leise, ohne die Männer eines weiteren Blickes zu würdigen. Seine aus feinsten Stoffen genähten Gewänder waren zerrissen und verschmutzt.

„Odin hat uns gestraft, in dem er uns den Heuchlerkönig gesandt hat!" Eine Träne rann dem alten Goden über seine vom Ruß geschwärzte Wange. „Wir hatten gehofft, dass Blitze aus Thors Hammer Mjöllnir das Heer des Wolfes Olaf zu Asche verbrennen mögen. Ich habe die Götter beschworen, doch nichts geschah!" Da sprang der Gode auf und fasste Leif mit seinen vom Ruß verschmutzten Händen am Kragen seiner Fellweste. „Aber der Christentöter, der Opferer, er wird für uns fürchterliche Rache nehmen!"
„Der Christentöter?", fragte nun Erik, und Leif entledigte sich umständlich des Griffes, der ihn hielt.
„Ja, der Opferer!"
Die Augen des Goden glühten, als er den Namen aussprach. Er beugte sich vor und flüsterte, als würde er ein streng gehütetes Geheimnis preisgeben.
„Man sagt, er ist ein Krieger oder ein Gode, der von den Göttern mit besonderem Heil beschenkt wurde. Er hat blondes Haar und ist in schwarze Gewänder gekleidet. Der Christentöter kämpft mit Berserkerkräften[33] und tötet die Heuchlerbrut, wo immer er sie findet! Ja, er opfert sie Odin!" Laut und wie irre lachte der alte Gode auf. „Er frisst ihre bluttriefenden Leiber!"
„Ich habe noch nie von einem solchen Mann gehört", sagte Erik zu seinem Gefährten. „Er ist sicher ein Hirngespinst", zweifelte auch Leif an den Worten des Goden. „Nein, nein", beschwor der Alte den Isländer. „Er heert im Sachsenland, bei den Friesen und auch bei dem Polenkönig, der ein Schwager des Wolfes Olaf Tryggvesson ist!"
„Komm, Erik, du siehst doch, er ist nicht bei Sinnen. Lass uns gehen", drängte Leif, denn für ihn hatte der alte Mann offensichtlich den Verstand verloren. So wandten sich die beiden Männer ab und ließen den Alten stehen.

---

[33] Berserker – versetzen sich mit der Einnahme giftiger Pilze in einen Rausch, der ihnen jede Angst und Vorsicht nahm.

„Er segelt im Gefolge des schwarzen Dänen", sprach der Gode leise, doch Leif und Erik hörten die Worte nicht mehr.

In der folgenden Nacht lag Erik lange wach. Die Begegnung mit dem alten Priester des Odinstempels und dessen Worte gingen ihm nicht mehr aus dem Kopf. Immer wieder stellte er sich die Frage, wer dieser Christentöter wohl sei. Gab es diesen Opferer wirklich? Oder war der blonde Krieger nur ein Hirngespinst des Alten? Erik sah nun immer wieder das Gesicht seines Bruders vor Augen. Sollte er der Mann sein, der mit soviel Hass die Anhänger des Herrn Christus tötete? Nein! Erik war davon überzeugt, soweit würde Bjarne in seiner Wut nicht gehen.

Auch in Sotenäset, der Königsstadt, hörten sie nun die Gerüchte von dem heidnischen Krieger, den die Asenanbeter den Christentöter nannten. Es waren die unglaublichsten Geschichten, die Leif und Erik über diesen Mann nun zu Ohren kamen. Die christlichen Kaufleute, die das warägische Meer befuhren, um im Polenreich, dem Sachsenland und den Friesenstädten Handel zu treiben, berichteten voller Angst. Sie erzählten von einer schwarzen Skaid und einem dänischen Wikinger, in dessen Gefolgschaft sich der Christentöter aufhalten sollte. Ein polnischer Kaufmann behauptete, das schwarze Schiff im Oderhaff gesichtet zu haben. Nur mit Mühe sei er den Wikingern auf der Oder entkommen.

Leif und Erik beschlossen daraufhin, dieser Spur zu folgen und in das Polenreich zu fahren. Die Jomsburg sollte ihr Ziel sein. Bei Sonnenschein und mit einer leichten Brise im Rücken verließen die Schniggen die norwegische Küste, um nach Süden zu segeln.

*

Die Kriegsflotte des Königs fuhr die Küste des Landes hinauf nach Norden. Die Jarle der Gaue Südmöre, Sogn und Romsdalen forderte der König zur Schlacht, oder sie sollten ihm den Treueeid schwören und sich taufen lassen.
Die Jarle und Häuptlinge sahen, dass sie zu schwach waren, sich dem König zum Kampf zu stellen, und so legten sie auf dem Allthing den Treueeid ab.
Im Fjordgau und in Nordmöre dagegen, bekamen die Adligen die Macht des Königs in seiner ganzen Härte zu spüren. Nachdem sich die Jarle einem Glaubenswechsel widersetzt hatten, gingen die Dörfer und Städte in Flammen auf. Ohne Gnade ließ der König die Anführer erschlagen, und die Goden wurden in ihren Tempeln verbrannt.
Als das Volk sah, dass ihre Götter diesen Frevel nicht zu strafen vermochten, waren sie überzeugt, dass die Macht des Herrn Christus größer sein musste als die Odins und aller Asen. Der Christengott hatte König Olaf wahrlich mit besonderem Heil beschenkt, und so ließ sich auch hier das Volk taufen.
Der König setzte nun, so wie er es immer tat, ihm treu ergebene christliche Männer als Befehlshaber ein, und dann stach die Flotte wieder in See. Immer weiter drangen die Kriegsschiffe nach Norden vor. Ein Gau nach dem anderen wurde unter die Herrschaft König Olafs gezwungen, bis er den großen Trondheimfjord erreichte.
Nun gingen auch in Lade die Asentempel in Flammen auf. Doch der Widerstand der Tröndner war groß, denn die Jarle waren fest entschlossen, sich dem König zu widersetzen und den Frevel an ihren Göttern zu rächen. Der Kriegspfeil ging von Hof zu Hof, und die Tröndner stellten ein großes Heer auf, um den König aus dem Tröndelag zu vertreiben, wie sie es schon mit den Jomswikingern und auch mit Jarl Hakon getan hatten.

Auch auf den Hof Jarl Sigurds kamen die Männer geritten und forderten Waffenhilfe gegen den ungeliebten König. Jarl Sigurd empfing die Männer freundlich in seiner Gästehalle. Und er musste sich eingestehen, ihm war nicht Wohl in seiner Haut. Es waren Boten Jarl Skaggis, und Sigurd wusste genau, was diese Männer von ihm wollten. „Ich glaube an den Herrn Christus! Und außerdem habe ich dem König Treue geschworen, so wie es auch die anderen Jarle des Tröndelag taten. Selbst wenn ich es wollte, ich könnte nicht an eurer Seite kämpfen", sprach Sigurd mit ernster Miene.
„Du hast den Jarlen von Trondheim schon einmal die Waffenhilfe versagt, Jarl Sigurd! Überlege dir gut, was du nun tust!" Die Stimme des Boten klang drohend. „Wenn wir den König erst besiegt haben, wird es im ganzen Tröndelag keine Heuchler mehr geben", warnte er Sigurd.
Erbost sprang der Jarl von seinem Hochstuhl auf, riss sein Schwert aus dem Wehrgehäng und versetzte dem Boten einen Hieb. Der Mann hielt sich den Arm, und das Blut quoll zwischen seinen Fingern hervor.
„Ist dir dies Antwort genug? Deine Drohungen schrecken mich nicht! Verschwinde von meinem Hof, oder ich schlage dich in Stücke!" Die Wut des Jarls war groß, und nur zu gern hätte er diesen unverschämten Kerl erschlagen.
Sofort hatte das Gefolge des Boten die Schilde gehoben und die Schwerter gezogen, doch auf einen Kampf mit den Kriegern des Jarls wollten sie sich nicht einlassen. Sie wollten ihren verletzten Anführer schützen, der unbedacht und mit spitzer Zunge, um ein Haar ihr aller Ende herbeigeführt hätte.
Langsam gingen sie rückwärts, den Feind im Auge, zur Tür. Doch bevor sie die Halle verließen, rief der Bote Jarl Skaggis noch drohend: „Diesen Schwerthieb wirst du noch

bitter bereuen, Jarl Sigurd!" Die Männer schwangen sich auf ihre Pferde und verließen den Hof.

Viele Jarle waren mit ihren Kriegern dem Kriegsruf gefolgt, und so sammelte sich ein stattliches Heer an den Ufern des Trondheimfjordes, um den Frevel an den Göttern zu rächen. Sie waren fest entschlossen, den neuen König zu vertreiben. So wuchs das Heer von Tag zu Tag, und die Übermacht der Tröndner war groß. Daher wollte sich König Olaf nicht auf eine Schlacht einlassen, denn zu ungewiss war ihr Ausgang. Also segelte er mit seiner Flotte aus dem Trondheimfjord hinaus nach Süden.
Schnell verbreitete sich im ganzen Land die Nachricht vom Sieg der Tröndner über den König von Norwegen.

*

11. Begegnung in Jumne

An der Küste Götlands entlang fuhren die Schniggen nach Westen.
Längst waren sie in dänischen Gewässern und hatten den großen Sund passiert. Nun hielten sie auf die Küste des Slawenlandes zu. Die Reise verlief ohne Zwischenfälle, und die Schiffe, denen sie begegneten, waren meist seefahrende Kaufleute, die beim Anblick der nordischen Schniggen sofort die Flucht ergriffen. Sie fuhren die Küste entlang, und nach vier Tagen erreichten sie die Inseln Usedom und Wollin. Zwischen den beiden Inseln führte eine enge Fahrrinne hindurch in das Oderhaff.
Sie durchsegelten das große Haff, und als sie nicht mehr weit der Odermündung waren, erblickten sie die Jomsburg und die Stadt, die von den Polen Jumne genannt wurde.
Die große Siedlung besaß zwei Häfen. Zum einen den Handelshafen, der wenig befestigt und eigentlich gar kein richtiger Hafen war, denn es gab nur wenige Anlegestege, und hier wurden die Schiffe direkt auf den Strand vor den Toren der Stadt gezogen. Die meisten Kaufleute tätigten schon hier am Strand ihre Geschäfte.
Der große Kriegshafen jedoch lag innerhalb der dicken Mauern der Jomsburg und bot Platz für dreißig Großsegler. Obwohl Jumne in den Herrschaftsbereich des Königs der Wenden[34] fiel und ihm die Stadt steuerpflichtig war, gab es hier keine polnischen Soldaten. Die Burg und die Stadt Jumne waren völlig in der Hand der Jomswikinger.
Kaufleute aus vielen Ländern boten in der Stadt ihre Waren an, und durch den Schutz der Nordmänner fühlten sie sich sicher. Die Abgaben an den Jomsburgjarl waren zwar nicht

---

[34] Wenden – polnischer Volksstamm

gering, aber dafür waren Angriffe und Überfälle anderer Wikinger und Seeräuber sehr unwahrscheinlich.
So war Jumne eine reiche Handelsstadt geworden, und selbst bei den hohen Steuern, die Jarl Sigwaldi zähneknirschend an König Boleslaw zahlte, blieb für die Wikinger immer noch genug übrig.
Außerdem war die Wikingerfestung für Boleslaw ein strategisch wichtiges Bollwerk gegen die Angriffe dänischer Raubfahrer. Denn König Sven von Dänemark hatte schon lange ein Auge auf die pommerschen Gebiete geworfen. Doch im Moment zog ihn sein Drang nach Eroberung zu den Angelsachsen, und das Polenreich König Boleslaws konnte sich in Sicherheit wiegen.

*

Mit eingeholten Segeln ruderten die Schniggen langsam in die Bucht ein, in der die Stadt Jumne lag. Einer Perlenkette gleich lagen die Schiffe der Kaufleute, auf Pfähle gestützt, mit ihren Kielen auf dem Strand. Wie in einem riesigen Ameisenhaufen ging es zu. Die nordischen Knarren und Handelskähne wurden be- und entladen. Kaufleute liefen aufgeregt zwischen den vielen Schiffen hin und her. Manchmal wechselten ganze Ladungen schon hier am Strand die Schiffe.
Doch die meisten Waren wurden auf den Markt von Jumne geschafft und dort zum Kauf angeboten. Wie in den meisten Hafenstädten mangelte es auch der Stadt im Oderhaff nicht an Diebsgesindel, zerlumpten Bettlern, Tagedieben und Halsabschneidern. Einige von ihnen hingen in ehernen Käfigen, von Krähen zerhackt, an der Mauer der Jomsburg. Hurenweiber trieben sich in schäbigen Schänken herum, um ihre Körper den Männern für ein paar Münzen anzubieten, und wie in jedem Hafen gab es auch hier genügend

Seefahrer, die ihr Geld auf diese Weise loszuwerden gedachten. Und dass es ruhig blieb in der Stadt, dafür sorgten die Wikinger des Sigwaldi mit harter Hand.
Die Stadt Jumne zog sich in einem Halbkreis entlang des Strandes um die Jomsburg herum. Die meisten Häuser waren aus Holz gebaut und waren von nordischer Machart. Doch es gab auch die Gebäude der Wohlhabenden, die aus Stein errichtet waren. Sie glichen den Häusern, wie sie die Deutschen, Polen und Franken bauten. Je reicher die Leute waren, umso näher waren ihre Häuser an die Jomsburg gebaut. Landeinwärts wurde die Stadt von einem mächtigen Erdwall geschützt, auf dem Wehrtürme standen. Hier waren Stallungen für das Vieh, und hier standen auch die Hütten der Ärmsten in der Stadt.

Nachdem der Sturmfalke des Leif und der Wogenbeißer des Erik an Land gezogen waren, wurden die Schiffswachen eingeteilt. Einen Mann stellte Leif ab, der die Aufgabe hatte, die Einfahrt des Kriegshafens der Jomsburg im Auge zu behalten. Jedes ankommende Schiff sollte er melden!
Dann zogen sie mit ihrem Gefolge in die Stadt, und schon bald stellte sich heraus, das Halvdan der Schwarze in Jumne kein unbekannter Mann war. Die meisten Leute, die Erik befragte, kannten den Dänen. So erfuhr er, dass, wenn der Wikinger als Gast Jarl Sigwaldis in der Jomsburg weilte, es ihn oft des Nachts mit seinem Gefolge in die schmutzigen Schänken des Hafens verschlug. Dort, unter seinesgleichen, fühlte er sich wohl.
Nicht selten mussten dann Männer ihr Leben lassen. Doch seit dem vergangenen Sommer hatte man den Seeräuber nicht mehr in Jumne gesehen. Groß war die Enttäuschung der beiden jungen Nordmänner, auch hier den verhassten Feind nicht zu finden.

Vier Tage waren nun seit ihrer Ankunft vergangen, und sie saßen mit betretenen Gesichtern auf dem Vorderdeck des Sturmfalken, um zu beraten, was nun zu tun sei. Der Tag neigte sich seinem Ende zu, und die Sonne verschwand langsam am Horizont. Lärm drang von den Schänken zum Strand hinunter.
„Das Heil des Dänen scheint größer als das unsere zu sein", sagte Leif verärgert, und Olf sprach aus, was alle längst dachten. „Wir sollten die Suche aufgeben! Vielleicht sind uns die Götter gnädig und Halvdan läuft uns irgendwo über den Weg!"
Leif dachte an Inga. Wenn sie jetzt den Heimweg antraten, könnte er sie noch vor dem Winter zu seinem Weib machen und nach Island zurückkehren. Und auch Erik zog eine innere Unruhe nach Hause. So beschlossen sie, schon am nächsten Tag für Proviant zu sorgen und nach Norwegen zurückzusegeln. Doch noch bevor die Sonne untergegangen war, kam ein Mann in das Lager gelaufen. Es war der Krieger, der die Hafeneinfahrt bewachte. Ihn hatte Leif ganz vergessen! Schon von Weitem rief der Mann aufgeregt: „Odin ist uns wohl gesonnen", er atmete schwer und rang nach Luft. „Das schwarze Segel! Es ist im Haff!"
Sofort sprangen die Männer über die Reling und liefen auf die kleine Landzunge, die die Einfahrt zur Jomsburg säumte. Ein Hornsignal ertönte, und das mächtige Hafentor öffnete sich laut knarrend. Langsam zog im Schein der Fackeln die Skaid des verhassten Dänen an den Augen der Nordmänner vorbei in die schützenden Mauern der Jomsburg.
Auf dem Achterdeck stand ein hünenhafter Wikinger und neben ihm ein junger, düster dreinschauender Krieger.
„Die Götter sind uns doch wohlgesonnen. Nun sitzt er wie eine Ratte in der Falle", freute sich der dicke Olf und rieb sich die Hände, als wäre von nun an alles ein Kinderspiel.

„In der Falle, wie eine Ratte", äffte Leif den Dicken nach.
„Und wie willst du die Ratte aus der Falle heraus bekommen? Sie wird von tausend Jomswikingern bewacht!" Ihm war gar nicht wohl bei der Vorstellung, den Seeräuber in der Jomsburg anzugreifen.

Drei volle Tage lagen sie nun schon auf der Lauer, doch von der Skaid und ihrer Besatzung war nichts zu sehen. Die Tore der Burg blieben verschlossen.
Die Möglichkeit, in feindlicher Absicht in die Festung zu gelangen, war überaus gering. Doch lebend wieder heraus zu kommen, war fast undenkbar. Und nun wurden die Männer langsam ungeduldig, das Ende ihrer Jagd vor Augen. Es dauerte zwei weitere Tage, bis sich die Nachricht herumsprach, dass Halvdan der Schwarze die Burg verlassen habe und in der Stadt sei. Viele Bewohner verstanden dies als Warnung. Nur wenige Männer teilte Leif als Schiffswachen ein, und mit fast fünfzig Kriegern zogen sie in die Stadt, um dem dänischen Piraten sein wohlverdientes Ende zu bereiten.
Nun war es ein Leichtes, den Gesuchten zu finden. Nach kurzer Zeit standen sie vor einer schäbigen Schänke am großen Marktplatz. Leif gab den Befehl, die Ausgänge zu sichern, sodass keinem Piraten die Flucht gelingen konnte. Dann betraten Erik, die drei Isländer und zehn weitere Krieger die Schänke. Olf öffnete die eisenbeschlagene Tür und trat als erster in den staubigen Raum. Bedächtig sah er sich um. Nun folgten ihm die anderen.
Zwei Männer blieben an der Pforte stehen und versperrten den Ausgang. Wo vorher noch laut gelacht, gegrölt und gesungen wurde, herrschte nun beim Anblick der gezogenen Klingen eisige Stille.

An einem schweren Holztisch saßen acht Männer und soffen Met. Der eine der Kerle war ohne Zweifel Halvdan, den man den Schwarzen nannte.
Leif trat vor den großen Dänen. „Kennst du mich noch, Hundsfott?", fragte er mit harter, herausfordernder Stimme. „Es ist an der Zeit, dass du die Rechnung bezahlst, die du bei uns noch offen hast!" Voller Hass starrten die eisblauen Augen des Isländers den Hünen an. „Du nahmst meinem Bruder sein Auge, und viele meiner Krieger schicktest du zu den Göttern! Nun sind wir gekommen, um für deine Taten Rache zu nehmen!"
Es dauerte einige Zeit, bis der Däne die Worte in seinem Hirn verarbeitet hatte, doch dann begann er lauthals zu lachen. Und die Männer an seinem Tisch lachten mit ihm. Doch plötzlich wurde der betrunkene Wikinger ernst, und sein Gefolge verstummte. „Bei Freyas Möse! Du Wurm! Wir sind in der Jomsburg, und ich bin ein Jomswikinger. Du kennst doch wohl den Schwur, dass ein jeder Krieger des Bundes den Tod eines Waffenbruders rächen muss!" Drohend sah er dem Isländer in sein Gesicht. „Selbst wenn ihr es schaffen solltet, mich zu töten, werden meine Brüder euch zu Hel schicken!"
Da trat Erik neben seinen Kampfgefährten. „Wir sind Gefolgsleute König Olafs, der ein Gesippe des Polenkönigs ist. Die Wikinger des Sigwaldi mussten ihm den Treueschwur leisten!" Mit festem Blick sah Erik dem Schwarzbärtigen in die Augen. „Der Jomsburgjarl wird es nicht wagen, uns zu töten!" Erstaunt sah Leif seinen jungen Waffenbruder an, der die Wahrheit ein wenig zu seinen Gunsten verändert hatte. Denn dass er ein Gefolgsmann des Norwegerkönigs war, das war dem Isländer neu.
Plötzlich erhob sich einer der Krieger des Halvdan. Er hatte zuvor mit dem Kopf auf dem Tisch gelegen, sodass es den Anschein hatte, er sei betrunken eingeschlafen. Es war ein

blonder, norwegischer Krieger, der etwa gleichen Alters war wie Leif. „Erik, mein Bruder", sagte er mit dunkler, krächzender Stimme. Wie erstarrt sah Erik in das Gesicht des Mannes. Es war Bjarne!
Die einst sanften Gesichtszüge des Bruders waren nun hart und unerbittlich. Eine dicke Narbe auf seiner Wange zeugte von unzähligen blutigen Kämpfen, aus denen Bjarne als Sieger hervorgegangen war. Aus den Augen des Wikingers sprühte blanker Hass. „So sieht man sich wieder, kleiner Bruder! Bist fast schon ein Mann geworden", sagte er beleidigend und verächtlich. Dieser Kerl war nicht mehr der Bruder, mit dem Erik seine Jugend verbracht hatte. Der Bruder, den er geliebt hatte und der sein Vorbild gewesen war. Langsam fand Erik seine Fassung wieder. „Wo ist die Schnigge unseres Vaters?", fragte er den Blonden erbost. „Den Wogendrachen haben die Schergen deines Heuchlerkönigs auf den Grund des Nordmeeres geschickt. Aber dafür habe ich mich bereits viele Male an der Christenbrut gerächt!" Bjarne grinste böse. „Das hat mir einen schönen Beinamen eingebracht!" Da lachten die Männer im Gefolge des schwarzen Piraten höhnisch auf. Eriks schlimmste Befürchtungen, seine Alpträume, schienen nun schreckliche Wahrheit zu werden. Sein Bruder Bjarne war der Krieger, den alle Nordleute nur den „Christentöter" nannten.
„Aha, ein Gesippentreffen also!", höhnte Halvdan der Schwarze lallend, denn er hatte schon einige Becher mit Met getrunken. Grinsend hatte er sich von seinem Platz erhoben. „Du solltest deinem Bruder raten, auf sein Schiff zurückzukehren und Jumne zu verlassen, solange er noch dazu fähig ist!" Der Däne sprach die spottenden Worte zu Bjarne, ohne den Genannten eines Blickes zu würdigen. „Schluss mit dem Weibergewäsch! Jetzt sollen die Waffen sprechen!" Leif hatte genug von den Piraten. Er hob sein

Schwert, um den Schwarzen anzugreifen. Doch in diesem Moment stürmte Ivar mit einem lauten Schrei und erhobener Bartaxt an seinem Bruder vorbei, um seinem einstigen Peiniger den Schädel zu spalten.
Der große Däne warf sich zur Seite, doch er war zu langsam, denn der viele Met zeigte seine Wirkung. Die Axt des einäugigen Isländers schlug ihm heftig in die linke Schulter. Mit einem gellenden Schrei auf seinen Lippen stürzte der Schwarzbart zu Boden und blieb reglos liegen.
Ein wilder Kampf entbrannte! Sofort sammelten sich die Männer des Dänen, um ihren Anführer zu schützen. Sie wurden jedoch von den Klingen der Isländer und Norweger niedergehauen, denn diese waren ihnen an Zahl weit überlegen.
Einer der Angreifer und drei dänische Piraten lagen bereits erschlagen und mit klaffenden Wunden auf dem staubigen Boden der Schänke. Da wurde die Tür der Spelunke aufgerissen. „Die Jomswikinger kommen!", rief einer der Isländer in die Schänke hinein. „Es sind zu viele, als dass wir sie aufhalten können. Wir müssen fliehen!"
Leif und Bjarne schlugen wie besessen aufeinander ein, und beide hatten bereits einige Wunden davongetragen, als Erik den Rückzug befahl.
„Wir werden uns wiedersehen, Christentöter!", drohte Leif mit einem letzten Schlag und folgte dann den anderen aus der Kaschemme. Sie liefen zum Hafen, schoben die Schniggen in die Fluten und ruderten, so schnell sie konnten, in das Haff hinaus. Doch entgegen aller Erwartungen blieb das Tor des Kriegshafens verschlossen.

Mit hochgehobenem Schwert stand Leif am Vordersteven. „Ansgar!", rief er auf die See hinaus. „Sächsischer Ritter! Kampfgefährte! Wir haben deinen Tod gerächt und den Schwarzbart zu seinen Ahnen geschickt!"

„Bist du ganz sicher?", fragte da der dicke Olf. „Der Däne ist ein zäher Brocken!"
„Er kann Ivars Axtstreich unmöglich überlebt haben! Und wenn doch, so wird ihn das Wundfieber dahinraffen", schrie Leif erbost.
„Wahrscheinlich hast du recht", sagte Olf, um den Freund zu beruhigen. Er lächelte sogar. „Wir könnten noch vor Einbruch des Winters wieder im Sigurdfjord sein."
Da erhellte sich Leifs Miene und er begann zu grinsen.

*

„Von einem runden Mond zum nächsten habe ich gegen das Wundfieber gekämpft. Fast wäre ich in Walhalla eingezogen, doch Odin wollte mich noch nicht an seiner Tafel sehen!" Eindringlich redete Halvdan auf seinen Stevenhauptmann Bjarne ein. „Also rede schon. Wo ist dein Dorf?", bohrte er. „Ich will Rache nehmen für die Schmach!", polterte der Schwarze los. „Was ist mit dem Isländer? Hat er dir nicht geschworen, ihr werdet euch wiedersehen?" Fast flehend beschwor er den Norweger. „Ich glaube fast, der große Christentöter fürchtet sich!"
Nun war es dem Bjarne genug. Wutschnaubend schlug er mit der Faust auf den Tisch. „Niemand nennt Bjarne Sigurdsson einen Feigling!", schrie er und packte den großen Dänen am Kragen, dass dieser sein Gesicht vor Schmerz verzog. „Ich habe selbst noch etwas in dem Dorf zu tun. Da ist etwas, das mir gehört, und das werde ich mir holen", zischte er Halvdan in sein Gesicht. Da begann der Schwarzbärtige laut zu lachen.

*

12. Der Überfall

Auch Jarl Sigurd Svensson erfuhr von dem Sieg der Tröndner und der Flucht König Olafs aus dem Trondheimfjord. Seine Besorgnis darüber war groß, und er sollte auch schon bald die Auswirkungen der Vorgänge im großen Fjord zu spüren bekommen.

An einem schönen Morgen, die See war ruhig, kamen ein Knarr und einige Fischerboote in den Sigurdfjord. Die Schiffe waren in einem sehr schlechten Zustand. Einige waren gar Leck geschlagen, und die Besatzungen mussten unaufhörlich mit Kübeln das Wasser aus dem Rumpf schöpfen. Das Knarr war in keinem besseren Zustand als die kleinen Boote. Sein Segel hing in Fetzen von der Rahe. Es waren christliche Familien aus einem Fischerdorf weiter südlich. Sie hatten vor den Jarlen des Tröndelag die Flucht ergriffen, und da der Weg nach Süden versperrt war, flohen sie nach Norden. So gewährte Jarl Sigurd den Leuten Zuflucht. Nachdem die Asenanbeter den König vertrieben hatten, begannen sie damit, die Christen des Tröndelag abzuschlachten oder aus dem großen Fjord zu vertreiben. Die Wut und Verachtung der odinstreuen Tröndner waren groß, und sie kannten keine Gnade gegenüber ihren christlichen Nachbarn, so wie vorher König Olaf ihnen keine Gnade gewährte. Die Fischersiedlung im Süden des großen Fjordes mit ihrer kleinen Kirche war ein Raub der Flammen geworden, und nur wenigen war die Flucht gelungen. Die meisten Bewohner hatten unter den Klingen der Odinsanhänger ihr Leben gelassen.
Die Schiffe und Boote, die ihnen geblieben waren, nutzten sie zur Flucht über das offene Meer. Doch der Weg nach Süden in die christlichen Gaue Norwegens war durch die

heidnischen Wikinger versperrt. Also blieb ihnen nur die Flucht nach Norden.

Jarl Sigurd wusste, dass es nur eine Frage der Zeit war, bis die Schergen der heidnischen Jarle auch in seinen Fjord kommen würden, um furchtbare Rache zu nehmen. Also berief er ein Thing ein, um Vorkehrungen gegen einen Angriff zu treffen. Er schickte seine Männer aus, die bis an die Grenzen seiner Herrschaft ritten, um den Landweg zu sichern, falls der Feind wider Erwarten über die Berge käme. Auch auf der Anhöhe, hoch über dem Strand, ließ der Jarl Wachposten beziehen, um einen überraschenden Angriff der Tröndnerjarle zu verhindern.

„Alle Anzeichen sprechen dafür, dass ein Überfall der Odinstreuen bevorsteht", sagte der Jarl bitter. „Sie werden Rache an mir nehmen wollen, da ich mich nicht an dem Aufstand gegen den König beteiligt habe!"

„Auf die Hilfe König Olafs brauchen wir wohl nicht zu hoffen", sprach der alte Björn. Sigurd nickte. „Es ist daher wohl besser, wenn ich in diesem Sommer nicht auf eine Handelsfahrt gehe", sprach Sigurd mit ruhiger Stimme.

„Aber unsere Lager sind mit Robbenfellen und Tran gefüllt", bemerkte Thorkill. „Und die Ernte steht noch bevor. Bei einem Angriff wird der Feind hier fette Beute machen!"

Es herrschte betretene Stille in der Halle. Da erhob sich Johannes, der Priester, der etwas abseits in einer Ecke gesessen hatte.

„Du hast uns etwas zu sagen, Johannes?", forderte der Jarl den Priester zu sprechen auf.

„Ich wüsste wohl eine Lösung für unser Problem, mein Jarl", sprach Johannes zögerlich.

„Nun rede schon, Alter!", rief einer der Männer ungeduldig. Andere waren erbost, dass ein ehemaliger Sklave es wagte, bei einem Thing seine Stimme zu erheben.

Doch Jarl Sigurd sorgte schnell für Ruhe, denn er wusste, dass der Priester ein gebildeter Mann war.
„Sprich, Johannes!", sagte er mit freundlicher Stimme.
„Gudbrandshöfti!", sagte der Priester knapp. „Wir bringen die überschüssigen Waren nach Gudbrandshöfti!"
Da begann Jarl Sigurd laut zu lachen, und die meisten der Anwesenden lachten mit ihm. „Bist du wirr im Kopf, Priester?" Sigurd schüttelte belustigt sein Haupt.
„Der Hof ist mehrere Tagesreisen entfernt, und außerdem noch tief in den Bergen!"
Da ergriff Astrid Lodinsdottir das Wort, die nicht ertragen konnte, dass ihr väterlicher Freund von den Nordmännern verhöhnt wurde. „Ist es nicht besser, die Waren über die Berge zu bringen, als sie im Kampf dem Feind zu überlassen?", rief Astrid fragend.
Nun wurde es ruhig in der Halle, und alle Lacher verstummten. „Astrid hat recht! Auf Gudbrandshöfti wären die Waren in Sicherheit", sprach nun Thorkill Ormsson, und seine Stimme hatte Gewicht. Da ließ sich Jarl Sigurd überzeugen.

Zwei Krieger, die später nach dem Sigurdfjord zurückkehren würden, begleiteten die vier Knechte und zwei Mägde, die nun den Hof in den Bergen bewirtschaften sollten. Sechs Wagen wurden mit den Waren und Lebensmitteln beladen, dazu gab der Jarl noch zwei Kühe und mehrere Schafe.
Einige Tage später brach die kleine Gruppe in die Wälder und Berge des norwegischen Hinterlandes auf.

*

„Segel voraus!" Der Ruf des Mannes, der auf der Rahe saß, ließ die Männer zu den Waffen greifen. Es bestand kein

Zweifel, dies waren nordische Schniggen, die sich auf dem Weg nach Jumne befanden. Wahrscheinlich waren es Jomswikinger, die von einer Raubfahrt zurückkehrten. Drei Langschiffe hielten Kurs direkt auf sie zu. Erik gab den Befehl aus, die Waffen versteckt zu halten. Und auch auf dem Sturmfalken hatten die Isländer zu den Waffen gegriffen. Sie waren bereit, gegen die Jomswikinger zu kämpfen.
Langsam zog das erste Schiff der dänischen Krieger an dem Wogenbeißer vorbei. Am Vordersteven stand ein Mann, der sicher der Schiffsführer war. Er hob zum Gruß seine Hand und rief etwas herüber. Doch Erik konnte die Worte nicht verstehen. Der Abstand zwischen den Schiffen war zu groß, und zu laut war das Rauschen des Meeres. Es bestand aber kein Zweifel daran, diese Jomswikinger wussten nichts von den Vorfällen in Jumne. Auch von den anderen Schiffen wurde freundlich gegrüßt. Erik und auch Leif erwiderten den Gruß und setzten ihre Fahrt unbehelligt fort. Schon bald erreichten sie die warägische See.
An der Küste Götlands kamen sie in einen heftigen Sturm, der den Wogenbeißer das Seitenruder kostete. Leif gelang es jedoch, die ruderlose Schnigge mit einem Tau an den Sturmfalken zu binden. So erreichten die beiden Großsegler eine kleine Insel, auf der die Seefahrer ihre Schiffe an Land zogen. Hier erneuerten sie das Seitenruder und besserten die Segel aus, da diese im Sturm einige Risse bekommen hatten. Von der Inselbevölkerung sahen die Nordmänner keine Seele, obwohl sich alle Männer einig waren, längst entdeckt worden zu sein.
Volle drei Tage hatten die Reparaturen gekostet. Nun nahmen sie noch frisches Wasser an Bord und setzten ihre Reise fort.

Unbehelligt kamen die zwei Langschiffe in norwegische Gewässer, und bei der Königsstadt Sotenäset gingen die Männer an Land, um sich erneut mit Proviant einzudecken. Hier erfuhren sie von der Niederlage des Königs im Trondheimfjord. Das Tröndelag war also in den Händen der odinstreuen Jarle. Nun wurden die Besatzungen zusehends unruhiger. Eilig beluden sie ihr Schiffe und stachen wieder in See.

*

Die Tage des Sommers wurden nun merklich kürzer, es war Erntezeit, und die Lagerräume füllten sich. Der Jarl hatte noch ein weiteres Vorratsgebäude errichten lassen. Doch auch dieses war bereits, da es ein gutes Erntejahr war, bis zur Hälfte gefüllt. Also schickte Sigurd weitere Wagenladungen in das Hinterland auf den Hof seiner Gemahlin Astrid. Nicht ahnend, wie wichtig diese Waren schon bald werden würden.

Leise knisterte die Glut in der Feuerstelle, das Holz war längst heruntergebrannt. Große graue Wolkenfelder zogen über den dunklen Nachthimmel, und nur wenn die Wolkendecke aufriss, ließ das fahle Licht des Mondes kurz die seichten Wellen des Fjordes silbrig schimmern.
Neben der Feuerstelle kauerte ein Mann, den Kopf auf die Knie gestützt, schnarchte er leise vor sich hin. Plötzlich schreckte er auf. War da ein Geräusch? Da war doch ein Geräusch, dachte er. Oder hatte er das nur geträumt? Erlaubten sich die Geister der Nacht einen Spaß mit ihm? „Verfluchte Trolle", brummte er. Dieses Warten auf einen Angriff, der nicht stattfand, machte ihn noch wahnsinnig. Wie in jeder Nacht gaukelten ihm die Geister der Dunkelheit Geräusche vor, die er nicht zu deuten vermochte.

Er erhob sich und streckte seine steif gewordenen, klammen Glieder aus. Dann nahm er ein großes Holzscheit und legte dieses in die Glut. Das feuchte Holz zischte und knackte. Da plötzlich war wieder dieses Geräusch, diesmal etwas lauter und trotz des Knackens im Feuer deutlich zu hören. Angestrengt sah er auf das Wasser in die Dunkelheit hinaus. Und als der Mond den Fjord wieder einmal in sein silbriges Licht tauchte, da erkannte er weit draußen ein eckiges Segel. Oder waren es zwei? Nur einen kurzen Augenblick hatte er sie gesehen, aber er war sich sicher.

Der Mann wagte kaum zu atmen und hörte gespannt auf die See hinaus. Nun erkannte er auch das Geräusch, das er für das Necken der Trolle gehalten hatte. Es waren Riemen, die in das Wasser tauchten. Viele Riemen!

Mit beiden Händen schaufelte er hastig Sand auf die Glut in der Feuerstelle. Der Lichtschein sollte ihn nicht verraten. Dann versuchte er die ankommenden Schiffe zu zählen. Und als er sicher war, sechs oder mehr davon gesichtet zu haben, nahm er seinen Schild und den Ger und lief den Strand hinauf ins Dorf.

Auch der Posten, der auf der Anhöhe gestanden hatte, hatte die Ankommenden bemerkt und dieses gemeldet.

In kürzester Zeit waren die Männer des Dorfes in voller Bewaffnung, und auch einige der Frauen hatten zu den Waffen gegriffen. Ein Bote lief durch den kleinen Wald zum Hof des Jarls. Um weitere Männer von den Nachbarhöfen in der Herrschaft Jarl Sigurds zu holen, war es zu spät. Schnell hatten sich alle wehrfähigen Krieger gesammelt, und Jarl Sigurd zog mit ihnen zum Strand, um die Ankommenden gebührend zu empfangen. Doch die Schiffe waren bereits gelandet. Es waren neun voll bemannte Schniggen. Weit mehr Männer, als Sigurd selbst befehligte, und als die fremden Krieger die Einheimischen erkannten, griffen sie sofort zu den Waffen.

Mit lautem Kriegsgeschrei stürmten nun die Krieger des Jarls auf den Strand, und es entbrannte sofort ein wilder Kampf. Die Fremden waren nicht gekommen, um zu verhandeln, sie wollten Rache! Blut war ihre Kriegsbeute! Schnell musste der Jarl erkennen, dass er hier auf dem Strand gegen die Übermacht der Angreifer nichts mehr auszurichten vermochte. So gab er den Befehl zum Rückzug.

Eilig liefen die Krieger den Strand hinauf und zogen sich hinter die neu errichteten Palisaden des Dorfes zurück. Die Frauen hatten Wasser in großen Kesseln zum Sieden gebracht, welches sie nun über die Palisaden auf die angreifenden Krieger schütteten. Die von dem heißen Nass getroffene Haut schlug sofort Blasen und platzte dann auf wie eine prall gefüllte Schweinsblase, in die man einen Dolch stach. Die so gepeinigten Feinde schrien vor Schmerz und Entsetzen. Dadurch wurden die Angreifer noch wütender, und ihre Übermacht war groß. Es dauerte nicht lange, bis die ersten feindlichen Krieger die Palisade erstürmt hatten.

Brennende Bienen flogen durch die Luft und setzten die Grasdächer der Hütten und Langhäuser in Brand. Immer mehr Feinde stürmten Äxte schwingend in das Dorf. Die meisten Häuser standen schon in Flammen und überall lagen tote Männer, Frauen und Kinder.

Die Gassen waren mit Leichen übersät. Die Feinde kannten keine Gnade mit der Heuchlerbrut des abtrünnigen Jarls. Viele Bewohner des Dorfes hatten bereits ihr Heil in der Flucht gesucht und waren in den nahen Wäldern verschwunden.

Jarl Sigurd und Thorkill Ormsson kämpften Seite an Seite, so wie sie es schon oft getan hatten. Sigurds Schwert Kehlenbeißer hatte viele schmerzhafte Wunden in die Leiber der Angreifer geschlagen, und viele Feinde hatten

unter der Klinge des Jarls ihr Ende gefunden. Der Bote, der im Frühsommer in den Sigurdfjord gekommen war, hatte in diesem Moment durch die Axt Thorkill Ormssons seinen Kopf verloren.
Der Kehlenbeißer wirbelte durch die Luft und tat sein blutiges Werk, als Sigurd plötzlich einen Schlag gegen seine Brust verspürte. Sofort begann die Stelle zu schmerzen, und als dem Jarl bewusst wurde, dass ein Ger sein Kettenhemd durchbohrt hatte, verlor er bereits die Besinnung.
Thorkill sah, wie sein Freund und Kampfgefährte hart auf den Rücken fiel. Er rief einige Befehle, und die Verteidiger versuchten ihren Jarl gegen weitere Angriffe zu schützen. Mit einem kräftigen Ruck zog er die Lanze aus Sigurds Brust, riss einen Ärmel seines Kirtels ab und versuchte damit der heftigen Blutung Einhalt zu gebieten. Mit der Hilfe seines Sohnes Orm, der in der Nähe seines Vaters kämpfte, brachte Thorkill den schwer verwundeten Jarl auf dessen Hof.
Voller Entsetzen sah Astrid die Verwundung ihres Gemahls. Sie wusste, dass es nicht mehr lange dauern würde, bis die Angreifer auch den Hof erreichen würden, um alles Lebende auf ihm zu töten. So gab Astrid den Befehl, den Hof Jarl Sigurds zu verlassen. Eilig wurde eine Trage gebaut, die sie zwischen zwei Pferden befestigten und auf die sie den verwundeten Jarl legten. „Wir gehen in das Hinterland, nach Gudbrandshöfti", befahl die Jarlsgattin, und Thorkill nickte. Kurz bevor die ersten Brandpfeile den Hof erreichten, hatten Astrid Lodinsdottir, der schwer verletzte Jarl, ihre Kinder Thore und Asa, der Priester Johannes, Inga Gormsdottir, Thorkill der Schmied und sein Sohn Orm sowie einige Krieger, Knechte und Mägde im Schutz der Dunkelheit den Rand des nahen Waldes erreicht.

Einige Tage nach dem Überfall auf das Dorf, die Angreifer waren längst abgezogen, kamen die ersten überlebenden Dorfbewohner, die in den Wald geflohen waren, aus ihren Verstecken. Doch als sie sahen, dass von dem Dorf nicht mehr als Asche und Ruinen übrig geblieben war, begruben sie die sterblichen Überreste der getöteten Gesippen und Nachbarn und zogen dann nach Süden.
Sie hofften, noch vor dem Winter die christlichen Gaue und somit den Schutz des Königs zu erreichen.

*

Immer wieder hatte Halvdan der Schwarze versucht, den Jomsburgjarl Sigwaldi zu überreden, ihm einige Schiffe zu stellen, um nach Norwegen zu segeln und Rache zu nehmen. Doch der Anführer der Jomswikinger weigerte sich.
„Ich bin ein Lehnsmann des Polenkönigs Boleslaw, wie du weißt, und ich bin durch den Treueeid an ihn gebunden!"
„Was hat das mit mir zu tun? Ich bin einer der Euren!", drängte der Wikinger mit dem langen, schwarzen Bart.
„Wie kann ich dir, einem Gefolgsmann König Svens von Dänemark, der dazu noch ein Feind der Polen ist, meine Schiffe und Mannschaften stellen? Der Norwegerkönig Olaf ist ein Gesippe Boleslaws", weigerte sich Sigwaldi standhaft. „Nein, nein! Ich kann keinen Krieg gegen die Norweger anzetteln. Nicht jetzt!"
Halvdan wusste genau, dass Sigwaldi nur auf seinen eigenen Vorteil bedacht war. Und wenn dieser bei einer Sache nichts verdienen konnte, ließ er lieber die Finger davon.
Der Jomsburgjarl war ein arger Ränkeschmied, und er hasste die Norweger, denn gerade dieser König Olaf Tryggvesson war es gewesen, der ihn mit einer List zum Treueschwur gegenüber dem König der Polen gezwungen hatte.

Doch der Zeitpunkt, sich öffentlich auf die Seite der Dänen zu stellen, war noch nicht gekommen. Sigwaldi hatte da seine eigenen Pläne, und diese wollte er sich nicht von einem rachsüchtigen Piraten zunichte machen lassen. Der Tag sollte kommen, da er König Sven seine Treue beweisen und dabei auch noch Ruhm und Ehre erlangen würde.
Zwei volle Monde hatte Halvdan auf den Jomsburgjarl eingeredet. Doch ohne Erfolg, denn Sigwaldi blieb hart.
An einem grauen, verregneten Spätsommermorgen öffnete sich das Hafentor der Jomsburg, und eine schwarze Skaid fuhr in das Oderhaff hinaus.

*

Mit geblähten Segeln bogen die zwei Schniggen, an einem regnerischen, mit dunklen Wolken verhangenen Tag, in den Fjord. Das Tuch wurde eingeholt, und die Riemen klatschten geräuschvoll in das Wasser. Und als sie die Biegung an der großen Klippe erreichten, ertönte kein Hornsignal.
Die Schiffe näherten sich dem Strand, und Erik, der erwartungsvoll am Vordersteven stand, erkannte, dass seine schlimmsten Befürchtungen, seine größten Ängste zur bitteren Wahrheit geworden waren. Auf dem Strand, der ihm so vertraut war, an dem er als Knabe gespielt hatte, lag das, was von den Schiffen seines Vaters übrig geblieben war. Nichts als Asche!
Die Männer zogen ihre Schniggen an Land. Hastig lief Erik über den Sand, bis er vor dem verkohlten Gerippe des Knarrs auf die Knie fiel. „Oh, Herr Jesus Christus! Warum strafst du uns so?", jammerte der junge Krieger, und er fühlte sich wie der Knabe, der einst an den Ufern des Fjordes spielte.

„Komm, Erik, wir gehen zum Hof! Vielleicht haben sie die Angreifer ja geschlagen oder fortgejagt", versuchte Leif, der Isländer, seinen Freund zu trösten.
Erik sprang auf und lief den Strand hinauf durch die Ruinen, die einmal ein Dorf waren. Und als er sah, was von dem Hof seines Vaters geblieben war, wusste er, dass hier sicher niemand mehr lebte.
„Inga!", schoss es Leif in diesem Moment durch den Kopf. In all der Aufregung hatte er nicht an das schöne, rotblonde Weib gedacht. Inga! Die hier auf ihn gewartet hatte, und die der wahre Grund für seine Rückkehr war. Seine Gedanken legten sich wie eine Schlinge um seinen Hals, und einen Moment lang drohte er daran zu ersticken. Er lief zu dem Haus, das sie bewohnt hatte, doch auch hier lag alles in Trümmern. Mit dem Schwert stocherte er in der kalten Asche und zwischen den verkohlten Balken, doch außer ein paar Töpfen fand er nichts, das ihn an die junge Frau erinnert hätte. Traurig ging er zurück zu den anderen.
Wie versteinert stand Erik vor den Resten des großen Langhauses, das einst seinem Vater gehörte. Da trat der dicke Olf neben den jungen Norweger.
„Es gibt keine Leichen", stellte er mit trockener Stimme fest. Doch Erik hörte die Worte nicht, zumindest schienen sie nicht in sein Hirn vorzudringen.
„Hast du mich nicht verstanden, Erik?", rief der Dicke. „Es gibt hier keine Toten!"
„Olf hat recht!" Leif hatte begriffen, und er verspürte so etwas wie Glück, denn auch in den Resten des Hauses, das einst die Inga bewohnte, hatte der Isländer nicht einmal einen einzigen Knochen gefunden. „Keine Leichen, nicht eine! Weißt du nicht, was das bedeutet, Erik?" Er packte den Jarlssohn bei den Schultern und schüttelte ihn, bis dieser zu sich kam. „Es muss also noch jemand leben!"

Erik wischte sich die Tränen aus den Augen, und nun endlich verstand er die Worte, denen er nur beipflichten konnte. Es musste noch jemand am Leben sein, schließlich hatte irgendwer die Überreste der Toten beseitigt. Sofort begannen die Männer die nähere Umgebung abzusuchen. Doch sie fanden keine Menschenseele!
„Komm mit uns nach Island, Erik", sagte Leif, als sie am Abend erschöpft um ein Feuer saßen. „Was willst du noch hier?"
„Ja, es wird bald Winter", versuchte auch Olf den Jarlssohn zu überzeugen. „Du hast kein Haus und besitzt auch sonst nichts mehr, für das es sich zu bleiben lohnt!"
„Ich werde sie rächen!" Erik starrte in das Feuer, und seine Stimme war voller Hass. „Wer immer dies getan hat, er wird dafür büßen müssen!"
„Du allein willst Rache nehmen? Mit nur einem Schiff! Wie willst du das fertig bringen?", fragte Leif etwas ungläubig.
„Auch ich will den Tod Ingas rächen! Aber nicht allein und nicht im Winter", sagte der Isländer nüchtern.
„Ich werde einen starken Verbündeten haben", trotzte Erik.
„So! Und wer soll das sein?", fragte nun Olf neugierig.
Erik sah die Freunde mit ernster Miene an. „König Olaf Tryggvesson!"
„Wer? Der König der Norweger selbst!", prustete der Dicke los, doch da traf ihn auch schon die Faust des jungen Tröndners in sein rundes Gesicht. „Verspotte mich nicht, Olf!" Drohend stand Erik mit erhobenen Fäusten vor dem Isländer, der sich sein schmerzendes Kinn rieb.
„Schluss jetzt!", fuhr Leif dazwischen, und als die beiden Streithähne sich beruhigt hatten, Olf war keineswegs bereit den Hieb des jungen Kerls hinzunehmen, fragte Leif: „Wie willst du den König von Norwegen dazu bringen, dich in deinem Kampf zu unterstützen?"

„Das wird nicht schwer sein! Wenn Olaf der König von ganz Norwegen bleiben will, muss er das Tröndelag wieder unter seine Herrschaft zwingen. Und ich werde dafür sorgen, dass die Jarle diesen Kampf nicht überleben. Im Frühjahr werde ich mich dem Heer des Königs anschließen. Und ich werde all diejenigen finden und bestrafen, die mir dies antaten!"

Erik Sigurdsson unterrichtete die Männer seiner Besatzung über sein Vorhaben. Und da er der Sohn des Jarls war, ihm das Schiff gehörte und er sie bisher gut geführt hatte, entschieden die Männer, dass Erik auch weiterhin ihr Anführer bleiben sollte. Die meisten von ihnen hatten ja auch ihre Familien im Dorf verloren, und auch sie gierten danach, an den Mördern Rache zu nehmen. Den heidnischen Jarlen des Tröndelag!

So beschlossen sie, den Winter auf Island zu verweilen und im Frühjahr nach Sotenäset zu segeln, um sich König Olaf anzuschließen. Noch am gleichen Tag verließen die Schniggen den Sigurdfjord, um nach Westen zu segeln.

*

13. Der Tod des Jarls

Die schwarze Skaid fuhr die Küste des Sachsenlandes entlang in dänische Gewässer. Das Wetter hatte sich sehr verschlechtert, es regnete unaufhörlich, und die See war rau. Wellen schlugen über die Bordwand und verteilten ihre Gischt auf die Planken der Skaid. Halvdan wusste, das Wetter würde hoch im Norden noch sehr viel schlechter sein.
Er hatte den Plan gefasst, nach Haithabu zu segeln, um dort Männer und Schiffe anzuheuern und dann nach Norwegen zu fahren, um dort zu heeren. Der Schwarzbart fand auch einige raubeinige Kerle, die gerne bereit waren, ihm zu folgen. Die meisten von ihnen wollten dies jedoch erst im Frühjahr tun, denn der warme Schoß einer Hure war ihnen lieber als ein Grab in eisiger See. Halvdan der Schwarze musste nachgeben, was nicht oft der Fall war, und seine Laune wurde dadurch nicht gerade besser. Die Krieger in seinem Gefolge bekamen dies auch bald zu spüren.
So beschränkte der dänische Pirat seine Beutezüge, solange es das Wetter noch zuließ, auf die Küsten des Sachsenlandes und die pommerschen Gebiete. Viele Dörfer mussten unvorstellbare Grausamkeiten erleiden, denn auch Bjarne, der Christentöter, ließ seinem Hass freien Lauf und tötete viele der Südländer. Mit der Zeit jedoch wurde die Gegenwehr der Angegriffenen immer größer, und die Verluste unter den Wikingern stiegen an, sodass Halvdan sich dem Wendenland zuwandte. Hier aber war die Gefahr sehr groß, dass der Polenkönig Boleslaw ihnen die Jomswikinger auf den Hals hetzte. Und der Schwarze wusste, dass Jarl Sigwaldi keinen Moment zögern würde. Also entschloss sich Halvdan, in das Winterlager zu ziehen.

Bjarne, der Norweger, aber war äußerst unzufrieden, und so kam es zwischen den beiden Piraten immer öfter zum Streit. Noch hielt sich Bjarne an den Gefolgschaftseid, den er dem Halvdan geleistet hatte. Doch bald würde er wieder ein eigenes Schiff befehligen und für sich selbst auf Raubfahrt gehen, um Beute zu machen. Er würde sich nicht mehr mit den alten Knochen zufrieden geben, die ihm der äußerst übel riechende Fettsack übrig ließ. Er selbst würde ein Seekönig werden und die Küsten verheeren.
Von norwegischen Wikingern, die vor ihrem König geflohen waren, erfuhr der Schwarze von der Niederlage Olafs im Trondheimfjord. „Der Heuchlerkönig ist geflohen! Die Jarle zeigen ihm, was sie von seinem Christengott halten. Da wird es König Sven sicher freuen zu hören, dass Olaf genügend Feinde im eigenen Lande hat!"
Nun entschied Halvdan sich, den Winter besser in Haithabu zu verbringen, um dann im Frühjahr nach Norwegen in den Sigurdfjord zu segeln und den jungen Jarlssohn und seine isländischen Freunde zu töten.

*

Nur langsam waren die Flüchtenden auf ihrem Weg in das Hinterland vorangekommen. Immer wieder trieb Thorkill sie zur Eile an, denn er befürchtete, dass die Angreifer ihnen folgen würden. Doch die heidnischen Jarle glaubten Jarl Sigurd Svensson getötet zu haben und sahen daher keinen Grund, in das unwegsame Landesinnere vorzudringen.
Die Odinsanbeter waren sich sicher, dass die wenigen armen Bauern des Hinterlandes nach dem Tode ihres Lehnsherrn wieder den alten Göttern des Nordens ihre Opfer darbringen würden.

Völlig erschöpft hatten der verwundete Jarl und sein Gefolge Gudrandshöfti erreicht. Und nachdem Sigurd versorgt war, schickte Thorkill einen Krieger als Späher den Weg zurück, auf dem sie gekommen waren. Der Schmied wollte ganz sicher gehen, dass ihnen niemand gefolgt war. Nach drei Tagen bangen Wartens kam der Mann auf den Hof zurück, ohne auch nur einer Menschenseele begegnet zu sein. Ihre Spuren hatte der Regen der letzten Tage verschwinden lassen, und so wussten alle, dass sie nun erst einmal in Sicherheit waren. Doch die Herrschaft Jarl Sigurds gab es nicht mehr, und der Fjordgraf selbst lag mit schwerem Wundfieber auf dem Lager.
Astrid Lodinsdottir und ihre Kinder hatten ihre alten Kammern bezogen. Inga Gormsdottir teilte sich mit Asa eine Kammer. Johannes, der Priester, wohnte nun mit Thore in einem Raum. Die Mägde und Knechte schliefen im Stall, und die Krieger hatten ihr Lager auf dem Boden in der Halle des Langhauses dicht neben der Feuerstelle.
Die Herrin des Hofes hatte den Männern den Befehl gegeben, ein weiteres Gebäude zu errichten, und so waren sie den ganzen Tag damit beschäftigt, Holz zu schlagen. Orm, der Sohn Thorkills, und der junge Thore gingen jeden Tag auf die Jagd und brachten eine Menge Kleingetier. Die Lagerräume waren zwar gut mit den Waren und Lebensmitteln gefüllt, die der Jarl hatte hier herauf schaffen lassen. Doch der Winter im Norden war kalt und lang. Hasen, Fasane, manchmal ein Reh oder einmal sogar einen Elch hatten sie erlegt, doch dafür mussten sie weit laufen. Dazu sammelten sie alles, was der Wald hergab. Nüsse, Wurzeln, Pilze, Beeren wurden gegessen, und was übrig blieb, wurde für den Winter haltbar gemacht.

Dem Jarl ging es von Tag zu Tag schlechter. Fieberschübe schüttelten seinen geschwächten Körper, und die Wunde

wollte nicht heilen. Immer wieder brach sie auf und blutete stark.
Neun Tage waren vergangen, seit sie auf Gudbrandhöfti Schutz gefunden hatten. Der Tag neigte sich bereits seinem Ende zu, als sich der Jarl röchelnd von seinem Lager erhob. Astrid hatte in der Kammer gesessen und an einem Kirtel genäht. Erschrocken sprang sie auf und eilte zu ihrem Gemahl.
„Mein Weib, hole Thorkill. Aber eile dich", stammelte Sigurd schwach. Das Weib gehorchte ohne zu fragen und lief aus der Kammer, um den Schmied zu holen.

Thorkill Ormsson, der mit den anderen Männern an dem neuen Gebäude arbeitete, folgte dem Ruf der Jarlsgattin sofort und lief zum Langhaus. Als er die Kammer seines Jarls und Freundes betrat, stockte ihm der Atem. Der Mann, der da vor ihm auf dem Bett lag, war nicht mehr der große Wikingerjarl, mit dem er so manche Schlacht geschlagen hatte. Das Haar und der Bart waren weiß wie Schnee, das Gesicht war eingefallen, und es war keine Kraft mehr in dem großen Krieger. Langsam beugte sich Thorkill über seinen Freund.
„Es geht zu Ende, Thorkill", sprach Sigurd kaum hörbar. Der Jarl begann zu husten, und sein schmerzverzerrtes Gesicht wurde zu einer hässlichen Grimasse.
„Bring mir mein Schwert", bat der Sterbende. „Ich weiß nicht, was mich nun erwartet. Mein Glaube an den Herrn Christus ist nicht so stark, wie ich gehofft habe!"
Wieder musste er husten, und sein schwacher Körper erzitterte. Das Wollhemd wurde feucht und färbte sich rot. Die Wunde war erneut aufgebrochen.
„Ich weiß, mein Jarl", sagte Thorkill, der immer gewusst hatte, dass Sigurd den Glauben an den Herrn Jesus Christus nur für Eriks Mutter und später für Astrid Lodinsdottir

angenommen hatte. Er war sowieso nicht sehr fest im Glauben gewesen, daher war es ihm egal, welchem Gott in seinem Hause gehuldigt wurde. Nun, da er aber dem Tode näher war als dem Leben, wollte er sterben, wie er gelebt hatte. Nach alter Tradition, wie ein Wikinger.
„Ich will mit dem Schwert in der Hand sterben! So wie mein Vater und dessen Vater es taten! Ich hoffe, Odin wird mir meinen Fehltritt vergeben und mich an die Tafel der Krieger laden!" Thorkill erhob sich und brachte Sigurd sein Schwert Kehlenbeißer. Mit schwindender Kraft umklammerte der Jarl den Griff der edlen Waffe, die Thorkill einst geschmiedet hatte. „Wenn ich in Walhalla bin und du meine Reste begräbst, wie es die Christen tun, gib mir ein anderes Schwert zur Hand. Den Kehlenbeißer aber gib Erik! Die Klinge ist zu schade, um verscharrt zu werden!" Sigurd grinste listig.
„Ja, das will ich tun", versprach Thorkill und verbarg seine Traurigkeit so gut er konnte.
„Mein alter Freund, ich höre den lieblichen Gesang der Walküren", sagte der Jarl leise, dann neigte sich sein Haupt zur Seite.
Als die Astrid mit dem Priester die Kammer betrat, war es bereits zu spät. Langsam sank das Schwert zu Boden.
Jarl Sigurd Svensson war tot!
Thorkill wollte den Leichnam nach alter Sitte verbrennen, doch Astrid bestand auf einem christlichen Begräbnis, so wie es der Sterbende erahnt hatte. Schließlich hatte Jarl Sigurd die Taufe empfangen. So wurde ein großes Grab in der Form eines Langschiffes gegraben, in das man den Jarl - in seine besten Gewänder gekleidet - hineinlegte. Und nachdem, Johannes der Priester, die Totenmesse gelesen hatte, wurde über dem Grab ein großer Hügel aufgeschüttet.

*

Etwas abseits von Guthrumsvoe hatten die Norweger ihr Wik[35] errichtet. Wie auf Island üblich, bauten sie die Häuser aus Stein und getrockneten Grassoden, denn Holz war knapp. Die Schnigge hatten sie auf den Strand gezogen und mit den Arbeiten an Rumpf und Mast begonnen. Auch auf dem Hof Guthrums halfen die Männer bei der Arbeit und wurden dafür mit Lebensmitteln und anderen notwendigen Dingen versorgt. Schnell wurden nun die Tage kürzer und trüber. Nur noch selten kam die Sonne hinter den grauen Regenwolken hervor, und oft legte sich dichter Nebel über die Insel.
Anfangs war die Stimmung unter den Männern sehr schlecht, viele trauerten immer noch um ihre Familien, die sie für tot hielten. Doch die Zeit heilte die Wunden! Einige der Männer nahmen sich in diesem Winter auf der Insel sogar ein neues Weib.
Zum größten Ärger Guthrums hatte sein Sohn Ivar begonnen, eine kleine Kapelle zu errichten. Und die Zahl seiner Zuhörer stieg stetig an, wenn er an den langen, dunklen Abenden im Fackelschein vor dem kleinen Gotteshaus saß und die Geschichten vom Herrn Christus erzählte, die er von Johannes, dem Priester, gehört hatte. Vor allem die Frauen waren so angetan, dass sie versprachen, die Taufe zu empfangen, sollten sie einmal einem christlichen Priester begegnen.

Mit kleinen Fischerbooten fuhren die Norweger in den Fjord hinaus, um Nahrung für den Winter zu fangen. Zusammen mit den Isländern jagten sie Wale und Robben, und die Vorratshäuser füllten sich mit getrocknetem Fisch und Dörrfleisch, Speck vom Wal, gepökeltem Robbenfleisch und Seevögeln. Je näher der Winter kam, umso schlechter wurde die Stimmung des alten Guthrum. Er befürchtete, die

---

[35] Wik – Winterlager der Wikinger

Norweger, die sein Sohn Leif da angeschleppt hatte, durch die kalte Jahreszeit füttern zu müssen. Erst als er sah, dass Erik und seine Männer wohl in der Lage waren, sich selbst Nahrung zu beschaffen, wurde der alte Häuptling freundlicher. Nun lud er Erik und sein Gefolge auch wieder öfter in sein Langhaus ein.

Der Sommer war kaum vorüber, da fielen in den ersten Tagen des Herbstes auch schon Schneeflocken auf die Eisinsel und kündeten von einem strengen Winter.

Die kalte Zeit begann.

*

Thorkill, sein Sohn Orm und die anderen Männer saßen am Feuer in dem Langhaus. Es war bereits dunkel, und sie hatten ihre Arbeit auf dem Hof und an dem neuen Gebäude beendet. Nun warteten sie darauf, dass die Mägde ihnen etwas zu Essen bringen würden.

„Ich werde euch verlassen", sagte Orm plötzlich in die Runde. Ungläubig schauten die Männer den jungen Mann an. „Ich will nach Sotenäset gehen, um mich dem Heer des Königs anzuschließen!"

Mit grimmigem Gesicht vernahm Thorkill die Worte seines Sohnes. „Wir brauchen hier jeden Mann", brummte er ärgerlich. Doch Orm war fest entschlossen, Gudbrandshöfti zu verlassen. Er wollte kein Bauer oder Schmied wie sein Vater werden. „Einer muss dem König doch berichten, was hier geschehen ist", sagte der Sohn des Schmiedes trotzig. „Ich muss über das Gebirge gehen, noch bevor der erste Schnee fällt. Dann kann ich es schaffen!"

Nun wurde Thorkill wütend. „Ich sagte dir doch, wir brauchen hier jeden Mann", rief er zornig aus. Da sprang Orm auf. „Sigurd ist tot! Es gibt keinen Jarl mehr im Sigurdfjord, und es gibt auch unser Dorf nicht mehr", rief er mit hochrotem Kopf. „Ich bin kein Knabe mehr! Ich bin ein freier Mann und entscheide selbst über mein Tun. Ich werde nach Vingulmark gehen, ob es dir gefällt oder nicht. Morgen werde ich Astrid Lodinsdottir um ein Pferd und etwas Proviant bitten!" Wütend verließ er das Langhaus.

Am Morgen des nächsten Tages trat Orm mit seiner Bitte vor die Jarlsgattin. Astrid war genauso wenig erfreut über die Entscheidung des jungen Mannes wie Thorkill. Der junge Mann hatte sich in der Schlacht mutig geschlagen und als Krieger bewährt. Sollten die Asenanbeter doch noch nach ihnen suchen, waren wehrfähige Männer auf dem Hof sehr wichtig. Aber letztendlich willigte sie ein, denn es gab keinen Jarl mehr und keine Herrschaft. Astrid war wieder eine einfache Bäuerin, und sie wusste genau, dass die freien Männer nur blieben, weil der Winter nahe war. Im nächsten Frühjahr würden auch sie den Hof verlassen. Außerdem war Orm ein Maul weniger, das durch den Winter gefüttert werden musste. Also erhielt der Sohn des Schmiedes, worum er Astrid gebeten hatte.
Auch Thorkill Ormsson musste sich, so schwer es ihm auch fiel, mit der Entscheidung seines Sohnes abfinden, und so gesellte sich zu all seinem Zorn doch auch etwas Stolz. Der Himmel war grau, als Orm sein Pferd aus dem Stall führte. Sicher sollte es nicht mehr allzu lange dauern, bis die ersten Tropfen aus den Wolken niederfallen würden.
Er schnürte sein Bündel an den Sattel, nahm seine Waffen und saß auf. Dann verließ er den Hof. Vorbei an den Männern, die an dem neuen Gebäude arbeiteten.
„Der Herr Jesus Christus wird ihn beschützen", sagte Johannes und klopfte Thorkill Ormsson tröstend auf die breite Schulter.

*

Im Winter des Jahres 997 n. Chr. traf König Olaf Tryggvesson mit der schwedischen Königin Sigrid, die man die Stolze nannte, zu Heiratsvermittlungen in der norwegischen Stadt Kungälf zusammen. Der König war zwar bereits mit einer irischen Frau vermählt, doch hatte sich sein Weib geweigert, die irische Heimat zu verlassen und Olaf in seine Königsherrschaft zu folgen.
Es sollte keine Liebesheirat zwischen Olaf und Sigrid sein, und sollte sich die Liebe doch noch einstellen, so war das umso besser. Vielmehr war diese Ehe als Waffenbündnis gedacht. Ein Bündnis zwischen Schweden und Norwegen gegen den Machthunger des Dänenkönigs Sven Gabelbart. Doch die Verhandlungen verliefen nicht so, wie es sich die Berater der Herrschenden erwünscht hätten.
Die Forderungen der Schwedenkönigin waren sehr hoch. Ein ums andere Mal rang sie König Olaf ein Zugeständnis ab. Doch je länger die Verhandlungen dauerten, je unverschämter wurden die Forderungen der schönen schwedischen Königin.
Die Laune König Olafs wurde schlechter, und so ließ sich der Norweger immer öfter den Krug mit Met füllen. Als sie an den Punkt kamen, der König Olaf am wichtigsten erschien, der Frage des Glaubens nämlich, gerieten die beiden Herrscher in offenen Streit. Königin Sigrid war eine überzeugte Anbeterin der nordischen Götter, und viele im Gefolge der Norweger waren überzeugt, dass sie sogar eine Priesterin der Fruchtbarkeitsgöttin Freya war. Ihr wurden auch viele Liebschaften nachgesagt.
König Olaf dagegen war ein überzeugter Christ, und als er den Wunsch äußerte, Sigrid möge sich auch seinem Glauben zuwenden, brach diese in schallendes Gelächter aus. Sie beschimpfte den Norweger als Heuchlerkönig. Den Sohn eines Zimmermannes anzubeten, käme ihr niemals in den

Sinn. Ihre Götter stammten allesamt aus einem starken Kriegergeschlecht. Trunken vor Wut und Met beschimpfte nun Olaf die Königin als Freyas Hure, gereizt bis zum Äußersten schlug Olaf der Schwedin in das Gesicht. Sofort griffen die Männer zu den Waffen, und nur mit Mühe konnten die Berater einen Kampf vermeiden.
Die Verhandlungen wurden für gescheitert erklärt, und bei der Abreise stieß Königin Sigrid wilde Racheschwüre aus. König Olaf Tryggvesson hatte versucht, durch die Heirat mit der Schwedenkönigin einen starken Verbündeten im Kampf gegen den Dänen zu gewinnen. Doch nun hatte er einen weiteren Feind, der weit schlimmer war als die Machtgier des Dänenkönigs. Es war die gekränkte Ehre einer Frau.

*

Unaufhaltsam kam der Winter, und auch in Haithabu beendete die kalte Jahreszeit die Handlungen der Kaufleute und der Wikinger weitestgehend. Die Seewege waren nicht mehr befahrbar, und die Fjorde und Flüsse froren zu.
Halvdan der Schwarze und seine Krieger hatten ein Wik an den Ufern der Schlei vor den Toren Haithabus errichtet. Bjarne wurde von Tag zu Tag unzufriedener, und auch die anderen Norweger, die mit Bjarne gekommen waren, murrten über ihren Anteil an der Beute, die ihrer Meinung nach ungerecht verteilt wurde.
Halvdan war zwar auf jeden Mann angewiesen, doch zeigte er auch offen seine Abneigung gegen die Norweger in seinem Gefolge. So gerieten der Schwarzbart und sein Stevenhauptmann immer öfter in offenen Streit. Und wenn

sie betrunken waren, hatten die Männer alle Hände voll zu tun, um einen Holmgang[36] der beiden Piraten zu vermeiden. Obwohl der Däne den größten Teil der Beute für sich behielt, hatte es Bjarne doch geschafft, eine beachtliche Summe zusammenzuraffen.
Mit diesem Geld wollte er ein neues Schiff kaufen, um in das Tröndelag zurückzukehren. Auf Grund der politischen Lage in Norwegen hatten sich auch Bjarnes Ziele geändert. Jetzt, wo die Tröndner den Heuchlerkönig Olaf Tryggvesson aus ihrem Gau vertrieben hatten, wollte Bjarne nach Lade segeln und auf dem großen Thing den Jarlstitel verlangen. Er würde in sein Dorf zurückkehren und seinen Vater, den christlichen Jarl, aus der Herrschaft jagen. Doch vor allem würde er Inga zwingen, diesen Christus zu vergessen und endlich sein Weib zu werden.
„Denke daran, Bjarne, du hast mir und somit auch König Sven den Gefolgschaftseid geleistet", zischte Halvdan böse, als er von Bjarnes Absichten erfuhr.
Doch der junge Norweger blieb unbeeindruckt von den warnenden Worten des Hünen. „Du solltest dich damit abfinden, dass sich im Frühjahr unsere Wege trennen, Halvdan", erwiderte Bjarne trotzig, was den dänischen Piraten erst richtig wütend werden ließ. Widerspruch war er nicht gewohnt.
„Ihr verdammten sturen Norweger! Ich hätte es wissen müssen, dass ihr euch nicht an den Eid haltet", brüllte der Däne wütend.
„Du wirfst mir Eidbruch vor! Gerade du! Der du uns Norweger um unseren Anteil betrügst!" Voller Hass schrie Bjarne dem Dänen seine Worte in das hässliche Gesicht.

---

[36] Holmgang – Zweikampf, meist auf einer kleinen Insel (Holm) ausgetragen

„Du wagst es, mich einen Betrüger zu nennen?", empörte sich Halvdan und zog sein Schwert. Und sofort riss auch der blonde Norweger seine Waffe aus dem Wehrgehäng. Laut klirrend schlugen die Klingen gegeneinander.
„Gegen mich zu kämpfen ist etwas anderes als winselnde Pfaffen abzuschlachten", rief der Däne abfällig, während er auf Bjarne einschlug. „Heute wirst du es sein, der vor seine Götter tritt!" Doch der Norweger konnte die wütenden Schläge parieren.
„Ich werde deinen fetten Wanst aufschneiden, und deine Leber werfe ich den Krähen zum Fraß vor, Däne!", erwiderte nun der Blonde wütend und schlug seinerseits auf seinen Gegner ein. Hatten bisher nur wenige der Männer in dem Wik bei dem Streit zugesehen, so war nun durch den Lärm das ganze Lager auf den Beinen. Doch die Männer wussten nicht, ob sie den Kampf zwischen ihrem Anführer und seinem Stevenhauptmann beenden oder sich sogar daran beteiligen sollten.
Die beiden Kämpfer hatten schon einige Blessuren davongetragen, und Bjarne spürte, wie sein Schlagarm immer schwächer wurde, sodass er dachte, dem schwarzen Hünen nicht mehr lange standhalten zu können. Doch da vernachlässigte der Däne einmal seine Deckung, und Bjarne nutzte die Gelegenheit ohne Gnade aus, die sich ihm bot. Mit letzter Kraft rammte er seinem Gegner die Klinge in den Oberschenkel, so das Halvdan schreiend in den Schnee stürzte, der sich längst rot gefärbt hatte. Die beiden Kämpfer hatten durch kleinere Wunden schon eine Menge ihres Lebenssaftes verloren. Als der Norweger nun zum tödlichen Schlag ausholen wollte, stürzten sich die Anhänger des Dänen zwischen die beiden Kämpfer.
„Der Holmgang ist beendet!", rief ein älterer, rotbärtiger Wikinger, und sofort umringten die Norweger ihren Anführer, denn sie erwarteten Rachetaten der Dänen.

Doch die Männer des schwarzbärtigen Piraten blieben ruhig. Sie warteten auf die Befehle des verwundeten Wikingers, aber Halvdan der Schwarze schwieg. Erzürnt, gekränkt, beleidigt! Denn es war nicht nur die klaffende Wunde in seinem Bein, die ihn schmerzte.

Noch am selben Tag verließen Bjarne Sigurdsson und mit ihm die meisten der Norweger das Wik des dänischen Piraten und Jomswikingers. In Haithabu fanden sie Unterkunft, und noch bevor der Schnee zu schmelzen begann, kaufte Bjarne von einem reichen Kaufmann eine alte Schnigge, mit der er und sein Gefolge im kommenden Frühjahr die dänischen Gewässer verlassen wollten.

*

14. Erik im Gefolge König Olafs

Es trieben immer noch große Eisschollen im Fjord, da ließ Erik den Wogenbeißer seeklar machen. Er wollte eiligst nach Norwegen zurückkehren, denn der Winter hatte schon viel zu lange gedauert. Außerdem gingen die Vorräte der Männer aus dem Sigurdfjord langsam zur Neige.
Vier Männer aus Eriks Besatzung hatten in Island neue Familien gegründet und wollten nicht mehr nach Norwegen zurückkehren. Sie beschlossen, auf der Eisinsel zu bleiben. Leif, der Blonde, der dicke Olf und auch Ivar wollten Erik dagegen in seine Heimat begleiten.
Im Gegensatz zu Ivar, der schon vom Glauben an den Herrn Christus überzeugt war, erwog Leif eine Taufe nur aus dem Grund, um an der Seite Eriks im Heer des Christenkönigs Rache an den Mördern seiner geliebten Inga nehmen zu können. Olf dagegen war der Glaube völlig egal. Die Hauptsache für ihn war, es gab genug zu essen, zu saufen und ab und an einen Schädel, den es einzuschlagen galt.

Herzlich verabschiedeten sich die Männer von Guthrum und seiner Sippe. Erik versprach, mit den anderen auf die Eisinsel zurückzukehren, sobald er den Tod seiner Gesippen gerächt hätte. Dann verließen sie das tief verschneite Island. Mit äußerster Vorsicht und all seiner seemännischen Erfahrung steuerte Ivar den Wogenbeißer zwischen den Eisschollen hindurch aus dem Fjord hinaus in die offene See. Das Wetter war denkbar schlecht für eine Seereise. Es schneite fest und war sehr kalt. Der Rotz gefror in ihren Bärten, und eisiger Wind schnitt wie Messerklingen tief in die Gesichter der Männer. Wahrlich war dies nicht die Zeit, um auf die See hinaus zufahren.

Mit geblähtem Segel schoss die schlanke Schnigge durch die Wellen des Nordmeeres Richtung Osten. Die Götter des Nordens oder vielleicht auch der Herr Christus waren ihnen wohlgesonnen, denn sie erreichten das norwegische Festland ohne Zwischenfälle. Einige kleine Inseln vor der Küste des Helgelandes zeigten, dass sie von ihrem Kurs weit nach Norden abgekommen waren. Nun fuhren sie mit einer kräftigen Brise im Rücken nach Süden. Mit sicherer Hand steuerte der Isländer die Schnigge in den Sigurdfjord, der einmal Eriks Heimat gewesen war. Immer noch hofften die Männer, hier Überlebende zu finden. Menschen, die nach ihrer Flucht zurück in den Fjord gekommen waren. Doch die verkohlten Überreste des Dorfes waren seit dem letzten Herbst unberührt geblieben. Die Trümmer waren von einer dicken Schneeschicht überzogen, und es gab keine Spuren, die darauf hindeuteten, dass irgendeine Menschenseele hierher zurückgekehrt war. Die Männer errichteten ihr Lager am Strand, denn sie wollten einige Tage im Fjord bleiben, um sich von den Strapazen der Reise zu erholen.
Den Wogenbeißer zogen sie an Land, da sich die Schnigge nach der Überfahrt in einem schlechten Zustand befand. Sturm und Eis hatten das Schiff schwer beschädigt. Und sofort begannen die Männer damit, den Großsegler auszubessern, denn der Weg nach Sotenäset war noch weit. Alle Schäden an der Schnigge waren schnell beseitigt, denn keiner der Männer wollte länger an diesem Ort bleiben, als es nötig war. Traurig bestiegen sie ihr Schiff und setzten die Reise fort.
Als der große Segler die Mündung des Trondheimfjordes passierte, begegnete ihnen eine Schnigge, die das Banner eines der Jarle von Trondheim trug. Der Schnellsegler drehte bei und kam längsseits. An seinem Vordersteven stand ein Mann und rief gegen das Rauschen der See und

des Windes aufgeregt seine Befehle. Erst als die Schiffe auf gleicher Höhe waren, konnte Leif einige Wortfetzen des fremden Kriegers verstehen. „Er will wissen, wer wir sind, und er befiehlt uns, ihm zu folgen!"
Erik, der neben Ivar am Seitenruder stand, grinste nur frech. Die Männer auf dem Wogenbeißer hatten sich schon beim Anblick der fremden Schnigge ihre Waffen griffbereit vor die Füße gelegt, denn sie erwarteten einen Kampf.
„Dann wollen wir ihm mal zeigen, wer wir sind", sagte Erik ruhig und gab Ivar seine Anweisungen, wie er steuern sollte. Dann nahm er seinen Bogen und einige Pfeile aus dem Köcher. Langsam und ohne Hast ging er zum Vorderdeck seiner Schnigge. Seite an Seite schossen die beiden Langschiffe nun durch die aufgewühlte See.
Der einäugige Isländer steuerte den Wogenbeißer mit großem Geschick näher und näher an den fremden Segler heran, sodass sich fast schon die Bordwände berührten. Der Schiffsführer der Tröndnerschnigge stand am Vordersteven und rief immer noch seine Befehle herüber. In diesem Moment bohrten sich erst einer und sofort darauf ein zweiter Pfeil in die Brust des Fremden. Er verlor den Halt und stürzte über die Reling seines Schiffes ins Meer.
Nun stemmte sich Ivar gegen das Seitenruder und brachte den Wogenbeißer in den Wind. Das Schiff ruckte kurz, als eine Böe erneut heftig in das Tuch fuhr, und der Segler nahm Fahrt auf. Schnell wurde der Abstand der beiden Schiffe wieder größer.
Die Männer auf der Tröndnerschnigge schienen noch gar nicht richtig begriffen zu haben, dass ihr Anführer kopfüber in den Wogen des Nordmeeres verschwunden war. Es dauerte eine Weile, bis der fremden Besatzung bewusst wurde, dass der junge Kerl auf dem anderen Schiff ihn getötet hatte. Doch nun entstand hektische Bewegung auf der Schnigge, und sie nahmen die Verfolgung auf.

Doch der Vorsprung des Wogenbeißers war schon recht groß, da Ivar ein guter Steuermann war, der es verstand jeden Fetzen des Segeltuches auszunutzen. Schon nach kurzer Zeit gaben die Verfolger fluchend auf und drehten ab.
Bald erreichte der Wogenbeißer das christliche Gau Hardanger. Im Gulafjord gingen sie an Land. Hier herrschte die Sippe eines Jarls namens Olmöd. Einer von Olmöds Gesippen war seit dem letzten Sommer ein Schwager König Olafs. Hardanger war also fest in den Händen christlicher Jarle.
Um nicht den Zorn König Olafs oder der Fürsten auf sich zu ziehen, waren Leif und der dicke Olf nun bereit die Taufe zu empfangen. Erik fand schnell einen Priester, der nur zu gerne diese Heidenmenschen mit dem Wasser des Herrn Christus benetzte und diese so zu Christen machte.
Ohne unnötig Zeit zu verlieren, nahmen sie Proviant an Bord, und als der Wogenbeißer den Gulafjord verließ, fuhren nur noch christliche Seefahrer auf ihm. Die Südküste Norwegens entlang segelten sie nun nach Vingulmark zur Königsstadt Sotenäset, denn nun konnten sie dem König ohne Bedenken unter die Augen treten.

Nachdem sie den Wogenbeißer an einem der Stege vertäut hatten, teilte Erik zehn Männer als Wachen ein. Darunter auch Ivar, der das Kommando führte. Die restlichen acht Männer, die noch zur Schiffsbesatzung gehörten, nahm er mit sich zur Königshalle. Doch nur Erik und sein Stevenhauptmann Leif erhielten Einlass in das prunkvolle Gebäude. Man führte sie in eine große Halle, an deren Seitenwänden lange Tischreihen mit Bänken davor standen. An dessen Kopfende stand ein mit herrlichen Schnitzereien reich verzierter Hochstuhl und davor ein ebenso kostbarer Tisch.

Überall waren große Eisenkörbe aufgestellt, in denen Feuer brannten, die den Raum erhellten. Erik kannte diese Halle, und er hatte nicht nur gute Erinnerungen an diesen Ort, an dem sein junges Leben beinahe ein jähes Ende gefunden hätte.

Lange mussten die beiden Wikinger warten, bis der König endlich erschien. Und nachdem Olaf Tryggvesson auf dem herrlichen Hochstuhl Platz genommen hatte, ließ er Erik und Leif näher treten. Die beiden Männer grüßten den König, und der junge Tröndner begann zu sprechen.
„Herr! Ich bin Erik Sigurdsson, und ich bin gekommen, um mich und mein Schiff in deine Dienste zu stellen!"
„Du bist noch sehr jung, Erik Sigurdsson! Ein Knabe noch fast und doch besitzt du schon ein Schiff und eine Mannschaft, die dir folgt?", fragte der König erstaunt.
„Jarl Sigurd Svensson aus dem Tröndelag war mein Vater. Mein Dorf wurde von den Asentreuen zerstört, und meine Gesippen wurden erschlagen!" Erik atmete tief ein. „Nur wir überlebten, und das Schiff ist der einzige Besitz, der mir geblieben ist. Diese Männer waren mit mir auf See, und sie haben mich zu ihrem Anführer gewählt, da ich der Sohn ihres Jarls bin und ich sie bisher gut führte", sprach Erik nicht ohne Stolz. „Ich kämpfte schon vor zwei Sommern an der Seite meines Vaters für dich in der Schlacht um Tönsberg!"
„Jarl Sigurd ist also tot!" Bedrückt sah der König Erik an, und sein Mitgefühl war durchaus ehrlich gemeint.
„Das bedaure ich sehr, denn ich habe nicht viele treue Jarle im Tröndelag!" Olaf Tryggvesson musterte den jungen Wikinger von oben bis unten. Als seine Augen den ledernen Gürtel erreichten, der den Kirtel zusammen hielt, sah er den kostbaren Krummdolch, den Erik immer bei sich trug.

„Ja! Ich erinnere mich an dich! Du hattest einen Kaufmann erstochen", stellte der König fest und grinste. „Aber damals warst du wirklich noch ein Knabe. Doch wie ich sehe, hat sich das geändert!" Der König war sichtlich erfreut.
„Durch die Hilfe meiner isländischen Freunde bin ich ein guter Seefahrer und Krieger geworden", sprach Erik.
„Isländer?", horchte der König auf und sagte mit ernster Miene: „Ich hoffe doch, sie glauben an den Herrn Christus! Du weißt doch sicher, dass ich in meinem Reich den Glauben an den Herrn Christus zum Gesetz erhoben habe!"
„Sei unbesorgt, König Olaf! Alle Isländer in meiner Gefolgschaft sind getauft", gab Erik wahrheitsgemäß zur Antwort. Der König gab sich zufrieden.
„Bald werde ich auch auf der Eisinsel den wahren Glauben verbreiten, doch zuvor muss ich das Tröndelag zurück gewinnen. Ich werde die heidnischen Jarle für ihren Verrat hart bestrafen", sprach Olaf erbost. „Und ich brauche dazu jeden Mann und jedes Schiff!" Nun erhellte sich die Miene des Herrschers wieder. „Erik Sigurdsson, du bist willkommen in meinem Gefolge. Und da du von Geburt der Sohn eines Jarls bist, sollst auch du, wie dein Vater vor dir, den Titel eines Jarls führen!" Der König hatte sich erhoben. „Die Ländereien deines Vaters sollen dein Erbe sein, Jarl Erik!"
Ohne Zweifel hatte der König Gefallen an dem jungen Krieger gefunden, der trotz seiner Jugend von den Männern zum Anführer gemacht worden war, und dem es dazu noch gelang, dass ihm die störrischen Isländer folgten. Ein wenig erinnerte dieser junge Kerl den König an seine eigene Jugend.
Das hatte Erik nicht zu hoffen gewagt. Er war gerade achtzehn Sommer alt, und nun war er der Jarl des Sigurdfjordes. Zwar noch ohne Besitz, aber um das zu ändern, war er ja hergekommen. Er erhielt den Befehl, nach

Kap Lindesnäs zu segeln. Dort war ein großes Wik, in dem sich die Schiffe des Königs sammelten, um wie schon vor einigen Sommern für Olaf das Tröndelag zu erobern.

*

Bjarne hatte sein neues Schiff Sleipnir nach dem achtbeinigen Pferd Odins benannt. Es sollte ihn schnell in den Norden tragen.
Den Winter über hatten sie den Segler, der in einem sehr schlechten Zustand gewesen war, wieder seeklar gemacht. Mit dem schwarzbärtigen Piraten Halvdan hatte es keine Auseinandersetzungen mehr gegeben.
In Haithabu waren die Norweger einigermaßen sicher, denn die Stadt war ein Handelsplatz, und der dänische Wiking wagte es nicht, den Handelsfrieden zu brechen. Er hätte so unweigerlich den Zorn des Stadthersen auf sich gezogen. Jetzt aber, da Bjarne die Wälle Haithabus verließ, musste er mit den Rachetaten des Dänen rechnen. Aber die Sleipnir war trotz ihres Alters ein schnelles Schiff.
Würden sie erst die offene See erreicht haben, wäre es sicher ein Leichtes, der schweren Skaid des Dänen zu entkommen. Doch Bjarnes Sorge war unbegründet. Bei den dänischen Wikingern, die der Mannschaft des Norwegers zahlenmäßig weit überlegen waren, blieb es ruhig. Die schwarze Skaid lag immer noch auf den Schiffsrollen.

Es war eine klare, eisige Nacht, als sie die Hafenanlagen der dänischen Stadt verließen. Langsam fuhr die alte Schnigge durch die enge, eisfreie Fahrrinne der Schlei in das warägische Meer und nahm Kurs auf Norwegen.
Je weiter die Sleipnir nach Norden vordrang, umso rauer und stürmischer wurde die See. An der Nordspitze

Dänemarks hielt sich Bjarne immer dicht an der Küste und fuhr dann nach Westen.
Er wollte das Südkap Norwegens in einem weiten Bogen umfahren, um nicht den Gefolgsmännern König Olafs in die Hände zu fallen. So wagte er sich weit auf die offene See hinaus. Erst als sie eine Weile nach Westen gesegelt und weit genug von der norwegischen Küste entfernt waren, nahmen sie wieder Kurs auf das Tröndelag. Jetzt befuhren sie das Nordmeer, und es wurde merklich kälter als in den dänischen Gewässern.
Als Bjarne sich sicher war, das christliche Hardanger hinter sich gelassen zu haben, steuerte er die Schnigge wieder näher an die Küste heran. Bald fuhren sie in den großen Trondheimfjord ein, und bei der Stadt Lade, die Bjarne in den Händen odinstreuer Norweger wusste, zogen sie die Sleipnir an Land.
Nun würde er von den Fürsten des Tröndelag die Jarlswürde fordern und der Herr im Sigurdfjord werden. Doch Bjarne musste sich lange gedulden. Er sollte auf dem nächsten Thing sein Anliegen vorbringen und die Jarle und Goden würden dann entscheiden.
Die Tage verstrichen nur langsam, und Bjarne wurde immer unruhiger.
In der Stadt hatte er Gerüchte gehört, nach denen die meisten christlichen Sippen getötet oder vertrieben worden waren. So fürchtete er, dass sich seine Pläne, als Jarl des Sigurdfjordes zu herrschen, doch noch zerschlagen könnten.
Es kam der Tag, an dem die Adligen des Tröndelag ihre Ratsversammlung abhielten. Die mächtigen Fürsten trafen sich zum Thing in der großen Jarlshalle von Lade.
Lange ließ man Bjarne warten, sodass seine Laune nicht die beste war. Als der Wikinger endlich gerufen wurde, trat er vor die Anführer, fest entschlossen, die Halle als Fürst über den Gau im Sigurdfjord zu verlassen.

Einige der Männer, die da saßen, waren ihm bekannt. Er hatte sogar schon Seite an Seite mit ihnen gekämpft, damals, als es gegen den bösen Jarl Hakon ging, den sich nun viele von ihnen zurück wünschten.

An einer langen Tafel, die am Ende der Halle stand, saßen die Fürsten des Tröndelag. Asbjörn, der Fürst von Lade, Jarl Orm von Melhus, Jarl Stykjar der Dicke, Jarl Skaggi und einige andere, die Bjarne mit Namen nicht kannte.

Die Jarlshalle war zum Bersten gefüllt. Unterhäuptlinge, Hauptmänner und höhergestellte Krieger saßen an Tischen, die an den Längsseiten der Halle aufgestellt waren. Junge Sklavinnen liefen durch die Halle und brachten den Männern Met und Bier.

Bjarne trat vor Asbjörn von Lade, denn dieser führte die Jarle des Tröndelag an und war auch ihr Sprecher.

„Ich bin Bjarne Sigurdsson, und viele nennen mich den Christentöter", sagte Bjarne stolz. „Die meisten von euch kennen mich, denn ich bin der älteste Sohn Jarl Sigurds!"

„Was willst du von uns, Bjarne Sigurdsson?", fragte Asbjörn freundlich.

„Ich bin lange auf Wiking ausgefahren, und nun bin ich gekommen, um meinen Vater, der ein Sklavengottanbeter ist, in seiner Herrschaft abzulösen. Ich fordere von euch die Jarlswürde!"

Zuerst schaute Fürst Asbjörn etwas überrascht, dann begann er zu grinsen, und schließlich lachte er schallend auf und mit ihm alle Männer, die sich in der Halle befanden. Bjarne wusste nicht wie ihm geschah, fühlte sich beleidigt. Wut stieg in ihm auf und der Wunsch, sein Schwert aus dem Wehrgehäng zu ziehen, um dem Lachen ein Ende zu bereiten. Doch er war klug genug zu wissen, dass er dann die Halle von Lade nicht lebend verlassen würde.

Als die Männer sich wieder beruhigt hatten, erhob sich Jarl Skaggi, wischte sich eine Träne aus dem Auge und sah Bjarne voller Mitleid an.
„Bjarne Sigurdsson! Du bist ein wenig zu lange auf Wiking ausgefahren, sonst würdest du wissen, dass es die Herrschaft deines Vaters längst nicht mehr gibt!" Bjarne stand nun wie angewurzelt vor den Jarlen.
„Ich selbst habe die Herrschaft Jarl Sigurds zerschlagen und den Gau dem meinen hinzugefügt", rief Skaggi stolz in den Raum. „Sigurd war ein Verräter, und wir haben den Christenhund und sein Gefolge dafür bestraft!"
Lauter Jubel brach los.
Bjarnes Pläne waren mit einem Schlag zerplatzt! Es gab keine Herrschaft, kein Gefolge mehr, über das er hätte herrschen können. Was wäre die Jarlswürde jetzt noch wert? Bjarne war noch ganz in Gedanken versunken, da sprach Asbjörn von Lade: „Jeder Mann hier weiß, dass du deinen Gesippen den Rücken gekehrt hast. Und jeder weiß, dass du unseren Göttern treu geblieben bist und viele Christen getötet hast. Bjarne, ich bin bereit, dich als Hauptmann in mein Gefolge aufzunehmen!"
Nur langsam begriff Bjarne die Worte, die er gehört hatte. Jarl Sigurd, sein Vater, war also nicht mehr unter den Lebenden. Seine Gesippen waren tot. Inga, schoss es ihm plötzlich durch den Kopf.
„Bjarne!", rief Asbjörn. „Hast du meine Worte verstanden?"
Mit fester Stimme antwortete der Gerufene: „Es ehrt mich, dass du mich in dein Gefolge aufnehmen willst. Doch ich bleibe lieber ein freier Wikinger und Seekrieger. Gerne würde ich aber für einige Zeit deine Gastfreundschaft in Anspruch nehmen!"
Mit dieser Antwort hatte Asbjörn nicht gerechnet. Beleidigt nickte er Bjarne zu, würdigte ihn aber keines weiteren Blickes.

Der Jarlssohn hatte die Halle verlassen und ging mit seinen Männern durch die Gassen der Stadt. Er hatte noch kein Wort gesprochen, doch plötzlich brach er sein Schweigen. „Sie war ein schönes Weib, und sie hätte gewiss starke Kinder geboren! Aber sie war eine verdammte Christin!" Verächtlich spuckte er auf den Boden und ging wortlos davon.
Einen vollen Mond blieb Bjarne im Trondheimfjord, dann ließ er seine Schnigge zu Wasser und kehrte Norwegen den Rücken. Er steuerte sein Schiff nach Osten, um sich Jarl Erik Hakonsson, dem Sohn des bösen Jarl Hakon, anzuschließen. Erik, der Sohn Hakons, war nach dem Fall seines Vaters nach Schweden geflohen und hatte sich dort mit einem Heer landesflüchtiger Norweger in den Dienst des jungen schwedischen Königs und dessen Mutter Sigrid der Stolzen gestellt.

*

Im Landesinneren und in den Bergen lag der Schnee noch sehr hoch. Das neue Gebäude war rechtzeitig vor dem Winter fertig geworden, sodass nun auch für das Gesinde genügend Platz vorhanden war. Endlich hatte die bedrückende Enge ein Ende. Da die Vorratskammern gut gefüllt waren, überstanden alle den Winter unbeschadet und ohne Not zu verspüren. Alle hatten sich schnell auf dem Hof eingelebt und fühlten sich schnell heimisch.
Seit Orm das Gehöft verlassen hatte, war Thorkill, der Schmied, sehr nachdenklich geworden. Viele Fragen quälten ihn. Hatte sein Sohn nicht doch richtig gehandelt, als er den Fjord verließ? Was würde geschehen, wenn die Asenanbeter doch noch nach ihnen suchen würden?
Wäre es nicht doch besser gewesen, dem Tröndelag den Rücken zu kehren und bei König Olaf Schutz zu suchen?

Und vor allem beschäftigte ihn eine Frage: Wo war Erik, der Sohn des Jarls?
Auch Inga Gormsdottir hatte nun des Öfteren den Wunsch geäußert, den Hof zu verlassen und nach Sotenäset zu gehen. Sie hatte die Hoffnung begraben, den Isländer Leif, der sie zum Weibe nehmen wollte, noch einmal wiederzusehen.
„Wir sollten in den Sigurdfjord zurückgehen", sagte Thorkill, als alle in dem großen Raum versammelt waren. Er hatte sie am Abend, nachdem alle ihre Arbeit beendet hatten, in dem Langhaus zusammengerufen. Nun saßen sie gespannt in der Halle und warteten auf die Worte, die Thorkill ihnen zu sagen hatte. Astrid Lodinsdottir gefiel gar nicht, was sie von Thorkill hörte. Sie hatte den größten Teil ihres Lebens hier verbracht, und sie fühlte sich wohl. Ihre Kinder hatte sie hier geboren, und hier in den Bergen war ihre Heimat. Nicht im Fjord oder anderswo.
Doch die Männer waren Seefahrer, das Meer ernährte sie, und darum hatten sie immer in den Fjorden gelebt. Sie brauchten die salzige Luft der See.
Astrid wusste, wenn die Männer fortzögen, könnte sie den Hof kaum noch bewirtschaften. Johannes, die treue Seele, war ein alter Mann, dessen Leben sich dem Ende zuneigte. Er war ihr keine große Hilfe mehr.
„Das Frühjahr kommt. Ich denke wir sollten ein Schiff bauen und nach Süden segeln", schlug der Schmied vor.
„Wer weiß schon, ob sich der König noch einmal in den Norden wagt!"
„Ich sage, Thorkill hat recht! Die Wut der Tröndner wird sich gelegt haben, denn sie haben bekommen, was sie wollten. Es wäre also kein allzu großes Wagnis, in den Sigurdfjord zurückzukehren", sagte Johannes, der Priester.
„Außerdem wissen wir nicht, ob Erik noch lebt. Vielleicht ist er heimgekehrt und sucht bereits nach uns!"

Die Augen der jungen Asa glänzten bei den Worten des alten Mannes, denn er sprach ihr aus dem Herzen. Astrid Lodinsdottir ließ sich ihre Enttäuschung nicht anmerken. Also auch Johannes wollte dem Hof den Rücken kehren, dachte sie traurig. Sie redeten noch lange an diesem Abend, doch der Schmied hatte für sich längst eine Entscheidung getroffen.

Am nächsten Morgen, die meisten schliefen noch, da sattelte Thorkill Ormsson ein Pferd und verließ im Morgennebel den Hof.

Acht Tage später kehrte er zurück. „Ich war im Sigurdfjord! Dort ist alles ruhig. Wir können also heimkehren und damit beginnen, ein Schiff zu bauen!" Lauter Jubel brach los. Anfangs war Astrid erbost über die Eigenmächtigkeit des Schmiedes doch schließlich gelang es Johannes, die Jarlswitwe zu überzeugen.

Thorkill schickte sofort einige Männer voraus, die das stark beschädigte Langhaus Jarl Sigurds wieder aufbauen und dann damit beginnen sollten, Holz für den Bootsbau zu schlagen. Auf dem Hof in den Bergen begannen sofort die Abreisevorbereitungen. Immer wieder ritt Thorkill Ormsson in den Sigurdfjord, um die Arbeiten zu überwachen und die Männer zur Eile anzutreiben.

Ein voller Mond war vergangen, als Thorkill wieder einmal auf den Hof in den Bergen kam. Die Zeit war gekommen, Gudbrandshöfti zu verlassen und in den Sigurdfjord zurückzukehren.

*

Im Frühsommer hatte Halvdan der Schwarze Haithabu verlassen. Er wollte nun die Jagd auf den Bruder Bjarnes und dessen isländische Gefährten eröffnen. Der junge Norweger und sein Gefolge von der Eisinsel sollten endlich

seine Rache zu spüren bekommen. Er würde in den Sigurdfjord hinein segeln und die Christenbrut töten. Alle! Das würde den Göttern sicher gefallen, und sie würden ihn mit großem Heil beschenken. Doch vor der Südküste Norwegens kam es immer wieder zu Kämpfen mit den Schiffen norwegischer Jarle, die in großer Zahl die Küste entlang segelten, und die die schwarze Skaid erkannten.
Die Gegner waren dem dänischen Piraten weit überlegen, und Halvdan hatte schon einige gute Männer verloren. Seine Skaid war zwar beschädigt, doch der Schwarzbart dachte nicht daran, seine Pläne aufzugeben. Zu groß waren seine Wut und sein Hass, dass er jede Vorsicht vergaß.
Ein Mann der Besatzung redete offen davon, dass die Götter ihrem Anführer sein Heil genommen hätten und es sicherlich besser sei, nach Dänemark zurückzukehren. Halvdan der Schwarze packte daraufhin den Mann voller Jähzorn und warf ihn kurzerhand über Bord in die eisige See. Schnaubend vor Wut rief er aus: „Jeder, der genauso denkt, kann dem feigen Hundsfott folgen!" Nun wagte keiner mehr, dem Hünen zu widersprechen. Erst als die schwarze Skaid auf eine große norwegische Flotte traf, gab der Däne den Befehl, den Kurs nach Westen zu ändern.
Es waren nicht weniger als zwanzig Schniggen, angeführt von einem großen Drachenschiff, das gut sechzig Riemen zählte. Dies war das Schiff König Olafs!
Der König war auf dem Weg nach Norden, und das konnte nur bedeuten, dass er abermals versuchen würde, das Tröndelag in die Knie zu zwingen.
In einen Krieg zwischen den Norwegern wollte sich Halvdan nicht verwickeln lassen. Also beschloss er, ins Danelag zu segeln, um König Sven von den Vorgängen im Land seiner Feinde zu berichten.

*

Fünfzehn Langschiffe lagen vertäut innerhalb der Hafenanlagen von Kap Lindesnäs, und die gleiche Anzahl an Großseglern lag auf dem Strand.
Ivar steuerte den Wogenbeißer langsam auf das Ufer zu. Die Männer holten die Riemen ein, und behutsam rutschte die schlanke Schnigge auf den Kies. Sofort kamen Knechte herbei und halfen das Schiff an Land zu ziehen und zu verkeilen.
Die Jarle und Anführer der Langschiffe hatten ein Quartier in der Stadt bezogen. Hauptleute und Mannschaften lagerten in Zelten am Strand. Erik hatte vom König den Befehl erhalten, sich beim Stadthersen von Kap Lindsnäs zu melden. Mit sechs Mann Geleit, darunter auch die Kampfgefährten aus Island, ging er in die Stadt.
Der Herse war ein alter Mann, er hatte kurz geschorenes Haar und trug Kleider, wie sie in den südlichen Ländern bevorzugt wurden. Er war ein strenggläubiger Christ und von dem Heil des Herrn Christus überzeugt. Viele Priester aus dem deutschen Reich und dem Polenland hatte er nach Kap Lindesnäs geholt, noch bevor König Olaf Tryggvesson König geworden war.
Die Vorstellung, unliebsame Tröndner in seinen Reihen und vor allem in seiner Stadt zu haben, war dem Hersen eigentlich zuwider. Ob getauft oder nicht! Das Tröndelag war heidnisch, und es würde heidnisch bleiben, davon war der Alte überzeugt. Es hatte schon früher Wikinger gegeben, die, nur um ihre Ziele zu erreichen, die Taufe empfangen hatten.
Die Tröndner galten als aufsässig und starrsinnig und es gab für den alten Stadthersen keinen Zweifel daran, dass sie Asenanbeter bleiben würden. Misstrauisch begutachtete er den jungen Jarl und sein Gefolge. Besonders die Isländer gefielen ihm nicht. Von diesen Männern konnte nur Unheil

ausgehen. So war die Audienz nur kurz und sehr unfreundlich. Erik war froh, als er das Langhaus verlassen hatte, denn die Abneigung des Hersen war ihm nicht entgangen. Kap Lindesnäs war eine Küstenstadt wie andere auch. Doch entgegen vieler anderer Hafenstädte herrschte hier Ordnung, für die eine große, gut ausgebildete Stadtwache sorgte. Gerade jetzt, da die Ankunft König Olafs erwartet wurde, griffen die Soldaten des Hersen hart durch. Es verging kaum ein Tag, an dem nicht ein oder mehrere Schiffe die Stadt an der südlichsten Spitze Norwegens erreichten. Die Jarle und Häuptlinge Vestfolds und Vingulmarks hatten den Befehl erhalten, ihrem Lehnsherrn Schiffe und Krieger zu stellen. Dieser Aufforderung kamen sie nach, soweit es ihnen möglich war. So wuchs das Kriegsheer des Königs von Tag zu Tag.

In den Schänken der Stadt hatte Jarl Erik noch einige Männer angeworben. Nun hatte er eine Schiffsbesatzung von achtundzwanzig gut gerüsteten Kriegern. Ob sie mutig und unerschrocken waren, würde sich zeigen. Jedenfalls hatten ihm alle den Gefolgschaftseid geleistet.
Neben der Arbeit an den Schiffen vertrieben sich die Wikinger die Zeit, indem sie Feste feierten und Spiele veranstalteten. Eines dieser Spiele war der Pferdekampf, bei dem die Männer hohe Summen verwetteten. Bier und Met flossen in Strömen, und so kam es oft zu Streitereien, die nicht selten mit dem Schwert ausgetragen wurden.
Außerdem trafen hier Männer aufeinander, deren Sippen verfeindet waren. Nur der Kriegsruf des Königs vermochte es, die Kämpfer zu verbünden. Die Stadtwachen des Hersen hatten alle Hände voll zu tun, um aufflammende Kämpfe zu unterbinden und für Frieden zu sorgen. Streithähne, die nicht zur Ruhe zu bringen waren oder gar schon einen Totschlag begangen hatten, wurden eingekerkert.

Der Stadtherse urteilte die Männer ab und verhängte harte Strafen. Er konnte seine Macht demonstrieren, und das bereitete ihm höchste Freude.

Es war bereits Frühsommer, als der König endlich in Kap Lindesnäs eintraf. Mit zwanzig Großseglern im Gefolge lief König Olaf in den Hafen ein. Und sehr zum Ärger des Stadthersen erließ der König eine Amnestie, woraufhin die meisten Gefangenen freigelassen wurden. Olaf Tryggvesson brauchte die Krieger auf seinen Schiffen, nicht im Kerker des Stadthersen. Einzig Mörder und solche, die den Herrn Christus lästerten, blieben eingesperrt oder wurden auf der Stelle hingerichtet.

Mit siebzig Schiffen fuhr der Norwegerkönig nach Hardanger, wo ihm einer seiner Gesippen noch weitere zwanzig Kriegsschiffe stellen musste. Nun befehligte Olaf Tryggvesson eine Flotte von nicht weniger als neunzig voll bemannter Kriegsschiffe, mit denen er in das Tröndelag fuhr, um seine Königsherrschaft wieder zu festigen.

Als die Kriegsflotte in den Trondheimfjord hineinsegelte, riefen die Jarle des Tröndelag abermals ihr Volk zum Kampf, um dem ungeliebten König mit Waffengewalt entgegenzutreten. Aber noch ehe sich das Tröndnerheer sammeln konnte, fuhr der König nach Lade und lud zum Erstaunen aller die Jarle zu einem großen Fest.

Nachdem der König ihnen Gastrecht zugesichert hatte, folgten die meisten Anführer der Einladung. Gleichzeitig schickte der König einige seiner Fürsten in die umliegenden Gaue. Dort sollten sie mit der Macht ihres Heeres den Widerstand der Bauern brechen und mit der Hilfe einiger Priester den Glauben an den Herrn Christus verbreiten.

Das Fest war in vollem Gange. Ausgelassen labten sich die Jarle an den dargereichten Köstlichkeiten und vor allem an dem guten Bier und dem Met. Da erhob sich der König und

sprach zu den Adligen des Landes. Es wurde ruhig in der Halle, da alle hören wollten, was der Feind zu sagen hatte. „Ihr Jarle des Tröndelag verlangt von mir, dass ich mit euch das Opferfest begehe, obwohl ihr mich als Christen kennt. Tue ich es nicht, droht ihr mit der Gewalt eurer Waffen!" Viele der Fürsten und Häuptlinge nickten, und die meisten glaubten gar, den Heuchlerkönig bereits ein zweites Mal bezwungen zu haben. „Ich bin daher bereit, mit euch euren Göttern zu opfern! Doch will ich als König keine Sklaven, Diebe oder anderes Gesindel dem Odin und den Seinen darreichen. Ich will den Göttern nur die Edelsten zum Opferalter führen!"
Der anfängliche Jubel über den vermeintlichen Sieg ging schnell in Entsetzen über, als der König die Namen derer nannte, die er gedachte als Opfergabe nach Asgard, dem Sitz der Asen zu schicken. Sofort wurden die genannten Anführer von bewaffneten Kriegern Olafs gefangen genommen. Das Fest hatte ein abruptes Ende gefunden.

Schon am nächsten Morgen traten die Gesippen der Jarle vor Olaf Tryggvesson und baten den König um das Leben ihrer Verwandten. Man sicherte zu, die Taufe anzunehmen, wenn der König dies noch wünsche.
Nachdem die Jarle die Taufe empfangen hatten, musste auch das Volk dem Beispiel ihrer Fürsten und Häuptlinge folgen. Der König ließ sich von den Sippen Geiseln stellen, damit die Anführer nicht sofort wieder vom Glauben abfielen, sobald er das Tröndelag verließ.

*

Erik hatte den Befehl über vier Schiffe erhalten, mit denen er sofort aufgebrochen war. In Mären herrschte Jarl Skaggi,

der der Wortführer der Bauern dieses Gaus war. Der Hof Skaggis war der erste, den Jarl Erik aufsuchte.
„Ich bin Jarl Erik Sigurdsson, der Gesandte König Olafs, und ich frage dich, Skaggi von Mären, bist du gewillt, die Taufe zu empfangen, so wie es dein König befohlen hat?", fragte Erik mit drohender Stimme.
„Mein König?" Skaggi lachte abfällig, denn von den Ereignissen in Lade wusste der Bauernjarl noch nichts. Er erhob sich drohend von seinem Hochstuhl und sprach mit fester Stimme: „Dieser Heuchler ist nicht mein König! Niemals werde ich einem Gott der Sklaven dienen. Es gibt im Tröndelag keine Christen mehr, wir haben sie alle erschlagen!"
Über den Hochmut und den fehlenden Respekt des Bauernjarls hatte es Erik die Zornesröte in sein Gesicht getrieben. „Höre meine Worte, Skaggi von Mären", sprach nun der junge Sigurdsson mit vor Wut bebender Stimme. „Ich gebe dir eine Nacht Bedenkzeit! Morgen werdet ihr alle die Taufe empfangen, wie es der König befahl!" Der junge Jarl wandte sich ab, drehte sich aber noch einmal um, bevor er das Langhaus verließ. „Weigert ihr euch, werdet ihr allesamt vor die Götter treten, die ihr so verehrt!"
Sofort schickte Skaggi den Kriegspfeil auf die umliegenden Höfe. Es war bereits spät am Abend, als ein Bote des Jarls in das Lager der Königstreuen kam. Er wurde vor Erik Sigurdsson geführt und sprach mit vor Stolz geschwellter Brust: „Folgende Worte lässt dir Jarl Skaggi von Mären überbringen. Niemals werden die Tröndner dem Sklavengott huldigen! Wir werden euch in das Totenreich der Hel schicken, so wie wir es schon mit deinen Gesippen im Sigurdfjord taten!"
Erik erstarrte vor Schreck! Sein Mund wurde trocken, dicke Schweißperlen traten auf seine Stirn, und jeder Muskel in seinem Körper spannte sich an. Dieser Bauernjarl Skaggi

von Mären war also der Mörder seiner Gesippen, seiner geliebten Asa, und er brüstete sich auch noch mit der Tat.
„Bist du bereit dem Befehl des Königs zu folgen? Willst du den wahren Glauben annehmen und für König Olaf kämpfen?", zischte Erik den Boten böse an.
Schweigend schüttelte der Gefolgsmann Jarl Skaggis den Kopf. Und noch ehe Leif oder einer der umstehenden Männer reagieren konnte, hatte Erik sein Schwert aus dem Wehrgehäng gezogen und es seinem Gegenüber in den Bauch gerammt. „Dann geh zu Odin und bestelle ihm, dass Jarl Skaggi dir folgen wird!" Auge in Auge standen die beiden Männer da, bis der Bote nach einem kurzen Moment des Erstaunens röchelnd auf die Knie sank. Doch erst als Erik die Klinge aus dem Körper zog, fiel dieser leblos auf den staubigen Boden.
„Schlagt ihm den Kopf ab und schickt ihn Skaggi von Mären!" rief Erik erzürnt.
Der junge Priester, der die Flotte begleitete, schrie entsetzt auf und hielt sich die Hände vor sein Gesicht, als die Axt den Kopf vom Rumpf trennte. „Dies war nicht der Befehl des Königs", rief er aus. „Dies ist nicht der Wille Christi!"
„Bringt den Priester auf den Wogenbeißer! Es wird hier keine Taufen geben", befahl Erik streng. Dann ließ er alle Männer zu den Waffen rufen. Das Lager wurde eiligst abgebrochen, und das Heer zog zum Gehöft Jarl Skaggis.
„Der König wird sicher erzürnt sein", stellte Leif fest, der seinen Kampfgefährten noch nie so voller Hass erlebt hatte.
„Das ist mir gleich! Ich will die Rache, die wir den Mördern geschworen haben! Denke an Inga!", sagte Erik knapp.

Schon von Weitem hatten die Krieger Jarl Skaggis den Fackelschein des anrückenden feindlichen Heeres gesehen. Und sie sahen auch, dass sie den Königstreuen an Zahl weit unterlegen waren. Die Verstärkung, die sich Skaggi erhofft hatte, war noch nicht eingetroffen. Stattdessen hatte er den Kopf des Boten erhalten.

Das Heer war noch weit entfernt, da flogen die ersten Wundbienen durch die Luft. Dann ertönte ein Hornsignal, und mit markerschütterndem Kampfgeschrei stürmten die Krieger Jarl Eriks gegen das Gehöft Skaggis von Mären. Erik selbst, die Isländer und einige Männer liefen auf das Langhaus zu und erschlugen jeden, der sich ihnen in den Weg stellte. Äxte und Schwerter verrichteten ihr blutiges Werk.

Die zahlenmäßig weit unterlegenen Krieger und Knechte Skaggis wurden von den königstreuen Wikingern abgeschlachtet wie Vieh. Keiner aus dem Geschlecht des Bauernjarls sollte am Leben bleiben, so lautete Eriks Befehl.

Die Tür des Langhauses hielt den Angreifern nicht lange stand. Mit einem lauten Krachen zerbarst das Holz, und Jarl Erik drang in das Innere des Gebäudes vor. Wieder zerschlugen die Klingen das Fleisch und die Knochen der Asenanbeter. Blut färbte den Boden des Langhauses in ein tiefes Rot. Keine Menschenseele wurde von den Wikingern des Königs verschont. Weder Weib noch Kind fanden Gnade.

Nach kurzer Zeit schleppten die Krieger den Bauern Skaggi in die Halle. Der Jarl hatte sich in einer der hinteren Kammern des Langhauses versteckt und gehofft, unentdeckt zu bleiben. Blut tropfte aus seinem Arm.

„Ich habe das Recht auf einen Zweikampf! Gewähre mir, mit dem Schwert in der Hand zu sterben", flehte Skaggi voller Angst, einen schändlichen Tod sterben zu müssen.

„Ich bin der Sohn Jarl Sigurds, und du bist meines Vaters Mörder", sagte Erik voller Verachtung, und die sonst so sanften Züge seines Gesichtes hatten sich in eine wutverzerrte Fratze verwandelt. „Nun sollst du meine Rache spüren!"

Mit beiden Händen hielt Erik sein Schwert Wundwolf umklammert, und mit aller Kraft hieb er dem verhassten Bauernjarl den Kopf vom Rumpf.
Die Überlebenden aus Skaggis Sippe wurden in dem Langhaus zusammengetrieben. Dann ließ Erik die Türen verschließen und das Haus an allen vier Ecken in Brand setzen. So starb das Geschlecht Jarl Skaggis von Mären.
Nun zog Erik mit seinem Heer von Hof zu Hof.
Ihres Anführers beraubt, ließen die meisten Bauern die Taufe über sich ergehen. Doch einige wenige gaben lieber ihr Leben hin, als den Glauben an die alten Götter zu verlieren. Jarl Erik ließ den großen Heidentempel zerstören und die Goden töten. Den Götzenbildern nahm er allen Schmuck und ließ sie verbrennen. Nachdem sie nun alles Volk von Mären bekehrt hatten, fuhren sie zurück in den Trondheimfjord.

*

Als der Sommer sich langsam seinem Ende zuneigte, hatte Olaf Tryggvesson das Tröndelag wieder unter seine Herrschaft gezwungen. Christliche Jarle und Hersen hatten nun die Macht übernommen.
Um einen weiteren Aufstand der Tröndner zu verhindern, hatte der König beschlossen, im Tröndelag seine Königsstadt zu errichten. An den Ufern des Flusses Nid, im Trondheimfjord, ließ er eine Burg bauen, die Nidaras genannt wurde. Es dauerte nicht lange, und aus der Festung wurde eine blühende Stadt. Viele Händler aus dem Süden kamen, aber auch viele Isländer, die Holz und Getreide kaufen wollten. Doch die Güter wurden von den Königen Thules[37] mit hohen Zöllen und Abgaben belegt.

---

[37] Thule – Bezeichnung für die skandinavischen Königreiche

Trotz der Berichte des jungen Priesters, der sich bitterlich über das grausame Vorgehen Jarl Eriks beschwerte, war der König sehr zufrieden. Er hatte erreicht, was er wollte!
So wurde Erik von ihm reich beschenkt.
Die meisten Jarle fuhren nun mit ihrem Gefolge zurück in die Heimatgaue. Einige freie Wikinger blieben mit ihren Schiffen in der Nähe von Nidaras, wo sie ein großes Wik errichteten. Auch Erik und seine Gefolgschaft blieben noch im Tröndelag, obwohl die Isländer zur Abfahrt drängten. Sie wollten zurück auf die Eisinsel.
„Der Tod deiner Gesippen ist gerächt! Was willst du noch hier in Norwegen?", fragte Olf drängend.
„Lass uns das Schiff mit Holz beladen und nach Island segeln. Dort bauen wir dir einen Hof mit einem großen Langhaus", versuchte auch Leif dem Freund die Abreise schmackhaft zu machen. Doch Erik schüttelte nur den Kopf. Irgendeine innere Macht hielt ihn zurück, und er wusste nicht, warum. Doch er sollte den Grund bald erfahren.

Der Wogenbeißer lag auf den Schiffsrollen. Mit ihren Dolchen waren die Männer damit beschäftigt, den Rumpf des Schiffes von Muscheln und Algen zu befreien.
In einem großen Kessel kochte das Pech, mit dem der schlanke Schiffskörper der Schnigge abgedichtet wurde. Auch Jarl Erik arbeitete an seinem Schiff, denn er war noch jung, und von den alten Seemännern konnte er viel lernen.
„Erik Sigurdsson!", rief plötzlich eine Stimme, die dem jungen Jarl sehr vertraut vorkam. Als sich Erik dem Rufenden zuwandte, durchfuhr es ihn wie der Blitz die Eiche. Vor ihm stand ein junger Mann, dessen langes, rotes Haar leuchtete wie die Glut des Feuers.
„Orm Thorkillson", stammelte Erik leise, als er den totgeglaubten Sohn des Schmiedes erkannte.

„Du siehst mich an, als sei ich ein Geist", lachte Orm, und voller Freude fielen sich die jungen Männer in die Arme. Nachdem sich die Begeisterung des Wiedersehens gelegt hatte, begann Orm zu berichten. Vom Überfall der Asenanbeter, von der Flucht in die Berge nach Gudbrandshöfti und vom Tode Jarl Sigurds.
Die Bestätigung des Todes Jarl Sigurds konnte Eriks Freude jedoch kaum schmälern, denn Asa lebte. Auch Leif, der Isländer, freute sich sehr, als er erfuhr, dass auch Inga Gormsdottir wohlauf und in Sicherheit war.
Eilig führten sie nun die Arbeiten an der Schnigge aus, und dann stachen sie in See. Der Wogenbeißer verließ den Trondheimfjord und segelte nach Norden.

*

15. Ein glückliches Wiedersehen

Die Knechte hatten fleißig gearbeitet, denn als Astrid Lodinsdottir und ihr Gefolge den Hof des toten Jarls erreichten, war das Langhaus bereits neu aufgebaut.
Im Frühsommer hatten sie Gudbrandhöfti verlassen und waren in den Fjord zurückgekehrt. Das neue Gebäude war zwar nicht ganz so prachtvoll wie das alte Langhaus Jarl Sigurds, aber es war doch von gleicher Größe. Schließlich hatten sie es auf den Resten des alten Langhauses erbaut, und so fanden alle darin ausreichend Platz.
Astrid und ihre Kinder bewohnten die Kammern im hinteren Teil des Gebäudes und die anderen hatten ihre Schlafstellen in der großen Halle. Thorkill Ormsson errichtete eine kleine Schmiede, während die anderen damit begannen, Holz für den Bau eines Schiffes zu schlagen.

Auf der Anhöhe, von der man die Bucht, in der das Dorf lag, gut überblicken konnte, musste Thore, der Sohn der Astrid, nun Tag für Tag den Wachposten beziehen. Die Angst doch noch von den Asenanbetern überrascht zu werden, war groß. Eile war geboten, denn das Schiff, das sie nach Süden bringen sollte, musste noch vor dem Herbst fertig werden. Waren die Fjorde erst einmal mit Eis bedeckt, würde es für eine Flucht zu spät sein. Selbst mit einer erfahrenen Mannschaft war eine Fahrt auf dem Nordmeer ein Wagnis. Doch mit unerfahrenen Bauernknechten, mit Frauen und Kindern an Bord, konnte dies zu einem tödlichen Abenteuer werden.
Zu allem Überfluss hatte sich der Gesundheitszustand des alten Priesters Johannes sehr verschlechtert. Die Strapazen der Reise durch das bergige Hinterland Nordnorwegens hatten ihre Spuren bei dem alten Mann hinterlassen.

Unaufhörlich hatte es geregnet, und die schlammigen Wege hatten allen viel Kraft abverlangt. Nun plagten den Johannes ein schlimmer Husten und starke Pein in seinem Fuß, sodass er des Nachts oft vor Schmerzen aufschrie. Jeder Tag, der verging, brachte den Alten rasch dem Tode näher. Schon lange konnte er das Schlaflager nicht mehr ohne Hilfe verlassen, er aß kaum noch und betete viel. Eines Abends rief Johannes den Schmied zu sich.
„Dem Herrn Christus gefällt es wohl, meine lange Reise nun zu beenden. Ich höre, dass er mich in sein Reich ruft", sprach er mit leiser, kaum hörbarer Stimme. „Thorkill, du bist ein guter Mensch! Gelobe mir, dass du auf Astrid und die Kinder achten wirst, so wie ich es tat!"
„Ja, Priester, das gelobe ich dir! Ihnen soll kein Leid geschehen", antwortete Thorkill traurig. Doch der alte Priester konnte das Versprechen des Schmiedes nicht mehr hören. Vorsichtig schloss Thorkill die starren Augen des gottesfürchtigen Mannes, und ihm war, als würde dieser lächeln. Dann rief er Astrid an das Lager des Toten.
Die Trauer der Jarlsgattin und ihrer Kinder war groß, und viele Tränen flossen an diesem Tag. Innerhalb kurzer Zeit hatte Astrid nun zwei geliebte Menschen verloren. An der Stelle, an der einst die kleine Kapelle gestanden hatte, fand der alte Sklave, der ein Priester aus dem Reich des deutschen Kaisers war, nun seine letzte Ruhestätte.

Der Regen der letzten Tage hatte nachgelassen, und ein frischer Wind hatte die grauen Wolken vertrieben. Nun stand die Sonne hoch am wolkenlosen Himmel, als der Wogenbeißer die Mündung des Sigurdfjordes erreichte. An zerklüfteten Felswänden vorbei steuerte Ivar, der einäugige Isländer, die Schnigge sicher in den Fjord. Erik und Leif standen am Bug, denn sie konnten die Ankunft kaum erwarten. Von ihrem Jarl angetrieben, legten sich die

Männer in die Riemen, dass ihnen der Schweiß trotz der kühlen Luft in Bächen am Körper hinunter rann. Und sie stimmten dabei ein Lied an. In gleichmäßigem Rhythmus tauchten die Ruder in die kalten Wogen der See.
Thore saß auf einem großen Stein und döste in der Sonne, als er in der Ferne ein Geräusch vernahm. Sang da etwa jemand? Er sprang auf, beschirmte die Augen mit der Hand gegen das grelle Licht der Sonne und suchte die Bucht ab. Schnell entdeckte er die Schnigge, die mit hoher Geschwindigkeit um die Biegung an der Klippe fuhr, auf der der Junge saß, und bald den Strand erreichen würde. Sofort lief er auf den Hof, wo die Männer mit der Bearbeitung von langen Planken beschäftigt waren. Der durchgehende Kiel mit den Spanten stand wie ein großes Walgerippe auf einer Wiese neben dem Langhaus. Es würde kein großes Knarr werden, aber für die Flucht nach Süden sollte es reichen. Die Nachricht vom Sieg König Olafs über die Tröndner hatte sich noch nicht bis in den kaum bevölkerten Norden herumgesprochen.
Keuchend stand nun Thore vor dem Schmied. „Schiff im Fjord", stammelte er immer wieder nach Atem ringend. Sofort ließen die Männer ihre Werkzeuge fallen und liefen in das Haus, um sich zu bewaffnen. In voller Rüstung, mit Kettenhemd, Schild und Bartaxt ging Thorkill Ormsson, gefolgt von den Männern, dem vermeintlichen Feind entgegen.
Erik stand am Vordersteven, als der Kiel ächzend auf den Strand rutschte. Die Männer zogen den Bug des Wogenbeißers an Land und begannen dann, ihr Lager zu errichten. Mit Leif, Olf, Orm und einigen anderen Gefährten, wollte Erik schon bald in das Hinterland nach Gudbrandhöfti ziehen, um dort endlich seine Gesippen wiederzusehen. Sein Gefolge erhielt den Befehl, während

der Abwesenheit des jungen Jarls die Gebäude des Hofes Jarl Sigurds wieder aufzubauen.

An den Ruinen des Dorfes vorbei zog die kleine Gruppe der Wikinger durch das Wäldchen, das einst das Dorf vom Hof Sigurd Svenssons trennte. Plötzlich brachen mit wildem Kriegsgeschrei eine Handvoll bewaffneter Krieger aus dem Dickicht des Waldes hervor. Doch bevor es zu einem Kampf kam, erkannte einer der Angreifer die Fremden.

„Das ist ja Erik!", rief er freudig aus. Es war Thorkill, der den Jarlssohn als erster erkannt hatte, und nun den Sohn seines toten Waffenbruders in überschwänglicher Freude umarmte. Erst dann sah der Schmied, dass auch sein eigener Sohn Orm zurückgekehrt war. Tränen der Freude rannen dem groß gewachsenen Mann über das Gesicht. Gemeinsam zogen die Männer nun zum Hof Jarl Sigurds.

Die Frauen hatten sich in dem Langhaus verborgen gehalten, doch als Asa nun sah, wer da auf den Hof zumarschierte, war sie nicht mehr zu halten. Sie riss die Tür auf und lief ins Freie. Astrid erschrak und wollte ihre Tochter zurückhalten, doch Asa sprang wie ein junges Reh über die Wiese, den Männern entgegen. Sie umarmte und küsste Erik so heftig, dass dieser rücklings auf den Boden fiel. Die Männer begannen zu lachen, und nun erkannte auch Astrid, wer die Fremden neben Thorkill waren.

Mit großer Herzlichkeit umarmte Astrid ihren Stiefsohn, und auch die anderen Männer wurden freundlich von ihr begrüßt.

Leif, der Isländer mit dem weißen Haar, trat vor Inga und grinste frech. „Ich bin jetzt ein Christ, so wie du es verlangtest!" Da strahlte das Gesicht der rotblonden Frau, und sie umarmte den Isländer und küsste ihn liebevoll.

Es gab viel zu berichten, vom Feldzug gegen die abtrünnigen Jarle und von der Jarlswürde, die der König Erik verliehen hatte.

„Jarl Skaggi hat deinen Vater getötet, Erik!", sagte Thorkill mit trauriger Stimme. „Das weiß ich", gab der Sohn Sigurds leise zur Antwort.
„Erik hat ihm dafür den Helm heruntergeschlagen", sprach der dicke Olf mit ernstem Blick. „Es war nur Skaggis Pech, dass sein Kopf noch drinsteckte!" Nun begann der Isländer lauthals zu lachen. Auch die Männer begannen zu lachen, und Erik erzählte vom Kampf mit dem Piraten Halvdan und von der Begegnung mit Eriks Bruder Bjarne, der nun der Christentöter genannt wurde. Und nun begann auch Thorkill zu berichten, wie es ihnen ergangen war. Vom Aufbau des Langhauses, von der Arbeit an dem Schiff und vom Tode des Johannes, der besonders Ivar betrübte.
Am Abend in der Halle leisteten Thorkill Ormsson und die anderen Männer ihrem neuen Jarl den Gefolgschaftseid, und der Schmied überreichte Erik das Schwert Kehlenbeißer, so wie es der Wunsch Jarl Sigurds gewesen war. Da erschrak der junge Jarl, als er die Klinge in Händen hielt. „Ihr habt meinen Vater ohne sein Schwert begraben!" Vorwurfsvoll sah er den Schmied an, und dieser sprach leise, damit Astrid die Worte nicht hören konnte: „Beruhige dich! Dein Vater ist nicht ohne ein gutes Schwert in die andere Welt eingekehrt!" Ein verschmitztes Lächeln huschte über sein Gesicht. Da verstand Erik und sah, dass seine Sorge unberechtigt war.
Bald darauf zogen sich der junge Jarl und Asa in ihre Kammer zurück, und die schöne Frau gab dem Jarl, worauf er solange verzichtet hatte. Die junge Asa zeigte sich unersättlich in dieser Nacht und forderte den Mann, bis er erschöpft einschlief. Bald darauf krähte der Hahn.

*

Es war Herbst geworden, und es wurde nun spürbar kälter. Vereinzelt fielen schon die ersten Schneeflocken und tanzten im Wind. Erik hatte weitere Gebäude errichten lassen. Ein großes Haus für die Krieger, ein Gesindehaus, Stallungen für das Vieh, und ein großes Vorratshaus. Auch das Knarr war fertig geworden und lag nun am Strand auf den Schiffsrollen.
Er hatte ein Thing abgehalten, zu dem alle Bauern des Gaus erscheinen mussten. Obwohl die Abgaben, die Erik forderte, noch gering waren, murrten einige von ihnen. Doch es blieb den Bauern keine Wahl. Sie mussten zahlen. Erik war kein gewählter Anführer, wie dies sonst üblich war. Er war vom König eingesetzt, und dieser wusste seine Befehle durchzusetzen. So wie in ganz Norwegen, würden auch im Tröndelag wieder die königlichen Steuereintreiber durch das Land ziehen, um bei den Jarlen die jährlichen Königsabgaben einzufordern.
Da es für den Ackerbau in diesem Jahr bereits zu spät war, mussten die Männer auf die Jagd gehen, um für den Winter genug Nahrung herbeizuschaffen.
Etwas Schlachtvieh, meist Schafe und einige Pferde, kaufte Jarl Erik gegen geringe Bezahlung von den Bauern des Gaus. Mit dem Knarr fuhr er nach Nidaras, um dort Getreide einzukaufen. Von seinen Bauern konnte er wirklich nichts mehr fordern, ohne die Gefahr eines Aufstandes heraufzubeschwören. Als Jarl Erik dann wieder in den Sigurdfjord zurückgekehrt war, ließ er die Ruinen des Dorfes beseitigen, um an deren Stelle eine Kirche zu errichten.
Astrid Lodinsdottir, die seit dem Tode ihres väterlichen Priesters um ihr Seelenheil bangte, versprach Erik, im nächsten Frühjahr nach Nidaras zu segeln, um vom König einen Gottesmann für seinen Gau zu erbitten.

Einige der Krieger des jungen Jarls hatten bei den Bauern in der Umgebung Frauen gefunden. Meist waren es Mägde, die sie kannten, aber auch einige Bauerntöchter waren darunter. Um das Langhaus des Jarls, genau wie in der Nähe des Gotteshauses, erbauten sie ihre Hütten, und so entstand mit der Zeit wieder eine kleine Siedlung. Bald zog es auch wieder Menschen in den Sigurdfjord.

Es war abends in der Methalle des Langhauses, als Leif an Eriks Seite trat. „Wir Isländer haben beschlossen, nun auf die Eisinsel zurückzukehren. Ich werde dort für mich und Inga einen Hof bauen!"

Eriks Versuche, Leif zu überreden, bis zum nächsten Frühjahr zu warten, scheiterten kläglich. So willigte er schweren Herzens in die Pläne der Freunde ein, und an einem kühlen, regnerischen Tag stachen sie dann mit dem Knarr in See. Der Jarl hatte das Schiff mit Holz und Pech beladen lassen, das er den Isländern zum Geschenk gemacht hatte.

Bittere Tränen weinte Asa beim Abschied, denn sie verlor in Inga eine lieb gewonnene Freundin. Außerdem würde sie schon wieder von Erik getrennt sein. Erst als der Norweger versprach, Asa nach seiner Heimkehr zum Weib zu nehmen, willigte sie in die Reise ein.

Thorkill Ormsson fuhr als Steuermann auf dem Wellenross, so hatte Jarl Erik das neue Knarr genannt. Außerdem waren vierzehn Männer Besatzung an Bord. Darunter auch Orm, der Sohn des Schmiedes, und zum ersten mal Astrids Sohn Thore. Er war jetzt sechzehn Sommer alt, und es war längst Zeit, dass er seine Seetauglichkeit bewies.

Sie nahmen Kurs Nordwest. Das Knarr kämpfte sich mühsam durch die Wellen, die Planken ächzten, und der Mast bog sich wie ein Grashalm im Wind. Doch das Schiff war aus gutem Holz gebaut und hielt den Wogen des Nordmeeres stand. Als das Wellenross in einen schweren

Sturm geriet, ging ein Mann über Bord und versank sofort in den eisigen Fluten. Und auch ein Teil der auf Deck festgezurrten Ladung wurde von Bord gespült.
Der schwere Sturm trieb sie weit vom Kurs nach Süden ab. Erik hatte das Segel einholen lassen, damit es nicht zerriss, und so legten sie ihr Schicksal in die Hände Gottes. Thore hing über der Reling und entleerte seinen Magen. Wie ein welkes Blatt im Herbstwind wurde das Knarr von den meterhohen Wellen hin- und hergeworfen. Thorkill und Ivar stemmten sich gemeinsam in das Seitenruder, um das Schiff auf Kurs zu halten. Doch gegen die Naturgewalten waren sie machtlos.
Unter der auf Deck gespannten Zeltplane fanden die Männer etwas Schutz vor der kalten Nässe und den salzigen Fluten, die über die Bordwand spritzten. Keiner konnte mehr genau sagen, wann der heftige Sturm nachgelassen hatte. Inga war in Leifs Armen vor Erschöpfung eingeschlafen. Nass bis auf die Haut und frierend lagen die Männer dicht gedrängt unter der Plane. Leichter Regen prasselte auf die Planken des Knarrs. Der neue Tag war angebrochen.
Erik Sigurdsson und der rothaarige Orm lagen am Bug des Schiffes. Sie hatten sich am Vordersteven festgebunden, damit sie nicht von Bord gespült würden. Nun lagen sie erschöpft in ihre Umhänge gehüllt nebeneinander und schliefen einen ohnmachtähnlichen Schlaf. Orm erwachte als erster, geweckt vom krächzenden Schrei einer Möwe, die über dem Knarr ihre Kreise zog. Er schüttelte Erik, bis dieser seine Augen öffnete. „Land! Es muss Land in der Nähe sein!", rief Orm. „Sieh doch, Erik! Ein Vogel!"
Der Rothaarige sprang auf und sah angestrengt auf das Meer hinaus. Erik rieb sich die verschlafenen Augen, reckte sich und zog sich dann, trunken vor Müdigkeit, an der Reling empor. Er konnte jeden einzelnen Knochen in seinem Leib spüren.

Nun sah auch er hinaus auf die See und erkannte in der Ferne eine Küste. Als Erik zum Heckstand des Schiffes stolperte, erwachten auch die letzten Männer der Besatzung. „Wo sind wir?", fragte er Ivar, der nun allein am Seitenruder stand. „Das sind die Färöer-Inseln", gab der Einäugige zur Antwort. „Der Sturm hat uns weit vom Kurs abgebracht!"
„Nun gut", sagte Erik. „Wir brauchen frisches Wasser, eine Welle hat das unsere in eine salzige Brühe verwandelt. Lasst uns dort an Land gehen, damit wir das Schiff auf Schäden untersuchen können." Doch Ivar hatte bereits Kurs auf eine der Inseln genommen. Erik rief seine Befehle, das Segel wurde gesetzt, und bald darauf erreichten sie die Küste. Mit vereinten Kräften zogen sie das Wellenross auf den Strand der Insel und begannen ihr Lager zu errichten. Am wärmenden Feuer trockneten sie ihre klamme Kleidung und bereiteten ein Mahl. Es war das erste warme Essen, das sie seit der Abreise in Norwegen zu sich nahmen. Hungrig verschlangen sie die Hafergrütze, in die sie gedörrtes Robbenfleisch tunkten. Dazu tranken sie Bier aus dem letzten Fass, das ihnen geblieben war.
Das Knarr hatte den Sturm gut überstanden. Einige kleine Risse im Segel mussten genäht werden, und ein kleines Leck am Bug wurde ausgebessert, doch sonst war das Wellenross unbeschädigt. Thorkill hatte ein gutes Schiff gebaut.
Auch Thore ging es wieder besser. Sein Magen hatte sich wieder beruhigt, und so hatte der junge Bursche seinen ersten Sturm auf See erlebt. Alsbald schickte Erik zwei kleine Gruppen aus, die sich auf die Suche nach frischem Trinkwasser begeben sollten. Eine führte Leif an, die andere der junge Jarl selbst. Der weißblonde Isländer ging mit seinen Männern nach Westen, immer an der Küste entlang, während Erik nach Süden, in das Innere der Insel ging.

Sie waren schon einige Zeit marschiert, als sie auf einer kleinen Anhöhe ein Gebäude erblickten. Es war ein ärmlich und verfallen aussehender Steinbau, gedeckt mit einem Dach aus Grassoden, umgeben von einer flachen Steinmauer, hinter der sich ein kleiner Gemüsegarten befand. Und hoch auf dem First des Daches prangte ein hölzernes Kreuz.

Vorsichtig näherten sich die Männer dem halbverfallenen Gebäude. Als sie die Steinmauer erreichten, wurde die Holztür geöffnet, und ein Mann trat ins Freie. Er war mittleren Alters, trug einen langen Bart, dessen Haare sich schon langsam grau färbten. Um seine Füße hatte er Sacklumpen gebunden, und die braune, von einer Kordel zusammen gehaltene Kutte, mit der er bekleidet war, war alt und zerschlissen. In seiner Hand hielt er ein Kreuz, das aus zwei dicken Birkenästen gebunden war.

„Das ist ja ein Mönch", stellte Erik erstaunt fest. Schon damals in Sotenäset und auch in Kap Lindesnäs waren ihm die gottesfürchtigen Brüder in ihren seltsamen, oft ärmlich wirkenden Gewändern aufgefallen. Und Jarl Sigurd hatte ihm von den Klöstern erzählt, in denen diese Männer wohnten und beteten. In südlichen Ländern, im Reich des deutschen Kaisers, im Polenreich oder bei den Franken hatte die christliche Kirche prachtvolle Klöster errichtet. Burgen und Schlössern standen sie in ihrer Pracht in nichts nach. Hier im Norden jedoch, wo der Christenglaube noch ein junges Pflänzchen war, mussten sich die Mönche mit weit weniger Prunk zufrieden geben. Einigen wenigen, die an den Höfen der Könige und Jarle weilten, ging es dennoch gut. Doch die meisten dieser Missionare lebten von der Bettelei und waren vom Wohlwollen der Bevölkerung abhängig.

Das Kreuz hoch erhoben, leise betend, näherte sich der Mönch den Nordmännern. Jarl Erik ließ sich auf die Knie sinken und bekreuzigte sich. Als der Mönch dies sah, entfuhr ihm ein Seufzer der Erleichterung. „Dem Herrn sei gedankt! Ihr seid Kinder Christi!"
Nun wagten sich weitere vier Mönche aus dem Gebäude heraus. „Ich bin Pater Mathias. Ich war der Abt eines Klosters nicht weit von hier", sprach der Geistliche mit dem langen Bart in nordischer Sprache.
„War?", fragte Erik erstaunt. „Was ist euch geschehen?"
„Wir sind die einzigen Überlebenden unseres Ordens! Ein Überfall dänischer Wikinger ließ uns hier Unterschlupf suchen!" Der Abt kämpfte gegen seine Tränen an. „Als wir euch sahen, dachten wir zuerst, der schwarze Teufel sei noch einmal zurückgekehrt!"
Freundlich bat der Gottesmann nun die Fremden, ihm in das Gebäude zu folgen. An einer Wand, vor einem kleinen Altar, hing ein großes Kreuz. Es war auf der einen Seite angekohlt und der Figur des gekreuzigten Jesus Christus, die darauf geschlagen war, fehlte der Kopf. In einer Nische des staubigen Raumes lagen mit Gras gefüllte Säcke, auf denen die Mönche schliefen. Auf einfach gezimmerten Bänken nahmen die Nordmänner Platz. Sofort brachten die Mönche hölzerne Becher mit Wasser und einen Laib Brot.
„Mehr haben wir nicht, das wir euch geben könnten", entschuldigte sich der Abt. „Doch das wenige, das wir besitzen, wollen wir gerne mit euch teilen."
„Ich bin Jarl Erik Sigurdsson! Wir sind Gefolgsleute des Norwegerkönigs Olaf! Ich versichere euch, ihr habt von uns kein Leid zu fürchten!" Der Jarl lächelte freundlich. „Wir sind Christenmenschen wie ihr es seid! Auf dem Wege nach Island trieb uns ein Sturm hierher."
„Und nun sucht ihr nach frischem Wasser", stellte der Abt fest. Erik nickte.

„Wir werden euch eine Quelle zeigen, an der ihr eure Fässer auffüllen könnt", versprach Pater Mathias dem jungen Jarl.
„Sage mir, Abt! Warum sprichst du so gut in meiner Sprache? Du bist doch kein Nordländer", fragte Erik neugierig, und der Klosterbruder gab bereitwillig Antwort.
„Als ich noch ein junger Priester war, lebte ich einige Sommer in Wiken. Der christliche König Harald Gormsson hatte viele Missionare in sein Land geholt! Doch als er von seinem Sohn Sven, diesem heidnischen Teufel entthront wurde, mussten die meisten Priester das Land wieder verlassen!"
„Nun herrscht wieder ein christlicher König in Norwegen", sagte Erik stolz. „Warum wollt ihr hier in der Einöde darben? Geht mit uns ins Tröndelag. Wir brauchen viele Männer, die den rechten Glauben verbreiten", schlug der junge Jarl dem Gottesmann vor. „In meinem Dorf fehlt es an einem Priester, der den Segen erteilt und für unser Seelenheil sorgt. Ich wäre dankbar, wenn einer deiner Mönche sich uns anschließen würde!"
Der Abt erbat sich Bedenkzeit, und Erik war bereit, eine Nacht zu warten. Doch bei Tagesanbruch müssten sie sich entschieden haben, denn dann würde das Wellenross wieder in See stechen. Damit erklärte sich der Abt einverstanden. Einer der Mönche zeigte den Nordmännern eine Quelle, an der sie ihre Wasservorräte auffüllen konnten. So, wie es der Abt versprochen hatte. Dann zogen sie sich zurück in ihr Lager am Strand.
Der Tag neigte sich dem Ende zu, als Erik und die Männer ihr Ziel erreichten. Die Wasserfässer wurden sofort an Bord des Knarrs gebracht und auch die Arbeiten an dem Schiff waren bereits beendet. Als nun am Abend alle um das Feuer saßen, erzählte Erik von den Klosterbrüdern, die ihnen begegnet waren und davon, dass er die Absicht hegte, die Geistlichen mit nach Norwegen zu nehmen. Die Worte des

Jarls ließen die Augen der Inga glänzen, und sie bat Leif, auch einen Priester mit nach Island zu nehmen. Auch Ivar äußerte diesen Wunsch und gelobte sogar, eine große Kirche bauen zu wollen.

Langsam näherten sich die Mönche dem Strand. Zwei von ihnen trugen das angekohlte Kreuz, denn es war ihnen heilig. Ihre wenigen Habseligkeiten hatten sie in kleinen Bündeln über die Schultern gehängt. Die Nordmänner waren gerade damit beschäftigt, ihr Lager abzubrechen, als sie die Mönche bemerkten. Erik begrüßte die Männer freundlich. Doch man sah den Mönchen an, dass diese wild daherkommenden, bärtigen Kerle ihnen nicht geheuer waren. Erst als sie die Frau sahen, legte sich ihre Furcht. Piraten pflegten nicht in weiblicher Begleitung zu segeln. „Ich sehe, ihr habt euch entschlossen, mit uns zu reisen, Pater Mathias", stellte Erik fest, und der Abt nickte. Da trat Inga Gormsdottir vor den Priester. Sie beugte sich in die Knie und bekreuzigte sich vor dem gottesfürchtigen Mann. „Pater, bevor wir wieder auf das eisige Nordmeer hinausfahren, bitte ich dich, uns zu vermählen und uns den Segen des Herrn zu geben!" Sie zog den völlig überraschten Leif an ihre Seite, und er wehrte sich nicht dagegen. Olf der Dicke konnte sich eine Bemerkung über den Gesichtsausdruck seines Freundes nicht verkneifen, den er mit dem eines Erpels verglich, der auf ein Huhn gestiegen war. Die Umstehenden begannen zu lachen, doch der Betroffene antwortete mit einer schallenden Ohrfeige, die dem Dicken die Wange rot färbte.

„Diesen Wunsch will ich dir gern erfüllen, Weib", sprach Pater Mathias und begann einige Gebete zu sprechen. Bald darauf gingen sie an Bord, und das Wellenross nahm mit geblähtem Segel Fahrt nach Norden auf.

Nach entbehrungsreichen Tagen auf See erreichte das Knarr der Reisenden endlich die Küste Islands. So hoch im Norden war aus dem heftigen Regen schon bald Schnee und Eis geworden. Die Ufer der Fjorde waren bereits mit einer dünnen Eisschicht bedeckt. Es knirschte und knackte bedrohlich, wenn das Eis unter dem schweren Kiel des Wellenrosses zerbarst. Bald würde nur noch eine schmale Fahrrinne in die offene See führen, und auch diese würde irgendwann zu einer festen, dicken Eisschicht werden.
Endlich lief das Wellenross in den Hornafjord ein. Die Männer ließen die Ruderpinne ins Wasser und legten sich kräftig in die Riemen. So erreichten sie bald Guthrumsvoe. Große Freude herrschte bei der Ankunft des Knarrs. Guthrum, der Häuptling, umarmte seine Söhne Leif und Ivar, und er dankte seinen Göttern für deren gesunde Rückkehr. Als Leif ihm Inga als sein Weib vorstellte, war der Alte jedoch zurückhaltend. Als er erfuhr, dass sie eine Christin war, wurde seine Miene finster und als er dann noch hörte dass Leif die Taufe empfangen hatte, wurde er böse.
Doch die Freude des Wiedersehens war zu groß, als dass Guthrum hätte lange schmollen mögen. Er wusste, dass er sich mit der Entscheidung seines Sohnes Leif wie vorher schon mit der Ivars abfinden musste.
Das Wik, das die Norweger im letzten Herbst errichtet hatten, war nun zu einem Gehöft gewachsen. Es bestand aus vier Langhäusern, jedes bewohnt von jenen Norwegern, die auf Island geblieben waren. Auch Stallungen und Vorratshäuser gehörten zu dem Hof, und er hatte von den Isländern den Namen Norwik erhalten. Hier fanden Jarl Erik und seine Besatzung Unterkunft.
Den ganzen Tag waren die Männer damit beschäftigt, das Knarr zu entladen. Karren und Zugpferde wurden an das Schiff gebracht und mit dem Holz und den Fässern voll

Pech beladen. Und als es dämmerte, lud Guthrum alle in die große Halle seines Langhauses. Es wurde gut gegessen und getrunken. Und auch die Mönche durften auf Wunsch von Leif und Ivar an dem Gelage teilnehmen. In den folgenden Tagen ließen sich viele Isländer von den Priestern taufen, denn wenn Leif und Ivar diesen Schritt gewagt hatten, musste das Heil des neuen Gottes groß sein. Vor allem die Frauen fanden Gefallen an dem neuen Glauben, denn auf sie wartete nach dem Tode ja kein Festmahl in Walhalla, sondern das dunkle Reich der Hel. So war die Aussicht auf das Paradies recht verlockend.

Einen halben Mond blieben die Norweger auf Island. Dann gab Jarl Erik den Befehl, das Knarr seeklar zu machen. Beladen mit Tran und Öl, Fett und schönen Robbenfellen, Stoßzähnen vom Walross und Knochen vom Wal, die er dem Guthrum abgekauft hatte, lag das Schiff tief im Wasser. Und auf Ingas Bitten hin hatte der Abt beschlossen, mit seinen Priestern auf Island zu bleiben, denn dies war ein Ort, an dem es sich sicher lohnte, den Glauben an den Herrn Christus zu verbreiten. Nur ein junger Mönch von irischer Herkunft, der Lukas gerufen wurde, sollte mit nach Norwegen segeln. Er war kaum älter als Jarl Erik und hatte dünnes, kurz geschorenes, feuerrotes Haar. Auch er war der nordischen Sprache mächtig, da sie ihn der Abt ihres Ordens seit vielen Sommern lehrte. Dies war der Grund gewesen, weshalb Pater Mathias den hageren, sommersprossigen Mönch für die Reise nach Norwegen ausgewählt hatte. Schweren Herzens fügte sich der junge Priester ängstlich in sein Schicksal.

Bei eisigem Wind und heftigem Schneetreiben verließ das Wellenross den Hornafjord, um nach Norwegen zu segeln.

*

16. Die schwarze Skaid

Über die Herzlichkeit, die dem Priester von Astrid Lodinsdottir und auch von deren Tochter Asa entgegen gebracht wurde, staunte dieser sehr. Er hatte schon viel von den Nordleuten gehört, und meist waren es Geschichten über Grausamkeiten, von Menschenopfern und anderen Gräueltaten. Ihre brutalen Überfälle hatte er ja schon am eigenen Leib erleben müssen. Doch dass sie auch gottesfürchtige Christen waren, davon erzählte man sich nie. Vor Antritt der langen Reise hatte er noch große Angst ausgestanden, hatte den Abt angefleht, einen anderen zu wählen, und war sich dann schnell gewahr geworden, wie schändlich es doch von ihm war, einen anderen in diese Hölle zu wünschen. Sogar den sündigen Weg des Freitodes wollte er gehen, bevor er allein bei diesen Barbaren leben müsse. „Dies ist der Weg, den der Herr Christus für dich erwählt hat, Bruder Lukas. Du kannst deinem Schicksal nicht entfliehen", hatte der Abt gesagt. „Denke an Christus, den man an ein Kreuz nagelte. Er soll dir Vorbild sein!"
Die Angst des jungen Priesters war zwar groß, doch der Glaube und die Liebe zu seinem Gott waren größer. So hatte sich der irische Mönch dem Willen seines Abtes gefügt.
Jarl Erik gab den Befehl aus, man möge dem Priester neben der neuen Kirche, die sich auf Wunsch der Astrid im Bau befand, eine Hütte errichten. Es sollte ihm an nichts fehlen. Besonders mit der Stiefmutter des Jarls verbrachte der junge Priester nun viel Zeit. Zu Astrid Lodinsdottir hatte Lukas schon bald größtes Vertrauen gefasst. Er musste ihr aus der Heiligen Schrift vorlesen und mit ihr beten, dafür lehrte sie ihn die Sprache der Nordleute. Von Astrid erfuhr Pater Lukas viel über den Sigurdfjord und seine Bewohner. Besonders über das Schicksal, das sie erleiden mussten.

Die Frauen nähten dem Priester neue, schöne Gewänder, und Thorkill, der Schmied, fertigte mit seinen geschickten Händen aus Gold und Silber die Heiligen Gefäße für das Abendmahl an. Es dauerte nicht lange, und der Mönch mit dem roten Haarkranz hatte sich eingelebt.
Nachdem die Kirche fertiggestellt war, machte Jarl Erik so, wie er es versprochen hatte, die schöne Asa zu seiner Gemahlin. Drei volle Tage dauerte das Fest, und viele Menschen aus dem Gau waren gekommen, um dem Paar ihre Aufwartung zu machen, und jeder war willkommen.

Dann kam der Winter, und das Weihnachtsfest konnte zum ersten Mal in der neuen Kirche begangen werden. Aus dem ganzen Gau waren die Menschen mit ihren Familien auf den Hof Jarl Eriks gekommen.
Nach den Festlichkeiten zur Geburt des Herrn Christus erfuhr Erik, dass Asa mit einem Kind ging und dass er im nächsten Sommer ein Vater sein würde. Er beging die freudige Nachricht mit einem großen Gelage.

*

Genau einen vollen Mond nach den weihnachtlichen Festlichkeiten drang eine beunruhigende Nachricht nach Norwegen an den Hof des Königs.
Der Dänenkönig Sven Gabelbart war aus dem Danelag nach Roskilde, der Königsstadt des Dänenreiches, zurückgekehrt und hatte sich mit der schwedischen Königin Sigrid der Stolzen vermählt. Die Todfeinde Norwegens hatten sich durch eine Heirat verbündet.
Und nicht genug der schlechten Nachrichten, musste der Norwegerkönig Olaf auch noch von der Vermählung Jarl Erik Hakonssons, dem Sohn des einstigen Tröndnerkönigs

Hakon des Bösen, mit einem Weib aus der Sippe des Schwedenkönigs erfahren. Erik Hakonsson war ein Vasall dieses Schweden, der der Sohn der Sigrid war. Er befehligte nun ein großes Heer landesflüchtiger Norweger. Und er erhob Anspruch auf Olafs Thron. Nun hatte der christliche König Norwegens gleich drei durch Familienbande miteinander verbündete Feinde gegen sich, und es war nur eine Frage der Zeit, wann diese über sein Reich herfallen würden. Nur ein im christlichen Glauben vereinigtes Norwegen würde den Angreifern standhalten. Davon war der König überzeugt.
Also beschloss er, im Frühjahr mit seiner Flotte in den Norden zu segeln, um die immer noch aufsässigen Jarle des Helgelandes zum rechten Glauben zu zwingen.

Im Frühjahr des Jahres 999 n. Chr. sammelte sich auf Befehl des Königs eine große Flotte in Nidaras, um gegen das Helgeland zu ziehen.
Jarl Erik weilte zu dieser Zeit in der Königsstadt, um Handel zu treiben. Er wollte seine Felle, das Öl und den Tran, die Stoßzähne vom Walross und all die anderen Waren an friesische Händler verkaufen, die oft nach Nidaras kamen. Um nicht in die kriegerischen Absichten seines Königs verwickelt zu werden, blieb Erik in der Unterstadt am Hafen. Hier lebten die einfachen Leute, die Händler, und hier war auch das Viertel der Handwerker. Vor den Absichten des Königs war er hier sicher.
In der Oberstadt dagegen lebte der Teil der Bevölkerung, der im Palast des Königs ein- und ausging. Einige Jarle, die Erik als Speichellecker bezeichnete, hatte es an den Hof gezogen, und andere Würdenträger, die sich in der Gunst Olafs wähnten, Kirchenmänner, Hofdamen, reiche Kaufleute. Die Tore zur Oberstadt waren von Kriegern der

Stadtwache gut geschützt, denn in diesem Teil von Nidaras lag auch der Palast des Tryggvesson.

Eilig tätigte der junge Jarl seine Geschäfte. Er wollte, so schnell es ihm nur möglich war, in den Heimatfjord zurückkehren. Zu einer Handelsfahrt nach Island wollte er aufbrechen, denn im Gegensatz zu den anderen Jarlen des Reiches war Erik ein armer Mann. Sein vorrangiges Ziel war es, für sich und seine Gesippen den alten Wohlstand wieder herzustellen. Keinesfalls wollte er Krieg führen! Langsam ruderten sie das Knarr aus dem Hafen in den Trondheimfjord hinaus. Dann gab Erik den Befehl, das Segel zu setzen und das Wellenross nahm schnell an Fahrt auf.

Der frische Wind brachte sie an nur einem Tag nach Norden. Wie nach jeder Ankunft fiel Asa ihrem Gemahl um den Hals und küsste ihn voller Freude. „Wie froh bin ich, dass du so schnell zu mir zurückgekehrt bist", hauchte sie ihrem Gemahl ins Ohr.

„Meine Eile hat leider einen Grund", musste Erik gestehen. Er erzählte seinem Weib von der Absicht des Königs, das Helgeland zu erobern und zum rechten Glauben zu zwingen. „Ich werde sofort zu einer Handelsfahrt nach Island aufbrechen. So entgehe ich der Pflicht, dem König zu folgen!"

„Du willst dem König die Gefolgschaft verweigern?" Voller Entsetzen sah Asa den jungen Jarl an.

„Wenn ich mit dem König auf Kriegsfahrt gehe, werde ich nicht vor dem nächsten Herbst zurück sein. Und mit mir die besten Männer des Dorfes", sagte Erik. „Es muss aber gejagt, gefischt und die Äcker bestellt werden. Nach dem harten Winter sind die Vorratshäuser geleert, und sie müssen wieder gefüllt werden. Dazu verlangt der König im Herbst die Abgaben. Nein, ich muss der Pflicht entgehen!"

Erik hatte recht, das wusste Asa, doch es war nicht ungefährlich, sich dem König zu widersetzen. So schickte der Jarl seine Männer in die Wälder, um Holz zu schlagen, welches er in Island verkaufen wollte. Reykjavik, an der süd-westlichen Küste gelegen, sollte sein Ziel sein. Die größte Stadt und der wichtigste Handelsposten der Insel. Nach acht Tagen war das Wellenross mit bestem Holz aus norwegischen Wäldern beladen und bereit zum Ablegen. Zwölf Männer wählte der Jarl als Besatzung. Thorkill war der Steuermann, und sein Sohn Orm war auch an Bord, um die Kunst der Navigation nach den Sternen und den Gebrauch der Peilscheibe zu erlernen. So, wie es auch Erik von seinem Vater gelernt hatte. Die anderen zehn Männer waren die besten Ruderer in Eriks Gefolgschaft.
Die See war aufgewühlt, und es ging eine kräftige Brise. Ab und an schaute sogar die Sonne hinter den Wolken hervor. Der Wind blies günstig, sodass die Männer nicht zu rudern brauchten, was die gute Laune auf dem Schiff erhöhte. Alle machten Scherze und waren insgeheim froh darüber, dem Kriegsruf des Königs entgangen zu sein. Sie scheuten nicht den Kampf, doch war die Beute im Kriegsdienst nur sehr gering. Oft behielt ein Herrscher sogar die ganze Prise für sich, um damit nach einem kostspieligen Krieg die leeren Staatskassen wieder zu füllen.

Eine Herde Wale kreuzte ihren Weg, und Erik ärgerte sich, dass sie nicht die Zeit zur Jagd hatten, denn viele Fontänen schossen vor ihnen aus dem Wasser. Dies wäre eine reiche Jagdbeute geworden. Und endlich, nach wenigen Tagen, zeigte die Anwesenheit der ersten Seevögel, dass Land in der Nähe war. Seemöwen und Tölpel umkreisten den Mast des Knarrs. Bald schon sah Erik die Südküste Islands, und Thorkill steuerte das Wellenross nach Westen, vorbei an der Vestmanna Eyjar, der Insel der Westmänner, die der

Südküste vorgelagert war. Diese Insel war nach irischen Sklaven benannt worden, die sich nach einem Totschlag hierher geflüchtet hatten. Hier waren sie von ihren Verfolgern gestellt und erschlagen worden. Sie erreichten die Sturm- und Rauchbucht, in der die Stadt Reykjavik lag. Die Handelsstadt entstand aus dem Wik des Ingolf Arnarsson, der vor mehr als hundert Sommern und Wintern begonnen hatte, die Insel zu besiedeln.

Langsam ruderten die Männer das tief im Wasser liegende Knarr in den Hafen des Handelspostens. Plötzlich sprang Erik, der am Heckstand auf der Steuerbank gesessen hatte, erschrocken auf und lief zum Vordersteven. Und er traute seinen Augen nicht. Vor ihm lag gut vertäut an einem Landungssteg die Skaid Halvdans des Schwarzen.
„Sollte dieser Teufel den Axtstreich Ivars etwa doch überlebt haben?", sagte Erik leise, und ein eiskalter Schauer lief ihm über den Rücken. „Nein! Das da ist doch nur ein Schiff. Es ist sicherlich von einem Isländer gekauft worden", suchte Erik nach einer Erklärung. Thorkill steuerte das Knarr an einen der zahlreichen Anlegeplätze, und sie machten das Schiff fest. Sofort kamen die Händler herbei und fragten nach dem Eigner und der Ladung des Schiffes. Sie baten, an Bord kommen zu dürfen, um die Waren zu begutachten.
„Fünf Goldstücke gebe ich dir für das Holz! Mehr ist es nicht wert", sagte einer, nachdem er die Stämme geprüft hatte. „Fünf Goldstücke", lachte Erik auf. „Willst du mich bestehlen? Verschwinde von meinem Schiff, du Geizhals!"
„Das Holz ist morsch! Aber ich will guten Willen zeigen und gebe dir sechs Goldstücke. Nicht mehr!", sprach der Händler etwas beleidigt.
„Acht Goldstücke und keines weniger!", forderte Jarl Erik trotzig. Da trat ein Mann vor, der bisher geschwiegen hatte.

An den Kleidern und Waffen erkannte Erik sofort, dass der Mann eine hohe Persönlichkeit sein musste.
„Acht Goldstücke sollst du haben", sagte er ruhig, und mit einem Handschlag wurde das Geschäft besiegelt. Erik hatte einen guten Preis erzielt. Mit einem Goldstück konnte ein Mann den Winter gut überleben.
„Mein Name ist Thorgeir Thorkelsson und man nennt mich den Weisen!", stellte sich der Mann vor. Er war von großer, schlanker Gestalt, und sein Gesicht war fein geschnitten. Keine Narbe, kein Kratzer verunstalteten das Antlitz. Dieser Mann war kein Seefahrer oder Bauer! Erik schätzte Thorgeir auf über vierzig Sommer, denn sein Haar bekam langsam das Grau des Wolfspelzes.
„Ich bin hier auf Island der oberste Thingsprecher und der Häuptling dieser Siedlung", sagte er mit einer tiefen, aber ruhigen und sanften Stimme. Erik gefiel das.
Der junge Jarl nannte seinen Namen, und die beiden Männer sprachen noch einige Zeit miteinander, denn Thorgeir war sehr interessiert an den Vorgängen in Norwegen. Er war auch bereit, Erik noch weitere zwei Ladungen Holz abzukaufen. Dann rief er einem Knecht seine Befehle zu, und dieser kam mit einigen Sklaven, Pferden und Karren, um das Schiff zu entladen.

Die Männer standen auf dem Landungssteg, und Thorgeir wollte sich gerade verabschieden, als sie eine raue, kehlige Stimme vernahmen: „Sieh da, der kleine Norweger! Odin hat mein Bitten also doch noch erhört!"
In Eriks Rücken hatte sich, fast unbemerkt, eine hünenhafte Gestalt aufgebaut. Es war Halvdan der Schwarze!
Neben dem Dänen standen vier weitere Wikinger in ihren Kettenhemden und mit den Händen an den Waffen.

„Bist dem Gehörnten also vom Dreizack gesprungen, Däne", stellte Erik trocken fest. „Wo ist dein Hauptmann, der Christentöter, der einst mein Bruder war?"
„Ach, Bjarne hatte andere Pläne", brummte der Hüne. „Wollte wohl Jarl werden im Tröndelag!"
Dass die beiden Piraten sich im Streit getrennt hatten, verschwieg er. Thorgeir der Weise verfolgte aufmerksam, aber schweigend das Gespräch der Männer.
Plötzlich trat einer der vier Wikinger vor. Es war ein übel riechender, hässlicher Kerl. „Man ruft mich Hrani Triefnase", sagte er, als müsste der Ruf seines Namens ihm vorausgeeilt sein, und er glaubte nun, Erik würde vor Ehrfurcht und Angst erstarren. Dieser aber sah den Burschen nur verwundert an.
„Ich bin der Stevenhauptmann des Halvdan!"
Den Namen trug er zu Recht, denn aus seiner Nase lief ihm der Rotz, dass es einem übel werden konnte.
Sein Schnauzbart war völlig verkrustet, man hätte ihn an einem Stück abbrechen können. Auch wenn Erik den Namen noch nie zuvor gehört hatte, war Hrani doch im ganzen Norden als ehrloser und hinterhältiger Neiding bekannt. Ein Pirat der übelsten Sorte.
„Nun ist es genug geredet, Norweger", sagte der Däne grimmig. „Jetzt sollen die Waffen zeigen, wer das größere Heil besitzt!" Er wollte sein Schwert aus dem Wehrgehäng ziehen, da stellte sich Thorgeir, der Thingsprecher, zwischen die streitenden Männer. „Willst du den Handelsfrieden brechen, Däne?", fragte er, und seine Stimme war nicht mehr sanft und ruhig. „Das würde dich teuer zu stehen kommen!"
„Willst du mich aufhalten, Kerl? Du allein?", höhnte der Schwarzbärtige. Doch seine Stimme verstummte, als er sah, dass sich gut dreißig bewaffnete Isländer auf dem Landungssteg versammelt hatten.

Fast unbemerkt hatte sich jedoch Hrani Triefnase in Jarl Eriks Rücken geschlichen. Noch ehe er mit dem Dolch zustoßen konnte, blitzte die Klinge einer Bartaxt in der Sonne auf. Thorkills Waffe durchschlug den Gesichtsschutz von Hranis Helm und beendete den ständigen Nasenfluss des hässlichen Piraten für immer. Blutüberströmt fiel der Wikinger zu Boden und starb.
Halvdan empörte sich über den Totschlag an seinem Stevenhauptmann und verlangte die Bestrafung Thorkills. Einen Angriff wagte er aber nicht!
Thorgeir hatte den Dolch in der Hand des Hrani aber längst entdeckt. „Ihm ist geschehen, was einem jeden Meuchelmörder geschehen sollte! Thorkill hat recht gehandelt, als er Hrani erschlug!"
Der Däne wusste, dass er hier nichts mehr zu erreichen vermochte, und wandte sich wieder Erik zu. „Hier bist du wohl sicher, Norweger! Aber du musst die Insel irgendwann verlassen, und dann werde ich da sein, um dir dein Leben zu nehmen!"

*

In Gedanken versunken saß Erik auf der Steuerbank seines Schiffes. Zwei Tage waren vergangen, und die Ladung war längst gelöscht.
„Halvdan ist ein schlauer Fuchs", riss Orm den jungen Jarl aus seinen Gedanken. „Mit dem Knarr werden wir der schwarzen Skaid nicht entkommen. Selbst wenn es uns gelingen sollte, den Hafen unbemerkt zu verlassen!"
Erik schüttelte entmutigt den Kopf. Er wusste selbst, dass sein Schiff zu langsam und seine Besatzung zu schwach waren, um sich dem Piraten zu stellen. Und Halvdan wartete nur darauf, dass sie Reykjavik verließen.

„Wenn wir es bis zum Hornafjord im Osten schaffen, würde uns Leif zur Seite stehen", dachte Erik laut. „Doch die Skaid des Schwarzen würde uns schnell einholen, und wir würden in den eisigen Fluten des Nordmeeres versinken."
Mit einem breiten Grinsen auf dem Gesicht lehnte sich Orm gegen die Schulter des Freundes. „Wenn der Däne seine schwarze Skaid aber nun verlieren würde, könnte er uns nicht mehr verfolgen!"
Erik hatte Orm Thorkillsson gar nicht richtig zugehört, und es dauerte eine Weile, bis sein Verstand die Worte verarbeitet hatte. Doch plötzlich begriff er. Nun musste auch Jarl Erik grinsen.

Nur wenige seiner Männer bewachten das große Schiff des Dänen, die anderen trieben sich in den Spelunken herum oder schliefen irgendwo ihren Metrausch aus. Auch Halvdan suchte sein Vergnügen, denn er wusste ja, dass Erik ihm nicht entkommen konnte.
Fahles Mondlicht beleuchtete den Hafen, und nur schemenhaft konnte man erkennen, wie sich mehrere Gestalten von dem Wellenross in das kalte Wasser hinabließen. Unbemerkt schwammen sie durch die Hafenanlagen bis zu der schwarzen Skaid des Dänen. Wie ein schlafender Riese lag das große Schiff zwischen den wesentlich kleineren Handelsschiffen der Isländer. An der Außenwand des Schiffes befestigten die Schwimmer mit Pech gefüllte Schweinsblasen. Dann schwammen sie unbemerkt zu dem Knarr zurück.
Langsam und ruhig ließen die Männer die Ruderpinne in das Wasser des Fjordes gleiten, und das Wellenross bewegte sich zum Hafenausgang. Als sie die schwarze Skaid passierten, stand Erik am Bug des Knarrs. In seinen Händen hielt er Pfeil und Bogen. Neben ihm stand grinsend der rothaarige Orm mit einer Fackel in der Hand. Plötzlich

vernahmen sie den Ruf eines Kriegers, der als Wache am Achtersteven der Skaid gestanden hatte. „Das Knarr! Das Knarr! Die Norweger fliehen!", rief er aufgeregt.
Die brennenden Wespen sausten durch die Luft, als das Knarr auf gleicher Höhe mit der Skaid war. Die getroffenen Schweinsblasen zerplatzten, und das Pech fing Feuer. Zufrieden sah Erik, wie sich das brennende Pech über den Rumpf des großen Schiffes verteilte. Die wenigen Schiffswachen des schwarzhaarigen Piraten liefen in großem Schrecken über das Deck. Einige versuchten, in Kübeln Wasser zu schöpfen, doch alle Löschversuche waren vergebens. Die schwarze Skaid wurde ein Raub der Flammen.
In dieser Nacht war der Hafen von Reykjavik hell erleuchtet, und die Männer an Bord sahen, wie sich die Anlegestege mit Menschen füllten.
Mit vollem Segel verließ in dieser Nacht ein Knarr die Sturm- und Rauchbucht.

*

17. Holmgang auf Island

Ein voller Mond war vergangen, seit der König mit seiner Kriegsflotte in den Norden aufgebrochen war. Da fielen feindliche Horden, meist heidnische Norweger in dänischen Diensten, in Wiken ein. Mit Waffengewalt zwangen sie die Bevölkerung zur Herausgabe der Steuergelder, und da sie kaum Widerstand zu erwarten hatten, waren sich die dänischen Anführer ihrer Sache sicher. Doch zwei Jarle, treue Gefolgsmänner König Olafs, stellten ein Bauernheer auf, um dem Feind entgegen zutreten. Als die dänischen Vasallen auf einem Gelage weilten, griff das Heer der beiden königstreuen Jarle an und tötete die Anführer.
Ihrer Befehlshaber beraubt, flüchteten die Eindringlinge auf ihre Schiffe und fuhren ohne Beute zurück nach Dänemark.

*

Unbehelligt erreichte das Wellenross den Hornafjord. Halvdan schien es nicht gelungen zu sein, in der kurzen Zeit ein neues Schiff zu bekommen. So konnte er Jarl Erik nicht folgen. Der dänische Pirat hatte vor Wut geschäumt und dem Norweger den Tod an den Hals gewünscht. Doch seines Schiffes beraubt, waren ihm die Hände gebunden. Die Norweger wurden freundlich in Guthrumsvoe empfangen, und Erik sah, dass Ivar sein Versprechen einlöste. Er hatte begonnen, eine Kirche zu bauen, und es schien, als würde die Saat des Christentums nun auch auf Island Wurzeln schlagen.
„Leif weilt nicht auf der Insel", sagte der alte Guthrum, auf seinem Hochstuhl sitzend. „Er ist auf eine Handelsfahrt zu den Orkneys aufgebrochen!"

Erik konnte seine Enttäuschung über diese Nachricht kaum verbergen. Von Guthrum erfuhr er auch, dass Leif im Landesinneren einen kleinen Hof gekauft hatte, den Inga mit einem Knecht und einer Magd bewirtschaftete. Der blonde Isländer fuhr indes weiter auf die See hinaus.
Ivar der Einäugige und die Mönche hatten sich auf den Weg gemacht, um den Glauben an den Herrn Christus auf der Eisinsel zu verkünden.
So entschloss sich Jarl Erik, Island sofort zu verlassen. Er bat Guthrum noch seinem Sohn Leif bei dessen Rückkehr sofort die Nachricht vom Überleben des dänischen Piraten zu überbringen. Dann bestiegen die Norweger ihr Schiff und nahmen Kurs auf die Heimat.

„So kann es nicht weitergehen! Ich will nicht länger der Hase sein", rief Erik erbost. „Ich muss der Geschichte endlich ein Ende bereiten. Ich muss meinen Schwur erfüllen und Halvdan der Schwarze muss sterben!"
Seit ihrer Ankunft im Sigurdfjord war Jarl Erik immer unruhiger geworden. Mehrmals am Tage ritt er auf die Anhöhe hinauf und sah in den Fjord hinaus. Er wusste, dass der dänische Wikinger eines Tages kommen würde, um sich für die Schmach, die ihm Erik zugefügt hatte, zu rächen.
Es war Abend, und der Jarl saß mit seinen engsten Vertrauten in der großen Halle seines Langhauses, um sich zu beraten. Von König Olaf konnte er keine Hilfe erwarten, das wusste Erik. Er hielt es sowieso für besser, seinem Lehnsherrn nicht unter die Augen zu treten. Und Leif, der Isländer, wusste noch nicht, dass der Däne immer noch lebte, und schwebte somit selbst in großer Gefahr. Also hatte sich Jarl Erik entschlossen, von den Bauern seines Gaus einige Männer zu fordern, die seinen Hof bewirtschaften sollten, während er mit seinem Gefolge auf die Jagd nach dem Piraten ausfuhr.

Doch zuvor gab es noch ein Problem für den jungen Jarl. Das Verhältnis zwischen Asa und ihrer Mutter hatte sich in den letzten Monden sehr verschlechtert. Astrid als alte Herrin und Asa als neue Herrin auf dem Hof, das konnte nicht gut gehen. Zudem ging Asa mit einem Kind unter dem Herzen und wurde immer unruhiger und gereizter. Oft gerieten Mutter und Tochter in heftigem Streit aneinander. An einem der folgenden Abende nahm Erik seinen jungen Schwager Thore Gudbrandsson zur Seite. „Ich weiß, du würdest gerne mit uns auf Wikingfahrt gehen, doch ich habe einen Entschluss gefasst, der dich mehr betrifft als mich selbst!" Thore hob verwundert die Augenbrauen, denn er wusste nicht, was sein Schwager von ihm wollte.
„Dir ist sicher nicht entgangen, dass Asa und die Astrid immer öfter streiten. Ich habe daher beschlossen, dass du, der du der Erbe Gudbrands bist, den Hof deines Vaters bewirtschaften wirst! Du wirst Astrid Lodinsdottir mit dir nehmen!"
„Du jagst uns von deinem Hof", stammelte der junge Mann entsetzt. „Ich bin Seefahrer! Ein Wikinger - und kein Bauer! Ich will den Hof nicht!", rief Thore wütend aus.
„Wenn du älter bist, wirst du meine Entscheidung verstehen! Ich gebe dir Knechte und etwas Vieh. Und ihr könnt hierher auf meinen Hof kommen, wann immer ihr wollt!" Erik sah seinen jungen Schwager streng an. „Für zwei Sommer erlasse ich dir die Steuerabgaben. Geh und werde ein guter Bauer! Das ist mein Befehl!"
Thore musste sich dem Befehl seines Sippenoberhauptes beugen. Doch missbilligte er die Entscheidung. Ja, er war wütend und enttäuscht. So beschloss er, fortan Erik nicht mehr als seinen Gesippen anzusehen. Und auch Astrid war von Eriks Befehlen nicht sehr angetan. Da jedoch Pater Lukas ihr versprach, sie des Öfteren auf Gudbrandshöfti zu

besuchen, willigte sie ein. Einige Tage später verließen sie den Hof Jarl Eriks.

Es war Hochsommer, als der Wogenbeißer den Sigurdfjord verließ, um noch einmal nach Island zu segeln. Aber diesmal nicht, um Handel zu treiben, sondern um zu jagen und zu töten. Und die Beute sollte der Pirat Halvdan sein! Die Bauern des Gaus hatten gemurrt, als der Jarl ihre Knechte forderte. Doch sie mussten dem Befehl ihres Lehnsherrn folgen. So konnte Erik auf Wikingfahrt gehen, ohne befürchten zu müssen, dass die Felder unbestellt und die Vorratshäuser für den Winter leer blieben. Fünfunddreißig gut bewaffnete Krieger hatte der junge Jarl mit an Bord des Wogenbeißers genommen. Es ging eine leichte Brise, und die Sonne schien ungewöhnlich heiß an diesem Tag. Die Männer mussten sich kräftig in die Riemen legen, um schneller voran zu kommen.
Thorkill stand am Seitenruder, und neben ihm lehnte Jarl Erik an der Reling des Heckstandes. „Hast du einen Plan?", fragte der Steuermann. „Einen Plan?" Erik stockte und überlegte einen Moment. Dann schüttelte er den Kopf. „Wir fahren in den Hafen von Reykjavik, und wenn der Däne noch da ist, werden wir ihn töten!"
„Und was glaubst du, werden die Isländer dazu sagen?" Thorkill gab sich mit der Antwort nicht zufrieden.
„Nichts! Sie werden vermutlich froh sein, dass der Schwarze sie nicht mehr belästigt", antwortete der Jarl trotzig. „Ach, was weiß ich", brummte Erik ärgerlich. Er hatte die Fragerei satt und ging beleidigt zum Vordersteven. Wie so oft hatte Thorkill natürlich recht, dass wusste Erik, und gerade darum ärgerte es ihn.

Nachdem die Schnigge in den Hafen von Reykjavik eingelaufen und am Landungssteg vertäut worden war,

machten sich die Norweger auf die Suche nach dem Feind.
An der Stelle, an der noch vor kurzem die Skaid des
schwarzbärtigen Dänen festgemacht war, ragte nur noch die
Spitze eines Mastes aus dem Wasser. Bei diesem Anblick
konnten sich die Norweger ein Grinsen nicht verkneifen.
In Reykjavik hatte der Däne kein neues Schiff bekommen,
soviel hatte Erik schnell in Erfahrung gebracht. All sein
Geld musste mit der Skaid in dem dunklen Wasser des
Hafens versunken sein. Und auf die Versprechungen des
Piraten, das Geld später nach Island zu bringen, wollte kein
Schiffseigner etwas geben. Also war es mehr als
wahrscheinlich, dass der Däne noch auf der Insel weilte.
Bald kamen ihnen Gerüchte zu Ohren, Halvdan wäre mit
seinen Männern in den Norden von Island gezogen, um dort
ein Schiff zu bekommen. Andere erzählten, der Däne sei mit
einem Handelsfahrer ins Danelag auf die Insel der
Angelsachsen gefahren. Wieder andere behaupteten,
Halvdan der Schwarze und sein Gefolge hätten sich bei
einem früheren Gefolgsmann des Dänen hoch im Norden im
Eyjarfjord eingenistet.
Jarl Erik kaufte Pferde und ritt mit fünfzehn Männern in das
Landesinnere. Doch die Suche blieb erfolglos. Der Däne
war wieder einmal wie vom Erdboden verschluckt.

Es waren einige Tage vergangen, als ein Reiter an den
Landungssteg kam. Er sprang von seinem langmähnigen
Pferd und kam auf die Schnigge der Norweger zu.
„Wer von euch ist Jarl Erik Sigurdsson?", fragte der Mann
barsch. Thorkill Ormsson trat vor den Fremden, und in
seiner Rechten hielt er seine Axt. „Was willst du von
unserem Jarl?", entgegnete der Schmied mit drohender
Stimme.
„Mein Herr, Thorgeir Thorkelsson, wünscht deinen Jarl zu
sehen! Man hat mich gesandt, ihn zu führen", sprach der

fremde Krieger, nicht ohne dabei die scharfe Klinge der Axt seines Gegenübers aus den Augen zu lassen.
Da trat Erik an die Reling seines Schiffes. „Ich bin der, den du suchst! Und ich will dir gerne folgen!"
Mit einem Satz war er auf dem Landungssteg und gab ein kurzes Zeichen, dass ihm zehn Männer folgen sollten.
Der Krieger führte sie zu der kleinen Koppel, auf der auch die kurzbeinigen, langmähnigen Islandpferde der Norweger standen. Die Tiere wurden gesattelt, und die Männer ritten aus der Stadt.
Thorgeir war hoch erfreut, als er Erik sah, denn er mochte den jungen Norweger. Jarl Erik grüßte den Thingsprecher von Island freundlich. Der Hof Thorgeirs des Weisen lag außerhalb von Reykjavik auf einer Halbinsel die in den Fjord ragte. Es war ein großes Gehöft, in dessen Mitte ein Langhaus stand, das einem Jarl würdig war. Es war aus Holz und Stein gebaut, und das Dach war mit Grassoden gedeckt. Den Giebel zierte ein großer, hölzerner Drachenkopf. Eine flache Steinmauer umgab das Gehöft.
„Du bist nicht gekommen, um mir mein Holz zu bringen", stellte Thorgeir fest, nachdem die Männer das Langhaus betreten hatten. Freundlich bat er sie, an einem der langen Tische Platz zu nehmen. Eine Magd brachte einen Laib Brot und einen Becher voll Salz, so wie es Sitte war. Die Männer aßen das Brot und tranken dazu Bier. Auf die Frage des Thorgeir schüttelte Erik kauend den Kopf.
„Du hast viele Krieger in deinem Gefolge, und dein Schiff ist kein Knarr, sondern eine schnelle Schnigge, wie ich hörte!" Die Stimme des Hausherrn hatte wieder diesen ruhigen, dunklen Klang, den der junge Jarl so schätzte.
„Es ist der schwarzbärtige Däne, den du suchst", stellte Thorgeir fest, und Erik nickte.

„Halvdan der Schwarze beschuldigt dich, sein Schiff versenkt zu haben. Er verlangt, dass du vor dem Allthing erscheinen musst und für die Tat bestraft werden sollst!"
„Halvdan spricht die Wahrheit", sagte Erik ruhig. „Meine Mannschaft war zu schwach, um dem Dänen zum Kampf entgegenzutreten. Daher verbrannten wir sein Schiff, sodass er uns nicht folgen konnte!"
Thorgeirs Befürchtungen bestätigten sich also. Er hatte gehofft, nicht über diesen jungen Mann richten zu müssen.
„Dann muss ich dich vor den Rat der Insel rufen, Erik Sigurdsson", sprach Thorgeir, der oberste Sprecher von Island streng. Nach einem Moment des Schweigens erhob sich Erik. „Seit mehreren Sommern jage ich den Dänen, und ich habe geschworen, ihn zu töten. Er ist ein ehrloser Pirat und Mörder! Seine schwarze Seele gehört längst in das Reich der Toten", sagte Erik erbost. „Er wird im Höllenfeuer des Gehörnten schmoren!"
Halvdan der Schwarze war im ganzen Norden bekannt, und Thorgeir wusste natürlich, was der Däne für ein finsterer Geselle war. Erik würde der Welt sicher einen guten Dienst erweisen, wenn es ihm gelingen würde, den Schwarzbärtigen zu töten. Auch das wusste Thorgeir. Aber er war auch der oberste Richter auf Island. Der Sprecher des Things! Er war gewählt, um Recht zu sprechen, und Erik hatte den Handelsfrieden gebrochen. Außerdem sorgte er sich um den Jarl, denn er hatte Zweifel, dass der junge Norweger dem Hünen gewachsen war.
„Du wirst gewiss deine Gründe haben den Dänen so zu hassen, doch wir sind hier auf Island, nicht in Norwegen! Du wirst dich unseren Gesetzen beugen müssen", sagte er, keinen Widerspruch duldend. „Beim nächsten Vollmond werden wir am Ratsfelsen in Thingvalla eine Versammlung abhalten. Dort werde ich über dich richten!"

Thorgeir sah Erik streng an. „Solltest du flüchten, wirst du Island nie wieder betreten können!"
Der junge Norweger hatte keinen Zweifel daran, dass Thorgeir auch ihn angemessen bestrafen würde. Erik erhob sich von seinem Platz und verließ schweigend das Langhaus Thorgeirs des Weisen.

*

„Wir werden von hier verschwinden", schlug Thorkill vor.
„Nein, das werden wir nicht!" Erik blieb stur.
„So versteh doch, Erik. Sie werden ein Urteil über dich fällen, weil du den Handelsfrieden gebrochen hast. Und du weißt nur zu gut, welche Strafe dich dafür erwartet!"
„Das werden sie nicht wagen, denn ich bin ein Jarl König Olafs! Nein, wir werden bleiben!", trotzte der junge Anführer seinem Steuermann.
„Wir sind auf Island, nicht in Norwegen", gab Thorkill zu bedenken, und er war sichtlich beunruhigt.
„Ich bringe die Angelegenheit zu Ende, und Halvdan wird sterben!"
All seine Bitten und alle eindringlichen Worte des Thorkill hatten keinen Erfolg. Jarl Erik hatte sich entschieden, dem Urteil entgegenzutreten, denn er vertraute auf den Einfluss des Thorgeir.

Als der Mond seine volle Rundung erreicht hatte, ritt der Norweger mit seinem Gefolge nach Thingvalla, in das bergige Hinterland. Und er hatte keineswegs vor, als Opferlamm dorthin zu reiten. Die Isländer sollten sehen, dass Erik nicht gewillt war, sich kampflos schlachten zu lassen. Daher hatte er nur fünf Männer als Schiffswache zurückgelassen. Dreißig gut bewaffnete Krieger folgten ihm,

und sie waren wie stets bereit, für ihren Anführer und Jarl zu sterben.
Wie Götzenstatuen, von Menschenhand geschlagen, ragten drei riesige Felsen geradewegs in den Himmel. Am Fuße dieser Felsen, auf einer flachen Ebene, stand ein großer Opferstein, und seine dunkle, rötliche Färbung war Beweis dafür, dass die Isländer ihre Götter achteten. Davor, auf einem etwas tiefer gelegenen Platz versammelten sich die Männer Islands, die von der ganzen Insel gekommen waren. Jarle, Kaufleute, Krieger und Seefahrer, Bauern und freie Knechte.
Etwas abseits stand der schwarzbärtige Däne mit seinem Gefolge. Erik schätzte sie auf fünfzig Krieger.
Hämisch grinste der gestrandete Pirat, als Erik mit seinen Männern den Platz betrat. Halvdan glaubte sich heute mit Leichtigkeit einen verhassten Feind vom Leibe zu schaffen, ohne dafür allzu viel wagen zu müssen. Gerne hätte er zwar diesem Jarl selbst den Kopf gespalten, aber so war es natürlich sicherer.
Ein kleiner hässlicher Mann betrat den Platz - und mit ihm Thorgeir der Weise. Langes zotteliges Haar, zu vielen Zöpfen geflochten, hing an ihm herunter. Ein grauer, langer Bart war ihm gewachsen, und manchmal glaubte Erik zu erkennen, dass die kleinen Schweinsaugen des Mannes im Schein der vielen Fackeln rot glühten. Der Mann war der Odinspriester.
Er trat an den Opferstein, sprach heilige Worte, und die Opferzeremonie begann. Von jeder Kreatur der Insel opferte er ein Paar. Auch ein Menschenpaar tötete der kleine Mann mit eigener Hand. Die Unglücklichen, die die Götter des Nordens milde stimmen sollten, waren Sklaven. Das junge Weib schrie entsetzlich, als sie sah, wie sich die Klinge des Goden in den Hals des Mannes bohrte, der an ihrer Seite lag. An Pflöcke gebunden, konnte sie ihrem Schicksal nicht

entrinnen und einen kurzen Moment später, war auch ihr junges Leben beendet. Die Menge zu Füßen des Opfersteins jubelte und immer wieder riefen sie die Namen ihrer Götter. Die wenigen Christen der Insel verabscheuten diese Opferfeste zutiefst, doch sie hatten keine Wahl, wollten sie dem Thing beiwohnen.

Als das Opferfest beendet war, trat Thorgeir der Weise auf den flachen Felsvorsprung. Männer traten vor und verkündeten ihr Anliegen, sodass es alle hören konnten. Meist waren es Streitereien zwischen Bauern. Kaufleute beschwerten sich über die hohen Zölle des norwegischen Königs, oder es wurde ein Eheversprechen eingeklagt, das nicht gehalten wurde. Thorgeir sprach Recht, und die meisten Männer waren mit dem Spruch einverstanden. Dann trat ein bulliger Mann vor den Thingsprecher. Es war der schwarzbärtige Däne. „Ich bin Halvdan, genannt der Schwarze! Ich bin ein Gefolgsmann des Dänenkönigs Sven!" Ruhig sah er in die Menge. „Dieser norwegische Hund hat den Handelsfrieden gebrochen und im Hafen von Reykjavik meine Skaid versenkt!" Er wandte sich um und zeigte mit dem Finger auf Erik Sigurdsson.
„Ich verlange, dass er, so wie es das Gesetz Islands verlangt, von euch bestraft wird!" Die Gefolgschaft des Dänen begann zu grölen und zu jubeln.
„Du hast die Anschuldigungen gehört, die gegen dich vorgebracht werden, Erik Sigurdsson!"
Der Thingsprecher wandte sich an den jungen Norweger.
„Der Däne spricht die Wahrheit", gestand Erik ruhig ein.
Ein Raunen ging durch die Menge, denn damit hatte niemand gerechnet. Vereinzelt hörte man Männer, die Bestrafung für dieses Vergehen forderten. Halvdan stand grinsend vor dem Thingsprecher und war sich seiner Sache sicher. Doch Thorgeir der Weise trug seinen Namen nicht

ohne Grund. „Ich kenne die Strafe genau, die ihr fordert. Doch gebe ich zu bedenken, Erik ist Norweger, und Halvdan ist Däne. Ich will keinen Streit mit dem König von Norwegen heraufbeschwören, indem ich einen seiner Jarle töten lasse! Die Zölle König Olafs sind schon hoch genug, und ich weiß, das der Tryggvesson nur auf einen Grund wartet, um uns in seine Herrschaft zu zwingen!"
Die Kaufleute stimmten den weisen Worten ihres Thingsprechers sofort zu.
„Auch will ich keinen Streit mit König Sven, der mir nicht weniger verdächtig erscheint. So sollen also die Götter das Urteil fällen! Ein Zweikampf wird über Recht und Unrecht entscheiden!"
Die Isländer jubelten ihrem Thingsprecher zu, denn sie waren mit der Entscheidung mehr als zufrieden.
Anders Halvdan der Schwarze! Er ärgerte sich darüber, dass sein Plan misslungen war. Nun musste er kämpfen. Zwar war der Däne Erik an Größe und Stärke weit überlegen, doch war er nicht unverwundbar, und ein geschickt geführter Schwertstreich konnte auch sein Leben schnell beenden. Nur ungern dachte er an die Zeit, die er nach dem Axthieb Ivars daniederlag. Es kam Unruhe auf, denn Halvdans Gefolge wollte für den Anführer kämpfen. Sie waren sich ihrer Übermacht bewusst. Wozu sollten sie also ein Risiko eingehen?
Die Isländer wollten in den Streit nicht hineingezogen werden und drängten von dem Platz zurück, der nun zum Schlachtfeld zu werden drohte.
Jarl Erik und sein Gefolge hatten ihre Waffen gezogen, um sich zu verteidigen. Da trat plötzlich ein Mann aus der Menge. Er hatte weißblondes Haar und einen ebenso hellen Schnauzbart. „Ich fordere Halvdan den Dänen zum Holmgang! Ich habe genau wie mein Schwurbruder Erik ein

Recht darauf, ihn zu töten!", rief er, und der Blick seiner eisblauen Augen schien den Piraten zu durchbohren.
Etwa zwanzig isländische Krieger traten nun aus der Menge und stellten sich auf die Seite der Norweger.
Die freien Isländer waren sehr erstaunt und redeten alle durcheinander. „Das ist Leif Guthrumsson aus dem Hornafjord!", riefen einige Männer, die Leif kannten. Und nun zogen immer mehr Isländer ihr Schwert und gingen zu den Norwegern, um den Rechtsspruch ihres Thingsprechers durchzusetzen. Die Übermacht des Dänen war dahin geschmolzen, und Halvdan musste sich fügen, wollte er nicht wie Vieh von den Einheimischen abgeschlachtet werden.
Es war nicht so, dass Halvdan vor dem Norweger Angst verspürte. Doch ihm war der Gedanke an einen Zweikampf, der nach Regeln geführt wurde, zuwider.
Freudig grüsste Erik den Freund. Leif erzählte, dass er von Guthrum nach seiner Ankunft erfuhr, dass der dänische Pirat noch am Leben sei und auf Island weilte. Dann erreichte Leif die Nachricht von dem Thing, auf dem über einen jungen norwegischen Jarl gerichtet werden sollte, der die Skaid eines Dänen versenkt hatte. Ohne zu zögern war Leif daraufhin mit seinen Männern nach Thingvalla geritten.

*

Aus brennenden Fackeln hatte man einen Kreis abgesteckt. Birkenäste zeigten die vier Windrichtungen an. Neben den Ästen lagen die Waffen für die Kämpfer, jeweils eine Lanze und eine Bartaxt. Die Männer umringten den Kreis, grölten und jubelten, doch als Thorgeir der Weise in die Mitte des Kreises trat, wurde es still.
Auch Erik und der große Däne betraten nun den Kampfplatz. Sie trugen Schwert, Schild und Helm. Ihre

Körper waren ungeschützt, denn sie trugen keine Kettenhemden.

„Der erste Kämpfer, der den Kreis verlässt oder dessen Verwundungen so schwer sind, dass er den Kampf nicht fortsetzen kann, hat den Zweikampf verloren!"

Die Stimme des Thingsprechers klang streng.

„Nein!", rief Erik. „Heute wird nur einer den Kampfplatz lebend verlassen!"

Thorgeir Thorkelsson sah zu dem schwarzbärtigen Dänen. Dieser nickte nur und sah mit verächtlichem Blick zu Erik hinüber. „Ich werde dich meinen Göttern opfern, Christenhund! Bete zu deinem Gott, denn du wirst bald vor ihn treten!"

„Kampf bis zum Tode!", rief Thorgeir der Weise, da brach lauter Jubel los. Der Thingsprecher verließ den Kreis, und mit erhobenen Händen rief er aus: „Odin! Göttervater! Richte weise! Der Kampf möge beginnen!"

„Nun wird sich zeigen, welcher Gott das größere Heil vergibt!", rief Erik, und der Däne riss sein Schwert in die Höhe, um es gleich darauf mit aller Kraft auf Erik herab sausen zu lassen. Doch der junge Norweger war geschickt genug. Mit lautem Krachen schlug die Waffe auf den Schild des Jarls, sodass ein Stück davon in hohem Bogen durch die Luft flog. Schon schlug das Schwert Halvdans ein zweites und auch ein drittes Mal auf den Schild seines Gegenübers. Von der Wucht der Schläge begann Eriks Schildarm zu schmerzen. Die Umstehenden jubelten bei jedem Schlag. Nun begann Erik seinerseits zügellos auf seinen Gegner einzuschlagen, und sein Schwert Kehlenbeißer riss tiefe Kerben in den Schildrand des Dänen. Doch trotz seiner Größe war der Hüne flink wie ein Eichhörnchen, und es gelang ihm, sich Eriks Schlägen zu entziehen und in die Nähe eines Birkenastes zu gelangen.

Zu spät erkannte Erik die Absicht des Schwarzbärtigen. Der Däne griff nach der Lanze und schleuderte die schwere Waffe gegen den Norweger. Nur durch einen gewagten Sprung konnte Erik der scharfen Spitze des Wurfgeschosses entgehen. Dabei glitt ihm sein Schwert aus der Hand. Halvdan warf seinen zerschlagenen Schild beiseite und schlug nun, sein Schwert mit beiden Händen haltend, auf den Jarl ein. Schützend hielt Erik seinen Schild über den Kopf. Langsam rücklings kriechend, erreichte auch er einen der Birkenäste und ergriff die Bartaxt, die darunter lag. Doch in diesem Augenblick durchfuhr ihn ein brennender Schmerz. Die Klinge des Gegners war ihm in sein linkes Bein gedrungen, und die tiefe Wunde blutete sofort heftig. Und schon wieder sauste die Waffe des Dänen auf Erik herab, und er hatte alle Mühe, die Schläge abzuwehren. Bei jedem Schlag riefen die Umstehenden den Namen des einen oder anderen Kämpfers.

Plötzlich hielt Halvdan inne. Er warf das Schwert beiseite und lief zu dem Ast, an dem die zweite Axt gelegen hatte. Nun ließ auch Erik seinen Rundschild zu Boden fallen, er war ohnehin schon völlig zerschlagen. Mit beiden Händen ergriff er die Bartaxt und humpelte dem Schwarzbärtigen entgegen. Doch der Däne war schneller. Mit zwei großen Sätzen war der Hüne bei dem Norweger, und ein Tritt traf ihn auf die Wunde an seinem Bein. Erik wurde schwarz vor Augen, denn nun schlug die Axt des Dänen gegen seinen Helm. Die Wucht des Schlages riss den jungen Norweger von den Beinen, und er flog, als wäre er leicht wie eine Feder, durch die Luft. Doch nicht einer Feder gleich, sondern schwer wie ein Stein, war Erik auf dem Boden aufgeschlagen. Alle Knochen in seinem Leib schmerzten. Er fasste sich an den Kopf. Der Helm war verbeult, und etwas Blut klebte an seinen Fingern, doch wie durch ein Wunder hatte die schwere Waffe den Helm nicht durchschlagen.

Die Anhänger des dänischen Kämpfers jubelten. Sie waren sich nun ihres Sieges sicher.

„Oh, Herr Christus, hilf mir", flüsterte Erik, den Tod vor Augen. Es war so ruhig geworden. Er war plötzlich so müde. An Asa wollte er denken und an das Kind, das sie ihm bald gebären würde. Ein letztes Mal ihr schönes Antlitz sehen und ihren zarten Körper berühren.
Nein, er durfte jetzt nicht aufgeben! Er musste weiter kämpfen. Für sein Weib und für sein ungeborenes Kind.
Langsam hob Erik den Kopf.
Da lag die Lanze vor ihm im Sand, die noch vor kurzem der Däne nach ihm geworfen hatte. Plötzlich vernahm er wieder den Jubel und das tiefe Grölen der Männer. Und er hörte den furchterregenden Kriegsschrei seines Feindes hinter sich.
Und Erik begriff!
Der Däne wollte dem wehrlosen Feind sein Ende bereiten.
Mit hoch erhobener Bartaxt lief Halvdan der Schwarze auf den am Boden liegenden Krieger zu.
Mit seiner letzten Kraft ergriff der junge Jarl die Lanze, wälzte sich zur Seite und hielt die schwere Waffe seinem Widersacher entgegen.
Die lange eherne Spitze drang tief in den Bauch des schwarzbärtigen Hünen ein, und sofort war aller Jubel verstummt. Totenstille lag über dem Kampfplatz.
Mit weit aufgerissenen Augen hielt der große Däne inne und starrte auf die lange Waffe, die nun aus seinem Körper ragte. Dann sank er langsam auf die Knie.
Erik hatte sich mühsam erhoben, nahm sein Schwert Kehlenbeißer und humpelte auf den sterbenden Dänen zu.
„Für Ansgar, den Sachsen! Und für die vielen geschundenen Christenseelen!", rief Erik aus und bohrte dem verhassten Piraten die scharfe Klinge tief in den Hals.

Halvdan, der schwarzbärtige Däne, röchelte leise, als er zur Seite in den Sand fiel. Das Leben des dänischen Piraten hatte ein blutiges Ende gefunden, und Eriks Gefolge begann zu jubeln. Langsam glitt nun der Kehlenbeißer aus der Hand des Jarls, und dieser sank kraftlos zu Boden.
Entsetzt sahen die Dänen auf den Leichnam ihres Anführers. Einige Krieger zogen ihre Waffen, um den Tod des Schwarzen auf der Stelle zu rächen. Doch sie waren schnell von den umstehenden Männern niedergehauen.
Die anderen hatten den Kampfplatz eilig verlassen, denn sie fürchteten, dass sie das Schicksal Halvdans teilen würden. Thorgeir der Weise trat in die Mitte des Kreises. „Die Götter haben entschieden", sagte er, und die Umstehenden riefen Eriks Namen.

Die Wunden des jungen Jarls waren versorgt worden. Doch sein Kopf dröhnte, und sein Bein schmerzte. Aber er war zufrieden. Er hatte seinen Schwur erfüllt, hatte seine Schuld beglichen. Ansgar, der sächsische Ritter, dem er sein Leben verdankte, war gerächt.

*

18. Flucht einer Prinzessin

Erik hatte beschlossen, mit seinen isländischen Freunden auf den Hof seines Waffenbruders Leif zu reiten. Trotz seiner Verletzung und den Einwänden Thorkills ließ sich der junge Jarl nicht davon abbringen. Orm und drei weitere Männer ritten mit ihm, denn sie sollten die Pferde auf Leifs Gehöft treiben. Thorkill erhielt den Befehl, auf dem Wogenbeißer in den Hornafjord zu segeln. Also ruderten die Männer die Schnigge aus dem Hafen von Reykjavik, um auf Ostkurs zu gehen. Und auch Leif, Erik und ihr Gefolge brachen an diesem Tag in den Osten der Insel auf.

Sie ritten vorbei an majestätischen Gletschern, deren dickes Eis in der Sonne glitzerte. Über Wiesen, Felder und durch steinige Wüsten, bis sie einen großen See erreichten. Am Südufer dieses Sees stand auf einem mit Gras bewachsenen Hügel der Hof des Leif Guthrumsson. Es war ein kleines, von einer flachen Mauer umgebenes Gehöft mit einem Wohnhaus, einem Stall für das Vieh und sogar einem Badehaus. Das Feld, das den Hof umgab, war bereits abgeerntet.
In einem Pferch suhlten sich Schweine im Morast, und auf einem Hügel grasten friedlich einige Schafe und eine Kuh. Der Hof war nur wenige Schritte vom See entfernt, auf dessen Kiesstrand ein Fischerboot lag und neben einem Holzgerüst, über dem Netze hingen, eine kleine Räucherhütte stand.
Als sie den Hof erreicht hatten, trennten sich die Männer. Nur Leif und die Norweger blieben zurück. Alle anderen ritten zur Küste nach Guthrumsvoe.

Als Inga die Ankunft ihres Gemahls bemerkte, trat sie vor das Haus. Freudestrahlend lief sie auf die Koppel zu, in die die Männer gerade die Pferde trieben, um ihren Gemahl und den guten Freund zu begrüßen. Gemeinsam betraten sie Leifs Langhaus. Es war nicht so groß wie Eriks Langhaus, aber es war aus Holz gebaut. Aus gutem norwegischem Eichenholz, das Leif aus dem Sigurdfjord mitgebracht hatte. Das Gebäude hatte einen großen Wohnraum, in dessen Mitte sich eine Feuerstelle befand, über der eine Esse hing, durch die der Rauch abzog. An den Längsseiten des Hauses befanden sich lange Podeste, die als Schlafstellen für den Knecht und die zwei Mägde dienten. An den Wänden hingen Rundschilde und allerlei Tierfelle. Sogar das eines weißen Bären. In einer Ecke stand ein großer Webrahmen, an dem die Frau des Hauses Stoffe webte, und im hinteren Teil befand sich die Schlafkammer von Leif und Inga.

Am Abend tranken die Männer viel Met, schließlich wollten sie ihr Wiedersehen und den Ausgang des Gefechtes begießen, und Erik musste erzählen. Von seinem Kampf gegen den schwarzbärtigen Piraten Halvdan, von seinem Weib Asa und den Vorgängen in Norwegen. Inga wurde es nicht müde, Fragen zu stellen. Sie fühlte sich zwar wohl auf Island, doch Norwegen war ihre Heimat.
Erik verbrachte einige schöne Tage auf dem Hof seines Freundes und Waffengefährten, wo er sich auch durch die Pflege der Inga schnell von seinen Verletzungen erholte. Seine Wunden heilten, und bald war er wieder kräftig wie zuvor. Die Zeit verging rasch, und bald wurden die Nächte zunehmend kühler. Also entschied Jarl Erik, nun in den Hornafjord zu reiten, um dort mit seinem Gefolge zusammenzutreffen. Leif begleitete die Norweger in die Siedlung seines Vaters.

Eriks Schiffsbesatzung hatte die Ankunft ihres Jarls schon sehnsüchtig erwartet, denn sie wollten nun endlich in die Heimat zurückkehren. Ihre Freunde warteten gewiss schon ungeduldig auf sie. Sofort wurde die Abreise vorbereitet und der Wogenbeißer zu Wasser gelassen. Schon bald darauf verließen die Norweger Island.

*

Die Herrschaft des Polenkönigs Boleslaw über die Jomswikinger im Oderhaff war dem Dänenkönig Sven und seiner neuen Gemahlin Sigrid schon lange ein Dorn im Auge. Bereits öfter hatte er Jarl Sigwaldi, den Anführer der Jomswikinger dafür verflucht, dass er auf eine List König Olafs, die ihn zwang, dem Polenkönig den Gefolgschaftseid zu leisten, hereingefallen war. Vor allem, weil Boleslaw ein Schwager und auch Freund des Norwegerkönigs Olaf Tryggvesson war.

Sven befürchtete daher, dass der Polenkönig dem Norweger die Macht der Jomswikinger zur Verfügung stellen würde. Lange dachte der Däne darüber nach, wie er die Wikinger aus dem Oderhaff wieder unter seinen Befehl bringen könnte. Bis Königin Sigrid ihrem Gemahl den Vorschlag unterbreitete, dem Polenkönig die jüngste Schwester Svens mit Namen Thyri zum Weib anzubieten.

Boleslaw war erst vor kurzem die Gemahlin verstorben.

Es war Hochsommer, als König Sven den Jomsburgjarl Sigwaldi nach Trelleborg, einem dänischen Heerlager auf der Insel Seeland bestellte. Sigwaldi sollte die Heiratsfäden an den polnischen Hof spinnen. Auch er hasste den Norwegerkönig und nichts wäre ihm lieber gewesen als eine Verbindung zwischen dem polnischen und dem dänischen Königshaus.

Anfangs wollte Boleslaw nichts von den Heiratsplänen hören, doch Jarl Sigwaldi war ein listiger und redegewandter Mann. So gelang es ihm schließlich, dass der Polenkönig sich Gedanken über eine Verbindung der Königshäuser machte. Der Machthunger König Sven Gabelbarts war für die Polen immer eine große Bedrohung gewesen, und Boleslaw wusste, dass er diese Gefahr durch eine Heirat mindern konnte. Also willigte er ein.
Anders Prinzessin Thyri. Sie war ganz und gar abgeneigt, den Polenkönig zu ehelichen. Die junge Frau hatte Angst, in das Wendenreich zu gehen, und diese Angst war nicht unbegründet. König Svens erste Gemahlin Gunnhild war von ihrem Gemahl in das Danelag verbannt worden. Er hatte sein Weib immer schlecht behandelt, und als die Königin Sigrid in sein Leben trat, jagte er Gunnhild aus dem Land. Diese Frau war eine Schwester König Boleslaws von Polen und der Grund für die schlechten Beziehungen der beiden Länder.
Nun fürchtete Thyri Haraldsdottir, von Boleslaw nicht anders behandelt zu werden wie dessen Schwester zuvor von König Sven.
Der Dänenkönig redete auf die Prinzessin ein, und auch sein Weib Sigrid ließ nichts unversucht, Thyri davon zu überzeugen, dass Boleslaw ein guter Christenmensch sei und keinerlei Groll gegen sie hege.
Im Gegensatz zu ihrem Bruder und dessen Gemahlin war Thyri, wie schon ihr Vater König Harald Blauzahn, eine gläubige Christin. Ein junger Priester stand immer an ihrer Seite.

Da war es der stolzen Sigrid eines Tages zuviel, und sie drohte mit schmerzhaften Bestrafungen. Man würde Thyri

die Ausübung ihres Glaubens untersagen und den Priester wollte Sigrid erschlagen lassen.
Nun, da Königin Sigrid ihr wahres Gesicht zeigte, willigte Thyri aus Angst um ihr Seelenheil in die Heiratspläne ein. Doch sie stellte eine Bedingung! Sie wollte den Erbschatz König Haralds mit nach Polen nehmen.
Sven war sehr erbost über die Forderung, denn außer dem Familiengeschmeide war nicht mehr viel in seinen Schatzkammern. Der Krieg gegen König Ethelred auf der Insel der Angelsachsen hatte den Dänenkönig viel Geld gekostet.
Doch Königin Sigrid war der Familienschatz ihres Gemahls egal, denn ihr Ziel war es, sich an Olaf Tryggvesson zu rächen, und sie hatte ein schlechtes Gefühl dabei, die Jomswikinger auf der Seite des Feindes zu wissen. Wenn der Heuchlerkönig erst einmal tot sei, würden die norwegischen Steuern die Schatzkammern ihres Gemahls schon wieder füllen.
Mit Engelszungen redete die Königin auf ihren Gatten ein, und Sigrid wusste die Waffen einer Frau richtig einzusetzen. Also gab Sven Haraldsson, den man den Gabelbart nannte, seine Zustimmung.

Im Spätsommer des Jahres 999 n. Chr. fuhren der Dänenkönig Sven, seine Gemahlin Sigrid und Prinzessin Thyri mit ihrem Gefolge zur Jomsburg. Hier sollte die Vermählung stattfinden, denn König Sven hatte sich geweigert, nach Posen, in die Hauptstadt des Polenreiches zu fahren. Zu groß war seine Angst vor Rachetaten, denn die Polen waren seit der Besetzung der pommerschen Gebiete durch die Dänen nicht gut auf Sven zu sprechen. In der Jomsburg unter dänischen Wikingern fühlte er sich dagegen sicher. Denn auf das Wort des Sigwaldi konnte er sich verlassen.

König Boleslaw begrüßte die Gäste mit aller Freundlichkeit, und er versicherte dem Dänen, keinerlei Groll gegen ihn zu hegen.
Die Hochzeitsfeierlichkeiten dauerten mehrere Tage, und danach fuhren der dänische König und sein Weib zurück in den Norden. Prinzessin Thyri aber blieb im Polenreich zurück. Die Ängste der dänischen Prinzessin jedoch waren keineswegs verschwunden. Sie verweigerte sich dem um einige Sommer älteren Mann, und so wurde die Ehe nicht vollzogen. König Boleslaw drängte die junge Frau nicht, denn er hoffte, dass sie allein den Weg in sein Schlafgemach finden würde.
Immer wieder dachte Thyri in den nächsten Tagen an Flucht. Doch wohin sollte sie fliehen? In das Reich des deutschen Kaisers? Dort blieb ihr nur der Weg in ein Kloster. Nein, das wollte sie nicht!
Außerdem wollte sie ihren Bruder bestrafen dafür, dass er und diese schwedische Schlange Sigrid sie zu dieser Vermählung gezwungen hatten.
Also fasste Prinzessin Thyri den Entschluss, nach Norwegen zu fliehen. Sie wollte König Olaf Tryggvesson um Schutz bitten.
Er war ein Christ, das wusste sie, und zudem war er der größte Feind König Svens. Sie musste lachen, als sie an das Gesicht ihres Bruders dachte, wenn dieser erführe, was sie getan hatte. Er und diese schwedische Hure Sigrid würden sicherlich vor Wut platzen. Sofort unterrichtete Thyri den Priester und den Hauptmann ihrer Leibwache von dem Vorhaben. Und einige Tage später verließ eine kleine Gruppe heimlich Posen, um nach Norwegen zu fliehen.
Auf dem Schiff eines polnischen Kaufmannes gelangten Thyri und ihr Gefolge nach Sotenäset. Von dort fuhren sie mit Pferd und Wagen über das Gebirge nach Nidaras.

Es war bereits Herbst, das Wetter war schlecht und der erste Schnee lag in der Luft, als die dänische Prinzessin die neue Hauptstadt des norwegischen Reiches betrat.
König Olaf empfing die Schwester seines Todfeindes mit allen Ehren. Besonders war er davon angetan, dass Thyri Haraldsdottir eine überzeugte Christin war. Außerdem war sie jung und schön! Olaf fand schnell Gefallen an dem jungen Weib. Und Prinzessin Thyri lebte sich schnell am norwegischen Königshof ein.

Der dänische König Sven Gabelbart und seine Gemahlin Sigrid schäumten tatsächlich vor Wut, als sie von der Flucht Thyris nach Norwegen erfuhren.
Sven verstieß die Prinzessin aus der dänischen Königsfamilie und drohte jedem mit dem Tode, der es wagen sollte, Thyri jedwede Hilfe zukommen zu lassen.

*

Der Wogenbeißer hatte am Steg angelegt, und Männer, Frauen und Kinder drängten sich gleichermaßen, die Ankömmlinge zu begrüßen. Freudestrahlend empfing Asa ihren Gemahl, und auf dem Arm hielt sie ein kleines Bündel.
Sie hatte Erik während seiner Abwesenheit einen Sohn geboren.
„Er soll deines Vaters Namen tragen, so wie es Sitte ist", sagte Asa, und Erik nahm ihr das Bündel aus den Armen. Der Knabe begann zu weinen, da hob Erik den Jungen voller Freude in die Höhe.
„Seht alle her! Das ist Sigurd Eriksson! Mein Sohn!"
Alle freuten sich mit dem jungen Jarl und begannen zu jubeln. Einige Tage später wurde der kleine Sigurd von Pater Lukas getauft.

Der Herbst kam unaufhaltsam. Das Laub der Bäume färbte sich in den schönsten Farben, und es wurde kalt. Stürme fegten über das Land, und es dauerte nicht lange, bis die ersten Schneeflocken durch die Luft wirbelten.
Erik hatte bereits die Steuern von den Bauern eingetrieben, und solange es das Wetter zuließ, fuhren die Männer zum Fischfang in den Fjord hinaus oder sie jagten Wale vor der Küste Norwegens. Die Frauen brauten Bier und würzigen Met, webten Stoffe und nähten daraus Kleider für den nahen Winter.
Dann kam der Steuereintreiber des Königs, und Erik sollte die Folgen seines Ungehorsams zu spüren bekommen. Um den Jarl zu strafen, hatte König Olaf die Steuern erhöht, und nur mit knirschenden Zähnen zahlte Erik die geforderte Summe.
Astrid, die Mutter der Asa, war oft in den Fjord gekommen, um ihren Enkel zu sehen und um die Messe des Priesters zu hören. Sie hatte sich schnell wieder auf Gudbrandhöfti eingelebt und hegte keinen Groll mehr gegen Erik. Nur Thore Gudbrandsson hatte den Hof seines Schwagers nicht mehr betreten.

*

In diesem Herbst weilten einige isländische Kaufleute in Nidaras, und allesamt waren sie Sippenoberhäupter großer angesehener Familien. Als König Olaf aber erfuhr, dass die Männer Asenanbeter waren, war er außer sich vor Wut. Er ließ die Männer sofort in die Königshalle rufen.
So aufgebracht hatte der Hofstaat den König schon lange nicht mehr erlebt. „In meinem Reich darf es nur Christen geben!", schrie er mit vor Zorn gerötetem Gesicht. „Ich habe es satt, dass ihr sturen Isländer glaubt, ihr könnt euch meinen Befehlen entziehen", rief er wütend aus.

„Ihr werdet noch heute die Taufe empfangen, oder ihr verliert euren Kopf! Das ist mein Befehl! Entscheidet euch!"
Sofort kamen die Wachen des Königs und nahmen die Kaufleute in Gewahrsam. Die Isländer waren empört, da sie sich für ein freies Volk hielten, weder dem norwegischen noch irgendeinem anderen König Untertan. Doch der König von Norwegen teilte diese Ansicht keineswegs, da Island von norwegischen Seefahrern besiedelt worden war. Folglich gehörte Island zum norwegischen Königreich. Aus Angst, tatsächlich das Leben zu verlieren, ließen sich die Isländer taufen.
„Ich verlange, dass in Island der Glaube an den Herrn Christus zum Gesetz erhoben wird. Sollten sich eure Jarle weigern, meinen Befehlen Folge zu leisten, werde ich jede Art von Handel mit Island unterbinden, und meine Kriegsflotte wird euch den Weg zum rechten Glauben weisen", drohte der König unverhohlen.
Noch vor Einbruch des Winters fuhren die Isländer zurück in ihre Heimat, um die Drohung des norwegischen Königs kundzutun.

*

Dann kam der Winter mit eisiger Kälte und mannshohem Schnee. Das bunte Herbstlaub der Bäume war nun einem schweren, weißen Kleid gewichen, das die Äste tief herab hängen ließ. Bäche, Flüsse und sogar große Teile des Fjordes gefroren zu einer dicken Eisfläche.
Asa liebte den Winter mit seiner Stille, die nun über dem Fjord und dem Land lag. Die klaren Tage, wenn der Schnee die Sonnenstrahlen in den schönsten Farben zurückwarf. Alles war so friedlich, und sie konnte die bevorstehenden Feierlichkeiten des nahen Weihnachtsfestes kaum erwarten. Doch vor allem liebte sie an der kalten Jahreszeit, dass sie

Erik nun ganz für sich hatte. Der Winter machte die Seefahrt fast unmöglich und zwang den Jarl, auf dem Hof zu bleiben.

Zum Weihnachtsfest hielt Pater Lukas eine prächtige Messe ab. Aus dem ganzen Gau kamen die Gläubigen mit dem Schlitten, zu Pferd oder sogar zu Fuß in den Sigurdfjord, um daran teilzunehmen. Der junge Geistliche hatte sich gut eingelebt, und all seine Angst war von ihm gewichen. Diese Menschen waren tatsächlich echte Christen geworden, so glaubte er, und sie achteten ihren Priester sehr.
Auch Astrid weilte auf Eriks Hof, und große Freude bereitete ihr der kleine Sigurd Eriksson.
Einige Tage nach den Festlichkeiten zur Geburt des Herrn Christus ritten Herolde durch das Land und verbreiteten die Kunde von der Vermählung König Olafs mit der dänischen Prinzessin Thyri.

*

19. Mit dem König ins Polenreich

Große Eisschollen trieben durch den Fjord. Die Frühjahrssonne hatte die Eisdecke aufgebrochen, und Flüsse und Bäche waren mit Tauwasser gefüllt, denn die Schneeschmelze hatte eingesetzt.
Erik saß auf einem Schemel und hatte den Kopf in den Nacken gelegt. Mit einem scharfen Messer war Asa damit beschäftigt, ihrem Gemahl den Bart zu scheren, der wild gewachsen ihm den langen Winter über das Gesicht gewärmt hatte. „Nun siehst du nicht mehr aus wie ein alter Mann", lachte die junge Frau. „Es wird mich am Kinn frieren", jammerte Erik. Doch alles Klagen nutzte ihm nichts, denn der Bart war ab. Da beugte sich Asa zu ihrem Gemahl hinunter, küsste ihn, strich sanft über den kurzgeschorenen Bart und flüsterte zärtlich: „Mein Liebster, in einigen Monden wird unserem kleinen Sigurd ein Spielgefährte geboren."
Erik war wohl noch zu sehr mit dem Verlust seines Bartes beschäftigt, als dass er die Tragkraft der Worte seines Weibes begriff.
„Du gehst mit einem Kind?", fragte er plötzlich und lachte vor Freude. Er ließ seinen Becher mit dem heißen Met füllen und leerte ihn in einem Zug, so dass er sich fast die Kehle verbrühte.

Unaufhaltsam kam die warme Jahreszeit. Die Fjorde und Küsten waren nun frei von Eis und Schnee, nur die Gipfel der Berge waren noch in ein weißes Kleid gehüllt. Es waren fünf volle Monde vergangen seit dem Fest zur Geburt des Herrn Christus.
Die Sonne stand hoch am Himmel, denn es war ein schöner Frühlingstag. Die Menschen waren mit ihrem Tagwerk

beschäftigt, als das Hornsignal des Wächters auf der Klippe von der Ankunft eines Schiffes kündete. Sofort ließen die Männer ihre Arbeit ruhen und griffen zu den Waffen.
Auch der Jarl hatte sein Schwert Kehlenbeißer genommen, ein Pferd bestiegen und war an die Küste geritten.
Nun standen die Männer am Strand und warteten auf die Ankömmlinge. Noch steckten die Schwerter im Wehrgehäng.
Das fremde Schiff kam schnell näher. Es war eine nordische Schnigge, und der geschnitzte Drachenkopf am Vordersteven des Seglers nickte im Auf und Ab der Wellen. Es war, als grüße er die Männer, die seine Ankunft erwarteten.
Plötzlich begann Erik zu lachen, denn er kannte diesen Drachenkopf. „Das ist der Sturmfalke! Es ist Leif!", rief er freudig aus und lief, gefolgt von den anderen, zum Anlegesteg. Einen Boten schickte er auf den Hof, um die gute Nachricht kundzutun. Und sofort kamen auch die Frauen und Kinder an den Strand gelaufen.
Leif und Inga standen am Vordersteven, als die Schnigge an dem Steg anlegte. Mit einem mächtigen Satz sprang der weißblonde Isländer an Land.
Er umarmte seinen Freund herzlich. Auch der dicke Olf begrüßte Erik mit einem breiten Grinsen auf dem Gesicht. Eine große Planke wurde an die Bordwand gelegt, so dass Inga den Sturmfalken trockenen Fußes verlassen konnte.
Asa rannen Tränen der Freude über die Wangen, als sie sah, dass die lieb gewonnene Freundin ihren Gemahl begleitet hatte. Glücklich fielen sich die jungen Frauen in die Arme.
Jarl Erik gab den Befehl, ein Fest vorzubereiten, zu dem alle Dorfbewohner eingeladen waren. Es sollte ein großes Fest werden!
Sofort wurden Tiere geschlachtet, und in den Küchen kochten die Frauen schmackhafte Eintöpfe. Die Knechte

brachten Bier und Met aus den Vorratshäusern in die große Halle des Langhauses.
Erik betrat mit seinen Gästen das Gebäude. Er setzte sich auf seinen Hochstuhl, der einmal der Stuhl seines Vaters gewesen war. Auf dem Platz neben ihm ließ sich Leif Guthrumsson nieder.
Vor ihnen standen Trinkhörner und einige Krüge frischen Bieres auf dem Eichentisch. Auch Brot und Salz lagen auf dem großen Tisch, um die Gäste nach alter Sitte zu begrüßen. Und nachdem alle Gäste ihren Platz gefunden hatten, begann Leif zu erzählen. „Wir sind auf dem Wege nach Nidaras, um dort Waren aus dem Süden zu kaufen. Inga hat mir den ganzen Winter über in den Ohren gelegen, mich begleiten zu dürfen."
Der Isländer verdrehte die Augen, und Erik musste lachen. Leif erzählte auch von den Veränderungen auf Island. „Seit der Abt den neuen Glauben auf der Insel verkündet, wächst die Zahl der Christen ständig an."
„Wo ist dein Bruder Ivar?", fragte Erik plötzlich und sah sich suchend um. „Ich habe ihn noch nicht begrüßt!"
„Ivar hat die Kutte der Priester übergezogen und geschworen, nie wieder eine Waffe zu führen. Er hat auch die Kirche gebaut, wie er es versprochen hatte", antwortete Leif, und man sah ihm an, dass er über die Entscheidung seines Bruders nicht sehr glücklich war.
„Zur Geburt des Herrn Jesus Christus hat er im Hornafjord eine große Messe gehalten, und es kamen viele Menschen, um den Feierlichkeiten beizuwohnen. Sogar Männer der einflussreichsten Familien Islands, von denen ich dachte, sie seien treue Odinsanhänger, kamen, um ihn zu hören!"
„Ivar wird sicher noch einmal Bischof von Island werden", lachte Erik. Dann erzählte Leif von der Drohung König Olafs, die er im letzten Herbst gegen Island ausgesprochen hatte. Viele Jarle waren aufgebracht über die Ankündigung,

sie mit Waffengewalt bekehren zu wollen. Und es waren nicht nur Asenanbeter, die sich darüber ereiferten. Sie waren schließlich freie Männer und keine Vasallen des christlichen Norwegerkönigs. Manche redeten sogar von Krieg.
Doch die besonnenen unter den Isländern wussten, dass die Insel von den Holzlieferungen aus Norwegen abhängig war. Sollte der König diesen Handel unterbinden, wäre dies eine Katastrophe für Island gewesen. Schlimmer noch als ein Waffengang mit den Norwegern. Thorgeir der Weise und der Rat der Alten hatten daher beschlossen, im Sommer auf dem Allthing zu entscheiden, was zu tun sei.

Im Laufe des Tages füllte sich die Jarlshalle mit Menschen, und immer wieder mussten die Knechte neue Bierfässer heranschaffen. Über der großen Feuerstelle drehte ein Ochse auf dem Spieß, und die Mägde hatten alle Hände voll zu tun, die Gäste zu bewirten.
Inga hatte den kleinen Sigurd auf ihrem Schoß, denn sie war von dem Knaben so angetan, dass sie ihn gar nicht mehr hergeben wollte. Der Wunsch nach einem eigenen Kind hatte sich für Inga noch nicht erfüllt.
Als die Nacht hereingebrochen war, lagen die ersten Männer betrunken in den Ecken und schliefen. Andere hatten sich mit einigen Mägden zurückgezogen, die ihnen zu Willen sein mussten oder es auch freiwillig wollten.
Auch Erik hatte unzählige Hörner mit Met und Bier geleert. Plötzlich sprang er von seinem Hochstuhl mit der verzierten Rückenlehne auf. „Ich habe beschlossen, meinen Freund Leif nach Nidaras zu begleiten!", rief er wankend.
„Außerdem muss ich dem König noch meine Meinung über die Erhöhung der Steuern sagen!"
Die Männer begannen zu johlen und zu jubeln. Sofort erklärten sich die meisten bereit, ihrem Jarl zu folgen. Der

Winter hatte sie lange an das Dorf gefesselt, und nun brannten sie darauf, aufs Meer hinauszufahren.

*

Auch König Olaf hatte eine schöne Winterzeit verlebt. Nach der Vermählung mit Thyri Haralsdottir war das Glück für den König vollkommen. Er vergaß für kurze Zeit alle Sorgen, denn seine zahlreichen Feinde im eigenen Land und auch im Ausland verhielten sich ruhig. Er konnte sich ganz seinen Gesippen widmen. In der Königsburg von Nidaras gab König Olaf ein Gelage nach dem anderen. Im Hinterland des Tröndelag ging er mit seinem jungen Weib auf die Jagd, oder er besuchte einige Großbauern, die ihm wohlgesonnen waren. Für diese Bauern war es immer eine große Ehre, wenn der König auf ihren Höfen weilte. Erfuhr der König dass irgendwo im Tröndelag ein Jarl oder Großbauer eines seiner Kinder taufen lassen wollte, ließ er es sich nicht nehmen, als Taufpate zu erscheinen. Die Täuflinge wurden vom König reich beschenkt.

Als Königin Thyri erfuhr, dass ihren Gemahl und den Polenkönig eine dicke Freundschaft verband, ließ sie nicht davon ab, Olaf zu bedrängen, ihren Erbschatz aus dem Polenreich nach Norwegen zu holen.
Doch der König wollte dieses Wagnis nicht eingehen. Seine Herrschaft stand immer noch auf wackeligen Beinen, und er hatte genügend Feinde im eigenen Land, die nur darauf warteten, dass der König Norwegen verließ.
Außerdem sannen der Dänenkönig Sven und vor allem dessen Weib Sigrid immer noch auf Rache. Alle Berater des Königs rieten darum von einer solchen Reise ab.
Aber Königin Thyri war der Wunsch nicht auszureden. Immer wieder bedrängte sie ihren Gemahl. Denn sie war

von der Gier nach dem Gold und Silber wie besessen und geriet deswegen sogar immer öfter mit Olaf in Streit.

Im Frühjahr des Jahres 1000 n. Chr. gab der König wieder einmal ein großes Fest, auf das viele Jarle, Großbauern und Kaufleute des Landes geladen waren. Die Königshalle war gefüllt mit den Adligen des Tröndelag. Auf diesem Gelage trieb Thyri ihre Forderung auf die Spitze.
Sie beschuldigte ihren Gemahl vor dem versammelten Hofstaat der Feigheit. Anstatt ihrem Wunsch nachzugeben und wie es sich für einen Mann geziemt, in das Polenreich zu segeln, um ihren Erbschatz zu holen, verstecke sich der König feige hinter den Mauern von Nidaras. Der König der Dänen, ihr verhasster Bruder, hielte sich wahrscheinlich gerade vor Lachen den Bauch, und sicher würde Sven bald zu Boleslaw segeln, um den Schatz zurückzufordern.
Mit glühenden Wangen und bebendem Busen rief sie die Worte in höchster Erregung in den Saal. Dann begann sie zu weinen.
Eine Nadel hätte man in der großen Halle fallen hören können, so still war es nach den Worten der jungen Königin geworden. Alle warteten darauf, wie der König regieren würde, und viele erwarteten sogar einen Wutausbruch des Herrschers. Doch Olaf blieb ruhig.
Mit einem Lächeln spielte er die Ernsthaftigkeit der Lage herunter. „Ich bin keineswegs feige, und wenn meiner Gemahlin soviel an dem Erbschatz ihres Vaters Harald liegt, dass sie es wagt, mich vor meinem Gefolge bloßzustellen, so will ich ihrem Wunsch Folge leisten. Im nächsten Sommer werde ich mit einer großen Flotte in das Polenreich fahren und den dänischen Schatz nach Norwegen holen!"
Mit Entsetzen hörten seine militärischen Berater die metschweren Worte und sahen ihren König erschüttert an.

Doch nun waren die Worte gesprochen, und es gab kein Zurück mehr.
Schon einige Tage später plagten die junge Königin schreckliche Gewissensbisse, und sie wusste, dass sie zu weit gegangen war. Nun wuchs die Angst um das Leben ihres Gemahls. Sie bat König Olaf, die Reise zu verschieben, doch für Olaf Tryggvesson stand der Entschluss fest.
Kurz darauf ritten Herolde durch die Gaue und verbreiteten den Befehl des Herrschers, dass die Jarle so viel an Schiffen und Besatzungen zu stellen hätten, wie sie entbehren könnten.

*

Sie hatten die Segel eingeholt und ruderten den Wogenbeißer und den Sturmfalken in den Hafen von Nidaras.
Es war Frühsommer, das Wetter war gut, und die Menschen konnten wieder ihren Geschäften nachgehen. So lagen im Hafen viele Schiffe vor Anker. Doch neben den vielen dickbauchigen Handelsschiffen, den Knarren, die an den Landungsstegen vertäut waren, dümpelten auch einige Kriegsschniggen in den seichten Wellen. Achtzehn zählte Erik.
Plötzlich verschlug es dem jungen Jarl den Atem. Vor ihm lag, an einem Steg fest vertäut, das neue Schiff Olafs. Erik war schon zu Ohren gekommen, dass der König sich ein neues Schiff hatte bauen lassen, so groß jedoch hatte er es sich nicht vorgestellt. Es dürfte wohl das größte und stärkste Drachenschiff im ganzen Norden gewesen sein.
Der König hatte es im letzten Winter von einem der besten Schiffsbaumeister aus dem Helgeland bauen lassen. Das Drachenschiff hatte weit über sechzig Riemen, und die

Bordwände waren doppelt so hoch wie die der üblichen Schniggen. Der Heckstand überragte die anderen Schiffe bei weitem, sodass der König seine Flotte immer gut im Auge behalten konnte. Den Vordersteven zierte ein gewaltiger goldener Drachekopf.
Olaf Tryggvesson nannte das Schiff „Die lange Schlange"!

Nachdem die Schniggen an einem der Stege festgemacht hatten, wollte Leif sich aufmachen, die Händler aufzusuchen. Doch gerade als sie den Steg betraten, kam ein berittener Hauptmann und machte vor den Ankömmlingen halt. „Wer seid ihr?", fragte der Mann barsch. Da nannte Erik seinen Namen, doch der Titel eines Jarls schien den Soldaten wenig zu beeindrucken. Leif musste den dicken Olf zurückhalten, der bereits den Griff seiner Axt fest umklammert hielt, um, wie er es nannte, dem Hundsfott Manieren beizubringen. Erik gefiel der Tonfall des Hauptmannes zwar auch nicht, aber er wollte Streit vermeiden.
„König Olaf hat befohlen, dass sich alle Schiffsführer sofort nach der Ankunft in der Burg zu melden haben", rief der Mann der Stadtwache. Nervös scharrte sein Pferd mit den Hufen. Erik wunderte sich über diese ungewöhnliche Maßnahme. „Warum sollen sich die Schiffsführer melden?", fragte er unwissend.
„Weil der König wissen will, welche Jarle seinem Aufruf gefolgt sind und welche nicht. Danach setzt er im Herbst die Steuern fest."
Erik und Leif sahen sich verwundert an. „Aufruf?" fragte Leif überrascht. „Was für ein Aufruf?"
„Der König will in das Polenreich segeln, um den Erbschatz Königin Thyris zu holen, und dafür braucht er eine große Flotte. Was glaubt ihr denn, warum ihr hier seid?", lachte der Hauptmann, denn jetzt begriff er, dass die beiden

Männer völlig ahnungslos waren. Er stieß seinem Pferd den Fuß in die Flanke, so dass es sofort losgaloppierte.

Jarl Erik und Leif Guthrumsson sowie Olf, der Dicke, und der rothaarige Orm Thorkillsson begaben sich daraufhin, in die Oberstadt zur Burg des Herrschers.
Von einem Wachmann wurden sie in eine Halle geführt, und nach langem Warten kam ein Mann, gehüllt in einen Kirtel aus feinsten Stoffen. In seinem Wehrgehäng trug er ein mit Gold und Edelsteinen reich verziertes Schwert, und unter seinem Arm hielt er einen ebenso wertvollen Helm.
Der Mann war Jarl Björn, einer der militärischen Führer und ein enger Vertrauter des Königs. Er erkundigte sich nach dem Anführer, und Erik nannte seinen Titel und seinen Namen. Dann erhielt er den Befehl, Nidaras nicht zu verlassen und auf weitere Anordnungen des Königs zu warten.
Jarl Erik und Leif Guthrumsson sollten auf der Burg Quartier beziehen. Orm und der dicke Olf sollten zurück zum Hafen gehen, um die Mannschaften zu benachrichtigen. Es schien, als würden die Geschäfte noch warten müssen.
Jarl Björn rief einen Namen, und ein Knabe, der nicht mehr als zehn Sommer zählte, betrat die Halle. Er führte die beiden Männer in einen Seitenflügel der Burg. Dort zeigte er ihnen ihre Gemächer, die man aber eher eine Kammer nennen konnte, wie Leif bemerkte. Dann folgten sie ihm in einen großen Saal. In einem großen Kamin brannte ein Feuer, an den Wänden standen Bänke und davor lange Tische. Einige Männer saßen in dem Saal, sie sprachen miteinander und tranken Bier.
„Ich schätze mal, wir sind nun die Gäste deines Königs", brummte Leif wenig freundlich und fühlte sich in Haft genommen. Wie sich herausstellte, waren die Männer allesamt die Schiffsführer der Kriegsschniggen, die Erik im

Hafen gesehen hatte. Meist waren es die Söhne der Jarle, die sich Ruhm, Ehre und natürlich Reichtum erkämpfen wollten. Doch als sie hörten, dass sie den König nur zu einem Besuch bei König Boleslaw von Polen geleiten sollten, begannen sie zu murren. Da war nicht viel Ruhm und Ehre zu holen.

„Leif, du bist Isländer! Du brauchst dem König der Norweger nicht zu folgen. Fahr zurück in den Sigurdfjord und berichte Asa, dass ich in das Polenreich fahre", schlug Erik seinem Waffenbruder vor. Aber Leif winkte ab. „Ich gehe mit dir in das Polenreich! Inga ist bei Asa, wo sie unbedingt hin wollte. Ich habe den ganzen Winter am Feuer gesessen, nun ist es genug. Wer weiß, wie viel Spaß uns erwartet", sagte der blonde Isländer lächelnd.
Nach einigen Tagen des Wartens, den König hatten sie bisher nicht zu Gesicht bekommen, verließen die beiden Männer die Königsburg und gingen in den Hafen.
Freudig wurden sie von den Mannschaften ihrer Schiffe begrüßt. Einer der Männer brachte ein kleines Fass mit Bier, dann mussten sie erzählen, was geschehen war. Plötzlich stieß Leif dem jungen Jarl in die Rippen und zeigte zu dem Drachenschiff des Königs.
Als sie in Nidaras angekommen waren, war auf dem großen Segler alles ruhig gewesen. Nur wenige Männer hatten auf dem Drachen gearbeitet. Jetzt aber herrschte große Betriebsamkeit auf dem Königsschiff. An den Bordwänden hingen nun die buntbemalten, mit Eisen und Schildbuckel beschlagenen Rundschilde der Krieger aufgereiht wie die Perlen einer Kette.
„Gestern sind sie gekommen", sagte Orm. „Es sind Krieger aus einem Heerlager ganz in der Nähe von Nidaras!"
„Dann wird es bald beginnen", stellte Erik fest. Leif verließ den Wogenbeißer und ging auf sein eigenes Schiff, sodass

die Isländer auf dem Sturmfalken nun unter sich waren. Er bot seinen Männern an, mit der Schnigge in den Sigurdfjord zu segeln, während er selbst seinen Waffenbruder Erik und die Norweger in das Polenreich begleiten würde. Doch die Isländer begannen zu murren, denn sie wollten nicht ohne ihren Anführer fahren.

„Was gehen uns die Schätze der Norweger an?", rief einer der Männer. Ein anderer sagte, sie seien schließlich hier, um Handel zu treiben. Der König der Norweger wäre doch ein Feind Islands, für den es nicht lohne, den Kopf hinzuhalten. Dann stimmte die Besatzung des Sturmfalken über den Vorschlag ihres Anführers ab, und die Mehrzahl der Männer war dafür, in den Sigurdfjord zu segeln, um dort auf Leif zu warten. So war es entschieden, und niemand sprach schlecht über sie.

Bald darauf gingen Jarl Erik und der weißblonde Isländer zurück in die Königsburg von Nidaras.

Nach weiteren zwei Tagen des Wartens kam Jarl Björn in den Saal, in dem die Schiffsführer ihre Zeit verbrachten.

„Legt eure Waffen ab und folgt mir", befahl er. Zuerst sahen sich die Männer erstaunt an. Dann begannen einige lauthals zu protestieren, da sie sich nicht von ihren Schwertern trennen wollten. Doch schließlich mussten sie den Befehlen des Hauptmannes Folge leisten.

Jarl Björn führte die Männer in den Teil der Burg, der von König Olaf und seiner Familie bewohnt wurde. Er öffnete eine große Tür, und die Männer betraten die Königshalle. Tische und Bänke waren in der Halle aufgebaut, an denen viele Menschen saßen. An ihren Gewändern sah man, dass sie zu den Reichen der Stadt gehörten. In einem großen Kamin loderte ein Feuer. Junge Mädchen liefen umher und bedienten die Gäste.

Hinter einer großen Tafel, die mit goldenem und silbernem Geschirr gedeckt war, saßen König Olaf, seine Gemahlin Königin Thyri, daneben saßen die Königsmutter Astrid und ihr Gemahl Lodin. Auch König Olafs Stiefbruder, der junge Thorkel Lodinsson, saß an der Tafel.
Jarl Björn führte die Männer vor den Tisch des Königs. Die Schiffsführer und Jarle verbeugten sich vor dem Herrscher und der königlichen Familie. Da erhob sich der König von seinem Hochstuhl und sah jeden der Männer freundlich an. Einige grüßte er sogar mit Namen, so auch Jarl Erik.
„Erik Sigurdsson! Ich sehe mit Freuden, dass du diesmal meinem Ruf gefolgt bist!" Der Angesprochene nickte nur. War ihm doch die versteckte Anspielung des Königs auf die erhöhten Steuern nicht entgangen.
„In zwei Tagen werden wir in das Polenreich aufbrechen. Wenn es dem Herrn Christus gefällt, wird es eine ruhige Fahrt, und alle kommen unversehrt wieder nach Norwegen zurück!" In bester Laune und fast freundschaftlich sprach der König zu den Schiffsführern. „In Hardanger und in Vingulmark werden noch weitere Schiffe zu uns stoßen. Morgen werdet ihr euch in den Hafen begeben und eure Schniggen seeklar machen. Doch bis dahin sollt ihr meine Gäste sein!"
Mit der Hand deutete er auf einen noch freien Tisch in der Nähe der Königstafel. Die Männer verbeugten sich und nahmen daran Platz. Sofort brachten junge Mädchen gebratenes Fleisch und Bier.
Am nächsten Tag begaben sich die Männer in den Hafen, wie es der König befohlen hatte.
Die Isländer hatten Nidaras verlassen. Der Platz, an dem noch vor einigen Tagen der Sturmfalke lag, war nun leer. Doch Leif und Erik staunten nicht schlecht, denn auf der Reling des Wogenbeißers saß der dicke Olf und ließ den

Inhalt eines kleinen Bierfasses in seine Kehle laufen. Als er die Freunde sah, begann er zu grinsen.

Dann kam der Tag der Abreise, und zuerst erschien Jarl Björn im Hafen. Kurz darauf kam auch König Olaf Tryggvesson und mit ihm sein Stiefbruder Thorkel. Trotz seiner knapp sechzehn Sommer hatte er darauf bestanden, seinen Gesippen zu begleiten. Es war seine erste Seefahrt! Auf dem Vorderdeck des großen Drachenschiffes stand ein Signalbläser. Jarl Björn gab ihm ein Zeichen, und das Horn ertönte. Die Riemen wurden zu Wasser gelassen, und das stolze Königsschiff, gefolgt von den Schniggen, setzte sich in Bewegung und verließ den Hafen von Nidaras. Unter vollem Segel fuhr die Flotte König Olafs nach Süden.

In Hardanger schlossen sich noch weitere Schiffe der Flotte an, und auch in Vingulmark hatten sich Jarle und Häuptlinge mit ihren Schniggen gesammelt, so wie es der König voraus gesagt hatte. Nun hatte König Olaf eine Seemacht von nicht weniger als sechzig Schiffen.

Als sie die Küste Dänemarks entlang segelten, fielen einige Dörfer den norwegischen Wikingern zum Opfer. Besonders die Jüngeren unter den Schiffsführern missachteten die Hornsignale vom Königsschiff immer öfter und trennten sich ein ums andere Mal von der Flotte, um auf Raubfahrt zu gehen. Auf Seeland überfielen sie Dörfer.

Sie raubten, plünderten, brandschatzten und vergewaltigten die Weiber, wie es ihnen gefiel.

Der König war über diese Vorfälle zwar sehr erbost, doch wollte er die Schiffsführer nicht bestrafen. Er brauchte die Schiffe und jeden einzelnen Mann.

Bald erreichte die Flotte die Odermündung. Durch die enge Fahrrinne zwischen den Inseln Usedom und Wollin fuhren sie in das Oderhaff hinein und erreichten die Stadt Jumne mit der gefürchteten Jomsburg.

Am Fuße der Burg, an den Ufern der Oder, errichteten die Norweger ihr Wik, während der König einige Tage als Gast auf der Jomsburg verbrachte. Jarl Sigwaldi und besonders seine Gemahlin Astrid, die eine Schwester König Boleslaws war, bereiteten dem Tryggvesson einen herzlichen Empfang. Nach einigen Tagen aber verließ der norwegische König die Wikingerfestung, um nach Posen zu fahren.
Zehn Schiffe, darunter auch der Wogenbeißer Jarl Eriks, begleiteten den König in das Hinterland des Polenreiches. Der Rest der norwegischen Flotte blieb in Jumne zurück.

Nur wenige Tage nachdem König Olaf seine Reise nach Posen fortgesetzt hatte, verließ Jarl Sigwaldi mit seiner Schnigge die Jomsburg und segelte nach Norden.
Kuriere meldeten König Boleslaw die bevorstehende Ankunft des Freundes, noch bevor die Flotte in die Wartha einbog und Posen erreichte.
Der Herrscher über das Polenreich empfing seinen einstigen Schwager mit allen Ehren und großer Herzlichkeit. Mit einer Leibwache von fünfzig Männern zog König Olaf in die Burg von Posen ein. Seine Krieger blieben an den Ufern der Wartha zurück. Sie zogen ihre Schiffe an Land und bauten ihre Zelte auf. So dauerte es nicht lang, und die Lagerfeuer brannten.

*

20. Die Schlacht im Oderhaff

In der Nähe der schwedischen Handelsstadt Birka lag das Heerlager der odinstreuen Norweger, die vor dem Bekehrungsdrang des Olaf Tryggvesson geflohen waren. Angeführt wurden die Wikinger von Jarl Erik Hakonsson, dem Sohn Hakons von Lade, den man auch den Bösen genannt hatte. Vier geräumige Langhäuser waren in der Mitte des großen Lagers kreuzförmig errichtet worden und boten mehreren hundert Kriegern Unterkunft. Dahinter befanden sich kleinere Gebäude, die als Ställe oder Vorratshäuser und auch als Unterkünfte für die Sklaven dienten. Einige Hütten des Lagers waren als Schänken und Hurenhäuser errichtet worden. Junge Sklavinnen, aber auch Weiber, die dem Liebesdienst freiwillig nachgingen, lebten hier und waren den Kriegern gern zu Willen. Auf einer Koppel am Rande des Lagers grasten einige Pferde und auch eine große Herde Schafe, die den Kriegern als Fleischvorrat dienten.

Von einem dicken Erdwall umgeben war die Festung erbaut, und auf dem Wall hatte man eine hohe Holzpalisade errichtet. Zwei große Tore hatte das Heerlager! Eines war zur Küste gerichtet, mit einem Weg, der direkt zu den Hafenanlagen führte. Die gegenüberliegende Pforte wies den Weg in das Landesinnere und wurde genau wie das Hafentor von Kriegern gut bewacht. Von Tor zu Tor durchzog eine hölzerne Straße das Kastell, damit bei Regen und Schnee Mensch und Tier nicht im Morast versanken. Von den vier hohen Wachtürmen, die sich auf dem Wall befanden, konnte man das Land und auch das Meer gleichermaßen gut überblicken, so dass es für Feinde

äußerst schwer war, sich dem Heerlager des Hakonsson unbemerkt zu nähern.
Der letzte Sohn des Jarls von Lade hatte ein stattliches Heer um sich geschart. Asenanbeter aus ganz Norwegen schlossen sich dem Hakonsson an und schworen ihm den Eid der Gefolgschaft. Er war ein treuer Vasall des Schwedenkönigs geworden und hoffte, mit dessen Hilfe eines Tages den norwegischen Thron zu besteigen. Der Schwede seinerseits hatte die Gefolgschaft der Norweger gern angenommen, denn so konnte er doch seine eigenen Krieger in einem Feldzug schonen.
„So, wie es aussieht, werden wir uns auf eine Reise begeben", rief der Hakonsson in die Halle. „Wir fahren mit dem Schweden ins Dänenreich!"
„Ins Dänenreich? Ich dachte, die Schweden und die Dänen seien Verbündete?", wunderte sich ein graubärtiger Hüne, der einer der Männer war, die zahlreich auf den Bänken an den langen Tischen saßen. Sie waren allesamt Schiffsführer und deren Stevenhauptmänner. „Das sind sie auch", sagte der odinstreue Jarl. „Wir werden uns mit ihnen zu einer Flotte vereinen, wie sie das Nordmeer und die warägische See noch nicht gesehen hat!"
„Wozu solch eine große Flotte? Wen werden die Klingen unserer Schwerter ins Totenreich der Hel schicken?"
Die Frage kam von einem Krieger mit langem, blondem Haar, das zottelig an seinem Kopf hinunter hing, und in dessen Gesicht sich die Härte eines Wikingerlebens widerspiegelte. Ein Pirat, dessen Haut vom Salz des Meeres und vom eisigen Wind zerfressen war. Das Antlitz dieses Mannes, das sicherlich einmal ein ansehnliches gewesen war, wurde von einer hässlichen Narbe entstellt.
„Bjarne, mein Freund! Der Tag ist gekommen, auf den du schon so lange gewartet hast. Wir ziehen gegen den Heuchlerkönig Olaf Tryggvesson!", rief der Anführer der

landesflüchtigen Norweger. Diese Nachricht war ganz nach Bjarnes Geschmack. Seine Augen funkelten böse, und ein hässliches Lächeln huschte über das entstellte Gesicht. Lauter Jubel unter den Kriegern brach los. Die Männer zogen ihre Schwerter und schlugen mit den Griffen auf die Tische. Der Hakonsson hatte alle Mühe, die Männer wieder zu beruhigen, die nun voller Kampfesfreude waren. Nachdem sich die Begeisterung endlich gelegt hatte, berichtete der Jarl weiter. „Sigwaldi, der Jomsburgjarl, Auge und Ohr König Svens im Polenreich, ließ den Dänenkönig wissen, dass Olaf Tryggvesson in Polen weile, um den Erbschatz seines Weibes Thyri nach Norwegen zu holen." Der Jarl grinste hämisch. „Er versprach, den Christenhund in eine Falle zu locken!" Erneut begannen die Männer zu grölen, und immer wieder riefen sie den Namen Odins. „Aber die Jomswikinger unterstehen dem König des Polenreiches, sie werden den Heuchlerkönig Olaf schützen!", rief da einer der Krieger beunruhigt dazwischen. Aufgeregt redeten die Männer nun durcheinander, viele nickten mit den Köpfen und taten nun auch ihre Zweifel lautstark kund. Vielleicht stellte der Sigwaldi ja sogar ihnen die Falle. Mit einem silbernen Becher klopfte der Hakonsson heftig auf den Tisch, um für Ruhe zu sorgen. „Die Jomswikinger werden sich aus allen Kämpfen heraushalten. So hat es Sigwaldi geschworen! Und er wird sein Wort halten!" Nun waren die wenigen Krieger beruhigt, die noch Bedenken hatten. „Morgen werden wir unsere Schiffe besteigen und zur Insel Seeland segeln. Dort werden wir uns mit den Dänen und den Schweden vereinen!" Der blonde Krieger hatte sich erhoben. Die Arme auf die Tischplatte gestützt und mit grimmigem Gesicht stand er da. „Ich werde diese Christenbrut vernichten! Ich habe es geschworen, denn Odin nahm mir mein Heil, und die Christen tragen die Schuld daran", rief er zornig. „Sie werden es mir büßen!" Er setzte sich wieder auf seinen Platz und stierte auf die Tischplatte. „Tod König Olaf! Tod allen Heuchlern!", brummte er mit hasserfülltem Blick.

*

Im Sommer des Jahres 1000 n. Chr. versammelte sich das Volk von Island auf dem Allthing in Thingvalla, um über die Glaubensfrage zu entscheiden. Diesmal fand kein Opferfest statt, worüber der Gode von Reykjavik sehr erzürnt war. Doch er musste sich dem Spruch der Jarle und dem des Thingsprechers beugen. Seit dem letzten Sommer war auf Island die Zahl derer stark gestiegen, die sich dem Christentum zuwandten. Nicht zuletzt durch die Bekehrungsarbeit der Priester, die durch das Land zogen. Seitdem waren auch verstärkt Mönche aus Norwegen auf Geheiß König Olafs auf die Eisinsel gekommen, und die Jarle ließen auch diese wirken.
Die Drohungen des Norwegerkönigs hatten sich schnell auf Island herumgesprochen, und die Asenanbeter waren außer sich vor Wut. Es kam zu Streitigkeiten zwischen den Sippen Islands, und die Goden forderten gar, dem Norweger im offenen Kampf entgegenzutreten. Doch die Jarle wussten, dass die Macht der norwegischen Kriegsflotte groß war, und sie hingen an ihrem Leben. Da warfen die Goden ihnen Feigheit vor, sodass offener Streit ausbrach und die Jarle und Großbauern den Odinspriestern gar mit dem Tode drohten.
Einige Oberhäupter der einflussreichsten Familien auf Island hatten bereits dem Druck ihrer Frauen nachgegeben und waren zum Christentum übergetreten. Das hatte zur Folge, dass auch alle Gesippen, Knechte und Mägde die Taufe annehmen mussten. Die feierlichen Feste der Christen mit den melodischen Gesängen taten ihr übriges.

So wuchs die Zahl der Anhänger des Herrn Jesus Christus stetig an.
Doch die Asenanbeter waren ihrer Sache sicher, denn Thorgeir Thorkelsson, der Thingsprecher, war als Odinstreuer bekannt, und so glaubten sie den Spruch ihres obersten Richters bereits zu kennen. Aber Thorgeir war ein weiser Mann, der die Zeichen der Zeit wohl zu deuten wusste. Er hatte gesehen, wie sich immer mehr Isländer von den alten Göttern abgewandt hatten und nun dem Herrn Christus huldigten.
Meist zuerst die Weiber, denen ihre Männer bald folgten, denn viele von ihnen hatten die blutigen Opfer satt! Ein lebender Knecht war mehr wert als ein toter, und es war besser, das Fleisch des Viehs selbst zu essen, als dass man es in einem Opferfeuer verbrannte. Es waren zuerst die ärmeren, später auch die reichen Bauern und Jarle. Keiner war mehr gewillt, sein Vieh, seine Sklaven oder gar die eigenen jungfräulichen Töchter, wie es die Goden manchmal verlangten, den Göttern zu opfern. Viele redeten, einige stritten gar, doch Thorgeir und die mächtigen Jarle hatten sich entschieden. Der Thingsprecher verkündete, dass von nun an der Glaube an den Herrn Christus zum Gesetz erhoben werde und jegliches Opfern bei Strafe verboten sei. Die Odinstreuen empörten sich lautstark. Da aber ihre Oberhäupter sich entschieden hatten, mussten sie dem Beispiel folgen und sich taufen lassen.
Einige wollten Island nun verlassen und nach Grönland segeln. Erik Thorvaldsson, den man den Roten nannte, war wegen eines Totschlags von Island verbannt worden. Er hatte die Insel entdeckt und dort eine Siedlung gegründet. Bei ihm wollten sie vor den Christen Zuflucht suchen, doch auch in die Ostsiedlung des roten Erik war der neue Glauben bereits vorgedrungen.

Leif, der Sohn des Roten, hatte den Winter des Jahres 999 auf das Jahr 1000 n. Chr. in Nidaras am Hofe König Olafs verbracht und war von diesem zum Christenglauben bekehrt worden. Olaf Tryggvesson hatte ihm sogar einen Priester mit nach Grönland gegeben. Erik der Rote selbst war zwar ein Asenanbeter geblieben, aber sein Weib Tjordhild und seine Kinder, so wie viele Menschen in der Ostsiedlung und auf dem Hof Brattahlid, waren bereits zum Glauben an den Herrn Christus übergetreten.

Im Sommer des folgenden Jahres brach Leif Eriksson nach Westen auf, um ein Land zu suchen, von dem ein Mann namens Bjarne Herjulfsson nur Gutes berichtet hatte.

*

Mehr als einen Monat blieb der norwegische König am polnischen Hof. Die Schiffsführer wurden schon unruhig, und viele hielten es gar für unnütze Zeitverschwendung, hier an den Ufern der Wartha tatenlos herumzuliegen. Hätten sie doch stattdessen in diesem Sommer auf Raubfahrt gehen oder Handel treiben können. Doch sie waren ihrem König zum Gehorsam verpflichtet.

Zuerst waren die Männer König Olafs mit dem Ausbau und der Befestigung des Wiks beschäftigt, doch später breitete sich Langeweile aus. Also vertrieben sie sich die Zeit mit Wettkämpfen und anderen Spielen, die nur allzu oft blutig endeten. Pferdekämpfe waren ein beliebter Zeitvertreib, doch auch hier kam es leider immer öfter zu heftigen Auseinandersetzungen zwischen den Besitzern der Tiere, die nicht selten mit dem Schwert ausgetragen wurden. Um die Männer zu zerstreuen, veranstalteten die Schiffsführer Wettfahrten auf der Wartha, und oft reichten diese bis weit in die Oder hinein. Hier begegneten ihnen auch schwedische und dänische Segler, aber da die Jomsburg in der Nähe war,

machte sich niemand Gedanken über die Schiffe des Feindes.
Auch gingen sie auf die Jagd und zum Fischen, so mangelte es ihnen nicht an Nahrung. Manchmal kamen polnische Händler ins Lager und zogen den Norwegern ihr Geld aus den Taschen. Natürlich fanden auch Huren den Weg zu den Wikingern, und so feierten sie ein Gelage nach dem anderen.
Doch eines Tages kam endlich der Befehl zum Aufbruch! Der polnische König Boleslaw geleitete seinen brüderlichen Freund Olaf nach Jumne, und noch einmal verbrachten die Norweger einige Tage in der Wikingerfestung. Dann aber drangen bedenkliche Nachrichten nach Jumne. Wieder waren im Oderhaff dänische Spähschiffe gesichtet worden, sodass die Hauptmänner sich nun doch besorgt und unruhig zeigten. Der König Olaf aber war sich sicher, dass es die Dänen nicht wagen würden, die große norwegische Flotte anzugreifen. König Boleslaw bestand trotzdem darauf, dass einige Kriegsschniggen der Jomswikinger seinen königlichen Freund und früheren Gesippen bis ins offene Meer begleiten sollten. Jarl Sigwaldi selbst bot sich an, diese Flotte anzuführen.
Herzlich verabschiedete der Polenkönig den Gemahl seiner verstorbenen Schwester, und die vielen Schiffe der Norweger setzten sich unter Fanfarenklängen in Bewegung.

Die lange Schlange fuhr als Flaggschiff voraus. Dann folgten die norwegischen Schniggen, und den Schluss des Zuges bildete die Flotte der Jomswikinger mit zwanzig Schiffen. Sie fuhren die Oder hinauf, und als sie in das große Haff kamen, löste sich eine Gruppe von Schnellseglern aus der Flotte und überholte das Drachenschiff des Königs.

Die jungen Schiffsführer hatten sich gegenseitig zu einer Wettfahrt aufgestachelt. Übermütig und froh, endlich die Heimreise anzutreten, hatten sie die Schlagzahl erhöht. Die Signale des Hornbläsers auf dem Königsschiff hörten sie nicht. Olaf Tryggvesson, der hoch oben auf dem Heckstand seines Drachenschiffes das Treiben beobachtete, war außer sich vor Wut. Immer schneller entfernten sich die acht Schniggen von der Flotte. Jarl Erik, dessen Wogenbeißer als schnelles Schiff bekannt war und der ganz in der Nähe des Königsschiffes fuhr, erhielt den Befehl, den Ausreißern zu folgen. Mit aller Kraft legten sich die Männer in die Riemen, und so ließ auch der Wogenbeißer die lange Schlange schnell hinter sich.

Jarl Eriks Schnigge war schon um viele Schiffslängen der Flotte voraus und näher an die Ausreißer herangekommen, die nun endlich langsamer geworden waren. Erik stand mit Leif am Vordersteven, als die Schiffe plötzlich wieder ihre Geschwindigkeit erhöhten und der Abstand schnell größer wurde. Die Schiffsführer versuchten etwas herüberzurufen, doch Erik verstand kaum ein Wort. Dazu war die Entfernung noch zu groß.

Dann passierte der Wogenbeißer einen Inselvorsprung, hinter dem die Mündung eines weiteren, kleineren Haffs lag, und nun sah Jarl Erik den Grund für die plötzliche Eile der Schniggen.

Hunderte von nordischen Kriegsschiffen kamen hinter einer hügeligen Landzunge zum Vorschein. Dies war die größte Wikingerflotte, die Erik und auch der Rest der Besatzung je gesehen hatten. Mit großer Geschwindigkeit segelte der Wogenbeißer an der Landzunge und somit auch an den fremden Schiffen vorüber. Der dicke Olf hatte sich von seiner Seekiste erhoben und stand nun mit offenem Mund an der Reling. „Nun packt uns der Gehörnte am Arsch!",

brummte er beim Anblick der vielen Großsegler, denn der Wiking ahnte, was nun geschehen würde.
Jarl Erik gab sofort den Befehl, das Schiff zu wenden. Er wollte den König warnen, der mit seiner Flotte ahnungslos in die Falle fuhr. Doch in diesem Moment setzte sich die Flotte der Angreifer in Bewegung und schob sich zwischen die Schnigge des Jarls und die Flotte König Olafs.
Fünf der acht Langschiffe, die Erik hatte zurückholen sollen, suchten nun ihr Heil in der Flucht und versuchten, schnell eine der Fahrrinnen in die offene See zu erreichen.
Nur drei Schiffsführer hatten ihre Schniggen gewendet, um dem König beizustehen.
Auch König Olaf hatte nun die Angreifer entdeckt, die um die Landzunge herum in das große Haff ruderten. Segel um Segel wurde gesetzt, und die feindlichen Steuerleute brachten ihre Großsegler in den Wind. Fast über die ganze Breite des Haffes hatten sich die Schiffe der Angreifer verteilt. Und der König erkannte, dass der Weg in die offene See versperrt war. Also ließ er das Signal zum Umkehren geben. Nun musste er aber mit Entsetzen feststellen, dass sich die Jomswikinger weit hatten zurückfallen lassen und so den Rückzug verhinderten, indem sie die Fahrrinne versperrten. Die Falle war zugeschnappt!
„Sigwaldi! Dieser verfluchte, ehrlose Lump!", rief König Olaf mit erhobener Faust wütend aus. „Jomsburgjarl! Der Herr Christus wird dich für diesen Verrat strafen!"
Er zog sein goldenes Kettenhemd über, setzte seinen kostbaren Helm auf und nahm seine Waffen und den Schild. Bei der Übermacht der angreifenden Flotte schlugen einige der Berater des Königs sogar eine ehrenvolle Kapitulation vor. Doch davon wollte der Norwegerkönig nichts hören. Er war in festem Glauben, das ihm der Herr Christus die Kraft geben würde, über seine Feinde zu triumphieren.

Die vereinigte Flotte der Dänen, Schweden und der heidnischen Norweger Erik Hakonssons kamen schnell näher. Zuerst flogen Pfeile und Gere durch die Luft, die einige Krieger das Leben kosteten. Die norwegischen Langschiffe versuchten sich um die lange Schlange König Olaf Tryggvessons zu sammeln, um ihren Herrscher zu schützen. Schnigge um Schnigge kamen die Feinde näher und zogen den Kreis um die Flotte des Königs immer enger, bis es keinem Schiff mehr gelingen konnte, sich aus der Umklammerung des Feindes zu lösen. Bald schon flogen die Enterhaken der Feinde, und die Bordwände der Schiffe krachten aneinander. Mit lautem Kriegsgeschrei aus tausend Kehlen, mit erhobenen Schwertern und Äxten schlugen die feindlichen Krieger aufeinander ein. Es dauerte nicht lange, da schwammen die ersten leblosen Körper in den Fluten, und das Wasser der Oder färbte sich rot.

*

Der Wogenbeißer hatte die Kämpfenden fast erreicht, als ihnen ein Langschiff mit hoher Geschwindigkeit entgegen kam und längsseits ging. Am Vordersteven stand ein Mann, dessen langes blondes Haar und schwarzer Umhang im Wind wehten. Über dem Kopf schwang er sein Schwert.
„Tod allen Christenhunden! Tod König Olaf!"
Erik stockte der Atem, denn er erkannte den Mann sofort, der da seine Wut hinausbrüllte. Es war Bjarne, sein Bruder! Der junge Jarl hatte gehofft, ihn nie wiederzusehen. Aber nun? Was würde nun geschehen?
„Warum, oh Herr? Warum?", rief Erik entsetzt aus. War es nicht eine große Sünde, das Schwert gegen einen Gesippen zu erheben? Doch schnell verflogen seine Gedanken, als die Enterhaken sich in die Bordwand des Wogenbeißers krallten, denn Bjarne meinte es ernst. Ihn quälten derlei

Gedanken nicht! Für ihn war Erik ein Feind, wie es jeder andere Christ auch war! Dass der Schiffsführer des Wogenbeißers sein Bruder war, störte ihn dabei wenig. Sofort versuchten seine Männer die feindliche Schnigge zu erstürmen. Einige sprangen dabei zu früh über die Reling und da die Schiffe noch zu weit voneinander entfernt waren, fielen sie in die dunklen Fluten. Mit ihren Geren spießten Jarl Eriks Krieger nach den hilflos in der See treibenden Angreifern. Wer nicht von einer Lanze durchbohrt wurde, den zog das Gewicht seines Kettenhemdes in die dunkle Tiefe des Oderhaffs. Einige gerieten zwischen die mächtigen Schiffskörper und wurden von den Schniggen zermalmt, die nun gegeneinander schlugen.

Doch dann gelang es den Angreifern schließlich doch, den Wogenbeißer zu entern, und eine wilde Schlacht begann. Immer mehr Blut floss über die Planken des Schiffes. Gellende Schreie, das Klirren der Schwerter, deren Klingen gnadenlos gegeneinander schlugen. Abgetrennte Gliedmaßen und getötete Krieger überall.
Der dicke Olf stand mit Leif Rücken an Rücken, und sie schlugen mit Axt und Schwert auf die Angreifer ein. Der weißblonde Isländer blutete bereits aus seinem linken Arm. Es war ihm kaum mehr möglich, seinen Schild zu heben, als sein Angreifer mit weit geöffneten Augen auf die Knie sank. Der rothaarige Orm Thorkillsson hatte die missliche Lage des Isländers erkannt und seinem Angreifer kurzerhand den Ger in den Rücken getrieben. Erschöpft lehnte sich Leif gegen die Reling, um einen Moment auszuruhen, und mit einem Kopfnicken dankte er dem rothaarigen Orm. Doch dieser war schon wieder mit einem anderen Gegner beschäftigt.
Der Isländer spürte bereits jeden Knochen in seinem Leib. Die Glieder schmerzten, und der Kopf brummte. Blut quoll

aus den kleinen Wunden, und immer, wenn er für einen Moment innehielt, spürte er das wilde Pochen seines Herzens. Doch die Schlacht war noch nicht beendet. Tief sog er die Seeluft in seine Lungen, wischte sich den Schweiß aus den Augen, um sich dann erneut einen Gegner zu suchen. Mit erhobenem Schwert stürmte er auf einen Mann zu, der gerade über die Reling geklettert war.
Der dicke Olf hatte mit seiner Axt den Kopf eines Feindes vom Rumpf getrennt, sodass dieser in hohem Bogen über Bord flog. Der beleibte Krieger hatte sichtlich seinen Spaß an diesem Kampf. „Daraus könnte man glatt einen Wettstreit machen!", rief er lachend.
Doch jede Unachtsamkeit wurde sofort bestraft, und so verlor der dicke Olf durch einen Schwerthieb seine rechte Hand, die nun, die Axt umklammernd, auf den Planken lag. Erik, der dies sah, riss eine Fackel aus dem Feuerkorb und brannte dem verdutzt dreinschauenden Mann die Wunde aus, damit dieser nicht verblutete. Er setzte den verwundeten Krieger in eine Ecke und stellte sich schützend vor den Waffenbruder, um jeden Angriff auf den Isländer abzuwehren. Erst jetzt bemerkte der Dicke den Schmerz und fing leise an zu jammern. „Wie übel ist das? Wie schere ich mir jetzt den Bart?"

Plötzlich stand ein Krieger drohend vor Erik Sigurdsson, und dem jungen Tröndner schien, als wolle der Christengott ihm nichts Unangenehmes ersparen, denn es war Bjarne, der ihn forderte. „Nun, mein kleiner Bruder, ist die Zeit gekommen, dass ich meinen Platz als Jarl einnehme", fauchte er böse.
„Besinne dich, Bjarne! Wir sind vom gleichen Blut", rief Erik entsetzt, doch der blonde Wikinger war blind vor Wut und Hass. Die Jahre als blindwütiger Pirat, die Macht über Leben und Tod, das viele Blut, das erbarmungslose Töten

und der Hass auf alle Christen, die für Bjarne die Schuld an seinem Schicksal trugen, hatten alles Menschliche aus seinem Herzen schwinden lassen. Er hob sein Schwert und schlug gnadenlos zu.
Erik riss den Rundschild empor, und die Klinge des Piraten schlug eine tiefe Kerbe in den Rand. Mit Berserkerkräften ließ Bjarne nun die Waffe immer wieder auf seinen Bruder niedersausen. Lange würde der Schild den Schlägen nicht mehr standhalten.
Da erkannte Leif Guthrumsson, dass sein Waffenbruder Erik in arge Bedrängnis geriet. Mit einem kräftigen Hieb durchschlug er den Schild seines Gegenüber, sodass dessen Schildarm auf die Planken fiel. Ein zweiter Schlag traf den Feind am Hals, und er verlor sein Leben.
Dann wandte er sich Bjarne zu, der wie besessen auf Erik einschlug. „He, du elender Hundsfott!", rief Leif mit einem breiten Grinsen in seinem Gesicht. „Ich bin der Mann, der mit Inga das Schlaflager teilt!"
Diese Worte trafen Bjarne wie ein Blitzschlag. Er warf den Kopf herum, und seine Augen funkelten wie die eines wilden Tieres. Es bestand für Leif kein Zweifel, der Mann, der einmal Bjarne Sigurdsson war, der Sohn des Wikingerjarls Sigurd, er war dem Wahnsinn verfallen! Mit einem gellenden Schrei riss er sein Schwert in die Höhe und stürmte auf den Isländer zu.
Nur um eine Haaresbreite konnte Leif dem gewaltigen Schlag des blonden Norwegers ausweichen und fiel dabei fast zu Boden. Er hob den Rundschild in die Höhe, um sich gegen die wütenden Angriffe zu schützen, und in einem Augenblick, als er glaubte, der Arm des Gegners würde schwach, da schlug er zurück. Die Klinge verfehlte Bjarnes Schulter, doch der zweite Hieb des Isländers traf den Oberarm des Feindes. Jedoch das Kettenhemd des Norwegers verhinderte eine schlimmere Wunde. Wieder

und wieder schlugen die beiden Krieger erbarmungslos aufeinander ein, in der Hoffnung, den Gegner endlich zu töten.
Wild tobte der Kampf, und die Schilde waren längst in Stücke geschlagen. Nur ihre Geschicklichkeit konnte die Kämpfenden nun noch vor Verwundungen oder dem Tode schützen.
Erik hatte dem schwer verwundeten Olf den Arm verbunden und jeden Angriff auf ihn erfolgreich zurückgeschlagen. Einige kleinere Wunden hatte er davongetragen, doch sie waren nicht der Rede wert. Und auch Orm, der Sohn des Schmiedes, kämpfte mit glücklicher Hand. Außer etwas Blut, das aus seiner Nase tropfte, war sein Körper unbeschadet davon gekommen.
Leif, der Isländer, lag an die Bordwand gelehnt und atmete schwer. Die Vorgänge um ihn herum nahm er kaum noch wahr, so erschöpft war der Kämpfer. Aber auch Bjarne war kraftlos auf die Knie gesunken, doch er hielt sein Schwert noch fest umklammert. Und seine Augen glühten vor Hass! Als er sah, dass die Waffe des Isländers zwei Armeslängen von seinem Besitzer entfernt lag, wollte er dem Kampf ein Ende bereiten.
Doch in dem Augenblick, da der Norweger zuschlagen wollte, riss es ihn mit großer Gewalt von den Beinen, und ein gellender Schrei entfuhr seiner Kehle. Die drei ehernen Spitzen eines Enterhakens hatten sich tief in den Hals und das Gesicht des heidnischen Norwegers gebohrt. Sein Helm fiel ihm vom Kopf. Blut floss aus den Wunden, und der blonde Wikinger taumelte gegen die Reling. Mit beiden Händen ergriff er den Enterhaken und zog diesen langsam aus seinem Körper.
Einige Schritte entfernt stand Jarl Erik, und in seinen Händen lag die Leine, an deren Ende der dreizackige Haken

befestigt war. Tränen rannen ihm über sein blutverschmiertes Gesicht.

Bjarne Sigurdsson, der Pirat, der Krieger, den man den Christentöter nannte, sackte blutüberströmt auf die Planken nieder. Zitternd ergriff die rechte Hand des Wikingers das Schwert, das vor seinen Füßen gelegen hatte. Langsam erhob sich der blonde Krieger, und mit letzter Kraft riss er die Waffe in die Höhe. Doch da bohrte sich die scharfe Klinge des Kehlenbeißers tief in die Brust des Piraten. Mit weit aufgerissenen Augen starrte Bjarne in das Gesicht seines jüngeren Bruders. Leise sprach er den Namen seines obersten Gottes. „Odin!" Dann fiel er zur Seite und starb.

*

Der Kreis um die lange Schlange und die norwegische Flotte zog sich immer enger. Näher und näher kämpften sich die Boote des Feindes an das große Drachenschiff des Königs heran. Das Kriegsglück hatte Olaf Tryggvesson verlassen. Die Kämpfer des norwegischen Herrschers wehrten sich mit aller Gewalt gegen die Übermacht, doch für jeden erschlagenen Feind stürmten zwei andere gegen die Wikinger Olafs an. Schiff um Schiff ging in Flammen auf und versank im Haff.
Die wenigen überlebenden Krieger drängten zuhauf auf das Drachenschiff des Königs. Andere wiederum versuchten ihr Leben durch einen Sprung in die kalten Fluten zu retten. Doch die Feinde spießten erbarmungslos nach jedem Körper, der im Wasser trieb. Nur wenigen guten Schwimmern gelang so die Flucht an das rettende Ufer. Hornsignale, die vom Königsschiff gegeben wurden, fanden kein Gehör mehr. Langschiffe, die versuchten, den Ring der

Angreifer zu durchbrechen, wurden mit Brandpfeilen eingedeckt, sodass sie sofort in Flammen aufgingen.
Trotzdem war es einigen Schniggen gelungen, sich aus der tödlichen Umklammerung zu lösen. Doch anstatt den Feind erneut anzugreifen, gaben die Schiffsführer den Befehl, auf die offene See hinaus zu fahren. Viele von ihnen erinnerten sich nun daran, dass König Olaf sie gezwungen hatte, den neuen Glauben anzunehmen, und dass ihre Kinder als Geiseln in das Gefolge des Herrschers gezwungen worden waren.
Vor allem die Wikinger aus dem Tröndelag und dem Helgeland verweigerten dem König nun die Gefolgschaft. Sie wollten nur noch ihr eigenes Leben retten.

Jarl Erik und seine Männer hatten den Angriff erfolgreich, aber mit hohen Verlusten abgewehrt. Die überlebenden Krieger des Bjarne waren auf ihr Langschiff zurückgewichen und versuchten nun, die eigene Flotte zu erreichen.
Erik wollte gerade den Befehl geben, den Wogenbeißer zu wenden, um dem Feind in den Rücken zu fallen. Den tödlichen Ring um den König wollte er durchbrechen, um den Feind zu stellen. Da trat Leif neben seinen Freund und Schwurbruder. Er fasste Erik bei den Schultern.
„Sieh dich um, Erik Sigurdsson! Es ist vorbei! Sonst werden wir alle sterben!"
Der junge Jarl sah in die geschundenen, blutverschmierten und ausgebrannten Gesichter seiner Krieger. Er sah auf die vielen Toten, die auf den Planken des Wogenbeißers lagen. Und er sah auf den verstümmelten Olf, der den Stumpen seines Armes hob und gequält grinste. „Was ab ist, ist nun mal ab", sagte er leise.
Traurig starrte Erik auf den leblosen Körper seines Bruders Bjarne. Stumm nickte er zum Gruß. Dann blickte er in die

Ferne zu den vielen brennenden Schniggen, auf denen
immer noch Krieger kämpften. Und zu der langen Schlange,
die noch im Todeskampf alle anderen Schiffe überragte.
Nein! Leif hatte wohl recht. Dem König auf seinem
prunkvollen Schiff war nicht mehr zu helfen. Die Schlacht
war verloren!
Mit letzter Kraft erreichten sie die Insel Wollin, wo sie den
Wogenbeißer an Land zogen. Auch andere Norweger hatten
sich hierher gerettet. Sie versorgten ihre Verletzten, und bis
tief in die Nacht loderten die Scheiterhaufen, auf denen sie
die Toten verbrannten.

Einige Tage nach der Schlacht, die Krieger waren langsam
wieder zu Kräften gekommen, zog die Flotte der Dänen und
Schweden sowie die der heidnischen Norweger des
Hakonsson durch die Fahrrinne zwischen den Inseln
Usedom und Wollin in die Ostsee.
Viele befürchteten nun einen Überfall der Sieger, doch
dieser Angriff blieb aus. Es sprach sich herum, dass der
Dänenkönig Sven gegen den Willen des Hakonsson allen
Kriegern freien Abzug gewährt hatte. Einige Schiffsführer
schlossen sich daraufhin dem heidnischen Norwegerjarl an.
Die Nachricht vom Schicksal König Olaf Tryggvessons
verbreitete sich schnell im Lager der christlichen Wikinger.
Man erzählte sich, dass der Herrscher und sein Stiefbruder
Thorkel Lodinsson in voller Rüstung von Bord der langen
Schlange gesprungen seien.
Während die Häscher den Königsbruder mit zahlreichen
Geren durchbohrten, versank Olaf Tryggvesson, der König
der Norweger, in den Fluten des Oderhaffes.
Die große Schlange und viele andere Schiffe folgten ihrem
König brennend in die dunklen Tiefen des Haffs.

*

21. Flucht nach Island

Der Polenkönig war außer sich vor Wut, als er von der Freveltat Jarl Sigwaldis an seinem einstigen Schwager Olaf erfuhr. Nachdem die Jomswikinger wieder in Jumne angekommen waren, bot der König ein großes Heer auf und belagerte die Burg, bis die Wikinger ihren Anführer auslieferten. In Posen hielt Boleslaw Gericht über den Jarl der Nordmänner, denn dem Jomsburgjarl Sigwaldi wurde Verrat vorgeworfen.
Und nachdem Astrid, die Gemahlin Sigwaldis und Schwester des Polenkönigs, unter Tränen die Vorwürfe bestätigte, war es um den Jarl geschehen. Er wurde zu der schlimmsten Strafe verurteilt, die sich ein Wikinger vorstellen konnte: einen unehrenhaften Tod!
Sigwaldi wurde bei Wasser und Brot in ein Verlies eingekerkert, und täglich spürte er die Peitsche, bis er ein klägliches Ende fand.
Kurze Zeit nach der Schlacht im Oderhaff überfielen dänische Flotten die Gaue Vestfold und Vingulmark. Über den Landweg drang ein schwedisches Heer nach Hardanger vor. Die großen Städte wurden besetzt, und die christlichen Jarle verließen ihre Heimat.
Viele flüchteten auf die Insel der Angelsachsen und suchten Schutz bei König Ethelred.

*

Es war Spätsommer, als der Wogenbeißer in den Sigurdfjord segelte. Die Felswände, die den Fjord umgaben und die Erik so vertraut waren, säumten nun wie drohende Riesen den Weg.

Ein dicker Kloß steckte dem jungen Jarl im Hals, und der geschundene Körper schmerzte. Doch so ging es allen Männern auf dem Wogenbeißer.
Nachdem das Hornsignal die Ankunft des Langschiffes angekündigt hatte, herrschte große Aufregung am Strand. Wer würde noch leben? Und wen würde der Herr Christus in sein Reich gerufen haben?
Im Sommer war der Sturmfalke allein in den Fjord zurückgekehrt, und besonders Asa und Inga waren sehr erschrocken, als sie von der Polenfahrt des Königs erfuhren. Wenig später verbreitete sich in ganz Norwegen das Gerücht, dass im Oderhaff eine große Schlacht stattgefunden hatte.
Eine lange Zeit des Wartens und der Besorgnis hatte begonnen. Nun aber war der Wogenbeißer zurückgekehrt, und für die Überlebenden war es ein glückliches Wiedersehen. Einige Familien aber mussten ihre Toten betrauern. Viele fluchten daraufhin über den Herrn Jesus Christus, der es zugelassen hatte, dass die Gesippen den Schwerttod gefunden hatten. Die Männer blieben den Sommer über auf ihren Höfen. Keinem war es danach, auf See hinauszufahren.
Bald darauf verbreitete sich die Nachricht, dass die Dänen das Land besetzten. Die Langschiffe König Svens und die des Erik Hakonsson waren in Ranrike, Vingulmark und Vestfold eingefallen. Die alte Königsstadt Sotenäset war wieder in dänischer Hand, und es war nur eine Frage der Zeit, bis der Vasall König Svens, Erik Hakonsson, nach Norden vordringen würde, um sein Erbreich, das Tröndelag, für sich zu beanspruchen.

Noch bevor der Herbst kam, kehrten die Isländer in ihre Heimat zurück. „Komm mit uns nach Island", hatte Leif gesagt. Doch Erik wollte das Land seiner Väter nicht

verlassen. Die Freunde verabschiedeten sich herzlich, und der Sturmfalke stieß in See.
Im darauffolgenden Winter blieb alles ruhig, doch Erik befürchtete, dass im Frühjahr die Asenanbeter nach Norden vordringen und er endgültig seine Herrschaft und somit auch den Jarlstitel verlieren würde.
Die Stimmung zum Weihnachtsfest war sehr gedrückt.
Astrid Lodinsdottir blieb auch nach dem Christfest auf dem Hof Jarl Eriks, denn Asa stand kurz vor der Niederkunft ihres zweiten Kindes und wollte ihre Mutter bei sich haben.
Von Astrid erfuhr Erik, dass Thore, sein Schwager, zum alten Glauben an Odin und die Götter in Asgard übergetreten war. Erik war darüber entsetzt. Gerade Thore, der von Kindesbeinen an zum Christen erzogen worden war, opferte nun den Asen.
Zuerst war der Jarl so erzürnt über seinen Gesippen, dass er mit einer Schar Krieger nach Gudbrandshöfti reiten wollte, um dem Thore den Kopf zurecht zu rücken. Doch auf die Bitten seines Weibes Asa hin ließ er von dem Vorhaben ab.
Immer öfter musste er in der folgenden Zeit nun davon hören, dass die Bauern in seinem Gau den alten Göttern Opfer darbrachten. Einer hatte es sogar gewagt, seine jungfräuliche Tochter der Göttin Freya zu opfern.
Jarl Erik ritt daraufhin mit einigen Kriegern zum Hof des Mannes und erschlug ihn. Doch er konnte nicht jeden töten, der vom Glauben an den Herrn Jesus Christus abfiel.

In der Ruhe des Winters zog sich Erik immer mehr zurück, um darüber nachzudenken, was zu geschehen hatte. Er musste mit ansehen wie sein Gau zerfiel, und er konnte kaum etwas dagegen tun.
Dann gebar Asa ihr zweites Kind, und das Geschrei eines Neugeborenen eilte der Nachricht voraus. Erik und einige Männer saßen um das Feuer in der großen Halle, als Astrid

Lodinsdottir aus den hinteren Räumen kam und die frohe Botschaft verkündete.
Der junge Jarl sprang auf und lief in die Kammer seines Weibes. Da lag sie mit dem Kind an der Brust. Die Geburt hatte ihr schwer zugesetzt, doch sie lächelte, als sie Erik sah.
„Es ist ein Junge und er ist gesund", sagte sie leise.
„Welchen Namen willst du ihm geben?" Jarl Erik schwieg einen Moment. „Sein Name soll Bjarne sein", sprach er mit Tränen in den Augen.
Mit der Hand strich er seinem Weib zärtlich über das blonde Haar und lächelte dabei.
Einige Tage waren vergangen, da rief Erik die Frauen und Männer des Dorfes in die Jarlshalle.
„Ich habe mich entschlossen, Norwegen zu verlassen!", sagte er, als alle ihre Plätze eingenommen hatten. Unruhe kam auf.
Die Meinung der Männer war gespalten, denn sie hatten Jarl Erik die Gefolgschaft geschworen. Doch war Erik überhaupt noch ihr Jarl?
„Meine Söhne sollen als Christen und nicht als Heiden und Menschenopferer aufwachsen! Darum gehe ich nach Island!", entschied Erik. „Wer mir folgen will, kann dies tun."
„Die Macht des Herrn Christus ist doch nicht so groß, wie wir dachten. Lasst uns Odin um Gnade bitten und ihm ein Opfer darbringen!", rief einer in die Halle. Aber nur wenige waren von diesem Vorschlag angetan. Die meisten wussten nicht mehr, an wen sie glauben sollten. Wessen Gottes Heil nun das Größere war. Und noch schwerer fiel ihnen die Entscheidung, ihr Vaterland zu verlassen. Doch wollten sie an ihrem neuen Glauben festhalten, würde ihnen dieser Weg wohl nicht erspart bleiben. So wurde noch lange geredet an diesem Abend.

Nachdem alle gegangen waren, trat Orm Thorkillsson vor Eriks Hochstuhl. „Mein Vater und ich werden mit dir nach Island gehen", sagte er und verließ ohne ein weiteres Wort zu verlieren die Halle. Und auch Lukas, der Priester, bat darum, Jarl Erik begleiten zu dürfen. Er spürte die Gefahr, die ihm nun drohte. Doch wie sich zeigte, waren nur wenige Familien bereit, mit dem Jarl das Land zu verlassen.

Im Frühjahr des Jahres 1001 n. Chr. luden sie all ihre Habe auf den Wogenbeißer und das Wellenross. Graue Wolken zogen bedrohlich über den Himmel, und es regnete, als sie in See stachen.
Erik stand, in seinen wollenen Umhang gehüllt, neben seinem Weib Asa an der Reling, und dicke Tränen rannen über sein Gesicht.
„Ob wir den Sigurdfjord je wiedersehen werden?", fragte die junge Frau ihren Gemahl, doch sie bekam keine Antwort. Der Norweger schwieg!
Plötzlich wandte er sich Thorkill Ormsson zu, der am Steuer stand, und wischte sich die Tränen aus den Augen. „Kurs Westen! Nach Island!", rief er.

*

Im Sommer des Jahres 1000 n. Chr. war die Herrschaft König Olaf Tryggvessons über Norwegen beendet.
Der Christenkönig war geschlagen, und die Sieger teilten das norwegische Reich unter sich auf. Nun wurden wieder Odin, Thor und Freya Opfer dargebracht im Land am Nordweg.

*